Las palabras calladas

Mireia García Contreras

Las palabras calladas

ESPASA

Espasa, sello editorial de Editorial Planeta, S.A.
Avda. Diagonal, 662-664
08034 Barcelona

Primera edición: febrero de 2024

Preimpresión: MT Color & Diseño, S. L.

Depósito legal: B. 467-2024
ISBN: 978-84-670-7197-9

Espasa, en su deseo de mejorar sus publicaciones, agradecerá cualquier sugerencia que los lectores hagan al departamento editorial por correo electrónico: sugerencias@espasa.es.

www.espasa.com
www.planetadelibros.com

Impresión: Unigraf, S. L.
Impreso en España - *Printed in Spain*

A mi abuela, Carmen Domingo Valdivia

¿El hombre? El hombre calla grita toca
la pared con la espalda duda pide
libertad paz.

Y le rompen la boca.

Blas de Otero, «Con la espalda»

1

Portbou, febrero de 1939

La primera vez que Rafael vio la bahía de Portbou tenía veintiún años, nueve dedos en las manos y muy pocas ganas de seguir viviendo. Aquel mar se le antojó como una enorme extensión gangrenada pudriéndose entre las montañas, la tierra firme y el cielo ensangrentado del atardecer. En los meses que siguieron, internado en el campo de concentración de Argelès-sur-Mer y con el mar convertido en otra alambrada, Rafael pudo comprobar que aquel color morado aparecía solo en invierno, y solo antes del crepúsculo, que a otras horas —que en otras estaciones— el mar podía ser azul como el manto de la Virgen de su pueblo, negro como un tizón o verde como una charca. Pero aquel cuatro de febrero de 1939 en Portbou, el mar solo alcanzó a recordarle los miembros que había visto amputar en los tres últimos años de guerra.

Presionó el muñón de su dedo perdido, que palpitaba como si por ahí se le fuera a escapar el corazón. Se lo acercó a la nariz, olía a hierro, a sangre, a pólvora; olía a la tierra de los caminos que se había quedado prendida en el pedazo de camisa que hacía las veces de venda. Ya no podría volver a señalar con el dedo índice de la mano izquierda; y se preguntó si se habría podrido ya en aquella trinchera junto a los cuerpos de los que, durante toda aquella pasmosa guerra, habían sido sus compañeros.

El dedo se lo había llevado por delante una bomba extraviada, arrojada a desmano sobre unas trincheras ya abandonadas donde solo quedaban Rafael y sus tres camaradas. El que la había lanzado ni siquiera acertó a darles, y la bomba, caída en campo abierto, a cien metros de su trinchera, les salpicó con su espurreo de metralla como si hubiera sido la cagada de un pájaro enorme. Al pobre Jaume, un maestro enclenque que sabía mucho de Marx, pero que en tres años de guerra no había sido capaz de aprender a apuntar, le arrancó media cara; al fanfarrón de Leo —un bobo al que Rafael había llegado a querer y a detestar a un tiempo—, la misma bomba le cercenó el pito, y no hacía más que gritar que tenía que recuperarlo porque estaba recién casado, y se retorcía por el suelo de la trinchera, desangrándose, buscando un pito que ya no estaba porque la metralla lo había convertido en papilla, igual que a su pierna izquierda. Pero Leo siguió gritando la misma idiotez una y otra vez: que su Natalia lo dejaría si regresaba a casa sin pito, y lo rebuscaba entre la carne fresca y recién deshuesada. No tuvo tiempo de encontrarlo porque el sargento Lombardo, que se le había acercado por detrás, le disparó un tiro en la sien.

—Esta guerra ya se ha acabado, largo, vete —le gritó entonces Lombardo—. Ve a follarte a la mujer de este pobre infeliz, si es que no se la ha follado ya medio batallón de los nacionales.

Sus amigos muertos, el sargento enloquecido, y él, en aquel momento, solo alcanzó a pensar en lo ridículo que lucía el bigote del Lombardo con aquel pegote amarillento, del mismo color y de la misma textura de la masa que resbalaba por la cara de Leo.

—¡Que te vayas, coño!, ¿o quieres tú también un tiro de gracia? ¡Me queda una bala! ¡Aún me queda una bala! —gritaba el sargento dibujando círculos en el aire con su pistola cargada.

De un salto, escapó de aquella trinchera que, de tan mal cavada, no parecía más que uno de los surcos que hacía su padre para las tomateras. El humo de la bomba a ras de suelo. Un disparo: el sargento le acababa de dar menester a su última bala. Rafael, que había tropezado, yacía de bruces en el suelo, a pocos metros de la trinchera, revolcándose en el barro como los cochinos que tenía su padre antes de la guerra. Logró darse la vuelta: el cielo estaba sucio, «lloverá barro», pensó, «lloverá mierda», habría dicho su padre, riendo, y su madre le habría dado un golpe en el brazo, mordiéndose el labio para no reír ella también. Su padre, su madre, los cerdos. Todos muertos. Su dedo: muerto. Entonces se preguntó si su destino sería ir muriendo a pedazos, si el dedo solo había sido lo primero en morir y otras bombas le arrancarían los brazos, las piernas, el pito como a Leo, la cara como a Jaume, y acabaría muriendo muchas veces y a cachos, para no poder dejar ni siquiera un cadáver como Dios manda. Perdió la conciencia.

Cuando volvió a abrir los ojos estaba cubierto por una capa fina de ceniza que caía desde el cielo. Otra vez las bombas sobre una línea de defensa en la que lo único vivo eran los gusanos. Podía recorrer las trincheras, ir a buscar otro batallón, presentarse voluntario para seguir luchando unas horas, unos días, lo que le quedara a aquella derrota agónica. O podía volver a la trinchera a matarse entero y, con suerte, confiar en que alguien echara tierra sobre sus cuerpos para que se pudrieran allí los cuatro, juntos, como habían estado toda la guerra. Pero que después de haber esquivado tantas balas tuviera que ser él quien apretara el gatillo le pareció cómico, tan cómico como los sesos de Leo chorreando del bigote del sargento, o como el idiota de Leo buscando su pito, y se le escapó una carcajada que resonó como un estallido entre sus costillas. Le había dolido aquella risa a destiempo atraída por la idea de una muerte tan ridícula como había sido la de sus compañeros. La risa mutó en dolor, siempre entre las costillas que, sin grasa mediante, se agarraban a sus entrañas. Y la risa se convirtió en un llanto seco.

Regresó a la trinchera. Sin mirar a Jaume y su cara destrozada, ni a Leo sin pito ni pierna, le quitó las botas al sargento. Temblaba, sudaba, tenía frío y calor y lloraba. Los dedos de su mano izquierda descoordinados: aún no se habían dado cuenta de que ya solo quedaban cuatro. Y los pies del sargento, al que Rafael le pidió perdón con los dientes apretados por robarle sus botas, estaban tiesos como tablas. También se llevó el zurrón de Leo, ya que sabía que aquel pobre tontorrón, que le había tenido más miedo al hambre que a la propia guerra, se guardaba siempre un mendrugo de pan.

Si tenía que morir, que lo matara otro; a él no le quedaba cuerpo para quitarse de en medio. Así que salió de la trinchera tras calzarse las botas del sargento y dejar, junto a los cuerpos de sus compañeros, las alpargatas agujereadas con las que había tenido que hacer la guerra durante los últimos meses, desde que los de intendencia les dijeron que ya no había más botas de repuesto, y huyó. Caminó durante horas apretando con fuerza el muñón de su dedo para cortar la hemorragia. Buscó refugio en un bosque de encinas y, evitando los caminos, siguió el curso de un arroyo.

En un claro del bosque encontró una casa de piedra con las paredes cubiertas por el verdín de la humedad. Los últimos estertores de aquel maldito día

—maldito como tantos; maldito como los que lo precedieron y como los que, estaba seguro, lo seguirían guerra a través— se colaban entre las ramas de los árboles, y la fachada recibía los destellos bailarines del atardecer, que se le antojaron como chispas de una lumbre.

Junto a la casa había una caseta de perro, pero sin perro, hecha con troncos de madera. Lo primero que Rafael había aprendido en aquella guerra había sido que, si uno le tenía apego a su perro, lo mejor era sacrificarlo antes de que se lo comiera el vecino.

Se acercó a la puerta: estaba cerrada. El frío le pudo al miedo, y la abrió. Olía como cuando el tocino se echaba a perder en la canícula de agosto, como cuando un chiquillo se cagaba encima y la madre no le limpiaba el culo, como cuando los perros meaban los sacos de trigo. Olía a todo eso junto y él —que acumulaba poca vida aún, pero mucha guerra a cuestas— sabía que aquel era el olor de la muerte. La puerta daba a una única estancia: cocina y salón; hogar desbaratado. La humedad, condensada sobre las superficies, confería a los objetos un aspecto resbaladizo. El aire, aunque putrefacto, lucía, sin embargo, blanco, como una nube de polvos de harina congelada. Unas escaleras estrechas llevaban al piso de arriba. Subió. La planta la ocupaba un solo dormitorio con dos camas: una de matrimonio, y otra tan pequeña que solo podía cobijar a un niño chico. Y, junto a la cama de matrimonio, la cuna de un recién nacido. En aquella habitación, el olor a muerte, que había subido por el hueco de la escalera, se mezclaba con el olor a rastrojos —los colchones habían sido rajados y briznas de paja tapizaban el suelo—, y a orines: un orinal junto a la cama pequeña, aún con restos de meados; otro orinal junto a la cama de matrimonio, volcado, la paja a su alrededor apelmazada y amarillenta. No había armarios, ni mantas, y las sábanas eran solo jirones. No había vivos y, de los muertos, solo el olor. Se acurrucó en la cama pequeña, se arropó con la paja que allí quedaba, y se quedó dormido.

Despertó al amanecer. Rayos rojizos se filtraban por el único ventanuco de la habitación. Le había vuelto a sangrar el muñón del dedo perdido, el resto de los dedos —nueve todavía, los contó por precaución, por si hubiera perdido alguno más en la trinchera sin darse cuenta— estaban helados y tiesos como garras.

Se incorporó con dificultad. Chinches como lentejas saltaban en el hueco que su cuerpo había dejado en la paja. Bajó las escaleras. Sangre en el suelo; sangre que la tarde anterior no había visto: seca y tan negra que se le antojó como el petróleo de las lámparas. Deseó que fuera sangre de gallina.

En el exterior de la casa, la luz quebradiza del amanecer pintaba el paisaje de forma suave, sin acabar de dibujar las siluetas. Orinó junto a la caseta del perro. Hacía tanto frío que parte de los orines se evaporaron antes de tocar el suelo. Se acercó al arroyo para beber agua y lavarse la cara. Se sentó en un tronco y abrió el zurrón de Leo. Se comió el pan duro que encontró junto con las cartas de Natalia, la mujer de su amigo —no más que un cadáver sin pito, en realidad—, que estaban arrugadas y amarillentas, pero aún olían a perfume. Entre dos cartas, una fotografía de Natalia: mirada insolente, cara rolliza y con los labios pintados «de rojo carmesí», decía el cursi de Leo cada vez que les enseñaba aquella fotografía en la que no se distinguían más colores que el blanco, el negro y los grises que, a fuerza de tanto manoseo, se habían vuelto marrones. Guardó de nuevo la fotografía en zurrón con cuidado y le pareció que llevar dos era de idiotas, así que vació el contenido del suyo, que se quedó desperdigado en la hierba: su documentación, las cartas que su padre le escribió hasta que murió, las cartas que su madre le escribió después de la muerte de su padre y hasta que ella también murió, las cartas que su prima le escribió tras la muerte de su madre y hasta que, quizás, a ella también la mataran. Aquello era todo lo que quedaba de su vida porque, al morir su madre, su casa familiar había sido requisada por los falangistas que Rafael imaginaba lo esperaban tiesos y limpios —porque ninguno de aquellos cabronazos se había dejado las uñas de los pies haciendo la guerra— para darle un tiro en la nuca. Así que metió sus pocas cosas en el zurrón de Leo, que era más nuevo y no tenía tanta mugre, y dejó el suyo entre unos matojos.

Dio vuelta a la casa. Recostados contra el muro, junto a un gallinero sin gallinas, dos cadáveres: un hombre joven y un niño. El muro, que probablemente aquel pobre desgraciado había levantado con sus manos, convertido en paredón. Sangre en las piedras, los rostros grises como la ceniza, el niño con la boca abierta, como si hubiera sido sorprendido por sus asesinos mientras cantaba una canción. Recordó la cuna, pero allí no había ningún niño chico, igual que no había perro, igual que no había madre ni gallinas. Poco podía hacer ya Rafael por esos infelices. Su madre habría rezado un padre nuestro y tres avemarías; su padre habría maldecido a ese dios hijo de puta. Él se persignó y se alejó de esa casa.

Caminó hacia el este, harto de terruño, buscando el mar. Sabía que los nacionales avanzaban rápido por las tierras de poniente, pero que Barcelona todavía no había sido tomada. Iría a la ciudad, la gran ciudad que él no conocía y donde, según el bobalicón de Leo, las mujeres fumaban y enseñaban las tiras del sujetador. Iría a Barcelona. Iría a decirle a Natalia que era viuda.

Pero Barcelona había sido tomada. Los aviones habían estado días cagando bombas sin parar en carreteras y caminos, y Rafael ya solo podía huir hacia el norte. A Francia, a la frontera.

Y allí estaba, en Portbou, ese pueblo del que, hasta dos días atrás, no había oído hablar.

Se hizo de noche y empezó a nevar. El mar, antes amoratado, se había vuelto negro y brillaba como el lomo de una cucaracha. La nieve, acelerada por el viento, se le clavaba en la cara como las espigas secas del trigo; y los copos se amontonaban en sus pestañas, empujando sus párpados hacia abajo. A pesar de la oscuridad, aún podía ver desde la bahía la carretera que serpenteaba montaña arriba. Al otro lado —lo sabía él, y parecían saberlo todos los que esperaban en aquel pueblo roto— estaba la frontera. Sabía que muchos habían seguido aquel camino sin querer esperar al amanecer, envalentonados por la fuerza que les daba la palabra que parecía tener el poder de remediarlo todo: Francia. «Francia nos acogerá —decían—, en Francia nos darán asilo».

Pero él, demasiado debilitado tras días de camino, había decidido no continuar hasta el amanecer y pasar la noche en Portbou. El pueblo, destrozado por las bombas, sin apenas vecinos, y con la nieve cayendo al trasluz de la luna, se le antojó un pesebre, uno muy triste y silencioso, sin villancicos. Deambuló por el puerto, acelerando el paso, golpeando el suelo con las botas que días atrás le había robado al cadáver de su sargento, moviendo los brazos, sacudiéndose las manos para recordar que uno de sus dedos ya no estaba allí. La guerra lo había desfigurado todo: las caras, los campanarios de las iglesias, los caminos. Hasta sus recuerdos estaban echados a perder por las pesadillas y el miedo, y cuando recordaba no era capaz de discernir qué había sido real y qué fruto de sus ensoñaciones. Pero lo que más lo desconcertaba era que todo había mutado su color. Las noches no eran negras, sino grises; y la nieve, desde que empezó la guerra, ya no era blanca: caía sucia y apelmazada como los pegotes de la harina del salvado.

Fue a la estación, donde alguien le dijo que iban a pasar la noche los que no se habían atrevido a cruzar las montañas a oscuras. Los menos valientes, como él; los más prudentes, como habría sido su padre; los más temerosos de Dios, como habría sido su madre.

La estación enorme, una cubierta de vidrio horadada: las bombas no habían caído en vano. Trenes descabezados en las vías. Todo le pareció pardo y estático bajo esa luz mortecina, como si alguien hubiera fijado el tiempo tomando una fotografía. Los cuerpos, que desbordaban los andenes sin dejar ver el pavimento, formaban una masa de marrones degradados: la mugre había mutado sus cabezas y todos parecían tener el mismo color de pelo, el marrón de la tierra macerada en aceite; los abrigos, llenos de barro, también parecían todos marrones; como las pieles, abrasadas por el frío. Incluso olía a marrón: marrón de estiércol y de tierra removida. También el silencio era denso y marrón, descompuesto, sin palabras, solo gemidos e interjecciones sin sentido.

Entre los convoyes parados, en las vías, familias acurrucadas, buscando cobijo entre los hierros. Los trenes, sin embargo, estaban vacíos. Puertas cerradas, «con lo fácil que habría sido entrar», pensó Rafael. Pero nadie se había atrevido a romper las ventanas.

Se sentó en el suelo.

—La noche va a ser larga —dijo un hombre que se encontraba a su derecha.

Rafael lo miró de reojo. Aunque iba vestido de paisano, llevaba en la cabeza la gorra roja y negra de los milicianos anarquistas.

—Sí, va a ser larga —respondió Rafael. Cada palabra era un suplicio para sus labios desconchados por el frío.

—Pero ya está. Cuando amanezca, unos pocos kilómetros más montaña arriba, y se habrá acabado todo.

Rafael no entendía qué es lo que se iba a acabar. Llevaba ya tres años sin entenderlo.

—No sé —respondió, cerró los ojos y se acurrucó en el suelo. No podía hablar. Las palabras se apelotonaban en su cabeza, pero no encontraba fuerzas para obligarlas a salir por la boca. Se quedó dormido.

Cuando despertó, el anarquista ya no estaba junto a él. En su lugar había un niño pálido de ojos grandes. Sintió como si alguien le hubiera colocado ante un espejo que reflejara su pasado, como si ese niño, que debía de tener doce o trece años, no fuera más que una imagen de sí mismo antes de la guerra. Con sus pantalones demasiado cortos y su chaqueta demasiado grande, y con una pelusilla oscura sobre el labio superior, ese era un niño a medio camino entre querer ser un hombre y no poder serlo todavía. El niño tenía la vista fija en una mujer que lloraba delante de ellos, apoyada en un tren. La mujer sollozaba sobre una niña que arrullaba entre los brazos. El llanto era tan frágil que parecía estar a punto de extinguirse.

—Está muerta —dijo el niño mirando a Rafael—. Es mi hermana. Por fin está muerta. Se tendría que haber muerto antes, así no habríamos tenido que cargar con ella desde Barcelona.

Rafael miró a la madre. La mujer había dejado de hacer ruido, ya solo se balanceaba como un tentetieso apretando el cuerpo de la niña contra su estómago, como si quisiera volver a meterla en su seno.

—Antonio, vete a buscar un cura —le dijo la mujer al niño. Pero el chaval no se movía, miraba el cuerpo de su hermana, se petaba los nudillos; miraba a su madre, volvía a petarse los nudillos, pero no se movía, no decía nada.

Rafael se levantó y se acercó a la mujer.

—Quiero un cura —le dijo ella—. Quiero enterrar a mi niña y que un cura rece por ella. Encuéntreme usted uno, por favor se lo pido.

Rafael asintió con la cabeza.

—Ahora le traigo uno —dijo—. Se lo prometo.

La última vez que Rafael había hecho una promesa, su madre le había dado un beso en la frente y le había metido una medalla de la Virgen en el bolsillo. «Que tu padre no la vea —le dijo—, o se enfadará». Y le había hecho prometer que no moriría en la guerra. Y que volvería. Y que la ayudaría con los cerdos. La guerra había acabado y seguía vivo. Aunque ya no tenía dónde regresar, ni cerdos a los que cuidar, ni madre a la que consolar. Así que no estaba seguro de haber cumplido.

Echó a andar a pesar de las piernas entumecidas. Recorrió el andén buscando un cura. Pero ya no sabía si los curas seguían estando en este mundo, o si eran capaces de hablar en algo que no fuera latín. Porque al cura de su pueblo, del que ya no recordaba ni su nombre ni su cara, lo habían matado tres días después del alzamiento, y antes de estar muerto solo decía misa en latín y de espaldas, y bebía vino con los ricos del pueblo mientras se comía las gallinas de los pobres. Al final del andén, en la zona que quedaba desprotegida sin marquesina y a la intemperie, Rafael vio al anarquista que había intentado mantener una conversación con él antes de que se quedara dormido. Fumaba un cigarro encima del que caían copos de nieve sucia; los mismos que aclaraban el negro y el rojo de su gorro de anarquista. Se acercó a él.

—Necesito un cura —le dijo Rafael.

—Los soldados de la República no necesitan curas —dijo el anarquista sin moverse siquiera, con la mirada escurriéndose entre la nieve.

—Acaba de morirse una niña, y su madre me ha pedido que encuentre un cura.

—Supersticiones de viejas.

Recordó que eso mismo, mismas palabras, mismo desprecio, solía decir su padre cuando su madre se iba a misa los domingos.

El anarquista descapulló el cigarrillo y se lo metió en el bolsillo.

Rafael se fue. Recorrió de nuevo los andenes, escrutando unos rostros que se le iban amontonando en la retina. Todas aquellas caras quemadas por el frío se le antojaron intercambiables. Todos olían ya a muerto. Podían morirse o seguir malviviendo, le daba igual, pero quería encontrar un maldito cura y poder cumplir al menos una de sus promesas.

Desesperado, gritó:

—¡Me cago en Dios!, ¿es que no hay un cura aquí?

Su grito apenas atrajo algunas miradas que parecieron sobrevolar, furtivas, sobre su cabeza.

Alguien le agarró el codo por detrás.

—Ven —le dijo el anarquista—, aquí no vas a encontrar a tu cura.

Salieron de la estación. Había dejado de nevar y el cielo volvía a tener la profundidad de las noches despejadas. Miró hacia las estrellas: el frío le quemó los ojos.

—Si en este pueblo de mierda hay un cura, tú y yo lo vamos a encontrar —le dijo el hombre.

Rafael siguió al anarquista por las calles desiertas del pueblo. Llamaron a todas las casas que seguían en pie, aporrearon todas las puertas que no habían sido derribadas, pero nadie les abrió.

—¿Qué coño quieres, zagal?

Al grito de su compañero, Rafael se dio cuenta de que el niño Antonio, el hermano de la niña muerta, los estaba siguiendo.

—Nada —respondió el muchacho.

—Es el hijo de la mujer que me mandó a buscar un cura.

El anarquista miró al niño, que temblaba tanto que su cuerpo parecía hecho de papel.

—Anda, ven aquí con nosotros o acabarás tropezándote con los cascotes —le dijo el anarquista.

Los tres recorrieron una calle donde todas las casas estaban en ruinas. Al final, un edificio gris y achaparrado, con grandes ventanas y persianas verdes, rodeado de parterres sin cultivar y rosales secos. ESCOLA, escrito sobre la puerta principal. Una casita blanca quedaba escondida junto a la escuela.

Escola. A Antonio la palabra le llenó la cabeza de imágenes, de postales de una guerra que, a ratos, también había sido feliz. Cuando Madrid fue sitiada por primera vez su padre se había marchado voluntario al frente, y a él y a su hermana los habían enviado en un tren repleto de niños a un caserón enorme junto al mar. Aquella fue la primera colonia escolar donde estuvo. Profesoras jóvenes y con pantalones, voluntariosas y listas como ratones, les enseñaron geometría y les daban naranjas con miel para merendar. Después, jugaban descalzos a la pelota en la playa. La primera vez que Antonio pisó la arena descalzo creyó que se le estaban durmiendo las plantas de los pies.

Pero el caserón fue convertido en hospital y los mandaron a otra casa, una más grande, sobre un cerro pelado y ventoso, desde donde también se veía el mar. Las profesoras, que se habían quedado en la otra casona para hacer de enfermeras, fueron sustituidas por un profesor joven y manco que les enseñaba francés, «la lengua de la libertad», les decía en cada clase ese profesor mientras les leía novelas de Victor Hugo. Allí escribieron una obra de teatro que no pudieron representar porque la casa fue requisada por el Ejército.

En la tercera colonia escolar, ya en Barcelona, muchos profesores viejos y melancólicos les enseñaron cosas de historia, y también catalán —que a Antonio le pareció que era como el francés, pero hablado con la boca más abierta—; y los llevaron a visitar edificios de fachadas sinuosas que a Antonio le parecieron ensoñaciones. Pero aquella escuela fue bombardeaba con los profesores melancólicos dentro, y él y su hermana tuvieron entonces que refugiarse en casa de una prima lejana que ellos no conocían. No volvieron al colegio. Aunque no les hizo falta para aprender a calcular la distancia a la que caía una bomba según la intensidad del estruendo, ni para memorizar el plano de la ciudad según la geografía de los refugios antiaéreos, ni para conocer el precio de las lentejas cuando había que alimentar a dos mocosos que no eran tuyos, como decía siempre aquella prima lejana.

Un día, en verano, apareció su madre. El pelo blanco y las carnes magras hablaban de otra mujer, pero el timbre de la voz, aunque arrugado, corroboraba que era ella. El padre había muerto. Antonio no pudo llorar, como tampoco podía llorar aquella noche la muerte de su hermana.

Una mujer les abrió la puerta de aquella *escola* de Portbou. Menuda y vieja, con un moño amarillento y los lóbulos de las orejas descolgados, como los de su abuela, que también estaba muerta y a la que tampoco había podido llorar. No dijo nada. Su cabeza oscilaba ligeramente, como si dijera que no, aunque, lo más seguro, pensó Antonio, era que la mujer no quisiera decir nada. Un hombre, también viejo, pero con la cabeza bien firme, apareció detrás de ella.

—¿Qué queréis? —preguntó, mirando al soldado joven, el mismo al que su madre había pedido que le encontrara un cura.

—Un cura —respondió el soldado.

—En este pueblo no hay curas —dijo mirando al otro hombre, que era más alto y más viejo que el soldado joven, y también parecía más decidido—. Al último os lo cargasteis vosotros en julio del treinta y seis.

—Yo no he matado a ningún cura —le respondió aquel hombre.

—Tú quizás no, pero los tuyos sí —dijo el viejo, señalando con la barbilla el gorro rojo y negro que el hombre llevaba en la cabeza y que Antonio sabía que era el distintivo de los anarquistas, aunque todavía no hubiera sido capaz de entender qué diferencia había entre un anarquista, un socialista y un comunista. Todos habían luchado contra Franco, y también habían luchado entre sí: y ahora todos habían perdido la misma guerra.

Hubo un silencio que Antonio no supo cómo interpretar. Nunca lo sabía. A veces, el silencio era el preludio de una bomba; otras, el final de los gritos. En ocasiones, el silencio solo era silencio, y podía deleitarse en él y pensar en el futuro.

—Por favor, ha muerto una niña en la estación y su madre quiere que un cura rece por ella —dijo el soldado joven, que se había quitado la gorra cuando la señora abrió la puerta.

—Aquí no hay curas, ya os lo he dicho —respondió el viejo que, a aquellas alturas de la conversación, parecía más cansado que molesto.

—Pero tienes las llaves de la cancela del cementerio —le dijo la mujer—. Podríamos llevarla allí. Quizás esa pobre madre sienta algo más de consuelo en un camposanto.

El viejo miró a la mujer. Detuvo su mirada en los ojos de la anciana y sonrió, como si detrás de aquella vieja temblorosa se escondiera una princesa como las de los cuentos.

—Está bien —dijo el hombre—, los acompañaré. Pero tú no vienes, te quedas aquí en casa, que hace demasiado frío.

Se puso un abrigo, que debía de estar colgado junto a la entrada, ya que solo tuvo que alargar un brazo para cogerlo, y cerró la puerta.

—Mi mujer está muy enferma, casi muerta. Yo estoy sano, pero casi muerto también, porque a la que los nacionales entren en el pueblo y se enteren de que soy socialista, con suerte, me fusilarán. Solo espero que mi mujer haya muerto antes de que lleguen.

—Le diría que no se atreverán a fusilar a un anciano, pero cosas peores los he visto hacer. Vénganse a Francia, nosotros los ayudaremos a atravesar la frontera —dijo el hombre del gorro anarquista.

—Para ser anarquista, parece usted un buen hombre —dijo el anciano.

—Hoy no me he comido todavía a ningún niño ni he violado a ninguna monja —dijo el hombre, casi sonriendo—. Por cierto, soy Francisco.

—Muy bien, hijo, a mí me llaman don Miguel, pero quíteme el don si quiere, de poco me ha servido. Y usted, ¿cómo se llama? —le preguntó el anciano al soldado joven.

—Rafael —dijo el soldado sin casi abrir la boca.

—¿Qué le ha pasado en la mano?

—He perdido un dedo.

—Pues es usted un descuidado, entonces —dijo el anciano, y se echó a andar calle arriba.

Llegaron a la estación. La madre de Antonio tenía la nariz hundida en el pelo de su hija muerta, aspiraba el olor de su cabeza como si fuera el de un ramo de flores recién cortadas.

—¿Es usted el señor cura? —preguntó la mujer cuando vio llegar al viejo profesor.

—No, señora —dijo el hombre, poniéndose en cuclillas de forma trabajosa junto a ella y tocándole el brazo—. En este pueblo no hay cura. Pero tenemos un camposanto. La llevaremos allí, podrá rezar por ella y después la enterraremos.

El soldado joven, el que había dicho que se llamaba Rafael, cogió a la niña en brazos. Antonio miró las manos sucias de su hermana muerta y se echó a llorar.

Amanecía un sol de latón oxidado envuelto en nubes opacas, henchidas de nieve sucia. Francisco se sintió a merced de ese cielo, del mismo color metálico del mar, que en ese momento le pareció una cuchilla gigantesca capaz de cortarles a todos el pescuezo.

El soldado, que horas antes había dicho llamarse Rafael, parecía haberse quedado dormido en cuclillas, agarrado a la pala con la que habían ido cavando por turnos el hoyo en el que iban a enterrar a la niña muerta. El cuerpo de la chiquilla yacía aún encima de la tierra removida del cementerio, envuelto en una manta que el profesor había traído de su casa.

—Qué solita se va a quedar aquí mi niña —dijo la madre mirando a su alrededor las lápidas de los desconocidos. La mujer ya no lloraba, pero el llanto le había dejado los ojos ribeteados por unos párpados hinchados y sin pestañas.

—No se preocupe, señora, que mi mujer y yo no tardaremos en venir a hacerle compañía a su hija —le dijo el viejo profesor. A Francisco le pareció que, visto de perfil, el hombre era como un signo de interrogación: con la espalda encorvada dibujando una semicircunferencia sobre las piernas enclenques.

El niño Antonio se había sentado sobre una lápida sucia, lejos de su madre y del cuerpo de su hermana. Metía un dedo en un agujero de la suela de su zapato y lo volvía a sacar, para después introducir guijarros puntiagudos, cada vez más grandes, que allí se quedaban, entre su pie y la suela del zapato.

—Ahora, señora, vamos a dejar que su hija descanse tranquila. Estos dos buenos mozos la depositarán con cuidado y la cubrirán de tierra, para que nadie pueda molestarla, y mañana yo vendré a clavar una cruz. Cuando vuelva el cura, si es que vuelve, le pediré que eche agua bendita sobre su tumba —dijo el profesor cogiendo a la mujer por los hombros.

—Pero es que es muy pequeña para quedarse aquí sola, este cementerio está muy lejos del pueblo.

El soldado se incorporó, agarrándose a la azada con las dos manos. Francisco se dio cuenta de que le sangraba el muñón del dedo.

—Señora —dijo Francisco acercándose a la mujer—, su hija está muerta, y lo único que se puede hacer por ella es darle sepultura. Al que todavía no le ha pasado nada es a su hijo. —Y Francisco señaló con la cabeza al niño Antonio, que seguía hurgando en el agujero del zapato—. Pero si no se lo lleva de aquí y cruza con él la frontera, es posible que acabe en el mismo sitio que su hermana.

El soldado Rafael cogió la manta y depositó el bulto en el hoyo, y él mismo la cubrió de tierra sin pedirle ayuda a Francisco, que se preguntó cuántos niños muertos tenía uno que echarse a las espaldas para dejar de sentir náuseas.

—La deja usted en un lugar bonito, frente al mar y con vistas a Francia —dijo Francisco, pensando en aquella tumba del cementerio de Montjuïc, también con vistas al mar. Aunque Francisco sabía que ni su mujer, ni su hijo, ni ahora la niña a la que acababan de enterrar tenían ya ojos con los que mirar.

—Francia no se ve desde aquí— le replicó el profesor.

—Pero uno se la imagina y con eso ya es feliz —dijo Francisco sin creerse sus palabras, mirando hacia las montañas peladas sobre las que iba cayendo la nieve.

Acompañaron al profesor a su casa y se despidieron de él y de su mujer, que les dio pan y queso y los bendijo con la voz entrecortada. Francisco no pudo evitar verlos ya cadáver. Con suerte, y si los nacionales no se enteraban de su pasado republicano y los tiraban a una fosa común, podrían acabar juntos y en una tumba con sus nombres, al lado de la niña muerta.

El niño Antonio y su madre regresaron a la estación. La madre se iba encogiendo a cada paso, como si la tierra que se había quedado a su hija quisiera engullirla a ella también. El niño Antonio cojeaba: Francisco se preguntó si aún tendría el zapato lleno de guijarros, y a punto estuvo de gritarle que se cuidara los pies, que algún día los necesitaría para escapar.

Francisco y Rafael, el soldado joven —«no Rafa, Rafael —le había dicho—, al menos, que no me amputen también el nombre»— iniciaron su camino sin despedirse de ellos. Desde el pueblo, a Francisco la carretera se le antojó como la larga tripa retorcida de un cerdo tras la matanza. Centenares de personas huían montaña arriba, a pie, arrastrando los unos de los otros. Las cunetas eran cementerios de coches que se habían quedado sin combustible, de maletas vacías, de cuberterías de plata, de figuritas de porcelana rotas y platos en los que no se volvería a servir la sopa. Sentada en la cuneta, una anciana menuda y vestida de luto, como un punto negro sobre la nieve, se agarraba a una enorme sartén cuyo perímetro le doblaba la envergadura. Junto a ella, otra mujer más joven que, llorando, le decía:

—Madre, por Dios, deje usted la sartén, que pesa mucho, ya compraremos otra en Francia.

—Ni hablar —replicó la mujer con un hebra de voz que contrastaba con la firmeza de sus palabras—. Aquí hacía las migas mi madre, y aquí las harás tú cuando yo me muera, sea en Francia o donde tenga que ser. Y si me muero aquí mismo, a mí me dejas ahí, entre los matojos, pero la sartén te la llevas a Francia, que al menos ella no haya hecho el viaje desde Granada en balde.

2

Portbou, febrero de 2019

Mathieu observa cómo un chucho olisquea el precinto que cierra el paso a la sala de espera de la estación. Una ráfaga de viento ha destrozado la puerta que da acceso desde la calle y el suelo se ha convertido en un enorme charco salpicado de cristales rotos. Los asientos de plástico, cuyas patas se hunden en el agua, parecen flotar, navegar en una ciénaga oscura. Un sintecho, ajeno a los precintos y a la tormenta, duerme con la cabeza cubierta, recostado encima de los asientos mientras su carrito metálico gira sobre su eje, azuzado por el viento que se cuela por la puerta rota. Algunos de los pasajeros miran la escena desde el andén, a través de las ventanas que comunican la sala con la estación. Unos parecen mirar al sintecho como si estuviera muerto; otros, como si vieran a un animal hibernando tras las verjas de un zoo. Mathieu saca su cámara y dispara al cuerpo del hombre. Con un buen encuadre, su cámara puede captar más matices que sus ojos. Vuelve a disparar hasta que el sintecho se da la vuelta y deja la cabeza al descubierto. Mathieu, sorprendido, se da cuenta de que es una mujer, una muy joven. Recuerda algo que un fotógrafo veterano le dijo, algo sobre la dignidad del fotografiado y la indignidad del fotógrafo: guarda la cámara, se aleja.

Una hora antes los habían obligado a bajar del tren. «Es solo por precaución», les dijo el interventor. Pero la furia del pasaje había exigido una razón más convincente, así que aquel pobre hombre, con su gorra ladeada y sus pantalones arrugados, les dio una explicación ininteligible combinando las palabras electricidad, problema y cortocircuito; y, quizás animado por las caras de espanto de los pasajeros, decidió añadir la palabra freidora a su discurso. Los pasajeros abandonaron el convoy deprisa, movidos más por el miedo que por el sentido común. Mathieu, que dos años atrás decidió dejarlo todo para ser fotógrafo, había sido ingeniero, sabía que aquella amenaza era improbable, así que fue el último en salir del tren.

Muchos de aquellos pasajeros están ahora sentados en sus maletas, o caminando entre unos críos ruidosos con pañuelos amarillos atados al cuello «como los perros de los *hippies*», piensa, que ocupan la parte central del andén. Mira la disposición de las figuras a través del objetivo de su cámara: una mujer con la boca apretada, cubierta por una manta que parece de papel de estraza y sentada encima de una gran maleta roja; una pareja de ancianos en un banco: ella y él, ella y su Parkinson; la sintecho en los bancos de plástico; el perro con el hocico canoso; un policía tomando un café; una mujer con el pelo alborotado sentada en un taburete en la barra del bar, simulando tomar un café. Respira, expira, cierra los ojos, se inclina ante la tormenta: *namasté;* y le viene a la cabeza la imagen de los glúteos apretados de su profesora de yoga. Se siente afortunado, la humanidad allí encerrada, simulacro de zoo, se le antoja una gran oportunidad para hacer fotografías; para, quizás hoy sí, tomar la imagen que lo convierta en un fotógrafo profesional de verdad.

Camina hasta el límite de la marquesina, hasta el lugar donde el agua le salpica las botas. Observa cómo, vistas al trasluz y henchidas por el resplandor de las farolas, las gotas de lluvia se convierten en esferas luminosas, como luciérnagas que llueven para reposar en los charcos que cubren el cemento y en las vías del tren que están a la intemperie. Entre las traviesas de esas mismas vías inundadas emergen, tiesas como juncos, algunas malas hierbas. Aspira: huele a tierra mojada; a petricor, se dice; a *petrichor,* se repite en francés, en ese vaivén de lenguas que cohabita en su cerebro. Y nota en la nuca el cosquilleo de satisfacción que siente cada vez que llama a las cosas por su nombre: por el exacto, por el correcto, por ese sustantivo único que carece de más acepciones. «A cada cosa hay que llamarla por su nombre, y si no lo tiene, igual es que no existe», decía su abuelo Rafael mientras se sacaba del bolsillo un diccionario español-francés del tamaño de un paquete de Marlboro, una edición con las cubiertas de piel desgastadas a la que le faltaban páginas y le sobraban expresiones pasadas de moda. Y se recuerda de niño, con la conciencia de una identidad todavía compacta, sin fragmentar a pesar de las dos lenguas que cohabitan en su cabeza, paseando por Nimes, su ciudad, con el abuelo a la caza de palabras desconocidas. Se sentaban en un banco del parque, en la parada de un autobús, o en una cafetería, siempre cerca de franceses parlanchines, y el abuelo escuchaba, con la mirada suspendida en las motas de polvo que flotaban a contraluz para disimular que estaba fisgoneando en las conversaciones ajenas. Mathieu llevaba siempre una libretita en la que apuntaba las palabras que el abuelo no entendía: «La mujer ha dicho blablablá, apunta, Mathieu; y el hombre le ha respondido que blablablá, apunta eso también». Cuando volvían a casa se sentaban a la mesa de la cocina y buscaban las palabras en aquel diccionario; y Mathieu escribía el significado en la libreta; tras lo cual, el abuelo le daba un golpecito de aprobación en la nuca con la mano izquierda, la que tenía solo cuatro dedos, y entonces él sentía el mismo escalofrío de satisfacción que siente ahora, cuando es capaz de encontrar la palabra exacta. Lo curioso del caso es que él se callaba y no le decía al abuelo que no necesitaba diccionario —tardaría aún años en atreverse a decírselo—, que a él no le hacía falta porque ya conocía el significado de aquellas palabras, porque, a diferencia del abuelo Rafael, él sí era francés y rubio, y tenía las piernas largas, igual que todos aquellos franceses que llegaban del norte a pasar los veranos en las playas de la Camarga. Piensa en la palabra petricor, tan nueva, tan recién llegada que ni siquiera aparece aún en los diccionarios; y rebusca en su cerebro el nombre del otro olor que le llena ahora la boca, una palabra que no sabe si existe porque también huele a metales volatilizados, y, por más que lo intenta, no localiza en su memoria una que defina ese olor. Saca del bolsillo el móvil y abre la *app* del diccionario de ideas afines, pero al no tener conexión a internet, la luz metalizada de la pantalla no responde a su pregunta. Cierra los ojos y decide que si no hay nombre para ese olor es que, como decía el abuelo, no debe de existir. Aspira de nuevo. El petricor se ha desvanecido; estornuda, siente que las partículas metálicas le irritan la nariz; vuelve a mirar las gotas caer a contraluz y se pregunta a qué olerán las luciérnagas. Regresa al andén y pasa junto a la mujer que está sentada encima de una maleta roja, la escucha decir que la tormenta se ha enfurecido. Sonríe, agarra su cámara, sigue caminando. De joven, Mathieu dejó de atribuir cualidades humanas a los elementos, y poco después perdió la fe en Dios. Llegó a la conclusión de que, si Dios no existía, la vida podía simplificarse. El invierno no era cruel, sino frío; y las tormentas no surgían para expresar la ira de ningún ser superior. Quizás porque echaba mucho de menos a su abuelo Rafael quiso descomponer la verdad en palabras y, buscando las adecuadas, se hizo ingeniero. Porque sustantivo y adjetivo eran para el joven Mathieu como partes de una ecuación que no admitía variaciones. Pero un día, dos años atrás, también perdió la fe en las ecuaciones. Ahora persigue la verdad atrapando imágenes con su cámara de hacer fotos. La tormenta no se ha enfurecido, le gustaría decirle a esa mujer, no puede porque carece de emociones. Simplemente, se ha alcanzado la tensión de ruptura del aire, y rayos y truenos aparecen juntos, sin intervalos, entrelazados como las sogas de una liana, golpeando la marquesina de la estación.

El café a Isabel le sabe a ceniza. El asa de la taza, rajada al bies como las costuras que no se ven, le araña la piel del dedo índice de la mano izquierda. La deja sobre el platillo y rescata del fondo del café con leche el terrón de azúcar que aún no se ha disuelto del todo: se lo mete en la boca. El azúcar chirría entre sus dientes, le cuesta deshacerse. Cierra los ojos: es como estar masticando la arena de la playa de Castelldefels; es como si fuera el verano de 1980 y tuviera diez años; es como si no fuera febrero de 2019, no diluviara y no estuviera cobijándose de la tormenta en el bar de la estación de tren de Portbou porque su autocaravana, según aquellos dos policías locales, no es segura. Eso le había dicho uno de los dos agentes que la instaron a abandonar el apartadero de la carretera con vistas a la bahía donde llevaba tres días apostada: «Su autocaravana no es segura en estas circunstancias, señora, tiene que acompañarnos». Al menos, le habían permitido mover el vehículo hasta el aparcamiento de la estación, erigido —sí, erigido, piensa Isabel, reafirmándose en la elección del participio al mirar hacia el altísimo techo del edificio— en una zona alejada del mar y resguardada del viento.

La lluvia azota la enorme marquesina que cubre los andenes. El agua golpea con tal fuerza la cubierta de vidrio que parece arrastrar en su caída elementos sólidos del más allá. La estructura metálica vibra al compás de los truenos, y la luz de los relámpagos cuartea la noche iluminando los convoyes, como si una cámara gigante les estuviera haciendo fotos desde el cielo. El viento transita silbando por el túnel en el que se ha convertido la estación, deslizándose bajo los trenes parados, sacudiendo los carteles, arremolinándose entre los bancos, vaciando el contenido de las papeleras. Los pasajeros, que se han visto obligados a apearse de sus trenes, deambulan por el andén.

La electricidad resiste, aunque su intensidad oscila a merced del viento y de las ráfagas de agua que, de forma súbita, entran, oblicuas, hasta los andenes y salpican gotas que pinchan como agujas.

La zona central del andén está ocupada por un grupo de niños —fulares amarillos colgados de los cuellos— que permanece sentado formando un círculo. Sus monitores, adolescentes lampiños, rasgan sus guitarras intentando acompasar una canción, pero los dedos parecen rígidos, y al timbre del instrumento no le acompaña ninguna armonía. Los niños no cantan, se miran los unos a los otros, se abrazan, ríen, gritan tras cada relámpago; parecen disfrutar de estar allí: parece que disfrutan de tenerle miedo al miedo.

Isabel permanece sentada en un taburete alto en la barra del bar que da al andén. Observa a los niños; y observa también a los adultos, muchos caminan arrastrando su maleta con una mano, sosteniendo su teléfono con la otra. Y ve los destellos de ira en sus dientes cuando parecen maldecir, cuando miran la pantalla de su móvil y lo agitan con rabia, quizás para que el aparato, a fuerza de zarandeos, recobre la cobertura.

—Hacía tiempo que no veía uno de esos aquí parado —le dice el camarero al policía que había acompañado a Isabel al interior de la estación, al tiempo que señala el tren con destino a París—. Y qué falta nos haría que volvieran —continúa el hombre atenuando la voz, hablando para sí, o hablando para el policía, o hablándole, quizás, al trapo mugriento que le cuelga del hombro. Isabel mira ese trapo esperando que arranque a hablar a través de esa enorme mancha que parece una boca, igual que lo hacían los muñecos de los ventrílocuos en aquellos espectáculos tan horteras que, en los años ochenta, cuando ella era niña, ofrecía Televisión Española.

El policía parece sentirse interpelado y asiente con la cabeza. O, tal vez, simplemente la baje para beber otro sorbo de café. Una mujer, que arrastra de forma fatigosa una maleta roja, se para frente a ellos y, mirando al policía, que sigue con la vista sumergida en su café, dice:

—Me gustaría ir a un hotel, ¿pueden acompañarme?

El policía levanta la cabeza, la mirada fija en la maleta roja, como si fuera el objeto, y no la mujer, quien le hubiera dirigido la palabra.

—No, señora. En febrero los hoteles del pueblo están todos cerrados —dice, arrastrando de forma lánguida sus palabras.

—Pues llévenme a otro pueblo.

—Las carreteras están cortadas.

El policía devuelve la mirada a la taza de café.

—No podemos llevarnos a toda esta gente al ayuntamiento, está todo inundado, es peligroso sacarlos de aquí —dice el policía mirando ahora al camarero e ignorando a la mujer de la maleta roja—, así que estaría bien que no cerraras la cafetería esta noche.

El camarero no responde y el policía mirando, ahora sí, como la mujer de la maleta desaparece por el andén, se levanta y se va.

El reloj del bar de la estación, colgado en la pared y coronando la cafetera, marca las ocho y media. Sus manillas rojas giran sobre la fotografía de un hombre de mandíbula huesuda que fuma un cigarrillo Lucky Strike recostado en una enorme motocicleta que, en lugar de sobre dos ruedas, reposa encima de un «Feliz 1988». Treinta y un años lleva aquel motorista fumador soportando el roce de las varillas del reloj, que le han ido desdibujando el rostro hasta dejarlo intercambiable, igual que cualquier otro rostro de mandíbula huesuda. Así que, en 1992, cuando Isabel pasó unas horas en aquella estación, esperando un tren que la llevaría a Milán, y quizás tomando también un café con leche, aquel mismo rostro debió de estar observándola a través de las manecillas del reloj. Observándola a ella. Observándolos a los dos. Aquel fue su primer viaje, su único viaje, y lo hizo con su primer novio, con el único novio al que no habría aborrecido jamás. Y ya habían pasado veintisiete años. Los recuerdos, como capas de barniz sobre un lienzo, habían ido fijando imágenes en su memoria. Imágenes endurecidas, cristalizadas y recubiertas por aristas que le arañaban el cerebro. Recuerdos que, un día, decidió no rescatar más. Así que hacía tiempo que no pensaba en aquel viaje, ni en aquel novio, ni en aquellos veintidós años que un día desperdició al creer que tener veintidós años significaba poder aspirar a tenerlo todo cuando paseaba el pulgar entre los nudillos de aquel chico.

—¿Desde cuándo trabaja usted aquí? —le pregunta Isabel al camarero, que tiene los ojos ocultos tras unos párpados tan caídos que le desfiguran la mirada.

El hombre, sin dejar de secar los vasos de cortado, opacos de tan rayados como están, dice:

—Toda mi vida.

—¿Estaba usted aquí en julio de 1992?

—¿Dónde iba a estar?, ¿compitiendo en los Juegos Olímpicos?

Entonces, Isabel imagina al hombre tal cual es ahora, añejo y desmadejado, participando en el desfile inaugural de los Juegos, y con su trapo sucio por bandera. Deja una propina en la barra y se despide del camarero que, sin alzar la vista, recoge las monedas y las suelta con indolencia en un bote junto a la caja registradora. Pero Isabel no se mueve de su taburete. Ve aparecer a cuatro chicos ataviados con el chaleco de la Cruz Roja. Empiezan a repartir mantas grises. Aun sin tocarlas, resultan ásperas a la vista y le traen a Isabel imágenes de guerras antiguas que solo ha visto en películas. Primero, parecen seleccionar a los pasajeros mayores y a aquellos que tienen niños pequeños a su cargo. Después, reparten mantas entre los críos de los fulares amarillos. Cuando se acaban las mantas, la señora de la maleta roja, que aparenta tener la misma edad que Isabel, se acerca a los cuatro jóvenes de la Cruz Roja, que tienen el pelo y los pantalones empapados y los labios azulados por el frío. Los increpa: ella también quiere su manta. Los chicos de la Cruz Roja se disculpan, le dicen a la señora que ya no disponen de más mantas. La mujer eleva el tono por encima de la tormenta, que parece haberse amedrentado en aquel instante. Su garganta es una fuente de insultos agudos que chirrían como cristales en una batidora. La tormenta vuelve a arreciar y los gritos de la mujer quedan sofocados por un trueno. Un hombre de edad —mayor, anciano. Viejo, déjate de eufemismos, se dice Isabel—, con las gafas empañadas y las manos rojas y escamadas, se acerca a la mujer y le ofrece su manta. Ella vacila unos segundos. La acepta. La tormenta vuelve a calmarse. El hombre regresa al banco en el que ha permanecido sentado desde que Isabel llegó a la estación, donde le espera una anciana que no deja de observarlo con un oscilante movimiento de cabeza. Isabel piensa que niega, reniega de algo, porque, si algo aprendió de su madre, es que en esta vida siempre se pueden encontrar mil cosas de las que renegar. Segundos después, se da cuenta de que la cabeza de la mujer sigue oscilando sobre el cuello de forma incesante, como si quisiera iniciar un camino que el cuello le estuviera impidiendo tomar. Igual que el perro que su padre tenía sobre el salpicadero del coche cuando ella era pequeña y la llevaba a la playa de Castelldefels. Y, al pensar en la playa, vuelve a notar los granos del azúcar de su café con leche entre los dientes.

El perro del coche era marrón y cabezón, del mismo color que el perrito de madera que su padre guardaba en una vieja caja metálica. El perro que ahora merodea entre los pasajeros, sin embargo, es enclenque y negro, y olisquea el aire como si buscara un rastro que seguir. Se mueve con agilidad, manteniendo la distancia con la gente.

—¿Es de alguien ese perro? —le pregunta Isabel al camarero, que sigue secando los mismos vasos.

—No. Lo abandonaron un verano en el aparcamiento de la estación, hará un par de años. Viene por aquí cada noche porque le doy las sobras. El resto del día lo pasa en el aparcamiento esperando que vuelvan a por él.

—¿Y nadie del pueblo se lo ha llevado a su casa?

—¿Quién va a querer llevarse un bicho tan feo? Además, está viejo, ya no ve mucho, cualquier día se cae a la vía y se lo lleva por delante un tren.

Pobre animal, si tuviera casa me lo llevaría, piensa Isabel. Pero no tiene casa; hace una semana que la desahuciaron, así que ya no tiene casa.

Después de recorrer por enésima vez el andén, Mathieu se sienta en un taburete en la barra del bar que da a la vía, junto a la mujer con el pelo alborotado: poco más puede describir de ella, pues esconde la cara tras el pelo y el cuerpo bajo capas de ropa de abrigo y un anorak del Decathlon.

—¿Sabe si hay alguien sirviendo? —le pregunta a la mujer del pelo alborotado que sostiene en una mano una taza vacía con el asa rota.

—Hay un camarero, aunque hace ya rato que no lo veo por aquí.

Mathieu recela de la gente que no le mira a los ojos al hablar. Y aquella mujer, «qué tía más rara», piensa, permanece absorta en el reloj que cuelga de la pared, donde un tipo duro que fuma Lucky Strike felicita el año 1988.

Su mujer no es así. Su exmujer no era así, se corrige. Su mujer (su exmujer desde hace ya dos años) mira siempre a los ojos y sonríe, porque fingirse amable y cercana y solícita fue el común denominador de su vida juntos; y porque sonreír mostrando sus dientes blancos fue su carta de presentación, aunque luego tuviera que apretar la lengua al paladar para que no se dispararan las palabras envenenadas que era capaz de articular aquel pequeño músculo. Pero un día, su mujer (Beatriz: tan hermosa que no le quedó más remedio que perder la cabeza por ella) se astilló un diente comiendo avellanas. Y dejó de sonreír. Entonces Mathieu, en un intento de objetivar su desgracia, de comprimirla y darle forma, culpó a la avellana de lo que vino después. Beatriz dejó de sonreír, y después dejó de fingir que todo le parecía bien. Se arregló el diente: se fue con otro. Él, que había sido hombre de ciencia, sabía que los procesos que transformaban A en B eran más complejos, pero le reconfortaba echarle la culpa de su desgracia a una pérfida avellana, como si la fricción del tiempo o su propia estupidez no hubieran tenido nada que ver con el fracaso de su matrimonio.

Aparece el camarero; la mujer rara sentada a su lado, la del pelo alborotado, que ahora se mira las manos como si quisiera verse las venas a contraluz, tiene razón.

—Me pone un café, por favor —le pide Mathieu al camarero. Y decide mostrarse considerado, y sonríe, como si el café lo estuviera pidiendo su exmujer.

—Lo siento, caballero, voy a cerrar. Si me disculpan, tengo que recoger y llevármelos dentro —dice señalando los taburetes donde están sentados Mathieu y la mujer.

—El policía le ha pedido que deje el bar abierto —le dice la mujer del pelo alborotado. Mathieu puede verle por fin la cara: piel seca, cejas sin depilar, ojos grandes del color de la avellana que le rompió el diente a su mujer.

—¿Me va a pagar la policía las horas extra? Porque mi jefe tampoco. Si es tan amable, señora, tengo que recoger. Ahora vendrán los chavales de la Cruz Roja y les darán sopa, o lo que sea. Yo ya no pinto nada aquí.

—Vaya, ¿y ahora dónde nos sentamos? —dice Mathieu mirando a la mujer que, por primera vez, también lo mira.

—¿No tendrá usted unos cartones por aquí? —le pregunta la mujer al camarero, y este saca dos cajas de debajo de la barra y se las da a la mujer.

—Tenga —le dice la mujer a Mathieu tendiéndole una de las cajas de cartón—. Es mejor que sentarse en el suelo frío.

Él se queda con un cartón en la mano, observando cómo aquella extraña mujer de ojos grandes y pelo alborotado se aleja por el andén. Y se pregunta si su abuelo Rafael tuvo, al menos, un cartón sobre el que sentarse cuando, también en febrero, pero en 1939, pasó su última noche en España en aquella estación.

Isabel le da un cartón al hombre de la cámara ostentosa y se aleja. La lluvia hace que la monstruosa estructura que es la estación, hecha de hierro y vidrio, vibre como un invernadero de plástico. Pasa junto a una mujer que se queja del frío y esconde las manos entre los glúteos y la maleta roja en la que está sentada. A Isabel el frío se le ha metido debajo de las uñas y dentro de las orejas. Y aunque le disgusta como sensación física, el frío le trae siempre enroscados sus mejores recuerdos.

Como aquella tarde de un domingo de invierno cuando un rayo casi la parte en dos. «Te ha salvado una gaviota», le dijo su padre, abrazándola, besándole la cabeza con la misma devoción con la que su madre besaba una figura del niño Jesús. Había caído un rayo y una gaviota oportuna —y algo estúpida; probablemente desorientada— se interpuso entre ella y el rayo. La gaviota cayó, achicharrada, a un metro de Isabel. Isabel cayó, asustada, a cien metros de su padre, que había ido a comprar unos frutos secos al quiosco. Fue una tormenta seca. Solo rayos. Solo truenos. Ni una gota de agua: aquel año, 1982, les estaba regalando un invierno de sequía.

Pero a pesar del susto, del dolor y de la peste a pájaro frito, recuerda aquella tarde como una de las más felices de su vida. Porque fue aquella tarde cuando su padre la llevó por primera vez a Montjuïc; porque fue aquella tarde cuando su madre logró llevarla por última vez a misa.

Isabel tenía doce años y su padre, a sus cincuenta y cinco, tenía tan encorvado el pescuezo de trabajar que ella solo podía verle todo el rostro cuando se sentaba en el suelo a sus pies.

Los domingos, después de comer, su padre cogía un transistor —el mismo pequeño y manoseado que tenía en el taller— y recorría la distancia que separaba su piso en L'Hospitalet de la colina de Montjuïc. Eran siete kilómetros de ida y siete kilómetros de vuelta que Antonio —a veces le gusta nombrar a su padre en el recuerdo por su nombre de pila— aprovechaba para gastar unos zapatos que el resto de la semana apenas caminaban los pocos metros que separaban su entresuelo sin luz del taller de tapicería. El domingo del rayo y de la muerte de la gaviota su padre, que acostumbraba a hablar tan poco que lo primero que olvidó de él Isabel tras su muerte fue su voz, le preguntó si quería acompañarlo. La madre (María Dolores se llamaba, como si fuera un presagio), que hasta el momento había tenido el monopolio de la niña, miró a su marido, miró a su hija, y se encerró en la cocina, también como cada domingo, para preparar pasteles sin apenas azúcar ni levadura que sabían a pan duro; pasteles que Isabel daba a las palomas de regreso a casa.

Aún recuerda cómo se le encendió la cara cuando comprendió que aquel hombre (que era su padre, pero que hasta entonces también había sido un extraño) quería pasar la tarde con ella. Se puso el abrigo. Su madre, con las manos manchadas de harina, cerró la puerta de la cocina dando un portazo y dejando miles de motas blancas flotando en el aire.

—Papá, el transistor —le dijo Isabel cuando estaban en el rellano.

—Hoy no lo voy a necesitar.

No volvieron a hablar hasta que llegaron a la plaza de España. Recorrieron los siete kilómetros de la larga carretera de Sants en silencio.

Domingo frío. Domingo gris. Nubes metálicas suspendidas de un cielo tan bajo que parecía poder rozarse si una se ponía de puntillas. Las tiendas cerradas, los escaparates a oscuras, los maniquíes en penumbra, algunos sin ropa, muñecos asexuados como su Nancy. De los bares, un olor a humo y a aceite quemado y, de vez en cuando, un grito colectivo de euforia: «¡Goool!». Barcelona, años ochenta, recuerda ahora Isabel: gris. Y triste. La ciudad siempre le había parecido triste. «¿No es una ciudad maravillosa?», le había preguntado aquel único novio, ya en los años noventa, ya enamorada, ya dispuesta a ceder a cambio de un beso. «Sí —le había respondido ella entonces—, tienes razón». Él siempre tenía razón, aunque no la tuviera, porque era inteligente, y porque su barba era rubia y en la zona del mentón se volvía pelirroja. Sí, Barcelona es una ciudad maravillosa.

Cuando llegaron a la plaza de España su padre la cogió de la mano. Isabel llevaba unos guantes de hilo que le impedían sentir el tacto de la piel de su padre, que ella imaginaba rugosa. Veía los dedos del hombre sin guantes, deformados; las uñas moradas por ese frío que su padre no era capaz de sacarse del cuerpo ni en verano. Dejaron atrás la plaza, la gigantesca fuente seca y embrutecida, la antigua plaza de toros que quizás una vez fue roja pero entonces era gris (¿o era marrón?, Isabel ya no es capaz de recordar con nitidez los colores) y mugrienta. Siguieron colina arriba.

—Vamos por aquí, te voy a enseñar una cosa —le dijo su padre.

Y caminaron por la carretera que bordeaba la colina por su flanco derecho hasta llegar a un edificio alto y desvencijado, horadado como el Coliseo de Roma, pero sin Roma a lo lejos, sin pizca de grandeza, solo barracas, escombros, y matojos a su alrededor.

—Es el estadio. Aquí viví yo.

—Pero no es una casa —dijo Isabel sin entender nada, desconcertada porque, entonces, ella era una niña que vivía en un piso de cincuenta metros cuadrados y que pensaba que no era posible ser más humilde; porque, entonces, algunas de sus amigas tenían calefacción y ella solo una estufa que se apagaba por la noche; porque, entonces, había niñas que estrenaban calcetines cada invierno y los suyos estaban bordados a zurcidos y desgastados por el talón; porque, entonces, Isabel pensaba que no era posible vivir peor de lo que ellos vivían. Pero aquel edificio hueco, sin techo ni ventanas y que no era una casa, fue el hogar de su padre cuando la chabola en la que vivió en la playa del Somorrostro, después de regresar de su misterioso exilio en Francia del que apenas hablaba, fue arrasada por una tormenta. Pero eso lo supo después, y lo entendió todavía mucho más tarde. Porque aquella tarde, Isabel y su padre continuaron caminando, y ni la niña hizo más preguntas ni el padre dio más explicaciones.

Siguieron colina arriba y llegaron a los jardines del mirador, desde donde se veía el mar, ninguneado por una ciudad que le daba la espalda con desprecio. El Mediterráneo escondido, parapetado tras el puerto, como si Barcelona se avergonzara de su proximidad.

—¿Tienes hambre? —le preguntó su padre.

Isabel asintió. El padre se alejó; un quiosco a cien metros. Olía a golosinas, a almendras garrapiñadas, a castañas asadas.

Y estalló la tormenta sobre el mar. Los rayos fueron cayendo sobre el agua como bombas de luz. Isabel miraba al cielo y miraba al mar, fascinada. Las gaviotas chillaban y huían ciudad adentro. Todas menos una, la que sucumbió al rayo que a punto estuvo de partir a Isabel en dos. Luego vinieron los gritos de la quiosquera, las garrapiñadas por el suelo, el olor a animal quemado, el abrazo de su padre. Después, un taxi negro y amarillo. Y luego su madre, ya en casa, que parecía una estatua orante de mármol, rezándole a alguien: a la estampita de santa Bárbara que llevaba entre sus manos, al crucifijo que colgaba de la pared sobre el cabezal de su cama, a la medalla de la Virgen que le colgaba del cuello. La misma medalla, recuerda ahora, que vendió hace una semana, antes de salir de L'Hospitalet, para poder llenar el depósito de gasolina de su autocaravana.

Isabel deambula por el andén, buscando un hueco donde colocar su cartón y sentarse. La sala de espera está precintada por la policía local. Sin embargo, alguien parece dormir recostado sobre los asientos de plástico. Es un bulto menudo, alguien pequeño con ropa grande. Se mueve. Se incorpora. La conoce, ya la ha visto antes: es la princesa sin techo.

Esther se despierta con la entrepierna helada: ha vuelto a mearse encima. Los orines, ya fríos, se acumulan en la silla de plástico en la que está recostada, empapándole la cadera derecha. Ha soñado que daba a luz un bebé caliente y amorfo como la sangre que se le escurría entre las piernas y se estrellaba en el suelo de un quirófano sucio. Hace cinco meses que sueña lo mismo: hace cinco meses que vive en la estación de Portbou. Pero solo se mea encima cuando el frío es insoportable. Y esta noche el viento —que sisea entre los cristales rotos de la sala de espera de la estación, que se arremolina en las esquinas, que hace que su carrito dé vueltas sobre sí mismo como si fuera un cisne metálico— hiela y corta como la cuchilla de las botas de patinaje sobre hielo que tenía de niña.

Se da la vuelta. Intenta incorporarse. Pero una punzada la paraliza. Siente como si tuviera la uretra repleta de arena. Un dolor rasposo le sube hasta los riñones: cistitis. La primera le sobrevino después de parir al niño, tan grande que las enfermeras se hacían fotos con él en brazos mientras ella se retorcía en la cama del hospital con el útero destrozado. Dos años después llegó la niña, y aunque nació menuda y por cesárea («la niña está bien colocada, pero su mujer se ha rendido, parece no tener ganas de dar a luz», escuchó que le decía el ginecólogo a su marido), las entrañas quedaron destrozadas.

El agua, que entra a borbotones desde la calle a través de la puerta rota, cubre el pavimento de la sala de espera de la estación. Lo sabe porque los pies, ahora en el suelo (un pequeño salto, un gran esfuerzo, dolor, pero ha logrado ponerse en pie) están hundidos hasta los tobillos. Allí, escorada en el agua como un junco, busca su sombra. Desde que había salido del hospital buscaba su sombra para asegurarse de que no estaba muerta. Pero la luz que entra desde los cristales que dan a los andenes es tan tenue que su sombra se ha desvanecido. Y ella la necesita. Coge el carrito, que sigue bailando al son del viento, rompe el precinto de la puerta que comunica la sala con el andén, y sale fuera. La estación está repleta de gente aletargada. Los que siguen despiertos la miran y la ignoran, sin que entre ambas acciones pase más de un segundo. Recorre el andén con su carro hasta que, apostada frente a una de las luces de emergencia, recupera su sombra, que es débil y parece dibujada con carboncillo gris sobre el suelo. Entonces, tres rayos seguidos, como tres calambrazos —como los destellos con los que el médico medía la actividad eléctrica de su cerebro, aunque no estuviera loca, porque no estoy loca, no estoy loca, no estoy loca, gritaba ella— iluminan la estación, y su sombra cobra densidad, tanta que Esther teme que vaya también a cobrar vida y escaparse.

Tiene que lavarse y tomar la medicina. Camina entre la gente, empujando su carrito hasta el baño que hay junto al bar de la estación. Allí podrá lavarse; y cambiarse las bragas y el pantalón y los calcetines. En su carrito siempre hay ropa limpia. No soportaría vivir en la calle si no pudiera cambiarse de bragas una vez al día. Por eso sigue en Portbou. Porque allí es la única sintecho y no tiene que compartir la solidaridad del pueblo con nadie más. Porque permiten que se duche con agua caliente en el *casal* parroquial. Porque unas señoras de la parroquia, que han convertido a Esther en su buena obra, en su pasaporte para entrar en el cielo quizás, le lavan la ropa cada día y le llevan sopa caliente y ensaladilla rusa, y le dan bolígrafos nuevos y libretas donde dibuja barcos y escribe palabras, y le consiguen antibióticos cuando tiene cistitis. Esther sabe dónde viven esas mujeres: en su deambular por el pueblo las ha visto entrar en sus casas, lugares que ella solo imagina porque la caridad nunca ha traspasado el umbral de sus vidas privadas, y ella se las imagina cocinando, como hacía su madre; leyendo, como hacía su padre; jugando con sus hijos, como hacía su marido; encerrándose en el baño para llorar, como hacía ella.

También hay una mujer que le da preservativos. Es una asistente social que viene un día a la semana desde Figueres para visitar a los ancianos a los que ya nadie echa cuentas, y para visitarla a ella e intentar descubrir su nombre. La mujer piensa que Esther se llama Jessica. La mujer piensa que Esther es puta. Pero ella no es puta, como tampoco está loca. Pero, igual que se hartó de repetir a los médicos que no estaba loca para obtener solo miradas condescendientes y un diagnóstico equivocado (no la creyeron, solo se fiaron del mapa de su cerebro), ni se molesta en decirle a esa mujer, que tiene el pelo rojo y va tan escotada que la puta parece ella, que no, que no es puta. Así que escribe palabras en los papeles que le dan las mujeres de la parroquia, y los mete en los condones que le da la asistente social, y cierra estos atando un nudo, y los lanza al mar desde la orilla, esperando que algún día alguien los encuentre y sea capaz de hilvanar esas frases de disculpa que ella escribe en su mente.

El baño apesta. Uno de los tres inodoros está atascado y un gran charco de agua sucia y orines dibuja un reguero hasta el lavamanos. Parece un río con sus meandros, que salva los elementos geográficos del suelo con su serpenteo y con sus afluentes, que amenazan con inundar todo el suelo del baño. Esther se acerca al lavabo que está más limpio y se quita la ropa sucia. Se lava con una toalla que ha mojado previamente en agua, y se pone unas bragas que le están grandes, unos calcetines de hombre, y unos pantalones que huelen al mismo suavizante con el que ella lavaba la ropa de los niños.

—Uy, perdone, no sabía que el baño estuviera ocupado —dice una mujer de pelo rizado y sin peinar que acaba de entrar.

Isabel aguanta la puerta para que pueda salir la chica del carrito. La mujer le sonríe, mostrándole sus dientes blancos y fuertes, como los de un caballo joven. También su piel es blanca, sin manchas ni cicatrices; y en su pelo limpio, negro y liso, como el de una Cleopatra en tecnicolor, se refleja la luz de la bombilla led. La princesa sintecho. Así la llama desde que la vio por primera vez, dos días antes, frente a la orilla del mar, tirando objetos pequeños que las olas le traían de nuevo a los pies.

El suelo del baño está sucio. Su madre la obligaba a quitarse los zapatos de la calle antes de entrar en casa y a dejarlos en el lavadero, donde tenía que limpiar las suelas con un trapo húmedo empapado en lejía. Por eso Isabel siempre olía a lejía, porque sus pies, al igual que su alma, obligada a una confesión semanal, estaban en constante desinfección.

«Si me viera ahora mi madre», piensa Isabel, deseando que algo así pudiera ser verdad, que su madre pudiera ver desde el más allá las suelas de sus zapatos empapados en orines ajenos. Mira el techo del baño, que rezuma humedad y que bien podría esconder la puerta del cielo, o la del infierno si se invirtiera la perspectiva, y le dedica a su madre muerta una sonora carcajada. «Jódete —piensa—, tengo los pies empapados de mierda», y se toca las suelas con las manos y susurra —aunque en su pensamiento el susurro suena como un grito áspero—: «Prefiero el olor de la mierda al de tu lejía». Pero también piensa en su padre, así que se contiene y se lava las manos «porque no queremos enfadar más a tu madre», le decía siempre el hombre.

Sale del baño. La chica del carrito se ha sentado en el suelo y está leyendo un folleto, el mismo que ella dejó antes de la tormenta en su autocaravana, y que describe la exposición que esa misma mañana han inaugurado en el centro cívico de Portbou: *El camí de l'exili, 80 anys del final d'una guerra*. Allí había pasado Isabel toda la mañana, escrutando las fotografías de forma obsesiva, con la atención de un entomólogo. Buscaba en ellas algún rastro de su padre, Antonio, que había llegado allí en febrero de 1939, al final de la guerra y en plena Retirada, caminando desde Barcelona, con su madre trastornada y su hermana pequeña a cuestas, cuando él tenía solo doce años; del mismo modo que en días anteriores había buscado en el cementerio y en el archivo municipal el rastro de aquella niña, su tía, muerta al llegar a Portbou y enterrada, según le había contado su padre antes de morir, por dos hombres buenos en una fosa sin nombre. Pero ni su padre Antonio ni su tía muerta parecen existir para los archivos, no son más que fantasmas que al final de una guerra transitaron por aquel punto de la Costa Brava.

Se acerca a la chica del carrito, se sienta junto a ella. En otro tiempo (en aquel otro tiempo de su vida que precedió a la reunión en la que el director del banco le dijo que llevaba demasiados meses sin pagar la hipoteca y que ya no podían aguantar más cuotas sin abonar, cuando la palabra desahucio solo era para ella un titular más de las noticias de la televisión), Isabel jamás se habría sentado junto a una sintecho. Pero en aquel otro tiempo, Isabel tenía unas llaves, y una puerta de madera, y una lavadora, y una estructura de hormigón que sostenía cuatro paredes entre las que vivir. Esta noche, lo único que la separa de esa chica es el techo de fibra de vidrio de su autocaravana (que conserva por un olvido burocrático: en la gestoría olvidaron inscribir el vehículo que ella compró de segunda mano a su nombre), y ni siquiera está segura de que el vehículo vaya a salir indemne de la tormenta.

—Esta mañana fui a ver esa exposición —le dice a la chica del carrito, que huele a jabón y a colonia barata, señalándole el folleto que sujeta entre las manos.

—A mí también me gustaría ir, pero no me dejarán entrar con el carro.

—Yo te lo vigilaré mañana, si quieres ir.

—¿Vives en Portbou? —La chica del carrito mira a Isabel por primera vez—. Llevo aquí un tiempo y tu cara no me suena de nada.

—No, no vivo aquí, pero igual me quedo unos días.

—Es un sitio feo, no tiene mucha gracia, pero la gente es tranquila.

La chica tiene los dientes sanos. Limpios. Blancos. Alineados. Isabel quiere preguntarle por qué alguien con esos dientes y con la piel inmaculada vive en la calle. «Isabel, no seas impertinente», recuerda que le repetía su madre cada vez que le hacía una pregunta a alguien, por neutra que esta fuera, así que Isabel cierra la boca y mira hacia las vías del tren. El hombre que antes se sentó a su lado en la barra del bar de la estación pasa por delante de ellas, lleva la cámara colgada del cuello y parece que solo es capaz de observar lo que le rodea a través del objetivo. Asomando de un bolsillo trasero del pantalón, Isabel ve el mismo folleto que la chica del carrito tiene en las manos, el mismo que ella guarda en su autocaravana.

—Este hombre lleva toda la noche haciendo fotos —dice Isabel—. No sé qué buscará fotografiar.

—Cualquier cosa —le responde la chica del carrito.

Esther no sabe qué busca fotografiar ese hombre. Ni tampoco podría decirle a la mujer qué es lo que quería fotografiar ella cuando pasaba las noches entre el Raval y el puerto, retratando a los desarrapados. Su marido le rompió la cámara. Era un buen hombre: paciente, adorable. Le daba la papilla a la niña y doblaba la ropa, aunque siempre la guardaba en el cajón equivocado. Sus ojos eran azules y no se le caía el pelo. Pero una de las noches que ella esperó a que los niños se durmieran para irse a hacer fotos, el niño se despertó y le metió por la nariz a su hermana un botón, y su madre —que vivía con ellos desde que nació la niña y las cosas habían empeorado tanto que a Esther le parecía que hasta los juguetes de sus hijos la miraban con desprecio— la llevó al hospital y entonces su marido —que era médico, que era guapo, que sabía doblar camisetas— se enteró de que cuando él tenía guardia de noche en el mismo hospital donde a su niña le sacaban el botón de la nariz, su mujer se escapaba de casa y pasaba las horas haciendo fotografías a los colgados del puerto. Así que le rompió la cámara, «no he tenido más remedio», le dijo. Del mismo modo que ella no había tenido más remedio que salir de casa a hacer fotos; del mismo modo que, probablemente, ese hombre tiene la necesidad de disparar para ver más allá de las lentes. Pero todo eso Esther no se lo puede decir a la mujer, aunque parezca comprensiva y honrada, y aunque se haya sentado junto a ella sin mirarle las manos ni pedirle que le enseñe si tiene pinchazos en los antebrazos, porque no es más que una mujer corriente que jamás habría abandonado a sus hijos.

—Tengo que ir otra vez al baño —le dice Esther—, ¿me vigila el carrito?

La cistitis la está matando. El antibiótico de reserva que acaba de tomar aún no ha hecho efecto y siente como si sus riñones bombearan salfumán a través de su uretra. Se levantan su sombra y ella.

Una tarde de domingo, un año atrás, Esther ya no pudo más. Se acercó a una iglesia lejos de su casa, esperó a que todas las beatas hubieran salido y, cuando ya solo estaba el cura en su sacristía, cambiándose —mutando de hechicero a hombre—,

Esther entró y le preguntó, sin esperar a que el cura pudiera reaccionar siquiera:

—Si el niño Jesús en vez de un dios hubiera resultado ser un demonio, ¿cree usted que la Virgen María lo hubiera abandonado? Y, si lo hubiera hecho, ¿habría sido lapidada por los suyos o la habrían dejado vivir sola y en paz?

El cura la miró. Siempre la misma mirada, aunque en rostros distintos: el desprecio implícito en el rictus rígido y apretado, el desconcierto en las cejas que se arqueaban levemente, arrugando la frente; el miedo en las aletas de la nariz ensanchadas para llevar más oxígeno a un cerebro perplejo, quizás. La primera en ponerse aquel rostro fue una enfermera del hospital donde dio a luz a su hijo. «¿No quieres ver al niño?», le había preguntado con el bebé en brazos, que berreaba como un cordero de camino al matadero. Esther negó con la cabeza. Solo quería dormir, y dejar de escuchar los gritos de aquella criatura. Y también vio aquella mirada, aquel mismo rostro, en su marido, cuando le dijo que estaba embarazada de nuevo y que no quería (porque no podía, porque no sabía, porque no le salía, porque lo intentaba, sí, pero no, no y no) ser madre. Y siguió viéndolo en su propia madre, en su suegra, en sus amigas, en las madres de los otros niños de la guardería. Siempre aquel rostro teñido de desprecio.

Esther salió corriendo antes de que al cura le diera tiempo a responder.

Al día siguiente, dejó a la niña con su madre y fue a recoger al niño a la escuela. Le llevó su merienda favorita y cogieron un autobús al azar. Llegaron a un barrio extraño: pisos altos de ladrillo rojo, aluminio deslucido en las ventanas, toldos verdes y naranjas, casi todos rotos, y ropa tendida en los balcones. Allí había un parque, y había niños que jugaban y se tiraban tierra a la cara mientras sus madres los ignoraban, ocupadas en sus conversaciones: todas querían sobreponer su voz a la de las demás, como si fuera una competición de griteríos. Su hijo, como hacía siempre, se alejó corriendo hasta la arena y empujó a otro niño, que lloró, indignado. Esther, también como cada tarde, habría tenido que correr tras su hijo, que reñirle sin fuerzas, que disculparse con la madre del otro niño, que llevarse a rastras a su hijo, un niño nervioso al que no lograba aprender a soportar. Pero aquella tarde Esther se alejó, sin mirar atrás, sin mirar, en realidad, a ninguna parte.

Meses después le dijeron que, dos horas más tarde, la policía llamaba al móvil de su marido: habían encontrado a su hijo en un parque de Nou Barris, el niño estaba bien, asustado, pero no había ningún adulto responsable con él. Y también le dijeron que, doce horas más tarde, volvieron a llamar a su marido: habían encontrado a su mujer a la puerta de una iglesia, se había intentado cortar las venas con una botella de cerveza rota.

3

De la frontera a Argelès-sur-Mer, febrero de 1939

Lo único blanco en aquel rostro eran los dientes, tan blancos y tan grandes que se le antojaron a Rafael como los del caballo sobre el que el hombre estaba montado.

—¿Es que no has visto nunca un negro? —le preguntó Francisco.

—No como este —dijo Rafael, siguiendo con la mirada el movimiento de la vara con la que aquel soldado negro azotaba el aire mientras gritaba *allez, allez* clavando con fuerza el tacón de sus botas en los cuartos traseros del animal.

—*Soldats à droite!* —gritaba un gendarme robusto y anguloso, pero con la voz aflautada de una maestra de escuela.

Allí, en aquella frontera custodiada por soldados negros a caballo, los gendarmes blancos, como si estuvieran limpiando de piedras las lentejas, enviaban a los civiles a la fila de la izquierda y a los soldados a la de la derecha. A Francisco, aunque no llevaba uniforme, también le hicieron colocarse a la de la derecha. *Anarchiste*, dijo uno de los gendarmes señalando el gorro de su cabeza. Así que Rafael y Francisco tuvieron que separarse de la procesión de civiles desposeídos (caminar lento; el silencio quebrado solo por el llanto de algunos niños, «cuanta más mala leche le pongan a llorar, más probabilidades tendrán de sobrevivir», le dijo Francisco) que esperaba para pasar por un control formado por dos gendarmes que anotaban algo en un cuaderno sin mirarles las caras, solo atentos a sus piernas escuálidas, como si los refugiados hubieran perdido sus cabezas en la huida y la única misión de aquellos policías fuera contar cuántas alpargatas iban a cruzar a Francia aquel día.

En la fila de la derecha, los gendarmes, al recibir a los soldados, esbozaban sonrisas de desprecio. Cada vez que tenían agrupado un centenar de hombres, los conducían hasta un prado elevado desde donde se podía ver cómo las montañas se precipitaban al mar. Las gruesas briznas de hierba estaban tiesas y duras como clavos, y a Rafael se le hincaban en los pies a través de los agujeros abiertos en la suela de las botas del sargento Lombardo durante su larga y penosa huida.

En aquel prado solo había hombres. Centenares. Bajo las gorras, todos con las mejillas hundidas, como las del Cristo de la estampa que su madre guardaba en un cajón, bajo la mantilla del domingo. Caras uniformes coronando uniformes dispares. Milicianos anarquistas, socialistas, comunistas. Chaquetas de paño desgastado, sin botones. Pantalones sostenidos con cuerdas atadas a la cintura. «Va siempre bien llevar una soga encima, uno no sabe cuándo tiene que acabar colgándose de un árbol», recordó Rafael que le había dicho el tonto de su pueblo, poco antes de desnucarse barranco abajo. Camisas que fueron prendas de vestir mientras se creyó en la victoria, pero que ahora, en aquel prado helado, eran solo guiñapos. Gorras rotas. Botas deformadas los afortunados; la mayoría, solo alpargatas. Pocas bufandas. Ningún guante: manos callosas a la intemperie.

—Y con esto teníamos que ganar la guerra —dijo Francisco señalando con la cabeza aquel ejército de desarrapados—. Es un milagro haber aguantado tres años.

A Rafael algo le hizo gracia. La palabra milagro, quizás, en boca de un anarquista descreído como Francisco, como también lo había sido su padre. O la idea trasnochada, tan absurda y tan pasada de moda, de que se hubiera podido ganar aquella guerra. Y aunque tenía miedo y frío y hambre, todavía había algo capaz de hacerle gracia, de arrancarle a su cuerpo una reacción inesperada de júbilo. Así que dejó salir, mezclada en un torrente de aire, una carcajada seca y abrupta, desentrenada, que le explotó en la boca achicándole los ojos. Francisco lo miró.

—¿De qué te ríes?

Rafael no sabía de qué se reía, pero le gustaba la sensación. Y siguió riendo hasta que la vara del negro, aplicada con toda la fuerza que un soldado negro de botas limpias, dientes blancos y manos grandes como sartenes puede emplear mientras monta un caballo al que le sangran los cuartos traseros, le asestó un golpe en las nalgas.

—No provoques a los senegaleses, cojones, o nos devolverán a España —le dijo un soldado que escondía la boca tras un bigote de morsa—. A estos los han traído los del Ejército francés desde África para que les hagan el trabajo sucio, y no tienen miramientos, así que haz el favor, y no llames la atención.

Pero Rafael no podía dejar de reír, aunque le quemara en las nalgas el golpe de la vara, y aunque la nieve, empujada por el viento, le azotara de abajo arriba metiéndosele bajo el dobladillo del pantalón y aguijoneándole las piernas. Y como no podía dejar de reír, se tiró al suelo de bruces, como hacía cuando el fuego enemigo sobrevolaba las trincheras; y con la cara hundida en la hierba helada, siguió riendo hasta que aquella risa sin motivo se disolvió en el barro.

—Vamos, levántate, que nos echan de aquí —le dijo Francisco, agarrándolo por un brazo.

Un grupo de soldados senegaleses a caballo los rodearon como a un rebaño de ovejas mansas, y los condujeron hasta un camino cuya superficie era una masa densa, mezcla de nieve, barro y heces de caballo, en la que resultaba dificultoso caminar. La tramontana, con su silbido turbador, serpenteaba entre los hombres. Rafael, resignado ya a tantas cosas, incluso al silencio, arrastraba las botas que le había robado al cadáver del sargento Lombardo con los dientes bien apretados para que no se le volviera a escapar una carcajada a destiempo. A las dos o tres o cuatro horas, después de bajar la montaña, de volver a ver el mismo mar en otro idioma (*la mer*, escuchó decir al senegalés que le había asestado el golpe en el culo), de no tener ni fuerzas para añorar lo que se quedaba detrás de los Pirineos, llegaron a otra carretera. Asfaltada y limpia. Ni nieve ni barro ni mierda. Camiones en fila india, cubiertos por una lona verde, los esperaban con el motor en marcha.

—*Allez, allez* —gritaron de nuevo los senegaleses.

Y allí, apretados como cochinos, con el olor a estiércol emanando de sus botas, Rafael pensó que se iba a echar a llorar.

—¿Dónde nos llevan? —le preguntó a Francisco.

—Supongo que habrán preparado algún refugio para nosotros.

—Sí, un hotel de lujo. —El soldado del bigote de morsa, que no se había separado de ellos desde el prado, rompió a reír. La risa le elevaba el bigote por encima de los labios, como una cortina de pelo que el hombre recolocaba con cuidado, sacando la lengua y paseándola por los pelos hirsutos de su cara. Rafael sintió cómo el asco infinito que llevaba años acumulando en el estómago le subía a la garganta.

—Lo que está claro es que no nos pueden devolver a España, somos refugiados de guerra, y estamos en Francia, un país democrático —dijo Francisco.

—Lo que está claro es que somos un estorbo —replicó el soldado del bigote de morsa.

El camión circulaba despacio, y aunque las lonas verdes no lo dejaban contemplar los márgenes de la carretera, podía ver a través de la parte trasera el camino que se iba quedando atrás. Había dejado de nevar, pero el cielo seguía oculto tras unas nubes bajas, densas y grises como el mercurio de los termómetros. A ambos lados de la carretera, campos de vides secas, «están durmiendo», decía su padre cuando podaban en invierno la pequeña viña que tenían a las afueras del pueblo. Y recordó la caricia áspera del vino en la lengua, el sabor a tierra roja en el cielo de la boca, el cosquilleo que le subía hasta el nacimiento del pelo.

—*Allez, descendez du camion* —dijo otro senegalés.

El camión había parado frente a una larga playa de arena cercada por alambres de espino y postes de madera astillada. En un vacío delimitado por los dos postes más altos y recios, una lona marrón como techumbre, una mesa de madera, tres gendarmes, y una larga fila de soldados esperando turno. Al otro lado de la alambrada se acumulaban montañas de arena movida de aquí allá por la tramontana; y también bultos pardos, como macutos dejados al tuntún. Pero se movían. Se movían los macutos, se movían en la arena, al ralentí, retorciéndose, deslizándose, y todo de forma sincronizada, como si estuvieran ejecutando una hermosa danza. Algunos parecían girar en círculos, o se acercaban al mar, cuyas olas dejaban tras de sí un reguero de espuma blanca en la orilla. Aquellos bultos eran uniformes: eran hombres, soldados como él.

—¿Qué cojones es esto? —preguntó el soldado del bigote de morsa.

—*Mettez vous en file et taisez vous* —dijo otro de los soldados senegaleses.

Permanecieron en silencio. Rafael no se tenía en pie. Habría querido mover las piernas para engañar al cansancio, seguir él también una coreografía, bailar al son del rumor del mar, al ritmo de las preguntas del gendarme, que siempre eran las mismas, y sonaban como el estribillo de una canción que escuchara por primera vez. Preguntas en francés que algunos soldados republicanos, desconcertados, respondían de forma equivocada. Los gendarmes reían, poniendo un contrapunto disonante a aquella canción.

—¿Tú hablas francés? —le preguntó Francisco.

—No, pero lo entiendo un poco. Mi padre me apuntó a las clases nocturnas que hacían en el ateneo libertario del pueblo.

Llegó su turno. Francisco le precedía. Un gendarme tras la mesa, de rango indefinido, miró la gorra de Francisco.

—*Anarchiste?* —le preguntó.

—*Ma oui* —respondió Francisco, enderezando la espalda y levantando el mentón.

—*Cochon* —murmuró el gendarme—. *Le passeport* —dijo pasados unos segundos, en voz más alta y sin mirar ya a Francisco, cuya expresión le hacía parecer una estatua de madera sin pulir.

Francisco, con la espalda de nuevo ligeramente encorvada, sacó el pasaporte que guardaba en un bolsillo interior de la chaqueta.

—*Nom.*

—Francisco Isidro.

—*Age.*

—*Trente-six ans.*

—*État civil.*

—*Veuf.*

—*Profession.*

—*Peintre.*

—*Oh, nous avons Picasso ici* —rio el gendarme, fingiendo una reverencia.

Le tocó el turno a Rafael.

—*Documentation.*

Rafael metió la mano en el zurrón. Los cuatro dedos de la mano izquierda, torpes y descoordinados, fueron incapaces de encontrar el documento. Siguió revolviendo, nervioso, sin atinar a encontrar lo que estaba buscando, rozando con el muñón del dedo ausente el contenido del zurrón. Por fin lo tocó y, sin dejar de mirar la mesa en la que tenía que dejar el documento, se lo dio al gendarme.

—*Nom.*

—Rafael Fernández.

El gendarme, que hasta aquel momento solo había mirado el documento, alzó la vista, fijándola en la boca de Rafael. No lo miraba a los ojos, ni a la nariz, ni a la gorra, solo le miraba la boca, como si de esta fueran a salir sapos o cucarachas; la miraba con la impaciencia de quien espera, con asco y curiosidad, una desagradable sorpresa.

—Nombre —repitió el gendarme, esta vez en español.

Rafael reparó entonces en las manos del hombre, que sostenían su documentación. Un documento, sí: todos iguales por fuera. Un documento expedido por la finiquitada República. El documento de alguien. El documento del idiota de Leo. El suyo se debía de haber quedado dentro de su zurrón, y su zurrón (recordó el hedor, el frío, los cuerpos de padre e hijo recostados contra el muro) junto a aquella casa, con las chinches y los orines, custodiado por los muertos.

—Nombre —repitió de nuevo el gendarme.

—Leonardo Rius —respondió Rafael, apretando el muñón del dedo amputado.

—¿Y las gafas? —le preguntó el gendarme, mirando la foto de Leo.

—Las perdí en la última batalla.

Y Rafael apretó con fuerza el muñón del dedo perdido, que volvía a palpitar.

En un hoyo, excavado en la arena con dos pares de manos —diecinueve dedos: Francisco se había dado cuenta de que al soldado joven aún le sangraba el muñón—, había tres cuerpos. Los tres con vida —aunque él se preguntaba por cuánto tiempo—, y respirando el aire helado que les traía el mar. Aire que los hombres devolvían convertido en nubes de un vapor blanco y denso que emanaba de sus bocas. El soldado que, la tarde anterior, justo después de que los encerraran en aquella playa, le había dicho algo tan absurdo como «no me llamo Rafael, te mentí, en realidad me llamo Leo», descansaba a su lado hecho un ovillo, agarrándose las piernas. Francisco lo observaba. El muñón del dedo —no le había preguntado cómo había sido, para qué, no hacía falta, la respuesta era siempre la misma: la guerra— sobre la rodilla. Parecía dormir, aunque con los ojos abiertos y vacíos, como si la mirada se le hubiera escurrido cabeza adentro; igual que la de tantos otros a los que había visto perderse en el desbarajuste de sus pesadillas. El cuerpo del chico temblaba, desprendía un calor febril. Los acompañaba un tercer cuerpo, el de un soldado al que le paseaban los piojos sien abajo; piojos que el hombre aplastaba con unas uñas negras. Era un hombre viejo, reclutado como tantos otros tarde y a la desesperada, cuando la guerra estaba ya perdida. Los de su quinta, la del saco, los llamaban, ya no tenían edad de guerrear entre trincheras, ni de dormir en una playa helada. El viejo gritaba cuando dormía, y sus gritos se entrelazaban a ras de playa con los que asomaban de otros hoyos también excavados en la arena. Francisco no había podido dormir. Le bullían los fantasmas cuando cerraba los ojos. Se le aparecían, transitando en sus paisajes recientes, sus gentes pretéritas, sus muertos: como su mujer, como su hijo. Se levantó y abandonó aquella madriguera. Amanecían rojos y ocres sobre el mar. Rayos anaranjados iluminaban el hoyo cayendo ladeados sobre los cuerpos. La playa —cuatro horizontes: tres alambradas y un mar— brillaba al tamiz del amanecer. Las nubes, tan cargadas días atrás de nieve y agua sucia, habían desaparecido, dejando un cielo elevado, de un añil tan uniforme que parecía fingido. Él nunca habría pintado un cielo de ese color. Pensó en sus pinceles, en sus lienzos: miró sus dedos, desencantados, a los que había prohibido volver a pintar.

Otros soldados republicanos deambulaban por la playa y, como él, también hundían los pies en la arena helada. Caminó hasta llegar a la alambrada. Los senegaleses vigilaban el perímetro exterior sosteniendo fusiles con sus manos grandes. Sus dedos parecían torpes, demasiado gruesos para unos gatillos tan frágiles. Recorrió el límite interior de la alambrada hasta llegar a uno de sus confines, donde ya no había más alambres, sino un río sucio que los allí enjaulados no habrían tenido fuerzas para atravesar. Al otro lado de aquel río, que dibujaba en la arena un extraño delta con ramificaciones, había otra extensión de playa cercada también por alambradas. Y detrás, personas. Muchas: hombres como él, y mujeres y niños. Y hoyos por doquier, como si en vez de humanos aquel campo estuviera repleto de topos. Al otro lado del río, vio al niño de la estación, al de la hermana muerta, Antonio, recordó que se llamaba. Se fijó en que, a pesar de la distancia, las orejas le sobresalían tanto de la cabeza que bien podrían haber sido postizas; y que las piernas eran largas y flacas como los postes que sostenían la alambrada de espino. Francisco, durante el trayecto de Portbou a la frontera, no había dejado de pensar en él ni en su madre, ni en el viejo profesor que se había quedado en su escuela, esperando que los franquistas le trajeran la muerte. Como un perro rabioso, el remordimiento le había mordido en el cerebro, y se había arrepentido de no haber permanecido más horas en aquel lugar, para ayudarlos. Pero entonces —un entonces que era solo antes de ayer, pero que ya le parecía muy lejano— en lo único en lo que él podía pensar era en Francia, como un perro al que le ponen ante el hocico un trozo de tocino solo puede pensar en devorarlo. Pero aquella Francia se había convertido en lo que ahora lo rodeaba: una playa desierta y fría, una alambrada oxidada vigilada por unos soldados que parecían eunucos del infierno. Y se alegró de ver al muchacho, de ver que, a pesar de todo, seguía vivo.

—Eh, Antonio, ¿cómo estás?, ¿y tu madre? —gritó, intentando alzar la voz por encima del alarido de las gaviotas.

Uno de los hombres que habían enterrado a su hermana lo miraba desde el otro lado del río. Lo saludaba agitando una mano, le gritaba algo que Antonio no se molestó en intentar descifrar. Allá, en la distancia, estrafalario, con su silueta alargada contra el amanecer, el hombre le pareció un fantasma. Aunque todos se le antojaban fantasmas; todos, menos los gendarmes franceses, que llevaban el bigote engominado y tenían las barrigas prietas por encima del cinturón; y menos aquellos enormes soldados negros, que susurraban cosas a las chicas más jóvenes, cosas que las hacían correr y llorar, y abrazarse a sus madres temblando.

Su madre también le parecía un fantasma. No había vuelto a hablar desde que dejaron a su hermana en aquel cementerio de Portbou. Había recorrido kilómetros, subido montañas, cruzado la frontera, agarrado la mano de su hijo, y enseñado su documentación, y todo en silencio; y mientras arrastraba los pies con la boca apretada restregándose los sabañones de las manos.

A aquella hora, su madre parecía dormir tras una duna, acurrucada en una manta que una mujer les había dado antes de entrar en la playa. La mujer, francesa, bien peinada, con los zapatos limpios y la cara redonda de quien come mucho pan, había increpado a los gendarmes en un francés que Antonio no había tenido aún tiempo de aprender en aquella lejana escuela de Alicante, junto al mismo mar, mientras ella y otras mujeres, también limpias y bien peinadas, también robustas, habían repartido mantas entre los refugiados. Una de aquellas mujeres, que era joven, olía a jabón y llevaba los labios pintados, le había dado un trozo de pan y un beso en su pelo sucio; y Antonio, de repente, había sido consciente de su olor, de su mugre, y de la vida que le esperaba si su madre no volvía a hablar, si no volvía a ser una madre. Sintió vergüenza. Habría querido alejarse de allí colgado del brazo de aquella mujer bonita. Pero los gendarmes habían echado a las mujeres rollizas y a ellos los habían obligado a entrar en la playa, que estaba rodeada de espinos, como los campos de las vacas. Y nada más. Allí dentro no había nada más. Solo fantasmas y arena.

—Mañana nos montarán los pabellones, me lo ha dicho un gendarme, y podremos estar por fin a cubierto, pero ahora acurrúcate ahí, con tu madre, al resguardo del viento —le había dicho la tarde anterior un hombre.

—Hace tres días que repiten lo mismo, nos quieren matar de frío y hambre. No sé cuántos han caído ya. Se los llevan en camillas, dicen que van al hospital, pero ya están muertos —había dicho otro hombre que era calvo y no tenía cejas.

—No digas eso, hombre, que asustas al zagal, ya verás que mañana nos traen las maderas.

—Pues para ti la perra gorda.

Los gendarmes se paseaban entre los hoyos arrojando con sus botas arena encima de los hombres que aún dormían. Rafael, que ya estaba despierto, tuvo tiempo de cubrirse la cara con los brazos.

—Usted quédese aquí, no se mueva, voy a ver qué quieren esos animales —le dijo al soldado viejo con el que habían compartido hoyo; y que no respondía, que quizás ya estaba muerto.

Se acercó a la entrada del campo de acogida, que era como llamaban los franceses a aquel pedazo de playa inhóspita. Soldados republicanos descargaban tablones de madera de unos camiones que estaban apostados junto a la alambrada. Un soldado alto, pelirrojo y con los pantalones rotos parecía haber tomado el mando de la tarea y disponía según iban llegando hombres de todos los puntos de la playa.

—Venga, a trabajar, que ya ha llegado la madera. Tú —le dijo a Rafael—, ¿hablas francés?

—Un poco —respondió él.

—Pues diles a los gendarmes que te den clavos y martillos, que vamos a empezar a ensamblar los barracones, hoy nadie más duerme al raso.

Un gendarme, joven y con la piel lisa de quien no ha pasado una guerra, le dio una caja de clavos oxidados y tres martillos. También le sonrió, y le colocó en la otra mano un bocadillo envuelto en papel de periódico.

—*Merci* —dijo Rafael. Y le entraron ganas de llorar.

El cielo estaba despejado, el viento había amainado y, por primera vez en muchos días, sintió el cosquilleo del sol en la nuca. Tres gaviotas, quizás al olor del bocadillo que descansaba ya en el fondo de su bolsillo, se arremolinaron a su alrededor. Eran tan grandes que cuando extendían sus alas parecían cisnes torpes.

—Putas ratas de mar —exclamó Rafael, ahuyentando a las gaviotas a manotazos.

Apareció Francisco. Parecía sonreír bajo una barba mal afeitada.

—Acabo de ver a Antonio —dijo—, el niño de la estación de Portbou. Está al otro lado del arroyo, detrás de la alambrada, en el campo de los civiles. Supongo que estará su madre con él, aunque no la he visto —le dijo Francisco.

Rafael se alegró de que el chaval estuviera vivo. Y acarició el bocadillo que yacía en el fondo de su bolsillo.

A los pocos días de estar en aquella cárcel de arena, una de las primeras decisiones que había tomado el recién creado Comité de Gestión del Campo, formado por los propios reclusos para organizar la vida cotidiana en aquel desierto limitado por el mar y las alambradas, fue que la muerte tenía prioridad. Así que, por dignidad y por higiene, los muertos no podían quedarse como estaban, a la intemperie, reblandeciéndose en una arena que anochecía húmeda y amanecía mojada, y al antojo de las gaviotas. Cuando acabaron de construir el primero de los barracones, el comité decidió que tenía que ser para ellos, para los muertos, para que tuvieran un lugar donde cobijarse en aquel interludio hacia ninguna parte.

Uno de los primeros en entrar allí fue el soldado viejo con el que Rafael y Francisco habían compartido su hoyo las primeras noches. El hombre se había ido en silencio y sin decirle a nadie su nombre; sin haber podido decir gran cosa, en realidad, pues ya debía de estar algo muerto cuando llegó al campo, pensó Rafael, que fue quien lo arrastró hasta el barracón, después de habérselo encontrado tendido en la arena, a escasos metros del hoyo, con la cara vuelta hacia el mar, los ojos entornados y una extraña mueca en la que Rafael quiso ver una sonrisa. El viento había cubierto el rostro del hombre de granos de arena que absorbían el dorado de los rayos del sol, y le daban al cadáver el aspecto de una estatua de bronce. Le recordó la imagen de un santo que había en la iglesia de su pueblo, y, después de mucho tiempo, le entraron ganas de volver a rezar.

Francisco, que parecía estar siempre cerca de Rafael, como un ángel de la guarda sucio y sin alas, lo ayudó a meter el cuerpo en el barracón. Lo colocaron entre otros dos soldados que yacían en el suelo, una tarima de madera con los listones puestos de forma tan apresurada que en algunos intersticios cabía un puño. A uno de ellos le habían quitado las botas y de los agujeros de sus calcetines sobresalían unos dedos lívidos con las uñas podridas. Los rostros, sin embargo, habían sido cubiertos con las chaquetas y no se podía discernir en qué punto de la vida se habían detenido aquellos cuerpos. En la solapa de una de las chaquetas, unos galones; en la otra, una mancha de sangre. Francisco se agachó sobre el cadáver del soldado viejo, para rebuscar en sus bolsillos.

—¿Qué haces? ¿Robas a los muertos? —le preguntó Rafael tocando el zurrón de Leo, del que nunca se separaba.

—No, idiota, busco su documentación… Habrá que escribirle a su viuda…

En uno de los bolsillos de la chaqueta del soldado viejo, Francisco encontró un hatillo de cartas; en el otro, dos cartones que protegían la documentación del hombre y una fotografía en la que se veía al soldado viejo —que sobre el papel no lucía ni viejo ni soldado— de pie, junto a una mujer que parecía contener una sonrisa, sentada en una silla, la espalda recta, las manos en las rodillas. Y, detrás, el paisaje fingido de un estudio de fotografía.

—¿Y del resto? —preguntó Rafael señalando los cadáveres que yacían en las tablas.

—Supongo que los compañeros ya han hecho lo propio —respondió Francisco.

—¿Y si no lo han hecho?

Francisco asintió con la cabeza y, juntos, se pusieron a registrar los bolsillos de chaquetas y pantalones, buscando identidades, nombres, pistas de un pasado que había que zanjar dando la mala noticia a aquellos que los esperaban en casa. Si es que había alguien esperando. Y si es que había casa. Rafael pensó que a él nadie lo esperaría porque sus padres estaban muertos, porque no tenía hermanos y a su mejor amigo le había estallado la cabeza en una trinchera, porque la chica a la que había dado el primer beso había reventado dando a luz al hijo de otro, porque no tenía abuelos, porque sus tíos y sus primos se habían colocado del otro lado en la guerra y ahora, victoriosos, no querrían tener por pariente a un vencido. Y pensó que tenía que escribir a las hermanas de Jaume, y a la mujer del sargento Lombardo, de quien llevaba las botas; y a la mujer de Leo, a quien había robado un pan que ya nunca podría comerse, y una identidad que ya no le iba a ser menester.

—Después de todo lo que hemos tenido que pasar para llegar hasta aquí, y morirse tan pronto —dijo Francisco, metiéndose en el bolsillo un paquete de cigarrillos mojados que acababa de encontrar en la chaqueta de uno de los muertos.

—Si hay que morirse, cuanto antes, mejor —respondió Rafael.

—Pero nadie nos dice si tenemos que morirnos pronto, esa es nuestra tragedia.

—Eso de tragedia me suena a cosa de libros de escuela —dijo Rafael, y pensó que aquel hombre cada vez le recordaba más a su padre, que tenía una estantería con siete libros y por la noche, y con la ropa aún manchada de tierra y mierda de cerdo, se sentaba junto a la lumbre con uno de ellos entre las manos.

—¿Cómo lo llamarías tú?, ¿cómo llamarías tú a esto? —le preguntó Francisco, señalando a su alrededor; señalando, uno a uno, a los muertos.

—Pena. Una pena muy grande —respondió Rafael, acordándose de su madre, para quien una mala cosecha, la muerte de un niño, el extravío de un perro, un mal parto, que el cura no llegara a tiempo a misa de doce, que su marido —tan buen hombre, tan discreto, tan poco de ir a las tabernas— quisiera aprender a leer y a escribir, y escuchara cosas de política, y luego las fuera repitiendo por ahí, y dijera que Dios no existe, y se afiliara a un sindicato era una pena, una pena muy grande.

—Son cosas diferentes, chico. Una tragedia es algo muy gordo que no le pasa a todo el mundo. Hay gente que se muere con el buche lleno y el armario repleto de zapatos hechos a medida, en su cama, rodeado de plañideras, y sin haber vivido una tragedia en su vida. Una pena, sin embargo, la puede tener hasta la más remilgada de las señoritingas.

Salieron del barracón. Sobre la puerta alguien había escrito MORGUE con pintura negra, con letras dispares de diferentes tamaños e inclinaciones, como si varias manos se hubieran conjurado para concederle una letra, y solo una, a la muerte. Esa morgue, como el resto de los barracones, tenía ventanas sin cristales, vanos que aceptaban los rayos de un sol que brillaba durante unas horas y calentaba de forma efímera sus nucas.

En el segundo barracón otras manos, estas más firmes, habían escrito ENFERMERÍA con letras rojas, y una cruz, también roja, sobre la puerta.

4

Portbou, febrero de 2019

Noche cerrada; y la tormenta convertida en un martilleo insoportable. Mathieu se detiene y deja de encuadrar a los pasajeros, cuyos rostros, por más que afine La mirada, solo le provocan desidia. Cuando, dos años antes, creyó que era el momento de cumplir su sueño de juventud y dedicarse a la fotografía se compró la cámara más cara, los objetivos más precisos y un chaleco caqui —confeccionado con un tejido impermeable hecho de plásticos reciclados de un vertedero de Bangladesh— repleto de bolsillos para guardar unos carretes que no necesitaría, pues la cámara funcionaba con tarjeta de memoria. A pesar de tener todos los cachivaches que anunciaban en las páginas del *National Geographic,* «pareces el muñeco Kent y sus complementos», le dijo su hija, sus fotografías solo reflejaban realidades deslucidas, superficies repletas de aristas y sombras incompletas. Admiraba a los fotógrafos que mejoraban lo que veía el ojo; él, sin embargo, lo acababa reduciendo todo a una anécdota. «Te falta narrativa —le dijo el que fue su primer profesor de fotografía apenas dos años antes—, las fotografías tienen que ir más allá de la imagen que reproducen, tienen que ser una puerta entreabierta que invite al que mira a preguntarse por la historia que hay detrás». En aquel momento, Mathieu se preguntó si habría hecho bien renunciando a un sueldo de cuatro mil novecientos setenta y cuatro euros netos al mes y desbloqueando su fondo de pensiones para dedicarse a perseguir con su cámara historias que narrar. Porque Mathieu era un recién divorciado insatisfecho que solo veía realidades inertes; que solo adivinaba elementos geométricos en la arquitectura de las ciudades que él procuraba fotografiar siempre vacías. «Imágenes que quedarían estupendas en la consulta de mi dentista —le dijo aquel profesor—, pero que no narran ninguna historia». Mathieu miró la boca del hombre, los dientes manchados de nicotina, y se preguntó de qué dentista estaría hablando. «Pero no te preocupes, dicen que las personas mayores también pueden aprender cosas nuevas, seguro que acabas entendiendo lo de la narración de las imágenes», le dijo el profesor con sus dientes sucios, sus greñas grasientas y su bochornosa juventud. Mathieu no volvió a su clase. Cuarenta y nueve años no es ser viejo, se dijo aquel día cuando cerró la puerta del estudio, y para demostrárselo al dientes sucios, abrió el móvil, buscó qué maratones se celebraban en los siguientes meses, y se inscribió en tres. También le escribió un wasap a un tipo rarito al que había conocido en un foro de fotografía y que le había hablado de algo llamado *urbex*. Y para demostrarle al dientes sucios —la más estúpida de las demostraciones, ya que no volvería a verlo jamás— de qué era capaz un hombre de cuarenta y nueve años recién cumplidos, se apuntó a una de aquellas exploraciones de *urbex* con el rarito y sus amigos.

Se suponía que el edificio abandonado que fueron a fotografiar, un vulgar cubo de cemento construido en los años cincuenta y cuyo único interés era que había sido un orfanato, estaba repleto de hallazgos. Mathieu se separó del grupo, adolescentes malolientes en su mayoría, y decidió explorar por su cuenta. En el centro de la estancia más grande, entonces vacía, había un pequeño montículo de excrementos de paloma. Miró hacia el techo: las palomas eran tres y estaban encaramadas en lo que quedaba de la lámpara, rotando los pescuezos y observándolo con unos ojillos redondos. Le daban miedo los pájaros, sobre todo las gaviotas, a las que su abuelo Rafael llamaba *putains de rats de mer*, siempre en francés, lo que a Mathieu le resultaba curioso, pues al resto de los seres vivos siempre los insultaba en español. Las palomas tampoco le gustaban al abuelo «porque les cuelgan seis chinches en cada pluma», decía. Mathieu las enfocó; a través del objetivo le parecieron inofensivas, como peluches sin gracia.

Pasó a otra sala. Los techos también eran altos y el papel de las paredes también estaba enmohecido. Pensó entonces que *también* era el adverbio adecuado para ese edificio, donde se repetía un deterioro de lo más prosaico, nada romántico que reseñar habitación tras habitación. En una de ellas —las cortinas descolgadas, un somier metálico y un Cristo de yeso decapitado coronando el cabezal—, había un armario de madera oscura con molduras en los contornos y las puertas abiertas, en las que había incrustados dos espejos herrumbrosos enfrentados. Su abuela tenía un armario igual, y él, de niño, se colocaba justo en medio, entre aquellos dos espejos, para ver cómo su imagen se replicaba hasta el infinito; entonces imaginaba que cada uno de aquellos Mathieu menguaban hasta convertirse en invisibles, saltaban del espejo para vivir en dimensiones distintas. No pudo evitar la tentación de asomarse a su infancia y se colocó entre las dos puertas. Ahora era un Mathieu alto, todavía guapo, todavía con pelo, todavía sin barriga, y se preguntó cuánto tiempo podría durar ese *todavía*, y si todos los Mathieu que, cuando era niño, se replicaban en cada uno de los espejos, habrían vivido otras vidas distintas; si alguno de ellos habría aprendido a pilotar helicópteros, si alguno habría operado alguna vez a corazón abierto, si alguno habría cruzado el canal de la Mancha a nado, si alguno —se conformaba con solo uno— habría sido feliz. Oía los pasos de los demás, el rarito y sus amigos, en la habitación contigua, sus cuchicheos, los roces de los bajos de sus pantalones, sus respiraciones.

—Este sitio es una mierda —dijo uno de ellos.

—Sí, una puta mierda —le respondió otro—. Ni una sola foto que valga la pena. Mejor nos vamos.

—Habrá que avisar a Indiana Jones.

—Lo he visto en la habitación de al lado, mirándose en el espejo. Para mí que es medio maricón.

Ve a la sintecho, sentada en el suelo, sujetando con la mano derecha el tríptico de la exposición que él mismo, estúpido farsante, había organizado. Observa cómo la chica abre el tríptico, le da la vuelta y lo vuelve a cerrar. A su lado está sentada la mujer del pelo alborotado, junto a la que él se sentó en la cafetería. Mathieu se acerca y la mira; se borra de la escena, camuflándose entre un grupo de pasajeros: quietos y silenciosos, grasientos como las estatuas del museo de cera en agosto. Cierra los ojos e intenta grabar la imagen de aquella mujer: no puede. Aprieta los párpados. Se concentra. Pero los rasgos de la mujer se desdibujan como si estuvieran formados por humo y no por una masa de carne, de huesos, de piel, de cartílagos. Le hace una fotografía. La mujer, con el rostro escondido, parece no darse cuenta de su presencia, no percibir el destello del *flash* que acaba de perfilar su sombra en la pared y desdoblarla en dos imágenes. Ella deja el tríptico en el suelo, flexiona las piernas, abrazándolas, y apoya la cabeza en las rodillas, con la cara vuelta hacia Mathieu. Y entonces lo mira. Tiene los ojos grandes, tan opacos que parece que hayan absorbido la oscuridad de la noche. Él, esta vez sin esconderse, le hace otra fotografía. La mujer parece consciente del chispazo. Cierra los ojos y se abraza con más fuerza las piernas. Desde que Beatriz se marchó, se esfuerza por individualizar a las mujeres de esa edad buscando detalles que las signifiquen, que las diferencien las unas de las otras. Pero no lo consigue. Cuando deja de tenerlas frente a sí, los rasgos, los gestos, las singularidades de esas mujeres se desvanecen y acaban convergiendo en un solo rostro desdibujado, en un solo cuerpo intercambiable que se esfuma como si estuviera a contraluz. Por eso las fotografía, para recordarlas, para enfrentar sus imágenes con la de Beatriz, que permanece indeleble, anclada por el odio.

Las mujeres jóvenes: esas no se desdibujan. De ellas es capaz de recordar los pómulos, los gestos, el grosor de las pantorrillas, el tono del marfil de los dientes, el olor del aliento por la mañana, la pastosidad del carmín al besarlas, y la forma del lóbulo de las orejas. Hasta semanas después de haberse alejado de ellas le parece seguir impregnado del tufo a casualidad que todas esas chicas desprenden. Como la que, esa misma mañana, durante la conferencia de inauguración de la exposición que él, enarbolando la bandera de la legitimidad, había organizado —«Mi abuelo Rafael fue uno de los que atravesó a pie la frontera en febrero del treinta y nueve», escribió en la propuesta que había enviado al Ayuntamiento—, le preguntó, de una forma ligera, algo que le pareció tan idiota como:

—Si los refugiados del treinta y nueve, durante la Retirada, hubieran tenido Instagram, ¿cree que lo habrían usado?

—No sé —le respondió entonces Mathieu, irónico—, ¿has visto muchas Instagram *stories* de la gente que huye de Siria atravesando el Mediterráneo en una lancha neumática?

La chica sonrió. A Mathieu le pareció entonces que su sonrisa, igual que su pregunta, eran de una adorable vacuidad.

—Aunque, no sé —suavizó—, supongo que sí.

La consejera de Cultura de la Generalitat, sentada a su lado en la mesa, ante un auditorio de periodistas comarcales, estudiantes de Historia y jubilados del pueblo, miraba su móvil con aparente impaciencia.

—Veinte minutos —le había dicho su jefe de prensa poco antes de la inauguración a Mathieu—. La consejera no dispone de más de media hora, luego tiene que ir a La Junquera a inaugurar otra exposición en el Museo del Exilio, y luego a Figueres, a inaugurar una biblioteca.

Así que, al acabar la conferencia, la consejera y su equipo se despidieron. Mathieu miró la espalda de la mujer al salir por la puerta, el pelo rojo y rizado sobre los hombros, el culo hundido y descarnado, los tobillos estrechos. Ya no recordaba su cara. Si fuera más joven, seguro que la recordaría. Y seguro que habría sentido la necesidad de volver a verla, y luego de tocarla y de besarla, quizás, y de lamerle la piel como si estuviera cubierta de mostaza dulce. Y una, dos, tres, cinco veces a lo sumo, y se habría olvidado de ella. Pero no de su rostro. Porque los rostros de las mujeres jóvenes con las que creía poder conectar permanecían en su memoria mientras que las otras, las de su edad, eran todas invisibles, indistinguibles como los granos de azúcar blanco, identificables solo a través del objetivo de su cámara.

La chica de la pregunta estúpida se acercó tanto a él que pudo notar el olor áspero de su pelo. Tenía la espalda ancha y recta, y las caderas prietas, escurridas como las de un adolescente. Llevaba *brackets* de colores y a Mathieu le pareció que en la boca de aquella chica se habían quedado prendidas nubes de azúcar. Como había sucedido antes con otras mujeres (como, tal vez, seguiría pasando mientras tuviera el estómago firme por encima del cinturón, y los brazos fuertes; y la piel curtida por el sol siguiera impresionando a aquellas chicas a las que les llevaba media vida de ventaja), ella le expresó su admiración por su trabajo (¿por qué trabajo?, se preguntó él), le dio su teléfono, le dijo que la llamara, que vivía en Barcelona, que estudiaba Periodismo, que le interesaba el exilio republicano porque su bisabuelo tuvo que huir a Francia, que ella también hacía fotos, que tenía un blog, pero que lo había dejado porque le resultaba muy pesado escribir cada día, y que ahora ya solo publicaba en Instagram. Y que la llamara. Sobre todo eso, que la llamara.

—Pero llámame —insistió—, seguro que puedo aprender mucho de ti, y no solo de fotografía.

La desinhibición de las mujeres jóvenes lo turbaba. Lo dejaba desorientado, a la deriva en un mar desconocido. Aquellas chicas se enfrentaban a él exhibiendo su sexualidad, y reclamándole a su vez la suya, como si ya antes siquiera de haberse tocado les perteneciera. Y Mathieu se lanzaba a aquel mar oscuro, extraño, territorio de sirenas de apariencia desenfadada.

Solo espera que su hija no esté en ese mar.

Solo espera que su hija sea capaz de nadar más rápido, que nunca se encuentre con alguien como él.

A los dos minutos de despedirse, la chica ya lo seguía en Instagram. Él sabía que la llamaría cuando regresara a Barcelona, sí; y qué rozaría aquellos *brackets* con su lengua; y que cenaría con ella tres veces, pero solo desayunaría dos, porque antes de la tercera madrugada él se escabulliría y bloquearía su cuenta de Instagram y su número de móvil, para que no quedaran rastros de ella en sus rutinas. Y coleccionaría su imagen en su cabeza, aunque ya nunca recordaría su nombre. De hecho, nada de eso había sucedido aún y ya no lo recordaba.

Mira de nuevo a la mujer del pelo alborotado, que parece haberse quedado dormida abrazada a sus piernas, con la cara vuelta hacia donde está él. Le hace otra fotografía, que queda fijada en la pantalla de su cámara. La borra. Se da la vuelta y echa a andar por el andén.

Isabel piensa que su madre no habría dejado que aquel hombre la fotografiara. Con los ojos cerrados y la frente sobre sus rodillas, imagina cómo su madre, de haber estado allí, sentada a su lado, habría tapado su cara con una mano mientras que con la otra le habría hecho al hombre la señal de que no, que no quería ser retratada, igual que hacían las folclóricas cuando salían de sus casas envueltas en sus abrigos de piel. Pero su madre, a pesar de aquella pose, no había sido una folclórica. Siempre vestida de gris cuando salía a la calle, siempre con una bata de rayas verticales que acentuaban su delgadez cuando estaba en el taller. Y siempre renegando del mundo: del suyo, del de su marido, del de su hija, del de las vecinas, del de la tocinera y del de la del colmado, del de los clientes de la tapicería, del de la gente que exhibía su vida en la televisión.

Su madre no era una folclórica, aunque repetía en voz baja sus canciones cuando ellas cantaban sus coplas al otro lado de la pantalla de la tele, y entonces su rostro parecía hincharse de oxígeno, se le alisaba la piel como si tuviera que retroceder hasta un punto de su pasado en el que, quizás, habría tenido una oportunidad de ser feliz; de no hacer infelices a los que la rodeaban. No, su madre no había sido una folclórica, aunque guardaba una fotografía en la que aparecía a sus veinte años, con los labios pintados y una minifalda, apoyada en el capó de un seiscientos, como una yeyé, como una folclórica yeyé.

Una noche, viendo una película, la familia frente al televisor (una Isabel casi adolescente, un padre siempre silencioso, siempre crujiéndose los dedos de una mano, una madre apática), un indio que vivía en una selva de cartón-piedra le dijo a un aventurero de sombrero de alas que no quería que le hicieran fotos, que las fotografías le podían robar el alma. Isabel miró a su madre y, sin resquicio de ironía, porque en aquella época —y en aquella casa— todo era o negro o blanco, le preguntó:

—¿Es por eso por lo que no quieres que te hagan fotos, mamá?

Su padre, murmurando, dijo:

—Si tuviera alma…

Isabel miró de reojo a su madre, cuyo rostro era verde o era azul o era anaranjado según el color que emanaba del tecnicolor de la pantalla. Su perfil, de gesto siempre adusto, permanecía inalterado. Y así, sentada entre los dos en un tresillo incómodo, supo que sus padres nunca se habían querido.

Esther sale del baño con las bragas limpias y un pantalón seco: la higiene es la única forma de controlar la cistitis, se lo dijo su marido, un médico de los buenos, y se lo habría dicho su padre —médico también, de los mejores— de no habérselo llevado por delante un infarto antes de que ella se quedara embarazada, antes de que aquel maldito parto le descolgara las vísceras.

Su carrito, hermoso receptáculo de varillas relucientes, sigue pegado a la pared, junto a la mujer a la que le ha pedido que se lo cuide. La mujer tiene la mirada fija en el final del andén, donde la lluvia, sin encontrar impedimento, rebota contra el suelo. Se le acerca. Cuando llega junto a ella, la mujer tiene los ojos cerrados y se aprieta el entrecejo con los dedos índice y corazón de la mano izquierda. Esther no quiere molestarla y se sienta a un metro de distancia. Ella también cierra los ojos. Como no tiene un futuro en el que pensar, su mente escoge un recuerdo al que poder perfilar los contornos. Y recuerda —sin en realidad quererlo, pues es uno de los recuerdos que más duelen— aquella mañana. Cómo despertó, sobresaltada, cómo la sorpresa de estar viva le azotó el corazón, porque lo que hubiera esperado a aquellas alturas era estar muerta. Cicatrizaban las muñecas, le picaban, como si por dentro, en las venas, corretearan hormigas. Abrió los ojos, que estaban legañosos, el enfoque desajustado. No reconoció la habitación: techos elevados, paredes verdes, sin adornos, solo una ventana alta y estrecha que le dijo que era de día, que hacía sol, y que hacía mucho tiempo que nadie le limpiaba los cristales moteados de lluvia antigua. Entreabrió la boca. Recorrió la lengua por sus labios cuarteados, piel rasposa y grumos de sangre seca, le pareció que estaba chupando clavos oxidados. Abrió aún más la boca, una bocanada de su aliento, sabe Dios cuánto tiempo confinado, apestó un aire que volvió a respirar. Giró levemente la cabeza, un crujido en la base del cráneo, la cabeza rota, quizás, pero había sido la almohada, que sonaba rígida como el papel maché. A su lado, una cama vacía, las sábanas, también verdes, como la pared. Recordó que había querido estar muerta. Y, al recordar por qué lo había querido, deseó, de nuevo, morirse. Gritó llamando a su hijo. Las sílabas de aquel nombre rebotaron en las paredes verdes, el cristal sucio tembló, el nombre rebotando de nuevo. Una enfermera, también vestida de verde, abrió la puerta y el nombre de su hijo se escabulló pasillo abajo. Volvió a gritar. Otro enfermero, guantes de plástico verde, una aguja metálica. Y el siguiente recuerdo otro despertar, en la misma habitación: alguien había limpiado los cristales.

Se lo explicaron después: que había despertado muchas veces, que gritaba, que se autolesionaba, que mordía a las enfermeras, que a una de ellas tuvieron que ponerle puntos en la nariz, que pasó tres meses narcotizada en un hospital psiquiátrico, a diez kilómetros de su casa, a solo tres del parque en el que había abandonado a su hijo.

Un día volvió a casa. Delgada, las piernas temblando bajo el peso de los huesos. La niña corrió a abrazarla; el niño, al que parecía haberle crecido la cabeza, el pelo enmarañado, las gafas llenas de chocolate, le ofreció su Bollycao. Ella dijo que no. Él volvió a dedicarle su atención a Bob Esponja, a quien, en aquel preciso instante, le reventaban los ojos.

Ahora que se ha dado la vuelta, Isabel mira al hombre que le ha estado haciendo fotos. La espalda ancha y recta, los omoplatos marcados, como unas incipientes alas, la cintura estrecha, las piernas largas y arqueadas. Isabel ve cómo el hombre recoge su mochila del suelo, guarda en ella la cámara, se aleja por el andén y desaparece tras una cortina de lluvia y noche. Tiene que reprimir el impulso de seguirlo para ver adónde se dirige porque la chica del carrito acaba de regresar del baño y teme incomodarla si se levanta y se va, y porque le ha prometido que cuidará de sus cosas si se duerme, igual que le prometió a su padre, horas antes de morir, que cuidaría de su madre, a pesar de la crueldad que aquella mujer había ido amontonando. «Porque a veces la gente es mala sin querer serlo; igual que, a veces, la gente es buena porque no le queda otra»; entonces, recuerda Isabel, su padre le habló de todos aquellos buenos y de todos aquellos malos con los que había compartido arena, siendo un niño de doce años, en el campo de Argelès-sur-Mer.

Cierra los ojos. El cansancio, el frío, las caderas embebidas de humedad. Los recuerdos, traídos tal vez por los omoplatos de aquel hombre, le dan vueltas en la cabeza, centrifugándose, mezclándose los años, las imágenes. Recuerda a aquel novio que tuvo. Cuando la dejó, su madre le dijo: «Mejor así». «Mejor así», oyó que después le repetía la mujer a su padre, en la cocina, y que también le decía, al compás del sonido de los platos chocando en el fregadero: «Tarde o temprano se habría cansado de ella, tu hija es muy poca cosa para ese chico». Isabel permaneció detrás de la puerta de la cocina (contrachapado barato, con la respiración al ralentí) esperando, en vano, que su padre contradijera a aquella mujer que era su madre, que la había parido con desgana y que, con desgana, aún le hacía sopa en invierno. «¿Se ha acabado la manzanilla?», fue lo único que dijo su padre, e Isabel no supo si lo que en aquel momento más le oprimía el pecho era que su novio se hubiera marchado con otra, o que su padre le diera, con aquel silencio feroz, la razón a su madre.

5

Argelès-sur-Mer, mayo-junio de 1939

Cada una de las noches de aquellos tres meses que llevaba de cautiverio, a Rafael le había asaltado el mismo pensamiento: que lo más inexplicable de todo era seguir vivo en aquella playa de Argelès-sur-Mer entre ratas, alambradas, tablones carcomidos, chinches, arena y piojos rojos y gordos como ciruelas. Cada noche, acostado en su camastro, Rafael repetía en su cuello el gesto que su sargento Lombardo hacía con los caídos tras la batalla: juntaba los dedos índice y corazón y buscaba el pulso de la carótida. Cuando notaba el palpitar en las yemas, hundía los dedos aún más, hasta lastimarse, hasta que la presión era tan intensa que no le habría costado partirse el pescuezo. Entonces, vivo y dolorido, intentaba dormir. Pero el barracón, aun con las voces apagadas, era un lugar ajeno al descanso. Solo algunos de aquellos hombres con los que lo compartía enlazaban ronquidos y pesadillas, y gritaban, en sueños, nombres de mujeres, de hombres, de perros, de enemigos o de demonios. El resto de los hombres debían de permanecer atrapados en la vigilia. Unos gemían de dolor, con heridas que aún supuraban o con huesos sin soldar; otros lloraban de hambre.

El rancho cada vez era más escaso y nauseabundo, y solo la sensación de tener las tripas arrugadas y pegadas al ombligo hacía que se comieran aquello, lo que fuera que era aquello: Rafael hacía tiempo que había dejado de mirar el contenido que flotaba en el agua del cuenco. «Si os apuntáis voluntarios a los batallones de trabajo comeréis tocino, porque a los españoles os gusta el tocino. Sí, el cerdo os gusta mucho, ¿verdad?», les decían los gendarmes cuando les servían la comida. «Allí os ganaréis vuestra comida como hombres, no como ahora, que el Estado francés os tiene que mantener, holgazanes».

Pero no todos dejaban que la noche les quebrara el ánimo. Algunos aprovechaban la vigilia para evadirse, y se oían gemidos acompasados de placer: del que se daban a ellos mismos o del que, a veces, se daban los unos a los otros. Placer que él (que sabía lo que pasaba allí, que lo había sabido en las trincheras, que lo supo en su pueblo cuando su primo y el hijo de uno de los terratenientes del valle, dos machotes que ahora lucían camisa azul por las calles del pueblo, como le habían dicho, se escondían en el pajar) prefería ignorar. Se cubría las orejas con las manos y cerraba la boca igual que, desde que estallara la guerra, había cerrado el cuerpo a aquel tipo de sensaciones que solo entendía legítimas si uno tenía la cabeza clara y los calzoncillos limpios.

Así que Rafael, que ni lloraba ni gemía, intentaba cada noche dormirse conjugando verbos en francés y tratando de memorizar todas las palabras nuevas que aquel día había escuchado; y se imaginaba limpio y bien vestido, sin sarna en sus brazos ni mugre en sus orejas, pidiéndole un bollo a una camarera bonita en una cafetería de París. Y la chica curvaría la boca al decirle *Oui, monsieur*, y él le respondería *merci*, también curvando la boca, como le había enseñado el primer profesor de francés que tuvo allí, en el campo, y que se dejó engullir por el mar, abrazado a su diccionario, al mes de estar enjaulado.

Más de tres meses llevaba ya en aquel campo. Ciento tres noches contadas. Primavera. Días largos de sol y de lluvia que se colaba a través de los mal ensamblados tablones de los barracones. A veces, la lluvia erizaba el mar y el viento lo levantaba, y remolinos de agua y salitre entraban por debajo de los cobertizos. Pero no hacía frío, ya no. Y el sol secaba cada mañana la humedad de la arena, y la dejaba fina y suelta como si fuera harina. Sin embargo, algunos de los soldados seguían sin quitarse el abrigo. No, aún no, decían, todavía hace frío. Hombres a los que el invierno se les había quedado metido en los tuétanos.

A pesar de todas las calamidades que él ya no quería nombrar porque hacerlo habría sido como invocarlas, supo encontrarle sentido a aquel disparate. Mientras que los otros hombres se lamentaban, apáticos, o conspiraban contra un Franco que, aseguraban, iba a ser efímero, o intentaban quitarse de en medio lanzándose al mar, Rafael pasaba las horas del día sentado en uno de los bancos del barracón de Cultura. Allí, entre cuatro tablones débiles, con solo dos ventanucos y una humedad tan alta que hacía que le sudaran hasta las orejas, descubrió que aprender podía ser tan placentero como morder un limón en verano. Que el saber, como el limón, provocaba un escalofrío, pero que luego te dejaba la cabeza despejada y un sabor a limpio en la boca.

Le daba igual de qué fuera la clase, o de qué hablara el profesor aquel día. Le parecía que con cada dato nuevo que se le grababa en la cabeza, con cada palabra y con cada anécdota, se borraba una de las imágenes que la guerra había impreso en su cabeza. Las palabras en francés que iba aprendiendo, y que le sonaban a música, amortiguaban el sonido de las bombas que aún martilleaba sus oídos; las caras que les imaginaba a los emperadores romanos, o a los héroes de la Revolución francesa, o a los reyes godos, según el profesor iba dejando brotar la historia, borraban los rostros de los muertos que había ido acumulando en los tres últimos años; el paisaje de la Inglaterra de los reyes caballeros volvía a pintar de colores los campos devastados por las batallas, y el Londres fabril de Marx reconstruía en su cabeza los pueblos y ciudades que había visto arrasados por la guerra.

También aprendió a tallar la madera. Le había enseñado Francisco antes de irse. Y es que Francisco resultó ser un pintor, un artista («muy bueno, muy respetado en lo suyo, pero parece que la guerra lo ha echado a perder», le había dicho uno de los profesores del campo) al que otros artistas, aún más respetados que él y con más suerte, lograron sacar del campo.

—Se te da muy bien, ¿lo habías hecho antes? —le había preguntado un día Francisco.

—No, pero había visto a otros hacerlo —le dijo Rafael, acordándose de su padre, de cómo tallaba las figuras de los santos para la iglesia del pueblo antes de afiliarse al sindicato, y de cómo él se sentaba a su lado a observar de qué manera sus manos convertían la madera en santos, o en Vírgenes, o en figuritas del pesebre.

—Lo que haces es grandioso, creas cosas que no salen solo de las manos —le había dicho Francisco.

—Pues no sé de dónde salen, solo sé que me falta un dedo y se me hace fatigoso.

—No te preocupes por el dedo, no tienes que tocar el piano.

Francisco se había marchado a los dos meses de entrar en el campo. Rafael se había alegrado porque Francisco era un buen hombre que, a pesar de ser mucho más joven, le recordaba a su padre. Y se había alegrado aún más cuando le dijo que volvería a por él para sacarlo de allí en cuanto pudiera y que, entonces, le enseñaría el oficio, porque él podía llegar a ser también un artista, «uno de los buenos». Pero ya había pasado un mes desde su partida, y temía que se hubiera olvidado de él. Como él iba olvidando, gracias a las palabras en francés y a las divisiones con decimales, los muertos azulados que había ido dejando tras de sí.

Cada mañana se acercaba a la orilla y cogía uno de los leños que el mar arrastraba hasta la playa. Se iba al pabellón de Cultura y allí lo pulía y lo tallaba, dejando que sus manos sacaran la forma que se encontraba dentro, escondida. Y a veces era un niño que parecía triste, otras una mujer dormida, otras un animal con cuernos o un carro lleno de heno.

Francisco, antes de irse, había colocado una estantería en el barracón de Cultura para que Rafael expusiera allí sus figuras. Esculturas, las llamaba Francisco, palabra que Rafael jamás se había atrevido a repetir porque pensaba que le quedaba grande a sus leños, y él prefería llamarlas figuras, igual que había hecho su padre.

Una mañana el mar trajo un resto tan carcomido que pensó que sería imposible sacar nada de allí dentro. Sin embargo, tras pulir las primeras capas, encontró una madera blanca y suave, sin vetas. Los dedos empezaron a tallar sin saber qué encontrarían debajo. Primero descubrió los pies descalzos de una mujer. Sobre los pies, una túnica que él, sin saber por qué, imaginó celeste. Y unas manos recogidas sobre un regazo liso. Y un cuello largo y fino. Y, por fin, lo que se temía, el rostro de la Virgen. Era como la que su madre guardaba en la cocina, la última que su padre había tallado y que había arrojado al fuego al convertirse, como decía su madre, a su nueva religión de los politiqueos. Pero su madre la había salvado de la lumbre y la había dejado en la cocina, y ¡ay! si su padre se volvía a acercar a aquella figura, que le cortaría las manos ella misma, y sin titubear, con el cuchillo de la matanza. Y ahora, Rafael se encontraba, oculta dentro de aquel leño, a la misma Virgen que su padre había tallado años antes.

Durante días escondió la figura bajo su camastro. No podía destruirla porque ya no era suya, porque una vez las figuras asomaban entre las maderas ya no eran de nadie. Le preocupaba que aquella pobre Virgen se encontrara rodeada de hombres que no creían en Dios. Pero un día, la figura apareció en el suelo, junto a su camastro, de pie, y sus compañeros de barracón la cogieron y la colocaron en una repisa, y algunos, los que con más devoción maldecían a los curas y a las monjas, se detenían ante ella, se persignaban, y bajaban la cabeza mientras murmuraban algo que bien podría haber sido una oración.

Rafael la llevó al barracón de Cultura y la colocó junto a las otras figuras que había extraído de los leños.

Un día vino un profesor del campo de los civiles a darles una conferencia de filosofía griega. Durante la charla, que le costó seguir porque iba de un tal Aristóteles del que Rafael no había oído hablar jamás, el hombre no dejaba de mirar hacia la estantería donde estaban las figuras de Rafael. Cuando acabó la charla, y ya solo quedaban en el barracón los responsables del pabellón y el propio Rafael, el hombre preguntó de quién eran aquellas esculturas.

Y fue así cómo, una semana después, Rafael pudo, por primera vez, cruzar la alambrada de su campo para caminar cincuenta metros y atravesar la otra alambrada, la del campo de los civiles, donde aquel hombre que sabía tanto de Aristóteles —y de otros muchos más cuyos nombres a Rafael causaba fatiga recordar— le había organizado una exposición.

Aunque todo eso le venía muy grande, la emoción borró durante unas horas las caras de los muertos, y le quitó la sensación de hambre perenne que tenía en el estómago. Así que exponer sus figuras, y que otros tan hambrientos como él las admiraran, y que un hombre que sabía de aquel antiguo Aristóteles alabara en público lo que él llamó «el talento del pueblo» le provocó un cosquilleo en la boca del estómago. Pero duró poco aquella felicidad. Y no solo por el hambre y la conciencia de acarrear sobre los hombros demasiadas ausencias, sino porque no era Rafael (su nombre, el de su padre, el del padre de su padre) el que figuraba bajo las obras. Era Leonardo

Rius, el nombre de un muerto del que, a aquellas alturas de la derrota, no debía quedar más que algún hueso despreciado por las alimañas y enterrado por la lluvia en el barro de la trinchera; donde también debía de yacer lo que quedara de su amigo Jaume, de quien a fuerza de no querer pensar había empezado a olvidar el rostro destrozado por la metralla.

Pasaron tantos hombres y mujeres por el pabellón de Cultura del campo de los civiles que al final del día se le habían amontonado las caras, los gestos de admiración, las hermosas palabras que le decían que sus esculturas eran bellas, que parecían estar vivas, como a punto de echarse a andar, y que era un gran artista. Su confusión era tal que incluso olvidó el rostro de la mujer que lloró frente a su Virgen, y que le besó los diminutos pies. Esculturas, artista, Leonardo, palabras que le sabían a impostura, de las que se había apropiado sin que nadie le hubiera dado permiso y con las que, entonces, no sabía qué hacer.

—Leo, Leo, ¿dónde está Leo?

Como a un cachorro, a Rafael aún le costaba atender por su nuevo nombre. Escuchó a la mujer, la voz desgarrada, las palabras elevándose por encima de las cabezas y de las figuras, palabras que se quedaban enredadas en las vigas del pabellón. Pero en aquel instante, para Rafael, Leo era solo una palabra más.

—¡Leo, maldito seas! ¡Cobarde! ¿Dónde estás?

Los gritos de la mujer reverberaban en los tablones del barracón. El eco de sus palabras sobrevoló sobre un silencio súbito: todos parecían haberle cedido el espacio a la mujer. Apenas Rafael se dio la vuelta, la mirada incandescente de la mujer se le clavó en el rostro.

—Tú no eres Leo, ¿dónde está Leo? ¿Dónde está mi marido?

Rafael apretó los dientes. Los muertos volvieron, todos juntos, a reflejarse en la enorme y redonda barriga que ella se sostenía con ambas manos.

Rafael ya conocía aquellos rasgos. La fotografía en el zurrón de Leo: la de Natalia, la Natalia de Leo, su mujer. El papel manoseado: labios pintados, boca apretada y orgullosa de recién casada, «Me callo porque quiero», parecía querer decir en aquella fotografía, rizos humedecidos, como bañados en aceite y enmarcando el rostro, ojos pequeños como lentejas, mejillas abultadas y firmes como las patatas nuevas. Un rostro que allí, delante de él, iluminado por la luz rayada del barracón, le pareció como si hubiera sido ensamblado con huesos de pollo. Porque ya no quedaba nada de la imagen de la fotografía en ese rostro, solo había aristas bajo una piel rugosa como el papel de estraza. Los ojos parecían haber crecido más allá de sus cuencas, y los párpados, hinchados y sin pestañas, le daban a esa cara el aspecto de un animal de sangre fría, como de anfibio. La boca seguía apretada, pero ya no escondía orgullo alguno, los dientes parecían querer escaparse, los labios blancos, sin carmín, sin sangre, y la nariz que emergía, excesiva, sobre unas mejillas que no eran más que hueso, acaso piel.

También el cuerpo de la mujer, del que solo se intuían protuberancias puntiagudas, parecía el esqueleto de una gallina. Solo su barriga suavizaba aquel contorno obtuso, una barriga redonda y firme como una sandía; y como una sandía la imaginaba él bajo aquel vestido fino de tan gastada que estaba la tela, a retales negro, a retales gris, a juego con unas alpargatas rotas.

Rafael, mudo, la miraba. El mundo concreto que lo rodeaba (los escasos metros cuadrados del barracón húmedo, las palabras silbantes que rozaban su nuca como abejorros, el polvo de arena a su alrededor) había sido absorbido por el repentino silencio de la mujer, que sostenía la barriga con las dos manos, que parecía querer alargar los brazos más allá de las rodillas, por si tenía que coger al vuelo lo que fuera que estaba a punto de escurrírsele entre las piernas.

—Tú no eres Leo —repitió la mujer, mirando a Rafael—, ¿por qué pone en esas figuras de madera el nombre de Leo si tú no eres Leo?

—Señora, hay muchos Leos en el mundo —dijo el profesor que había organizado la exposición.

La mujer bajó la cabeza, como si el peso de algo que le colgara de la frente ya no le permitiera mantenerse erguida. Fijó los ojos de rana en el suelo. En la coronilla, los rizos aceitosos de la recién casada de la fotografía se habían convertido en una sucia maraña. Las manos se deslizaron desde la barriga hasta los riñones. Lloraba en silencio; la mujer mojaba los tablones del suelo con lágrimas gordas, brillantes y gelatinosas como los ojos de los peces que, recién pescados, aún buscan oxígeno para sobrevivir.

Se acercó a un banco y se sentó. Las piernas separadas, la espalda arqueada para soportar el peso de la barriga, la cabeza baja, apuntando al suelo. La gente, que seguía silabeando a su alrededor, dejó de prestarle atención. Se reanudaron las conversaciones y los elogios que habían quedado colgando de las mandíbulas abiertas recubrieron de nuevo a Rafael de una aureola en la que se sentía ahogado. Miraba a la mujer —a la mujer de Leo, a la mujer de la fotografía, a la mujer de los sueños de futuro de su compañero—, pero veía a Leo chillando; y al sargento Lombardo disparándole el tiro de gracia, como había hecho su padre cuando su mulo viejo se rompió una pata. Su padre había llorado por aquel mulo viejo y cojo. La mujer de Leo, que no sabía que su marido había muerto, aún no había podido llorar por él.

Ella se levantó y salió del barracón arrastrando los pies: la piel de los tobillos, hinchados y amoratados, brillaba como si los hubieran untado de manteca.

Rafael salió tras ella. El sol rebotaba en la arena y le quemaba los ojos. La vio alejarse entre dos filas de barracones, arrastrando sus alpargatas. Cuando estuvo a su altura la agarró por el codo. El brazo sin carne se le escurrió entre los dedos.

—Leo está muerto —dijo Rafael—. Fue una bomba, una de las últimas de la guerra. Murieron todos los de nuestro batallón. Yo escapé y me llevé su zurrón. Uso la documentación de Leo porque perdí la mía y aquí a los indocumentados los devuelven a España, y allí me fusilarían. Y yo no quiero que me fusilen. Leo está muerto, así que el nombre a él ya no le hará menester.

—Y yo también estoy muerta —le dijo la mujer, apretando con fuerza la barriga, como si quisiera enredar entre las tripas lo que le crecía dentro—. Tuve que huir porque era la mujer de un republicano, y no sé qué habrían hecho conmigo, pero ahora ya no soy ni siquiera eso: ni marido, ni pan, ni un mal hoyo donde caerme muerta. Si me muero en el parto, y lo que llevo aquí sobrevive, ¿qué será de esto?

Rafael no podía mirarla a la cara. Los pies, las alpargatas rotas, los tobillos hinchados y amoratados, las pantorrillas cubiertas de pelos negros y tiesos, las rodillas puntiagudas, descarnadas, ese era el único paisaje al que podía enfrentarse.

—Si tú ahora eres Leo, tú serás su padre —dijo la mujer. Y Rafael, mirándola por fin a la cara, se asustó al ver aquellos ojos extrañamente secos.

Al soldado joven —Rafael se llamaba, Antonio recordaba su nombre, su cara, su mano de cuatro dedos, la pala alzándose por encima de su cabeza mientras cavaba la tumba de su hermana en el cementerio de Portbou— se le hundían los pies en la arena. Los hombros caídos, los brazos largos aplazados junto a los muslos, como si no supiera qué hacer con ellos, igual que aquel chimpancé que salía en una foto del libro de la última escuela en la que estuvo. Delante de él una mujer de silueta seca y retorcida, pero con una barriga desproporcionada, como si llevara un fardo adosado al ombligo. No parecían decirse gran cosa. El soldado abría la boca (las palabras parecían volar: se las llevaba el viento, como a todo en aquella playa), la cerraba. La mujer abría a su vez la boca grande (de nuevo, el viento. La volvía a cerrar). El uno frente al otro, cada vez más encogidos, cada vez más engullidos por la arena y azotados por bruscas ráfagas de viento, por la arena que, como a él, debía de llenarles las orejas. La mujer se fue arrastrando los pies por la arena. El soldado Rafael dio la vuelta, cabizbajo, los brazos aún aplazados, el pescuezo negro, mugre y sol, y entró en el pabellón de Cultura, un lugar que a Antonio se le antojaba como una escuela para hombres tristes.

Y su madre muerta. Trece días atrás.

—Disentería —había dicho el médico del campo, un hombre viejo y tuerto, de manos temblorosas.

—Lo siento, chico —le había dicho una enfermera que olía a cebolla.

—Ven aquí que te abrace —le había dicho, horas más tarde, una vieja con la que su madre había hecho migas durante los tres meses que sobrevivió en el campo.

—Disentería —le había dicho de nuevo otro médico, al día siguiente, uno más joven, que también olía a cebolla, como la enfermera, a la que Antonio había visto cómo ese mismo médico manoseaba bajo el vestido.

Disentería: la palabra corría más rápido que la propia enfermedad. Saltaba de boca en boca, se les metía en las entrañas y de allí salía licuada, pestilente, como un adelanto de la muerte. Algunos morían sin haber tenido tiempo ni de limpiarse el culo. Su madre, que solo tres años atrás se levantaba antes que su padre para tener tiempo de asearse y maquillarse y seguir pareciéndose a aquella artista que a su padre tanto le gustaba, murió tan sucia que ya olía a cadáver antes de expirar.

—Y ahora, ¿qué va a pasar contigo? —le había preguntado la enfermera que olía a cebolla, mirando a Antonio por encima de su oreja izquierda, como si no fuera el muchacho, sino alguien que vivía sobre su hombro, quien tuviera que darle aquella respuesta—. Te devolverán a España, supongo. Si fueras pequeño quizás alguna familia francesa te acogería. Pero ya casi tienes bigote, y eso no le gusta a la gente, quieren niños chicos. Y tampoco eres bueno para trabajar, con esos brazos tan enclenques. ¿Te queda familia en España?

Antonio había negado con la cabeza. La boca cerrada, no fuera a escaparse ese timbre de voz oscilante que lo llevaba de la infancia a la adultez en cada frase.

Su madre muerta. Disentería. «Pero podría habérsela llevado cualquier cosa, estaba muy débil», le habían dicho los médicos, los dos, a los que se les acumulaban los muertos en la mirada.

—Yo creo que no tenía ganas de vivir —le había dicho a los pocos días la vieja amiga de su madre que, sin embargo, exhibía su amor por la vida cada dos por tres, su deseo de volver a su pueblo a sentarse en una piedra que había en lo alto de la colina, «roma estaba la piedra de la de culos que allí se habían ya sentado», decía la vieja, riendo.

Después de aquello, la vieja solo había durado tres días más.

Así que Antonio se había quedado solo. Solo e invisible. Pasaban días y nadie le dirigía la palabra. Se quitaba los zapatos y paseaba por la orilla del mar. El agua fría le erizaba el vello de las piernas, la sal le escocía bajo las uñas. Cerraba los ojos, las palmas de las manos vueltas al cielo. Descubrió que su invisibilidad le permitía salir y entrar del campo a su antojo a través de un agujero en la alambrada que los gendarmes habían hecho, como le había dicho su madre, para que las mujeres salieran de madrugada a arremangarse la falda a cambio de una hogaza de pan.

—¿Por qué lo haces? ¿Por qué te vas con ellos? Tu marido está vivo, qué vergüenza, pobre hombre, cuando venga a buscaros y se entere —le había dicho su madre un mes antes de morir a una mujer tan menuda que podría haber sido una niña.

—Nos lo hacen a la fuerza igualmente. Así, al menos, saco algo de pan para los chiquillos. Tú no lo entiendes, de la vergüenza no se come. Tú estás enferma y a ti no te van a forzar, son muy supersticiosos, tienen miedo de pillar algo malo si lo hacen con una... Ya sabes... con eso escrito en la cara.

Su madre no se había arremangado nunca la falda, y él había pasado mucha hambre. Así que Antonio que, al contrario que su madre, no tenía ganas de juzgar a nadie, no sabía si estaba orgulloso de ella y de su virtud.

Salía del campo cada mediodía, después del reparto del rancho. Se acercaba a la fila, con su cuenco y el de su madre, y siempre (cabizbajo, gorra calada hasta las orejas, hombros arqueados sobre el pecho) repetía lo mismo: «Mi madre está muy débil, yo le llevo la comida porque no se puede ni mover», y el gendarme, con cara de estar aburrido, le llenaba el cuenco de su madre muerta y enterrada, y él se los comía los dos, escondido, y salía por el hueco de la alambrada; y se iba al pueblo, donde las mujeres que el primer día los habían recibido con los labios pintados tendían ropa junto a sus casas o preparaban cenas cuyo olor se expandía más allá del límite de sus jardines. Antonio las observaba. Limpias y bonitas, gorditas todas, brazos descubiertos, axilas de pelos rubios cuando tendían la ropa, tobillos redondos y firmes, ni la mierda de las gallinas, a las que alimentaban con maíz brillante como el oro, ensuciaba aquellos pies, aquellos zapatos que parecían bailar en el estiércol de los corrales, pero podrían haberlo hecho en los salones más lujosos.

Recorría las calles del pueblo. MAIRIE, ÉCOLE, EGLISE. Y era invisible también allí fuera. Tiraba piedras a los gatos, acariciaba a los perros, maldecía a los pájaros por poder volar. Los gendarmes, en la taberna, bebían y jugaban, y él los veía tras las ventanas, que, con el calor de la primavera —días largos, olor de los jazmines que se abrían al anochecer, brisa del mar pegajosa, dulce sobre la piel—, siempre estaban abiertas. Y regresaba antes de que los gendarmes volvieran al campo para darle el pan a las mujeres que se arremangaban la falda. Y antes de que los senegaleses, que ni siquiera daban pan, simplemente, agarraran del pelo a alguna (o a alguno que, si la caza no era buena, les daba igual la presa) a medianoche y la arrastraran hasta la playa.

Regresaba para acurrucarse en su camastro. El de su madre seguía vacío, todavía con la forma de su exiguo esqueleto impresa en la paja. De madrugada, entre quejidos y pesadillas ajenas, volvía a salir del campo. Los gendarmes, borrachos, dormían junto a la alambrada. Subía a la colina, al cementerio de los españoles, que le llamaban, un espacio yermo donde enterraban a los muertos del campo. Allí, su madre yacía frente a un mar que siempre le había dado miedo. Antonio se sentaba sobre su tumba, cerraba los ojos y dejaba que el nuevo día le acariciara los párpados.

El mar aún oscuro, inerte como una ciénaga. Francisco, fumando, sentado sobre un murete del cementerio, a ras de acantilado, sus pies danzando en el vacío. La ciudad de Sète a su izquierda: la torre de la fea iglesia y el serpentín de calles oscuras, los canales como ríos tiesos; el puerto bajo los pies: barcos quietos, como anclados en barro, «pero si el agua fuera barro se secaría y podría alcanzar cualquier sitio con los pies», pensó; y gaviotas, y el barco, el Sinaia (leve oscilación, el griterío que desde la cubierta le llegaba hasta allí, hasta lo más alto de la colina, donde era imposible importunar ya a los muertos), con sus chimeneas encendidas ensuciando el horizonte.

Él debería estar a bordo, compartiendo con más republicanos exiliados aquella cubierta oxidada. Unas horas, y el Sinaia zarparía rumbo a México. Unos días, y el Sinaia estaría atracando en Veracruz, donde una nueva vida teñida de ocres y fucsias le daría la bienvenida. Pero Francisco se había quedado en tierra, igual que otros tantos que, con sus sucias gorras de lana, merodeaban por el puerto para intentar colarse en el barco.

Le habían prometido un pasaje. Uno que, según su amigo Carlos, que era amigo de un amigo de un amigo de Picasso, le había conseguido con su nombre impreso. Porque él era un artista, «y los artistas tienen que emigrar y preservar la cultura de la República», le había dicho su amigo cuando fue a sacarlo del campo de Argelès-sur-Mer.

Pero alguien (el amigo de un amigo de otro amigo de alguien del Partido Comunista) borró su nombre y escribió encima el de otro, el de un político tan de tercera fila que a los dos meses de estallar la guerra ya se había exiliado en Perpiñán.

—Te prometo que en el próximo barco tú te vas a América —le había dicho su amigo antes de volverse a París—. Pero ahora es mejor que no vengas allí conmigo. Las cosas no están bien. El gobierno de Lebrun le está haciendo la rosca a Hitler y está persiguiendo a los rojos y a los judíos, se los llevan al estadio y ya nadie vuelve a saber de ellos. Quédate aquí. En Sète nadie te va a echar cuentas.

Y su amigo se marchó dejándole unos cuantos francos y una maleta de piel marrón con los bordes gastados.

Y allí estaba Francisco ese 26 de mayo de 1939, con la maleta de piel marrón, rodeado por los muertos y despidiéndose, con las señales del humo blanco de su cigarrillo, de los que partían, vivos, al otro lado del mar.

Tres días llevaba cayendo aquella lluvia fina que, cada anochecer y de forma abrupta, mutaba en tormenta. La primera de aquellas tormentas se había llevado los tejados de tres de los barracones dormitorio, y los hombres que allí dormían habían tenido que refugiarse en los restantes pidiendo permiso para entrar; pidiendo perdón por haber entrado. Tantos hombres había que la humedad y el olor convirtieron el aire en una masa densa, casi irrespirable. Los desahuciados se quedaban ovillados en el suelo: dormían a todas horas, como los perros viejos.

Esa mañana de principios de junio de 1939, la cuarta ya de lluvia, alguien abrió todas las ventanas y una bocanada se llevó al exterior aquel aire descompuesto. Sonó la sirena del campo: hora del rancho. A pesar del mal tiempo, los franceses seguían sirviéndolo al aire libre, y los hombres, que parecían haber dejado de echar cuentas a las penurias, formaban la fila y esperaban sus gachas verdosas. El frío le pudo al hambre y Rafael prefirió renunciar al desayuno. Tumbado en su camastro observaba el callo del muñón que, con la humedad, le escocía por dentro. Así que cuando un gendarme entró en el barracón preguntando por él (preguntando, en realidad, por Leonardo Rius), sintió de repente toda la desgana de los últimos días concentrada en aquel muñón estrafalario y decidió no responder, acurrucarse aún más en su camastro y fingir que no oía. Pero otro soldado lo señaló con la cabeza y el gendarme se plantó a los pies de su catre.

—Ven conmigo —le dijo y, sin casi darle a Rafael tiempo de ponerse las botas, salió del barracón.

La lluvia había descolorido la primavera. El mar y el cielo se unían en un horizonte metálico moteado de nubes azul marino. La arena mojada crujía bajo los pies, y le recordó la tierra de las trincheras cuando, en invierno, se cubría de escarcha y notaba cómo explotaban los cristales de hielo bajo la suela podrida de sus botas. Siguió al gendarme hasta la entrada del campo, donde otro los esperaba. Con un leve movimiento de cabeza, sin palabras, los hombres se intercambiaron la custodia de Rafael.

Apenas quinientos metros separaban la entrada del campo de los soldados de la del de los civiles. Solo había estado una vez allí: el día de la exposición de sus figuras; el día en que conoció a la mujer de Leo.

—¿Qué hago aquí? —le preguntó al gendarme cuando estuvieron ya dentro del campo, caminando sobre la arena apelmazada entre unos barracones a los que las mujeres habían colgado unas cortinas confeccionadas con telas de saco.

El gendarme, sin responderle, lo llevó al barracón de la enfermería y se despidió de él en la puerta con un leve movimiento de barbilla. Lo recibió una enfermera con el uniforme manchado y arena en el pelo. El barracón que hacía las veces de hospital era más largo que los otros y los enfermos, dispuestos sobre camastros y envueltos en sábanas sucias, parecían sacos medio vacíos. Olía a lo mismo que debía haber manchado el delantal de la enfermera: sangre, vómitos y mierda. Y no se oían palabras, solo gemidos, quejidos, gritos: las gradaciones sonoras del sufrimiento. La enfermera le pidió que la siguiera. Llegaron al final del barracón, donde una cortina con los bajos roídos ocultaba un espacio en penumbra. La enfermera abrió la cortina: una cuna de madera, una sábana azul.

—Es su hijo —le dijo la mujer, retirando la sábana que cubría un bulto pequeño, con hechuras de conejo mortecino.

Rafael se asomó por encima de la cuna.

—¿Respira? —le preguntó a la enfermera, que lo observaba sin mostrar emoción alguna—. Parece que no respire.

—Sí que respira, solo está durmiendo —respondió la mujer.

—¿Y cómo se llama?

—No tiene nombre, tendrá que ponérselo usted.

Entonces, Rafael recordó a la mujer de Leo agarrándose la barriga con sus manos secas como ganzúas.

—¿Y su madre?

La enfermera lo miró. A Rafael le asustó aquel rostro de rasgos estáticos.

—Murió en el parto.

—¿Cuándo?

—Hace tres días. Al principio pensábamos que era viuda, pero luego encontramos esta carta donde da instrucciones para que le entreguemos el niño a su padre; a usted, vaya.

La enfermera se sacó de un bolsillo un papel doblado y sucio con la caligrafía de la mujer emborronada por la humedad, y Rafael recordó las cartas que la mujer le había escrito a Leo y que él aún guardaba en el zurrón.

—Gracias —dijo, estrujando la carta con su mano derecha.

—Tendrá que ponerle un nombre.

—¿Es niño o niña?

—Niño.

—¿Sobrevivirá?

—Ya lo ha hecho. El médico dice que nació muerto y que se lo arrebató al demonio, así que este niño morirá de viejo.

—Pues entonces que se llame Leo.

—¿Cómo usted?

Rafael miró al niño.

—Como su padre —respondió.

6

Portbou, febrero de 2019

Mathieu no aguanta más. Sale de la estación; salta la cinta blanca y azul que la policía local ha puesto para proteger el perímetro de unos improbables transeúntes. A sus cincuenta y un años, y después de quince corriendo diez kilómetros al día, le basta con un salto para escapar del enclaustramiento.

Unas horas antes se había creído inmune a la incomodidad de pasar una noche en la estación, «una aventura —se había dicho—, una oportunidad para hacer fotos y darle brío a mi portafolio profesional». Veía a la gente enroscarse sobre los estómagos como si fueran cochinillas mientras él se paseaba por el andén tieso como una vara. Pero con el paso de las horas había empezado a creer que, si seguía allí, escuchando el trompeteo de la lluvia contra el cristal, acabaría estallándole esa sensación de hartura que le punzaba entre las cejas. También le hastiaban las caras reblandecidas por la humedad de los que, como él, estaban atrapados en la estación; y esa mujer que, con el tríptico de la exposición en la mano, lo había mirado y, aun sin parecérsele, había reconocido en ella una versión insolente y descuidada de su Beatriz.

Gotas de lluvia, gordas como cucarachas, salpican la madrugada. Ya a la intemperie y sin la protección de la marquesina de la estación, las siente crujir sobre su cabeza. Las botas encharcadas, los tobillos hundidos en el líquido que rebosa de las alcantarillas, la perturbadora sensación que le provocan esas gotas (nota las patas, las antenas: las imagina de verdad insectos) deslizándose cuello abajo.

Camina calle abajo. La estación a su espalda. El pueblo a oscuras, iluminado solo a golpe de relámpago. Las casas crujen, vapuleadas por la tormenta. Los adoquines están desencajados; debajo, la playa, aquí sí, aquí seguro que sí, piensa recordando a su última amante: veinte años, ojos saltones que nunca cerraba cuando hacían el amor. «¿Tú recuerdas el Mayo del 68?», le había preguntado ella. «Yo no había nacido —le respondió él, fingiendo una carcajada, fingiendo que no le habían dolido las palabras de aquella pobre estúpida—, ¿tan viejo me ves?». «No», —le respondió ella—, bueno, no sé. Es que te sale un pelo de dentro de la oreja, igual que a mi padre». Apenas aquella ignorante cerró la puerta de su casa, Mathieu se metió el cortaúñas en la oreja y cortó aquel pelo, que era negro y se enrollaba como un tirabuzón. Pero a los pocos días el pelo reapareció: grueso y tieso esta vez, como una tira de regaliz. Lo arrancó entonces con unas pinzas para las cejas, que en los últimos meses se habían espesado y parecían querer aplastar los párpados. Pero el pelo creció de nuevo, todavía más oscuro, y Mathieu se preguntó el grado de negritud que podría llegar a alcanzar el pelo de la oreja de un hombre con tan poca melanina como él. Y crecieron más pelos, y en las dos orejas; se multiplicaron como diminutos cables de fibra óptica que salían disparados hacia todas partes. Y, como las pinzas ya no fueron suficientes para sofocar tal rebelión, Mathieu se los cortaba cada tres días con un cortapelo para orejas que había comprado en un centro comercial a cincuenta kilómetros de su casa, al que fue porque, supuso, nadie lo reconocería. Desde entonces esos pelos le parecen una metáfora de su incipiente decrepitud.

A pesar de la lluvia, Mathieu se detiene en una plaza que campea sobre el pueblo como si fuera un mirador. Desde allí, esa mañana, había fotografiado la panorámica del cementerio que, con la luz de invierno cayendo a plomo sobre sus muros blancos, se le antojó un pegote de cal en la colina quemada. Treinta y seis fotografías del cementerio en la distancia. Ciento treinta y nueve cuando ya estuvo allí: de lápidas con letras oxidadas, de guijarros puntiagudos, del lugar donde, pura suposición, había estado la fosa común a la que arrojaron el cuerpo de Walter Benjamin; y también ochenta y tres fotografías del monumento a Benjamin porque, en aquel pueblo de la Costa Brava, de calas oscuras, edificios vulgares y olor a hierro derretido, lo único que podía interesar a los turistas —y lo único que, se le ocurría, debía interesarle a él mismo si quería convertirse en un fotógrafo de los de verdad— era el rastro que había dejado la muerte al pasar. Cuando esa mañana se había acercado hasta el monumento, a pocos metros del cementerio y en una de las colinas que flanquean el pueblo, una guía cuarentona y de tobillos gruesos, que se protegía del sol con un paraguas azul, intentaba explicar a un grupo de adolescentes el pensamiento filosófico de Walter Benjamin. La voz de la mujer titubeaba, como si ella, al hablar, tratara también de entender las palabras de Benjamin mientras mantenía su mirada fija en el mar. Solo tres adolescentes la escuchaban; el resto, profesores incluidos, andaban perdidos en las pantallas de sus móviles. Cuando el grupo se marchó, Mathieu se acercó al monumento, un prisma rectangular de acero rojizo inclinado sobre el acantilado, para sacar más fotografías. El pavimento del interior estaba cubierto de porquería: bolas de papel de plata, latas de bebida vacías, clínex y, al fondo, junto al cristal que protegía al visitante de caer a las negras aguas del mar, una caja de cartón. La luz que entraba a través del cristal era absorbida por la rugosidad del metal de las paredes; a Mathieu le pareció perfecta para reflejar la melancolía del exilio. Hizo una foto. La porquería, obstinada realidad, embruteció las imágenes.

Así que arrinconó la basura y la cubrió con la caja de cartón que, siendo del mismo color que las paredes, se confundía con el entorno. «Ahora sí, ahora queda bonito», pensó. Salió y se acercó al borde del acantilado. Desde allí, las aguas de la bahía de Portbou brillaban, inmóviles, como si se hubieran cristalizado bajo una capa de pintauñas oscuro. Recordó a su abuelo Rafael cuando le decía que lo último que se había llevado de España en febrero de 1939 —de una España a la que nunca quiso regresar— fue el color amoratado de aquel mar en su retina y la tierra que se le había quedado bajo las uñas cuando enterró a una niña en el cementerio de Portbou. Aquella niña de la que su abuelo nunca supo el nombre: «El hermano se llamaba Antonio —decía—, pero el de la chiquilla no atiné a preguntarlo». A su abuelo, aunque solo tuvo un hijo, Leo, el padre de Mathieu, le gustaban mucho los niños. «Lo peor de una guerra es enterrar a chiquillos», decía mirándose las manos y buscando, quizás, la tierra que había traído desde el cementerio de Portbou tantos años antes. Siempre aquel abuelo en todos sus recuerdos de infancia: una figura que parecía menguar conforme a él y a su hermana se les estiraban las piernas; un hombre menudo y moreno que destacaba como el punto de fuga en las fotografías familiares, entre su mujer francesa, su hijo Leo y sus nietos y su nuera, todos tan claros, todos tan altos que cuando estaban juntos parecían el anuncio de un suplemento vitamínico. El hombre de nueve dedos en las manos al que Mathieu llegó a creer que quería más que a sus propios padres; el hombre al que él observaba, embelesado, mientras tallaba figuritas de madera sentado bajo el pino azul de su patio trasero. Y aunque el abuelo Rafael le talló soldaditos, y caballos y caballeros medievales, y reyes sin corona a los que él llamaba presidentes de la República, y hasta un santa Claus —aunque muy a regañadientes: «Un tío tan gordo no puede tener resuello para arrastrar tantos juguetes por medio mundo», decía—, la figurita que más le gustaba era la de la perra Paca, un chucho de aguas al que el abuelo había tallado con las orejas gachas y el rabo entre las piernas.

La lluvia arrecia. Va escaleras abajo y llega al paseo marítimo. El viento, como una aspiradora fuera de control, ha arrancado las sombrillas de uno de los bares, del mismo donde esa mañana estuvo tomando un café a su regreso del cementerio. Entonces, las sombrillas, ancladas en el suelo por macizos pies de hormigón, le protegieron de un sol que ya anunciaba tormenta, como le había vaticinado el camarero mientras le servía el café. Los anclajes siguen clavados en el suelo, pero las sombrillas han atravesado el paseo y danzan sobre la arena de la playa con sus faldas blancas, dando vueltas sobre sus ejes, «yo quiero verte danzar como derviches *tournés* que giran», y la letra y la música de aquella canción que nunca había soportado («me encanta Battiato», decía Beatriz, subiendo el volumen de la música del coche) se solapan en su cabeza con las estridencias de la tormenta. Mathieu se cobija en un portal profundo, espacio malgastado, piensa su antiguo yo, el ingeniero: edificio de tres plantas, feo, años setenta. El portal recubierto de baldosas verdes, perfiles de aluminio marrón, un ficus muerto en una esquina. El viento se arremolina a sus pies, objetos livianos le golpean los tobillos. Tiene frío, tirita. Se aprieta las sienes con fuerza: «Estoy a salvo —piensa—; soy gilipollas», piensa a continuación recordando que hace diez minutos ya estaba a salvo (a salvo y seco) bajo la marquesina de la estación.

—Tú siempre estás a salvo —le repite Beatriz en el recuerdo, desde aquella conversación, dos años atrás, en otra playa: vulgar, sucia, botellas de plástico en la arena, los cargueros cubiertos de herrumbre amarrados a lo lejos—. En tu vida has asumido un riesgo. Todo sobre seguro, ¿verdad? Y te follas a las amigas de tu hija porque se te ponen a tiro. Ni para ponerme los cuernos eres capaz de arriesgarte.

Mathieu piensa que Beatriz no fue elegante al decirle todo aquello y al concluir, de forma tan melodramática, diciéndole que seguía enamorada de él, pero que se iba con otro. Pero Mathieu fue menos elegante todavía al fingir que, en aquel momento en que su corazón estaba reventando en millones de partículas de carbón, aún tenía ganas de bromear, y le dijo:

—Entonces, ¿por qué te vas con él?, ¿tiene la polla más grande?

Beatriz le escupió en los ojos. Su desprecio, denso de bilis y de rabia, le nubló la vista, desdibujando la silueta de la que había sido su mujer mientras se iba sin decir adiós. Sus contornos danzarines desapareciendo, sus pies desnudos dando saltos sobre la arena. No la ha vuelto a ver. Él la llama, su teléfono suena, nunca una respuesta, el contestador desconectado. Pasados ya dos años, su voz se ha convertido en una cadencia sin timbre. Marina, su hija, ya es mayor y estudia en Montpellier, así que poco hay que discutir sobre ella. «El piso quédatelo tú —le escribió Beatriz en un *email*—, y léete mis libros, que daño no te harán; te los regalo». Las fotos, «ya tengo las que quiero tener, quémalas o empapela la cocina con ellas, haz lo que quieras».

Un rayo alcanza una de las sombrillas que el viento ha desplazado a la playa. La eleva hasta un horizonte opaco y luego la deja caer hecha un ovillo de fuego. El espectáculo es hermoso, efímero como una breve noche de San Juan; la lluvia sofoca las llamas y el esqueleto de la sombrilla queda inerte sobre la arena mientras las otras, blancas como lunas, siguen danzando a su alrededor.

«En Irlanda del Norte, en verbenas de verano, la gente anciana que baila a ritmo de siete octavas». La canción, Battiato en su cabeza. Y Beatriz, aunque ya no esté, sigue presente. Igual que el día que enterraron a su padre.

—Mamá no vendrá —le dijo su hija Marina—. Lo siente mucho porque lo quería con locura, pero ha decidido que no puede volver a verte, así que deja de buscarla con la mirada y olvídate de tus mierdas por lo menos el día del entierro de tu padre.

De su padre Leo. Que había muerto en una noche de verano, siete meses atrás; que había nacido en una noche de tormenta, ochenta años antes, cuando un médico tuvo que sacárselo a su abuela, ya muerta, a la luz de las velas. El niño también había nacido muerto, en silencio, pero el médico no se resignó a tanto despropósito y lo azotó hasta que le arrancó un llanto. «Acabo de arrebatárselo de las manos al demonio —dijo el médico—, es el demonio el que llora con rabia».

Aquello se lo contó su abuelo Rafael, que no estuvo presente en el nacimiento de su hijo; que no supo que la madre había muerto y que el niño había sobrevivido hasta que se lo dijeron tres días después.

Mathieu tiene frío. No ha sido una buena idea salir de la estación. Mira hacia su izquierda, la silueta de los Pirineos cayendo al mar parece un dinosaurio hundiendo su cabeza en un lago infinito. Detrás de aquellas sombras, a no muchos kilómetros, está el lugar donde nació su padre: la playa de Argelès. Mete su mano derecha en uno de los bolsillos de su caro pantalón cargo y acaricia la madera desgastada de la figurita que siempre lleva encima, la de la perra Paca.

7

Argelès-sur-Mer, junio de 1939

Antonio era invisible. Salía del campo, paseaba por las calles del pueblo, robaba comida de los carromatos del mercado ambulante, se colaba en los jardines donde las señoras bonitas tendían su ropa; y la olía, y la tocaba con sus manos sucias de tierra, dejando deliberadamente el rastro de sus dedos en sábanas, camisas, enaguas de mujer.

A veces, aburrido, atravesaba las lindes del pueblo y recorría kilómetros con sus alpargatas rotas. Aquel mes de junio, el terreno, tan seco cuando no llovía y el sol agrietaba la tierra, parecía estar cubierto por un manto de esparto: de los surcos salían lagartijas, grillos, ratones de hocico puntiagudo. Otras veces, después de una tormenta, el olor a mar llegaba hasta tierra firme; entonces todo eran vides verdes, margaritas en flor, amapolas efímeras, campanillas lilas como los ojos de su madre muerta.

Regresaba al pueblo cubierto de polvo y barro. Los niños salían de la escuela y él, sentado en el bordillo de la acera de enfrente, al resguardo de su invisibilidad, los miraba: los zapatos limpios, los dedos manchados de tinta, los cuadernos con las esquinas desgastadas; algunas niñas, las más pequeñas, lazos de raso en el pelo. La profesora, una de las señoras bonitas a las que él espiaba mientras tendía su ropa en el jardín, se apoyaba en el marco de la puerta diciéndoles adiós con la mano. Un mediodía en que el calor se había espesado tanto que la gente tuvo que recogerse dentro de sus casas, llegó a la escuela, cuando todos los niños ya se habían marchado, un hombre demasiado delgado para que fueran suyos los pantalones que la profesora tendía en su jardín. El hombre cerró las ventanas de la escuela y, minutos después, Antonio pensó que se les había colado una gaviota llorona dentro, una a la que el hombre, a juzgar por los ruidosos resuellos cargados de fatiga que atravesaban las paredes, estaba intentando atrapar. Después, un silencio que a Antonio le pareció plácido de verdad, no como el que sucedía a la muerte; y el hombre salió de la escuela sin llevar la gaviota entre sus manos. A los pocos minutos salió también la profesora: coloradas las mejillas y las orejas, como si ella también hubiera estado persiguiendo a la gaviota. La mujer, que no llevaba nada en las manos, miró hacia donde estaba Antonio, se apartó el pelo de la cara, y le sonrió. Pasado un rato, cuando a Antonio dejó de temblarle aquella sonrisa en la entrepierna, el calor se había diluido y las sombras de los árboles volvían a proyectarse sobre la tierra, se levantó, cruzó la estrecha calle y entró en la escuela, que siempre estaba abierta. La claridad se colaba por las ranuras de las persianas cerradas, y el polvo de tiza blanqueaba el espacio salpicado por aquella luz. Sobre la mesa, y escrito su título en la pizarra, un libro de Victor Hugo, *Notre-Dame de Paris*. En un cajón, un libro escondido: *Madame Bovary*.

8

Portbou, febrero de 2019

Tiembla la marquesina, se tambalean todas sus piezas como si fueran de cartón. Las tres de la madrugada en el reloj redondo del andén. Veintisiete años atrás, en el mismo reloj, daban las siete de la tarde e Isabel era feliz. En una foto —hecha trizas y arrojada al cubo de la basura años después de que él la dejara—, la esfera blanca del reloj amenazaba con caer sobre sus cabezas. Le pidieron a un alemán con bermudas que les hiciera una foto, él les pidió a su vez que sonrieran, y disparó. Escondidas del objetivo, las manos entrelazadas de aquel primer novio en la espalda.

—¿En qué piensas? —le preguntó él.

—En las ganas que tenía de hacer este viaje contigo.

—Al final, ¿qué le has dicho a tu madre?

—Que me iba de viaje contigo —mintió Isabel porque se había ido sin decirle nada a su madre. Solo una nota sobre la mesa de la cocina. Un mes después, al regresar a casa tras el viaje, gritos, insultos, y los cinco dedos de su madre durante días marcados en su mejilla izquierda.

Años después, su madre ya no tenía huellas dactilares. Cuando murió, Isabel cogió sus manos y recorrió la piel de sus mejillas con los dedos de la mujer, que ya nada podía objetar al contacto con una piel ajena. Aquellos dedos sin huellas la acariciaron como plumas; las manos aún dúctiles, aún calientes: la muerte, que no había hecho más que presentarse, no tardaría en convertir aquel cuerpo en un garrote tieso.

Su madre muerta y, en la cama de al lado, solo separadas por una cortina verde —«delgada, para que la muerte pueda transitar a sus anchas», pensó Isabel— otra anciana moribunda.

Su madre muerta aún olía a salfumán.

—La lejía no desinfecta —recuerda Isabel que dijo su madre tres días después de la muerte de su padre—. A partir de ahora, lo limpiaré todo con salfumán.

Pero el salfumán tampoco acabó con los millones de microbios que su madre era capaz de ver a través de sus córneas acuosas en todas las superficies de la casa (acababa de morir, e Isabel ya no recordaba el color de aquellos ojos, solo una tela de araña bajo la cual podría haber habido un iris azul, o negro, o rojo como las brasas del infierno).

Al final de su vida, con los huesos frágiles como la cáscara de un huevo y el cuerpo contraído, su madre seguía cambiando las sábanas cada día, lavándolas a noventa grados, sacudiendo el colchón a golpes, y desinfectando la taza del váter con un litro de salfumán.

—Tiene las vías respiratorias quemadas, ¿ha trabajado su madre en la industria química? —le había preguntado el médico tres días antes, cuando la ambulancia la llevó al hospital, después de que Isabel la encontrara en el suelo de la cocina con la pechera de la bata bañada en sangre.

—No —respondió Isabel, harta ya de dar explicaciones.

—Tu madre no siempre fue así —le dijo el día del entierro su tía Enriqueta, la única hermana con la que su madre aún mantenía contacto—. Fueron los abortos los que la trastocaron. Después del tercero, se le metió en la cabeza que eran los microbios de las bragas los que se le colaban en las entrañas y se comían a los niños por dentro, y que por eso nacían muertos. Nadie pudo hacerla entrar en razón.

Su madre, antes de tenerla a ella, había parido tres niños muertos de los que no había nombres ni partida de nacimiento, pero cuya omnipresencia acorraló a Isabel durante toda su infancia.

—Todos tan hechos que parecían muñecos Nenuco —le dijo la tía Enriqueta—. Tu padre nunca quiso entrar a verlos, pero yo sí. Tenían sus deditos en pies y manos, y sus uñitas; el último, ya de ocho meses, hasta tenía una mata de pelo negro en la cabeza. Las enfermeras los lavaban, y a ese último, como estaba ya tan grandote, le pusieron un trajecito de punto que tu madre le había hecho. Con eso lo enterraron.

Muchos años después del entierro de aquel prematuro, nació Isabel, que se llamaba así porque su madre se lo había prometido a la santa que, igual que ella, había parido a su único hijo siendo ya una vieja. Aunque su padre, cuando nació la niña, quiso que se llamara Lucía.

—Mira que se puso tu padre pesado con lo del nombre —le dijo tía Enriqueta—, que quería que te llamaras Lucía, y como entonces era el hombre el que iba al Registro Civil a punto estuvo de no ponerte Isabel. Pero al final no lo hizo; creo que temía a mi hermana. Tu padre, que en paz descanse, el pobre era de tan buen conformar, así que siempre daba su brazo a torcer. Que Dios me perdone por lo que voy a decir, pero no sé qué vio tu padre en mi hermana, con lo grandote y buen mozo que era que, aunque ya mayor cuando se ennovió con mi hermana, que Dios la perdone a ella también, algo mejor que ella podría haber encontrado. Pero yo creo que es que a tu padre le estorbaba vivir.

Isabel siempre creyó que había llegado demasiado tarde para consolar a su madre, para conmover a su padre, para no ser el espejismo que come, caga y respira de tres niños muertos. Trece de mayo, cuatro de agosto, seis de diciembre. Hasta los trece años, Isabel acompañó a su madre al cementerio en aquellas fechas. Se arrodillaban delante de un nicho en el que no había ni fotos ni nombres, solo fechas y tres figuritas sobre una repisa: tres ángeles blancos de ojos hundidos. Su madre rezaba, con la cabeza gacha, apuntando al cielo con su coronilla. Isabel, mientras tanto, movía los labios y miraba los nichos a su alrededor. Los guijarros del cementerio se le clavaban en las rodillas, se le dormían los brazos, se le entumecían los dedos que, entrecruzados, escenificaban una oración. Y se preguntaba por qué esa madre suya nunca olvidaba aquellas tres fechas y, sin embargo, no podía recordar el día de su cumpleaños.

—Solo las niñas egoístas quieren tener un día para ellas solas, ¿tú crees que el niño Jesús se quejaba a la Virgen María si no celebraban su cumpleaños? —le dijo su madre el día de su decimoprimer aniversario.

Los ojos de su madre, en aquella época, y tras tantos años de lejía, ya no debían de tener color, pues a Isabel le pareció que sus anhelos de amor maternal se perdían en un túnel sin fondo.

Su padre, a escondidas, sin que su madre se enterara, siempre le dejaba algún regalo bajo su almohada por sus cumpleaños, mientras ella aún dormía. Como el año en que cumplió trece y encontró, al despertar, una edición usada, vieja y en francés, de *Madame Bovary*.

9

Argelès-sur-Mer, julio de 1939

La primera vez que Antonio vio a aquellos dos niños —«Se llaman Lucía y Damián, y son hermanos», le dijeron— cogidos de la mano, pensó que la madre solo debía de saber parir niños sin pierna. Porque a los dos les faltaba una: a la niña, la derecha; al niño, la izquierda. Y cuando estaban juntos y se cogían de las manos eran como un extraño ser de dos cabezas, cuatro brazos y dos troncos. Pero las extremidades perdidas, sustituidas entonces por dos patas de palo que se hundían en la arena y dejaban a los niños plantados como árboles raquíticos, habían estado allí, ocupando el espacio de la madera. Y habrían seguido corriendo campo a través, y calle arriba y calle abajo, y la rodilla se habría pelado y la espinilla se habría lastimado con la tierra de los caminos y las plazas de no haberse quedado, como le contó un día la niña, bajo los escombros de su casa en Granollers, igual que se quedaron su madre y su hermano recién nacido cuando unos aviones pequeños y que volaban alto escupieron sus bombas sobre el pueblo.

Al padre de los niños, con dos piernas, dos brazos y una herida en la frente, lo habían recluido en el campo de los soldados porque en algún momento de la guerra había empuñado un fusil, y solo le permitían ver a sus hijos los domingos por la mañana.

Los niños llegaron al campo una tarde de principios de julio de 1939, cuando Antonio llevaba ya cinco meses encerrado, y fueron recibidos por un nuevo brote de disentería y muerte del que se libraron porque Antonio, en sus escapadas al pueblo, se las arreglaba para traer agua buena y fruta que compartía con aquellos dos medio huérfanos.

Antonio y los dos hermanos dormían en el mismo barracón, en unos camastros, al fondo, donde no había ni ventanas ni puertas. Si alguno lloraba o gritaba en sueños, o se meaba encima o tiritaba de fiebre, las mujeres (siempre en grupos rotativos de dos o tres, nunca las mismas) se acercaban y los consolaban, o les daban agua, o les limpiaban como podían los mocos y la mierda y los orines que se acumulaban en sus camastros. Aquellas mujeres eran como una madre amorfa y de carácter ambiguo, que un día era rubia y otro morena, que un día olía a sudor y otro a agua salada. Eran ellas las que, aborreciendo tanta tristeza, les cantaban a los niños coplas alegres mientras bailaban en la arena con ellos en brazos; y «échale guindas al pavo que yo le echaré a la pava, que yo le echaré a la pava», cantaban unas mientras las otras, a su alrededor, se arremangaban los vestidos hasta el culo y se soltaban las melenas negras, blancas o amarillas que, aunque sucias y comidas de piojos, oscilaban sobre sus hombros hermosas como las crines de los caballos; y cada vez eran más las mujeres que participaban de aquel aquelarre; y las que aún tenían a sus hijos vivos los traían con ellas; las otras traían la pena de haberlos perdido; y en la arena bailaban esa pena y esos niños y esos pies descalzos, mientras las mujeres, con su alegría, escupían a la cara de la muerte. «Y que no pase por aquí el demonio, que me lo como a bocados», gritaba una, y las otras reían, con y sin dientes; todas reían porque estaban vivas; porque aún estaban vivas. Y entre las guindas que aquellas mujeres le echaron al pavo y las guindas que le echaron a la pava, los pequeños niños cojos pudieron sobrevivir.

Damián, que era menudo y estaba perennemente empapado en sudor, como un pollito recién nacido, casi siempre dormía. La bomba, que lo había dejado cojo y huérfano, había hecho que durante días le sangraran los oídos, le había contado Lucía a Antonio, y desde entonces se mareaba, y ya no quería jugar. Así que la niña —que era algo mayor que su hermano y tenía siempre los ojos abiertos y fijos como los de las lechuzas—, a la que le gustaba mojarse el pie en el agua del mar, salía del barracón sola. Antonio la seguía hasta la puerta, pero nunca la acompañaba porque su caminar era lento y se aburría. La pata de palo de la niña se hundía en la arena y, tras cada paso, tenía que desclavarla, como si fuera una estaca. Un día en que la niña no podía desclavar su pata porque la arena estaba mojada y densa, uno de los senegaleses que vigilaba a los reclusos del campo se acercó a ella. Le preguntó algo, y ella señaló hacia el mar. El hombre la cogió en brazos y la llevó hasta la orilla.

Semanas después, una tarde de finales de agosto —el aire del barracón tan achicharrado que hasta las ratas se escondían del calor—, Damián descansaba en la sombra, junto a las mujeres reunidas tras los barracones. Antonio, que acababa de levantarse del suelo, vio a Lucía a lo lejos, sentada en la orilla del mar. Se acercó hasta allí y se sentó a su lado. La niña jugaba con una muñeca de trapo. La muñeca tenía los ojos pintados de azul y unas trenzas de lana amarilla sujetas con un lazo rojo. Llevaba un bonito vestido de cuadros verdes que contrastaba con el vestido gris y sucio de la niña y, bajo su falda, unas bragas azules y dos piernas de trapo con muñones en vez de pies. La niña levantaba la falda de la muñeca y le bajaba las bragas, y se las volvía a poner, y se las volvía a quitar; y luego le acariciaba el pelo, que era del mismo color que el suyo, aunque el de la muñeca ni estaba sucio ni tenía piojos. Y entonces la agarraba con fuerza, estrujándole el talle, y le decía: «Buena chica, buena chica».

—¿Quién te ha dado la muñeca? —le preguntó Antonio.

—El hombre negro. Me la ha regalado porque dice que soy una buena chica.

10

Portbou, febrero de 2019

Esther mira a una mujer que se acerca por el andén arrastrando una maleta roja a la que le falta una rueda trasera. La maleta, escorada hacia la izquierda, obliga a la mujer a ladear el cuerpo para contrarrestar la inclinación. Pasa de largo. La maleta cojea, la mujer cojea; su abuela Lucía, a la que le faltaba una pierna, también cojeaba. «Mi pierna está en una fosa del cementerio de Granollers. Mi padre la enterró en el mismo hoyo donde echaron a mi madre y a mi hermanito recién nacido y aún sin nombre, y también echaron allí la pierna de mi hermano Damián, y no sé a cuántos más muertos a cachos echaron allí dentro», le dijo su abuela la primera vez que Esther se atrevió a preguntarle. Esther y su padre fueron muchas veces a aquel cementerio de Granollers a buscar una fosa que nunca encontraron; indagaron en archivos, hablaron con los pocos supervivientes de la Guerra Civil que aún residían en la ciudad. Nada: de los muertos de aquel bombardeo se habían descompuesto hasta los recuerdos.

Esther la echa de menos: las manos pequeñas, el acento francés, los ojos recubiertos de una película líquida y espesa, como si estuvieran siempre bañados en agua de mar. Su abuela nunca quiso regresar a España; ni cuando su único hijo, el padre de Esther, se casó en Barcelona con su madre, una enfermera a la que había conocido en unas vacaciones en la Costa Brava. «España es tierra de cobardes. En cuarenta años todos han vivido con las cabezas gachas. Nos vendieron por un plato de lentejas. Yo allí no vuelvo. Aquella tierra no es digna ni de que una se caiga allí muerta», decía siempre la mujer.

Desde bien pequeña, Esther pasaba los veranos con su abuela, en Montpellier. Una calle estrecha, un balcón ignorado por el sol, las cortinas siempre echadas, los turistas que meaban de madrugada en el portal, músicos callejeros, las campanas de la iglesia de Saint-Roch y el cielo de Montpellier, desde la ventana de su habitación, celeste con vetas de añil. Durante el día, y cuando el calor era tan espeso que a la niña Esther le parecía estar dentro de una sopa, solo salían para ir a comprar; pero apenas el calor aflojaba, la abuela Lucía llevaba a Esther hasta el Jardín Botánico, y allí la niña paseaba entre árboles extravagantes y parterres secos, sin flores en verano, y tiraba migas de pan a los peces de un estanque que tenía el agua del color del vinagre. Algunas tardes cogían un autobús que las llevaba a las afueras, a un lugar donde había una enorme piscina al aire libre, rodeada de pinos y adelfas fucsias; pero nunca iban a la playa, porque la abuela, según decía, ya había tenido bastante con la arena en Argelès-sur-Mer.

El piso de la abuela desprendía siempre olor a canela, como si todas las superficies estuvieran recubiertas de bizcocho dulce. La casa, atestada de libros y fotografías en las que muertos y vivos compartían pared: la abuela y su hermano Damián, cuando aún no eran cojos, sentados junto a su madre y a su padre en Granollers; el padre de Esther en muchas de las imágenes, la más grande, en el centro, como si todas las demás orbitaran a su alrededor; la de su graduación en la Facultad de Medicina de la Universidad de Montpellier; Esther y su padre dando de comer a las palomas de la Plaza Cataluña; la abuela Lucía y su marido, el abuelo Eloy, al que nunca conoció, el día de su boda; y Francisco, el padrino de su padre, un hombre al que Esther tampoco llegó a conocer. Y, protegida por un sencillo marco de madera oscura, una fotografía de Lucía y Damián, ya sin piernas, en el campo de Argelès-sur-Mer, rodeados de personas que parecían tan desconcertadas como ellos.

Un mes de septiembre, cuando regresó de Montpellier, oyó que su madre le decía a su padre: «Cuando vuelve de estar con ella, la niña no habla, es como si se empapara de la tristeza de su abuela. No quiero que vuelva a pasar tanto tiempo con tu madre porque está amargada y me va a amargar a la niña». Pero Esther siguió yendo los veranos a casa de la abuela Lucía, aunque, conforme se hacía mayor, pasaba menos tiempo con ella en el piso. Por las mañanas se iba a la estación de autobuses, y allí cogía uno, el primero que la llevara a menos de veinte kilómetros de Montpellier, y hacía fotos de playas, de polígonos industriales, de carreteras; de escaparates de tiendas de *souvenirs* y de fruterías, de *boulangeries*, de tejados rojos sin reparar y de sicomoros centenarios con troncos huecos en los que la gente metía sus porquerías. Y por las tardes, ya de regreso a Montpellier, vagaba por la ciudad, contando adoquines. Y, siempre, con la cámara vieja que un día su abuela había sacado de la maleta marrón donde la había tenido guardada. «Quédatela —le había dicho—, era del padrino de tu padre, el tío Francisco. La tenía desde cuando la guerra de aquí. Antes, en España, había sido artista, pero luego ya no quiso pintar más. A él le encantaría que la tuvieras tú». Dentro de la maleta había también una figurita, tallada en madera oscura y sin pintar que representaba un perro con las orejas gachas y el rabo entre las piernas.

—Es la perra Paca —le dijo la abuela.

—¿La talló el padrino Francisco? —preguntó Esther.

—No. Fue un hombre con el que coincidimos durante unos meses en el campo de Argelès, uno que también era de los buenos. Pero eso fue antes de que conociera al padrino Francisco.

11

Sète, junio de 1939

Limitando el mar, el horizonte. Y el cielo a tocar sobre el cementerio de Sète. Nubes densas y detenidas lo punteaban, como si el cielo fuera la piel de una inmensa y brillante vaca azul; nubes del mismo blanco turbio que los grumos de manteca de cerdo con los que la madre de Francisco le impregnaba las manos cada noche cuando era niño.

—Tú has nacido con manos de artista, tienen que estar suaves porque unas manos rugosas no sostienen bien un lápiz —decía su madre. Y su padre asentía mientras se enroscaba su larga barba entre los dedos.

Con quince años esas manos fueron a Barcelona (porque el niño valía, y Alcañiz no era más que un pueblo, y aunque su padre fuera maestro, nada sabía el hombre de arte, y hasta el señor cura, que al principio no veía bien eso de enviar al niño a aquella ciudad de gente perdida, donde había muchos enviados del maligno que ponían bombas, acabó dando su bendición), así que aquellas manos suavizadas por la manteca acabaron aprendiendo a pintar en la misma academia de arte por la que había pasado Picasso; con diecinueve años, todo un prodigio, esas manos ya pintaban retratos de las señoras orondas que frecuentaban el Liceo los sábados; con veinte años, eran los señores orondos los retratados, los mismos que llevaban a sus esposas a su palco del Liceo los sábados, y a sus amantes —al mismo Liceo, al mismo palco— los jueves; con veintidós años, las señoras que ocupaban los palcos los jueves se dejaban acariciar por esas manos, y que las pintaran sin ropa recostadas sobre unas sábanas que olían a aguarrás; con veintitrés años, su mano derecha ya había firmado un contrato para exponer en París; con veinticuatro años, esas manos escribían artículos en revistas de izquierdas; con veinticinco años, la mano derecha seguía escribiendo aquellos artículos, aunque la mano izquierda ya renegara de ellos y buscara la verdad en círculos anarquistas; con veintiséis años, aquellas manos acariciaron por primera vez a la única mujer por la que Francisco se las hubiera cortado; con veintisiete años, alzaron la bandera republicana tras la victoria del doce de abril de 1931; con veintiocho, las manos envolvieron a su hijo recién nacido en una manta de lana azul que había tejido su madre antes de morir; con treinta y dos, empuñaban por primera vez un fusil; con treinta y tres, disparaban a matar. Y con treinta y cuatro, esas mismas manos enterraron a su mujer y a su hijo en el cementerio de Montjuïc: tierra bajo las uñas, un puñado en la boca con el que intentó ahogar su llanto.

El cementerio de Sète, como el de Montjuïc, parecía a punto de escurrirse acantilado abajo, de desparramarse y dejar caer a sus muertos en el mar. Parecía como si ambos cementerios quisieran abalanzarse sobre el puerto para agarrar a los viajeros antes de que pudieran partir, y retenerlos así para la vida eterna. Francisco llevaba días en ese cementerio. Las primeras noches, tormenta; solo un panteón abierto le dio la bienvenida. Los primeros días deambulaba entre las tumbas que conformaban un paisaje de figuras estáticas contra el azul lijado del cielo, contra el añil brillante del mar. Las esculturas en las tumbas: yeso blanco, terracota marrón. Una miríada de ángeles, vírgenes y santos inocentes lo acompañaban en su pasear por los senderos de grava. Los muertos callados. A los pocos días, la brisa del mar ya se le antojaba como el aleteo de esos ángeles pétreos. Y les hablaba, sin esperar que respuesta alguna saliera de esas bocas rígidas. El decimotercer día, el enterrador se le acercó.

—Eres español. Republicano, ¿verdad?

El enterrador: con barba, limpio, pantalón con remiendos, surcos en la frente. Su español, con acento francés.

—Sí —respondió Francisco.

—En el treinta y siete estuve luchando con las Brigadas internacionales, me hirieron en el frente de Aragón, y tuve que regresar.

—Cerca de mi pueblo, entonces —dijo Francisco, lacónico.

—Murieron muchos —dijo el enterrador.

—Murieron todos; y los que no, lo harán. Ya están fusilando a los que no pudieron huir. Y los que pudimos, ya ves. Tu gente no nos ha recibido bien. —Y Francisco se quedó mirando la escultura de una Virgen con gruesas lágrimas de yeso.

—Es que tienen miedo.

—¿De nosotros?

—La prensa de derechas lleva meses diciendo que los republicanos os coméis a los niños y matáis a los viejos.

—Eso no es miedo, es mezquindad —dijo Francisco.

—Me avergüenza ver en qué se han convertido nuestras playas, ¿estuviste recluido?

—Sí, y si te digo la verdad, no sé qué diferencia hay entre estar allí dentro y aquí fuera. Todo es lo mismo: el mismo mar, el mismo estómago vacío. Cuando crucé la frontera los tuyos me arrebataron la dignidad y, sin ella, no sé para dónde tirar.

—Puedo darte trabajo, y un lugar para dormir. Y luego tú ya decides qué es peor.

En el campo de los civiles de Argelès-sur-Mer había un cura republicano al que los anarquistas habían intentado matar por cura, y los nacionales por republicano. El hombre, que a Rafael le parecía como una chicharra, con los ojos separados, la cabeza grande y las piernas flacas, bendecía el agua del mar en latín y nombraba las enfermedades en griego. Pero sujetas por aquellas palabras que a Rafael se le antojaban insultos, decía verdades de las que aguijoneaban los oídos al escucharlas.

—Aquí los niños no duran mucho; deja que lo bautice y, si se muere, ese peso que te quitas tú de encima, y ese triunfo que le robamos al demonio.

Así que el cura, que se llamaba don Pablo —aunque ya solo las mujeres del campo que vestían de negro le sostenían el don—, cogió agua del mar con el cuenco de su rancho y, vertiéndosela al chiquillo sobre el pescuezo, enlazó muchas de aquellas palabras seguidas en latín, entre las que Rafael solo pudo entender «Leonardo».

Tras conocer al pequeño Leo, que era feo, tenía el pelo encrespado como una rata mojada y despedía un olor a queso echado a perder, Rafael quiso llevárselo con él al campo de los soldados: «Pero no, aquí no pueden entrar ni mujeres ni niños», le dijeron cuando lo propuso. Y ni siquiera verlo podía, así que durante el primer mes de vida del pequeño Leo estuvo separado del niño y fueron las mujeres del campo las que se ocuparon de él limpiándole el culo, alimentándolo con la leche agria que traían los de la Cruz Roja, cantándole canciones tristes, nanas que, según supo después Rafael, a muchas de aquellas mujeres les hacían llorar porque les recordaban a sus hijos muertos.

Pasado un mes del nacimiento del niño, ya en el mes de julio, le dieron un permiso especial para que se trasladara al campo de los civiles: «Porque eres padre, porque eres viudo, porque pareces —le había dicho un gendarme—, un pobre hombre inofensivo que talla santos, no se mete en líos y que, faltándole un dedo, pocas pistolas podrá ya disparar».

Así que Rafael aprendió a ser padre llevando al niño a la orilla del mar y lavándole el culo, y también los pies, que tenían deditos como alubias; y dándole leche a cucharadas; y ahuyentando a las moscas que se le prendían en las comisuras de la boca. Y, por las noches, siguió con su aprendizaje tumbándose en el camastro con el niño bocabajo sobre su estómago, sin poder dormir, pensando en los ojos ya cansados de vivir de aquella criatura.

Por las mañanas, buscaba las sombras tras los barracones. A mediodía, cuando los rayos parecían caer tiesos y a plomo sobre sus cabezas, y el sol estaba tan alto que ni un centímetro de la arena escapaba a su incandescencia, Rafael cavaba un agujero debajo de alguna de las casetas buscando la arena fresca y la sombra, colocaba allí al pequeño Leo, y permanecía a su lado, listo para ahuyentar a las ratas, que corrían gordas; ellas sí, gordas: Rafael no sabía de qué cojones se alimentaban aquellos bichos que eran lo único lustroso en el campo. Cuando por la tarde regresaban las sombras junto a los barracones, se sentaba en la arena y, apoyando su espalda en la madera, sostenía al niño con el brazo derecho y con los cuatro dedos de la mano izquierda le acariciaba la barriga.

A la semana de estar en el campo de los civiles, se le apareció el niño Antonio: plantado frente a él cuando Rafael estaba sentado en la arena, a contraluz, con la cara a oscuras y una aureola de sol asomando por encima de su cabeza rapada. Por eso a él, el niño Antonio le pareció, en ese momento, un santo venido del más allá.

—Hola —le dijo Antonio, que había crecido y llevaba unos pantalones cortos tan estrechos que le estrangulaban los muslos. Tenía las pantorrillas peludas y surcadas de rasguños, algunos con sangre aún fresca, y la piel sobre el cráneo rapado estaba cubierta por úlceras ya secas.

—Hola, Antonio, cómo me alegro de verte —dijo Rafael en voz baja para no despertar al pequeño Leo.

Antonio siguió de pie frente a él, callado, quieto como un poste, con la mirada escondida por los reflejos que despuntaban sobre sus orejas.

—¿Y ese niño? —le preguntó Antonio.

—Es mi hijo.

—¿Y está vivo?

A Rafael el corazón se le agarró a la garganta y un sabor agrio se le quedó prendido del cielo de la boca. Miró al niño, que dormía tan en silencio que bien podría haber estado muerto. Le puso la mano de cuatro dedos sobre el corazón: latía lentamente, pero lo suficiente para que las mejillas del niño aún tuvieran color.

—¿Está vivo? —volvió a preguntar Antonio.

—Claro que está vivo —dijo Rafael, sin dejar de mirar la cara de su hijo.

—¿Por qué no se lo das a la señorita Elisabeth? Viene cada semana y se lleva a las embarazadas y a los niños pequeños que se quedan huérfanos. Los cuida en una casa muy bonita que hay más allá de los cerros pelados.

—Porque ni yo soy una mujer embarazada ni mi hijo es huérfano. Ya le daré yo una casa bonita cuando podamos salir de aquí.

—Pero en el campo los niños se mueren todos. Deberías dárselo a ella, que tiene leche en polvo de la buena y podrá mantenerlo vivo.

—No —dijo Rafael—. Yo lo mantendré vivo; soy capaz de hacerlo. Conmigo estará más seguro que con una desconocida. Mi hijo se queda conmigo.

Y nada más decir aquello, Rafael se restregó la boca, igual que hacía cuando, siendo un niño chico, le decía una mentira a su madre.

Antonio se preguntó si al soldado Rafael le funcionaban todavía las entendederas o si, como tantos otros hombres, habría perdido la chaveta durante aquellos meses en el campo. Ese «no», tan seco y duro como un golpe en la cara con la mano abierta, hizo que dudara de si Rafael lo había dicho por amor o por esa otra cosa que su abuela llamaba «el mal orgullo». Porque ese niño medio muerto estaría mejor con la señorita Elisabeth, y en aquella casa tan bonita: rosa y redondeada, aunque con salientes que le daban al perímetro aspecto de estrella, con muchas ventanas, cercada por campos sin cultivar y pinos bajos, y con un tejado tan en punta que parecía querer pinchar el cielo. Había estado allí una vez, una mañana que, después de salir del campo, había echado a andar por una carretera interior. El viento, empujándolo por la espalda, lo había guiado tierra adentro y, a las dos horas, se encontraba en el pueblo donde don Pablo le había dicho que la señorita Elisabeth se llevaba a los recién nacidos. Invisible como era, no había querido preguntar a nadie, así que merodeó por las afueras hasta que encontró aquella casa con el jardín comido por las malas hierbas y las puertas y las ventanas abiertas, desde donde llegaban hasta la calle los llantos de las criaturas. Vio a mujeres entrar y salir de la casa: madres con sus chiquillos recién nacidos en brazos, enfermeras con otros niños algo mayores a los que sacaban al sol, y a la señorita Elisabeth acompañando hasta la entrada a una mujer con la mirada clavada en la punta de sus zapatos y con los brazos vacíos.

Así que Antonio sabía que el niño enclenque del soldado estaría mejor en aquella casa repleta de mujeres de brazos fuertes y cabeza templada; que allí, en la casa rosa, el niño tendría alguna oportunidad de seguir en este mundo.

Hacía ya siete días que el soldado que había enterrado a su hermana estaba en el campo de los civiles y, desde que llegó, Antonio no dejaba de observarlo. El primer día lo hizo desde lejos, escondiéndose entre los barracones. Pero enseguida se dio cuenta de que el soldado Rafael («no Rafa, Rafael», recordaba que le había dicho la noche que enterraron a su hermana, pero ahora todos lo llamaban Leo) no veía más allá de sus manos, siempre ocupadas por aquel niño que parecía estar medio muerto. Una mujer del campo le había dicho que el soldado era el padre de aquella pobre criatura que habían estado cuidando entre todas, y a la que don Pablo dibujaba cada mañana y cada noche la señal de la cruz en la frente. «Don Pablo lo hace por si el niño se muere de repente, el pobre está débil como un pajarico», le había dicho la mujer a Antonio.

—¿Cómo se llama? —le preguntó Antonio a Rafael sentándose a su lado.

—Leo, como su padre.

—Pero tú te llamas Rafael. Cuando enterraste a mi hermana te llamabas Rafael.

El hombre no dijo nada.

—Te vi hace dos meses aquí, en el campo, hablabas con una mujer embarazada.

—Era su madre —le dijo señalando con la cabeza al niño—. Ahora está muerta.

—Mi madre también está muerta —dijo Antonio, dándose cuenta al decirlo de que, aunque habían pasado solo cuatro meses desde que se fuera, ya no era capaz de recordar su cara.

12

Portbou, febrero de 2019

Mathieu mira la hora. La esfera iluminada de su reloj de pulsera (GPS integrado, pulsómetro, podómetro, cronómetro, altímetro, pluviómetro. «Gilipollómetro», le dijo su hija cuando se enteró de que había pagado mil trescientos euros por él) indica que son las tres de la madrugada. No puede ver sus uñas, pero las sabe azules por el frío. Delante de él, a apenas unos metros, la tormenta dibuja zigzags sobre el mar. Necesita regresar a la estación, quitarse las botas y cambiarse los calcetines, cerrar los ojos, dejarse caer sobre una superficie seca.

Sale del portal y busca la primera calle perpendicular que lo lleve allí de nuevo. Zarandeado por la lluvia, echa a andar pueblo arriba; las farolas todavía apagadas. Llega a una larga escalera que conduce a la parte alta del pueblo. El agua desciende formando cascadas en cada escalón. Las sube deprisa, agarrándose con fuerza a la barandilla para no caer hacia atrás.

Por fin en la estación. Pasa por debajo de precinto policial; la gente, la tormenta, el aburrimiento, el temblor de las manos: todo sigue igual. Salir ha sido una gilipollez, otra más que añadir a la lista de las payasadas de los últimos años. Recorre el andén de oeste a este. Su maleta, en la consigna: dentro, calcetines secos y una toalla robada en el último hotel en el que estuvo con Beatriz. Demasiado pequeña, la toalla; el algodón ya perdido, apenas seca. Se resiste a deshacerse de ella; se resiste a olvidar el último recuerdo feliz que, como un hilo de pescar, le une todavía a su exmujer.

Pasa ante el lugar donde estuvo sentada en el suelo la mujer del pelo alborotado a la que había intentado fotografiar hace un rato, la misma que, por un breve instante, le recordó a Beatriz. En su sitio, ya solo el vacío de sus formas; y junto al vacío, la sintecho a la que había fotografiado mientras dormía en la sala de espera. De cerca, iluminada por la luz de emergencia y sin mediar objetivo, se la ve joven y limpia, con su carrito brillante, una mano agarrando una de las ruedas; la otra, un puño apretado clavado en su regazo. Tiene los ojos cerrados, la cabeza apoyada en la pared; la boca, también cerrada, dibuja una u invertida, exagerada, como la del payaso triste que, al final de su número, siempre acaba regalando una flor. Un trueno agita el perfil metálico de la estación. La sintecho abre los ojos, rectifica el rictus: su boca, ahora recta, pasa a ser la de un payaso desconcertado.

Mathieu se sienta junto a la sintecho y la mira: tiene las pestañas largas, la piel de los párpados fina. Ella le mira las manos. Él baja la cabeza y también se mira las manos: los pulgares aún temblorosos, los nudillos escamados, las uñas, ahora sí las puede ver, azules.

—¿Ya no haces más fotos? —le pregunta la sintecho con una voz aguda, casi infantil—. Te vi antes, me hiciste fotos cuando estaba recostada en los bancos de la sala de espera. Había poca luz, aunque suficiente si ajustabas el diafragma.

«Tuve suerte con la luz, un relámpago iluminó la escena» piensa Mathieu (calla Mathieu, pues no le gusta admitir, ni siquiera ante una sintecho, que no tiene instinto para saber qué diafragma es el adecuado en cada ocasión).

—No quería que te dieras cuenta de que te estaba haciendo fotos, espero no haberte molestado.

—No sé si me ha molestado, tendría que reflexionar. Hace tiempo que no sé qué es lo que siento si no me esfuerzo mucho. Solo lo que pasa directamente a través de la piel o por alguno de los órganos me molesta, como el frío, o el escozor cuando tengo cistitis. A lo que tiene que pasar antes por mi cabeza, a eso tengo que darle demasiadas vueltas, y me canso. —La voz de la mujer sugiere letargo, como si entre cada dos palabras tuviera que expulsar de los pulmones una bocanada de aire denso.

—Te entiendo. —Y mira los tobillos de la mujer, que son finos como los de una bailarina.

—¿De verdad?

—No, en realidad creo que no te entiendo, no sé por qué lo he dicho —dice Mathieu, muy cansado.

—Bueno, me dijeron que estaba loca, así que es normal que no me entiendas.

—No pareces una loca. —Mathieu aprovecha para mirarla directamente a la cara: una pelusa fina sobre el labio superior, la estrecha nariz con la punta ligeramente torcida hacia la izquierda, ojos color miel—. Los locos inclinan el cuello todo el rato, lo mueven como las culebras; sin embargo, tu cabeza está quieta y erguida.

—Pero parece que estoy loca. Hay papeles que lo demuestran. Se juntaron muchos médicos y los firmaron. Y mi marido y mi madre. Y mi suegra quería firmar también, la primera en ofrecerse fue ella, insistió tanto que los médicos le pidieron que se callara, pero ella no desistió porque eran sus nietos los que estaban en peligro, dijo. Eso lo recuerdo. Todos se pusieron de acuerdo, y decidieron que estaba loca.

—Entonces, si tienes papeles, eres una loca titulada —bromea Mathieu. Pero la chica ha vuelto a arquear la boca. El payaso triste. La flor. Le mira las manos, que son menudas, de uñas limpias. Mathieu piensa que si él viviera en una estación lo primero que se le ensuciaría serían las uñas. Aunque quizás aquella chica no viva allí, quizás solo se pasee por los andenes con sus cosas en un impoluto carrito de supermercado para luego volver a su casa, o al manicomio, o donde sea que viva en realidad.

—¿Vives en esta estación? —Mathieu empieza a estar cansado, harto ya de hacer conjeturas.

—De momento. Cuando llegue la primavera me marcharé, aunque no sé cómo. Pero es que no quiero pensar, ya te lo he dicho —dice la chica acelerando en esa última frase la conexión entre las palabras.

—No te voy a preguntar por qué estás aquí. Me gustaría saberlo, pero no te lo voy a preguntar.

—Es que me cansa hablar—. Sus palabras vuelven a demorarse, a recuperar su ritmo pausado.

—Bueno, has empezado tú esta conversación.

—Es por tu cámara. Yo también hacía fotos, y lo echo de menos. Y es una sensación que no necesito pensarla para tenerla. No sé si me entiendes.

—Sí que te entiendo —dice Mathieu, impostando en la voz una solemnidad que, hasta a él mismo, le resulta exagerada—. La cámara es como una parte más del cuerpo, y puede doler cuando no está. Mi abuelo perdió un dedo durante la guerra y, aun así, decía que a veces le dolía. No el muñón, ni la mano, no: decía que le dolía el dedo, aunque ya no estaba. A mí me pasa igual cuando no tengo mi cámara.

Y se pregunta, ruborizándose, por qué ha dicho esa gilipollez, de qué recodo de su cerebro (si es que es ese el órgano que gestiona sus palabras: ya no está seguro) surge esa necesidad de intentar impresionar a cualquier mujer joven, incluso a una sintecho que, por mona, limpia y joven que sea, sigue siendo una sintecho.

Ella vuelve a cerrar los ojos. Mathieu mira de nuevo las manos de la mujer, que mueve el dedo índice de forma rítmica, como si estuviera disparando una cámara imaginaria.

—Entonces, ¿eras aficionada a la fotografía?

—No —responde la chica, apretando la boca.

Esther no es aficionada a la fotografía. Porque antes de conocer al padre de sus hijos, eran sus fotos las que pagaban las facturas, el alquiler, los libros, el pienso del gato. Porque antes de tener un marido, y luego unos hijos, sus fotos ganaban premios, menciones, e ilustraban los artículos de la página tres de algunos de los mejores diarios del país.

Así que no, Esther no es aficionada a la fotografía. Porque las aficiones ni hinchan tu ego ni llenan tu nevera; si acaso, ocupan las mañanas de domingo. Y se lo diría a ese hombre, que tiene las manos grandes y las rodillas anchas, como las tenía su padre, pero ya se ha cansado de escupir palabras.

—Y escuchar ¿también te cansa? —le pregunta el hombre, que tiene los ojos del color del acero.

—No lo sé, hace mucho que no escucho con atención a nadie. Tú háblame; si ves que me duermo es que me he cansado de escucharte. O quizás es que no me interese lo que me cuentas. Tampoco sé si ha dejado de interesarme lo que le pasa a la gente, no estoy segura.

—Está bien. Te dejo tranquila.

A Esther le gusta la torpeza de ese hombre que parece no atinar con las palabras, aunque se esfuerce por decir cosas amables. Le gustaría tocarle el pelo rizado, enredar sus dedos en los caracolillos rubios de la nuca, alinearle las cejas, que están despeinadas, y ponerle bien el cuello de la camisa, como hacía con su padre.

—¿Adónde ibas? —le pregunta al hombre ya que, a pesar de la fatiga, le apetece seguir escuchando su voz.

—A Montpellier. A pasar unos días con mi hija.

—¿Qué hace allí tu hija?

—Estudia Medicina. Y tú, antes de quedarte aquí, ¿ibas a alguna parte?

—A Montpellier —responde Esther. Y ahora ya sí que no puede seguir hablando.

Isabel, que cada año que pasa tiene menos carne en el culo, se ha cansado de que las protuberancias del suelo del andén se le claven en los glúteos. La chica del carrito, al que se aferra con una mano, tiene los ojos cerrados. Aunque no debe de dormir, porque es imposible apretar los dedos con tanta determinación cuando se está durmiendo; esa rigidez solo puede ser propia de la vigilia o de la muerte.

Se levanta y se acerca a la salida de la estación que está junto al aparcamiento en el que los policías la obligaron esa tarde a dejar su autocaravana. El perfil blanco de fibra de vidrio de la que es ahora su casa sobresale por encima de los coches aparcados a su alrededor. Allí dentro: su cama, su portátil viejo, sus latas de conserva, las cenizas de su padre (pacientes: veintitrés años esperando para llegar a su destino). Regresa al interior del andén. Escucha cómo alguien a quien ella no se esfuerza en mirar le dice a otro alguien igual de desdibujado:

—Lo peor de la tormenta ya ha pasado, seguro.

Si ese alguien hubiera cambiado la coma por un punto, la frase se habría convertido en una afirmación rotunda. Pero tras la coma, ese «seguro» lo único que transmite es incerteza, y la frase acaba convirtiéndose en la simple expresión de una duda. Aquel «seguro» la devuelve a los dos años que pasó repitiéndose: «Papá se curará, seguro». Pero su padre no se curó. El día que fue capaz de cambiar la frase, de extirpar el «seguro» e intercalar un «no» entre el sujeto y el predicado, Isabel supo que entre la vida que tenía por delante y la que le colgaba por detrás solo había habido unos breves relámpagos de felicidad; y que, sin su padre, sin ese Antonio taciturno en el que quería verse reflejada (porque solo pensar en parecerse a su madre le cristalizaba la sangre), se escurrían las posibilidades de ser feliz. Veintitrés años sin su padre. Cuarenta y nueve, cuarenta y todos crujiendo en sus caderas. Y la cara de su padre, desdibujada: no recuerda la forma de su nariz, ni el grado de separación de sus orejas, ni qué ojo de los dos era ligeramente más grande. Lo que sí recuerda es cómo se precipitó todo: el principio y el final de su sueño de ser historiadora, el principio de la enfermedad de su padre y el final de su vida.

Recuerda (quizás recompone: sospecha que la memoria es como una batidora en la que mezclamos el pasado para que sea más fácil de digerir) una mañana en el campus de la universidad, el césped aún húmedo, recién cortado. Demasiado temprano y, aun así, olor a marihuana. Primeros de junio, rebeca y sandalias. Los estudiantes mediocres con los apuntes esparcidos sobre la hierba. Un folio con fórmulas perdido en el camino, rastros de una huella en una esquina. Los malos estudiantes, carpetas cerradas, ojos entornados, absorbiendo los primeros rayos del sol. Los buenos no estaban allí: las bibliotecas ya llenas, las cafeterías vacías, vasos de plástico en el suelo, manchas de café en los apuntes. El bolso de Isabel: libros y apuntes, un bocadillo de atún, un neceser con el cepillo de dientes, un lápiz de ojos negro, una colonia barata. El bolso se lo había hecho su padre con retales que habían sobrado de tapizar un sofá que a Isabel le gustaba mucho.

Semana de exámenes. A punto de acabar quinto, a punto de cumplir veintitrés años, a punto de quebrársele la garganta por querer gritar y llorar y decirle a quien se le pusiera por delante que no podía más. Que desde que su padre no se encontraba bien, desde que sus agarrotados dedos ya no podían coser, tenía que escapar al vuelo de la última clase para ir al taller de tapicería a ayudar a su madre. Y diez, once de la noche, doce si el encargo era bueno. Y luego estudiar. Y dormir cuatro horas.

Pero, por fin, la noche anterior, y gracias a su padre, se había decretado una tregua.

—Busquemos un ayudante —le había dicho Isabel la tarde anterior a su madre.

—No nos lo podemos permitir.

—¡Eso es mentira! —había gritado—. He visto los libros de contabilidad, y se gana suficiente dinero.

—No nos lo podemos permitir —había repetido su madre, impasible.

—Eres una mentirosa, tú lo que quieres es joderme la vida y que no pueda acabar la carrera —había aullado Isabel como un animal acorralado.

—¿Qué carrera?, ¿la del galgo? —Y su madre había seguido cosiendo con su sonrisa apaisada.

El taller, sin ventanas (que no nos puedan ver las chafarderas, decía su madre), una puerta de vidrio cubierta por cartones (mejor que no nos vea nadie, añadía), una luz frágil y amarilla, y en la radio, solo desgracias. Isabel había salido corriendo.

Un cojín a medio coser en el suelo. Su madre, aún sonriendo.

—La niña quiere estudiar. —Había escuchado que su padre le decía a su madre cuando regresaron a casa por la noche—. Vamos a buscar a alguien que te ayude, y la niña que estudie.

—Si la niña quisiera estudiar de verdad iría para médico o para abogado, y no esa tontería de Historia, que ni le va servir a ella, ni nos va a servir a nosotros.

—En lo que ella quiera estudiar no te tienes que meter. Es su vida.

—Y mi vida qué, ¿eh? ¿Te ha importado a ti mi vida alguna vez?

Isabel, tumbada en su cama, no podía ver a su madre, pero sentía que le temblaba la voz, imaginaba cómo debía de temblar también su cuerpo menudo, aquel hatajo de huesos cubiertos por la bata de trabajo.

—Tu hija lo único que quiere es golfear y magrearse por ahí con cuatro gamberros, ¡a saber de quién ha heredado esa flojera! De las mujeres de mi familia no, por supuesto. A saber si de tu madre. Porque una madre no arrastra a sus chiquillos por media España, ella sola, para irse a Francia sin tenerle que ir haciéndole favores a los hombres por el camino.

Isabel oyó un golpe seco y, con una sacudida de placer, imaginó la mano reumática de su padre estrellándose contra la mejilla afilada de su madre.

—Tú antes de hablar de mi madre te lavas la boca con lejía. No eres más que un espantapájaros resentido.

Después de diez minutos de silencio, su padre entraba en la habitación de Isabel.

—Mañana te vas tranquila a la universidad. No hace falta que vuelvas al taller, te quedas estudiando en la biblioteca. Voy a llamar a Ramona, sé que ahora no tiene trabajo, ella ayudará a tu madre.

Al edificio de la biblioteca de la universidad, una estructura circular de hormigón armado, le llamaban «el platillo volante». Pero a Isabel le parecía que algo tan pesado jamás podría alzar el vuelo. Las escaleras unían los pisos del edificio formando una espiral desde la entrada hasta el último piso, y las salas de estudio ocupaban la parte central del cilindro. Le gustaba porque no había esquinas ni rincones donde acumular la porquería. Cuando llegó todos los sitios ya estaban ocupados. No podía volver a casa; no quería volver a casa después de lo que había pasado la noche anterior, así que salió al exterior y, como los estudiantes mediocres que ella tanto despreciaba, se dejó caer en la hierba, esparciendo los apuntes a su alrededor. Se imaginó como una margarita, como un huevo frito, habría dicho su madre, ella en el centro, con un vestido amarillo, y rodeada de folios blancos. Sin sandalias, las briznas de hierba se le clavaban en la planta de los pies, las uñas pintadas de rojo como pequeñas amapolas, hormigas entre los dedos. Folio tras folio, su letra, a veces ininteligible (el profesor de voz monótona: ella, en clase, demasiado cansada, cabeceaba sobre el bolígrafo); el sol alzándose sobre los edificios, deslizándose por su espalda milímetro a milímetro (el vestido amarillo de algodón de espalda baja: por primera vez desde que tenía trece años, había salido de casa sin sujetador). Abstraída de las voces de los estudiantes desperdigados a su alrededor, estudiaba la Segunda República y las fases de la Guerra Civil, primer semestre; la posguerra y el franquismo, segundo semestre. Recordó que, cuando fue a ver a su profesor al despacho y le preguntó por qué el exilio republicano y los campos de concentración en el sur de Francia no figuraban en el programa, él le respondió que todavía no había suficiente información sobre ese tema.

—Investíguelo usted, si le interesa, propóngaselo como tesis doctoral. Tiene un buen expediente y sería para mí un honor dirigir sus investigaciones.

—Así lo haré —le había respondido ella, recordando una fotografía que su padre tenía escondida entre las páginas de un libro donde aparecían su padre, un medio niño todavía, junto a un hombre joven que llevaba en brazos un bebé, y dos niños sin pierna; el mar de fondo, y las alambradas sobresaliendo por encima de sus cabezas.

Los siguientes dos años Isabel los pasó entre el hospital, donde iba cada día para estar con su padre, y la biblioteca, donde preparaba una tesis doctoral que jamás llegó a defender. Mientras tanto, su madre rehipotecaba el piso para poder mantener el ruinoso taller de tapicería que, gracias al nuevo ecosistema creado por Ikea, se había ido quedando sin clientes.

Isabel sigue caminando por la estación. Pasa junto al grupo de adolescentes que se va de campamento. A pesar del ruido de la tormenta y de la humedad, la mayoría duermen apoyados los unos en los otros, o recostados sobre sus mochilas. Una chica con las piernas enroscadas y el pelo suelto reposa en el pavimento. Parece la foto fija de un renacuajo. Con cada trueno, la chica tiembla como si le hubiese traspasado la electricidad.

No. Lo peor de la tormenta no ha pasado. Seguro.

Regresa al lugar donde ha estado sentada las últimas horas, junto a la chica del carrito. Al acercarse, ve que en su sitio está el hombre de la cámara, moviendo los labios, casi sin gesticular; y ve que la chica del carrito lo mira y asiente tan levemente que bien podría Isabel estar confundiendo aquel movimiento con un temblor de cabeza. Mientras se acerca, distingue una palabra, pronunciada con más determinación que las otras: Montpellier. La dice primero el hombre, la repite la chica del carrito después. Montpellier. Entonces recuerda las últimas palabras de su padre: «Hija, prométeme que llevarás mis cenizas a Francia, quiero reposar bajo el cielo de Montpellier»; y se pregunta por qué ha tenido que perderlo todo para cumplir la promesa que le hizo a la única persona a la que ha querido.

13

Desierto de Argelia, verano de 1940

Una masa de rayos compactos, sin fisuras, cayendo a peso sobre sus cabezas, rebotaba en el caparazón del escorpión, que brillaba como si lo hubieran untado con manteca. Las pinzas delanteras agarradas a la madera de la traviesa del ferrocarril, la cola tensa, el aguijón inhiesto y firme, apuntando al tobillo desnudo del hombre.

—Anselmo, no te muevas, que tienes un escorpión junto al pie —dijo un hombre, sin mostrar emoción alguna en su voz, como si tener un escorpión a pocos centímetros del pie fuera lo corriente.

—No he llegado hasta aquí para que me mate un bicho de estos —dijo, también con tono apático, el hombre que se llamaba Anselmo y que tenía la cara curtida y de la textura del cartón. Y dejó caer la pala sobre el animal. Con precisión milimétrica, la hoja oxidada lo partió en dos: las pinzas delanteras siguieron aferradas a la madera, y el aguijón (aún tieso, terca renuncia a la vida) escupió su veneno sobre la traviesa. Un súbito remolino de viento cubrió los restos del escorpión de arena brillante.

—¿Qué pasa aquí? Vosotros tres, holgazanes, si no os gusta trabajar en las vías, mañana os quedaréis en la noria.

Rafael miró al gendarme. El sudor, que emanaba a chorros bajo la gorra del hombre como si estuviera lloviendo allá dentro, resbalaba hasta la barbilla, y de allí caía en sus botas cubiertas de arena. Miró a ese hombre, a aquel chico, pues no parecía tener más de veinte años, y cuya cara de espanto le impedía a Rafael identificarlo como el enemigo; y a su chaqueta abrochada hasta el cuello, y a su fusil, que le apuntaba a las rodillas, agitándose entre sus manos como una hoja de papel.

Ni el hombre que se llamaba Anselmo, ni el que había advertido a este último del peligro del escorpión —y cuyo nombre Rafael jamás llegaría a conocer porque esa misma noche fue destinado a otro batallón de trabajo— protestaron ante la amenaza. Cogieron de nuevo sus palas y siguieron cavando en la arena del desierto, que tenía la ductilidad del agua y siempre parecía recuperar el espacio que los hombres le intentaban arrebatar.

—¿Qué ha querido decir con la noria? —preguntó Rafael.

—¿No sabes qué es la noria? ¿Cuándo has llegado al campo? —le preguntó Anselmo.

—Anoche —dijo Rafael, sintiendo todavía la zozobra de la travesía en barco.

Cuatro días navegando. Los dos primeros con las manos atadas a una de las barandillas de cubierta («No se te vaya a ocurrir tirarte por la borda», le había dicho el gendarme que custodiaba a los prisioneros que viajaban desde los campos de Francia), el hollín de los motores en sus pulmones, la boca oxidada por la sed, el Mediterráneo sumiso, fingiendo obediencia, y Rafael lo habría creído si no hubiera visto antes cómo ese mismo mar se tragaba a la gente en la playa de Argelès-sur-Mer, cómo los agarraba por los pies y, engulléndolos, los sepultaba bajo el agua.

«Ya estamos en Argelia, en el puerto de Orán», había oído decir a alguien. O cualquier puerto, porque Rafael no había mirado a su alrededor cuando el barco atracó, solo se había guiado por sus entrañas retorcidas de hambre y de rabia, y por los pies que, al desembarcar, se habían tambaleado sobre una tierra que parecía firme pero que se agitaba como si la hubieran licuado. Cansado, había caído al suelo y, tendido en tierra argelina, se había dado cuenta de que, por pocas ganas que tuviera, no le quedaba otra que sobrevivir si quería recuperar a su hijo.

—La noria del campo —dijo Anselmo—. La mueven para sacar agua de un pozo subterráneo. Antes lo hacían con mulos y con camellos, pero cuando llegamos aquí los españoles, se dieron cuenta de que si la movíamos nosotros se ahorraban el forraje extra que tenían que dar a los animales. Te atan a una yunta, como si fueras un buey, y te pasas quince horas bajo el sol dando vueltas en la arena.

—No es peor que estar aquí achicando arena y colocando travesaños sobre un metal que se te funde en las manos —dijo el otro hombre, señalando con la cabeza la larga vía de ferrocarril que se escurría en el horizonte, hundiéndose tras una duna.

—¿De dónde te han traído? —le preguntó Anselmo.

—De Argelès.

—Qué raro. Si allí ya no quedan españoles. ¿Cuánto tiempo llevabas allí metido?

—Casi un año y medio, desde que acabó la guerra.

—Muy gorda la has tenido que liar para que te traigan de ese campo. Aquí, normalmente, los que traen de Francia vienen del campo de castigo de La Vernet. ¿Qué hiciste? ¿No serás judío? Porque ahora están trayendo también a los judíos, aunque a esos los mandan pronto al campo que gestionan los alemanes.

—No soy judío. Estoy aquí porque le arranqué una oreja a un gendarme.

Al decirlo en voz alta sintió de nuevo el cartílago del gendarme crujiéndole entre los dientes; los alaridos de dolor de aquel hombre retumbándole en la boca antes siquiera de que hubiera emitido sonido alguno. Rafael se podría haber tragado aquella oreja, cuya carne tenía la textura de las manos de cerdo mal cocinadas. Se lo podría haber tragado para después vomitarlo sobre las botas del gendarme, que ya no reía, que ya no le llamaba «cerdo español», que ya no fingía no saber dónde estaba su hijo ni qué cojones había hecho con él. Y con la oreja de aquel desgraciado, que se había liado a chillar como un cerdo en la matanza, en la boca, y la sangre chorreándole por la barbilla, Rafael se dio cuenta de que ni la muerte de sus padres le había dolido tanto como le estaba doliendo en aquel momento la ausencia del niño. Las gaviotas (cuatro, cinco o trece; no se había parado a contarlas), atraídas, quizás, por la sangre y por los alaridos de animal herido del gendarme, se habían posado en la arena formando un círculo a su alrededor. Al verlas, Rafael había escupido la oreja. Le pareció que el aire se teñía de olor a sangre y a carne recién lacerada. Una de las gaviotas (la que asemejaba más pequeña y ligera, más espabilada) había agarrado aquel bulto de carne con su pico para después alzar el vuelo. Mientras, las otras, con el botín ya perdido, ladeaban la cabeza observando con aparente interés cómo la sangre seguía brotando del hueco de la oreja rota.

Y aunque el gendarme, antes de perder la oreja, le había dicho que él no sabía dónde estaba el niño: «Y yo qué sé que ha pasado con el pequeño cerdo español, como si me importara una mierda tu hijo», le había dicho, a Rafael le retumbaban las palabras de Antonio.

—Se lo han llevado —le había dicho cuando Rafael regresó al campo después de tres días de ausencia—, el gendarme gordo se lo llevó una mañana. Que tenía que llevarlo a la enfermería, me dijo, pero yo lo seguí y vi cómo se lo llevaba detrás de un barracón y lo lavaba en un barreño con una pastilla de jabón de las buenas, que hasta donde yo estaba llegaba el olor, y le puso un trajecito limpio, y entonces lo sacó del campo y vi a través de la alambrada cómo lo entregaba a una pareja que esperaba junto a un coche. Y yo les grité todo lo fuerte que pude, les dije que no podían llevarse a ese niño porque su padre estaba a punto de volver, pero se lo llevaron igualmente porque ni sé si me oyeron. A Montpellier se fueron, de allí oí que eran. Lo dijo la señora que era rubia y guapa y le dio un beso en la cabeza a Leo, y el hombre llevaba puesto un traje de rayas que le caía grande, pero también le dio un beso en la cabeza. Y se fueron y ya no sé más.

Al principio, y sin acabar de entender aquel chorro de palabras que Antonio escupía como si fueran de fuego y le quemaran la boca, Rafael había querido creer que era una broma. Pero Antonio, tan serio que a veces a Rafael se le antojaba que era como un pequeño enterrador, nunca bromeaba, así que lo había cogido por lo que le quedaba de solapas a la chaqueta del chico y lo había zarandeado, y le había gritado cosas sin sentido, palabras que salían desordenadas y que nada podían comunicar porque nada significaban. Y el pobre Antonio había llorado, y le había dicho que él no sabía más, que solo sabía que hacía dos días que al pequeño Leo se lo habían llevado a Montpellier en un coche limpio.

—Esta arena brilla más que la de la playa de Argelès —dijo Rafael, mirando hacia las dunas con los ojos entornados—. Ni se me había pasado por la cabeza que la arena del desierto fuera diferente de la arena de una playa.

—¿Estabas solo en el campo? —le preguntó el otro hombre.

—Con mi hijo. —A Rafael le dolió la palabra al pronunciarla, se le atragantó la jota en la garganta. Y también le dolió mentir, y al mismo tiempo ser tan sincero. Le angustiaba el recuerdo del niño Leo, catorce meses cumplidos ya, que intentaba dar sus primeros pasos por la arena cuando se lo robaron, que le metía los dedos en la boca y, riendo, balbuceaba algo que Rafael quería entender como «papá».

Ni Anselmo ni el hombre de nombre desconocido le preguntaron dónde estaba su hijo, un silencio que, en los campos, siempre equivalía a dar por supuesta la muerte. Pero Rafael quiso que lo supieran, quiso dejarles claro, a ellos y a todos los que le preguntaran en adelante, que su hijo no estaba muerto, que había sobrevivido un año al calvario de aquella cárcel de arena; que él lo había tapado con su cuerpo para que no pasara frío; que le había reventado, uno a uno, los piojos de la cabeza; que le había masticado el pan para que pudiera tragárselo con aquella boca aún sin dientes cuando la Cruz Roja dejó de llevar leche al campo; que se colocaba sus pies diminutos sobre el estómago para que no se le congelaran en las noches de invierno; que se había mostrado sumiso para que lo cambiaran del campo de los militares al de los civiles para poder cuidar del niño; que había dejado de dormir para tallar figuras de madera que los gendarmes le cambiaban por leche y por agua que no estuviera podrida y que no desbaratara las tripas de su pequeño.

—Me lo robaron —les dijo—. Me mandaron a recoger patatas a una finca de otro pueblo, estuve fuera tres días y, cuando regresé al campo, el gendarme al que le arranqué la oreja se lo había vendido a un matrimonio francés.

—Hijos de puta —dijo Anselmo, escupiendo sobre lo que quedaba del escorpión.

Dos manos por hombre no eran suficientes para horadar la infinitud del desierto. Tendrían que haber sido pulpos de tentáculos veloces y largos para cavar aquel interminable talud que los franceses querían extender a ambos lados de la vía para hacerla sobrevolar sobre la arena. Cada hombre —con su pico, su pala y su sed perpetua— tenía que extraer un metro cúbico de tierra al día y, aun así, calculó uno de los prisioneros (un ingeniero alemán que había luchado junto a las Brigadas Internacionales matando a tantos fascistas que ya estaba en paz con el demonio, decía), ni en cuarenta y siete vidas habrían excavado lo suficiente para llegar hasta Tombuctú. Y ni por más que los amenazaran los soldados de la Legión Extranjera francesa, africanos grandes con bayonetas caladas; ni que regimientos de moscas hambrientas les asediaran los culos, las orejas y las nucas achicharradas por el sol para que fueran más rápidos, aquel batallón de esclavos podía avanzar más que unos metros al día.

Eran cien, doscientos, quizás mil hombres. Rafael ya no lo sabía porque un día había dejado de contar. Entre los muertos-vivos, los muertos-muertos y los recién llegados, el número oscilaba a su antojo, y cada vez que en su conteo percibía una ausencia, una náusea estéril subía desde el estómago vacío. De vez en cuando, y para sustituir a los que eran engullidos por el desierto, llegaba un nuevo cargamento de hombres harapientos, todos secos y retorcidos como las ramas de los olivos enfermos. Españoles republicanos deportados desde algún campo de castigo de Francia, judíos descoloridos, alemanes, polacos e italianos antifascistas, a todos los descargaban sobre la arena. Muchos miraban a su alrededor, a aquella prisión infinita, y emitían un llanto seco. Agua, balbucían algunos de aquellos fardos humanos. Entonces, los veteranos, los que llevaban en el campo ya tanto tiempo que habían olvidado que en otras latitudes aún existían las estaciones del año, les daban una piedra roma y les decían a los recién llegados que se la metieran en la boca, que el acto de chupar haría que sus glándulas salivares se activaran, y que así podrían engañar a su cuerpo hasta el atardecer, cuando los franceses les darían de beber un cucharón de agua sucia.

—Sois un préstamo de nuestros amigos alemanes —decía tras la llegada de cada cargamento de prisioneros el teniente Santucci, repitiendo siempre las mismas palabras que acompañaba de forma pomposa blandiendo un látigo en el aire, mientras parecía deleitarse con su propia voz, apuntando la entonación ante cada amenaza—. Así que mucho cuidadito con morirse, que os tenemos que devolver vivos para que sean ellos los que se den el gustazo de remataros. —Y entonces Santucci reía tan fuerte que Rafael pensaba que algún día el desierto acabaría abriéndose bajo sus pies.

—Y a vosotros —decía dirigiéndose a los españoles y a los antifascistas—, como ya no os espera nadie con más mala leche que yo, que ni se os pase por la cabeza la idea de que saldréis vivos de aquí.

Los prisioneros recién llegados, formados ante aquel sádico, parecían sombras de un mismo hombre. Y aunque sus harapos, su sarna y sus piojos los igualaran a todos, Rafael los distinguía por sus miradas: mientras los judíos tenían los ojos huecos, ahogados en una perenne desolación, los españoles y los antifascistas los entornaban, a sabiendas, quizás, de que la insolencia era lo único que los mantendría con vida.

Aquella misma insolencia hacía que algunos de los españoles que acababan de llegar, y que nunca antes habían trabajado a pleno sol, se quitaran la camisa en su primer día de esclavitud. Diez minutos sin camisa a primera hora de la mañana eran suficientes para que por la noche se les cayera la piel a tiras. Los Lorenzos, los llamaba Rafael, porque cuando los oía gemir de dolor le venía a la cabeza la estampa del santo asándose en la parrilla que había visto en un santoral que su madre escondía en su mesilla. Pero los Lorenzos dejaban de gemir al poco rato y apretaban los dientes: habían aprendido la lección, y al día siguiente cubrían su cuerpo con todos los guiñapos que tenían a mano. Los antifascistas, que no se creían más listos pero sí más templados que los españoles, se reían de los insolados, aunque después les cedieran su ración de agua y se los viera chupar con desesperación su piedra. A los judíos no se los oía. Resignados, trabajaban en silencio, sin más ruido que el que hacían sus cuerpos consumidos al desplomarse sobre las vías. A Rafael, aquellos hombres le recordaban a los corderos que entraban aturdidos al matadero. Los españoles, sin embargo, aunque estuvieran medio muertos, siempre tenían fuerza en sus lenguas secas para blasfemar.

—Insultad a Dios todo lo que queráis —les decía Santucci—, que desde aquí no os va a oír.

Algunos de esos hombres enloquecían a los pocos días por culpa del sol, de la arena, de la maldita sed que les hacía ver fuentes de agua clara derramándose desde las dunas, y echaban a correr desierto a través. Los que no desaparecían engullidos por la arena morían cuando los soldados los apresaban y los llevaban de vuelta al campo atados por los pies y arrastrados por un caballo encabritado.

Rafael compartía tienda con tres hombres que hablaban en alemán, pero esa noche, en sueños, lloraban en otro idioma. Eran judíos, rezaban raro y cubrían sus coronillas con retales. Sus cuerpos enclenques y retorcidos se movían bajo unas mantas cosidas a picotazos. La tela de la tienda era tan fina que él creía poder ver a través de ella las imperfecciones de la luna, que brillaba baja, descolgada del cielo, e irradiaba una luz turbia, como si fuera un sol mortecino. Los hombres gemían. Rafael no quería saber cómo se llamaban porque estaban ya muertos; estarían muertos antes de que él fuera capaz de pronunciar esos nombres atiborrados de consonantes afiladas.

El día anterior regresaron los camiones de las lonas verdes y descargaron en el campo una nueva partida de prisioneros. Cada vez que los veían acercarse por la carretera sin márgenes que los propios camiones dibujaban con sus ruedas anchas, los prisioneros renegaban porque sabían que tendrían que compartir su ya exiguo rancho con la nueva borregada. «Ya somos trescientos», dijeron algunos al verlos bajar de los vehículos, pero él sabía que era un número demasiado redondo para delimitar aquella aberración, porque los números pares —los redondos, los gordos, los bonitos— no podían asociarse a un lugar como ese. Así que Rafael, cada mañana, antes de que el sol le estrujara los ojos, los contaba a todos. Lo iba haciendo mientras los hombres, sentados aún (espaldas encorvadas, espinas dorsales sobresaliendo bajo las camisas, ni un caldo podría ya hacerse con esos huesos descarnados), engullían gachas marrones, del mismo color que la arena. Y un día eran doscientos cuarenta y uno; y otro día doscientos treinta y tres; y otro, doscientos trece; y cada vez menos, porque se iban apilando los despojos en la fosa común abierta que les habían hecho cavar en medio del desierto.

Aunque allí todo estaba en medio del desierto, en medio de un alrededor infinito de arena y sed y hambre y calor y frío y miedo; y de mierda en los calzoncillos. Mierda.

Cada día: carretadas de mierda.

Los hombres se cagaban encima mientras cavaban, mientras trasportaban sobre sus consumidos huesos toneladas de piedras, mientras cerraban los ojos y pensaban que estaban protegidos por un recuerdo que los reconfortaba; pero los esfínteres se desataban y espurreaban excrementos que ya casi no tenían color, que se habrían confundido con la arena, igual que las gachas que les daban para comer, si no hubiera sido por el olor. Y de día se aguantaba ese olor, Rafael lo aguantaba, porque el hedor se desparramaba en la infinidad del desierto; pero de noche el frío lo atrapaba, lo agrupaba, lo congelaba en pequeñas partículas que se concentraban en la tienda de tela fina. De madrugada, Rafael ya no sabía si allí dentro olía a mierda o es que sus compañeros se habían muerto por fin (Dios los tenga en su gloria, habría dicho su madre, santiguándose, uniendo las manos y tapándose la boca y cerrando los ojos: todo en un gesto), y entonces rezaba una oración, que aunque eran judíos, don Pablo, el cura de Argelès-sur-Mer que bautizó a su Leo, le había dicho que daba igual porque Dios era siempre el mismo, porque solo había uno y a saber dónde coño estaba ahora, pero los hombres volvían a llorar, a gemir, a moverse bajo sus mantas y Rafael dejaba de rezar. De todos modos, había olvidado la mitad de la oración.

«Yo no huelo; yo me alejo (me escondo), cago en la arena y entierro mis excrementos; yo no estoy muerto», pensaba; y sentía, cuando dejaba de pensar, que era invencible, como un depredador envalentonado con las garras afiladas que había probado la sangre y le gustaba, que se relamía, que quería más. Entonces percibía de nuevo el olor de la oreja de aquel hijo de puta que le había robado a su hijo. Y aún notaba su sangre caliente fluyendo por su garganta, las fibras rotas de la carne entre sus dientes. Quería más: más sangre. Toda la que hiciera falta tragar para recuperar a su hijo. Y Rafael sabía que estaba vivo porque no se cagaba encima, y porque era invencible y quería recuperar a su hijo.

Entonces volvía a recordar a la perra Paca con las entrañas abiertas. La recordó, después de muchos años de haber tenido aquel pensamiento enterrado, cuando tuvo el cartílago de la oreja de aquel hijo de puta en su boca. La perra Paca, que había parido siete cachorros ciegos y con el pelo negro y mojado como el de las nutrias. Paca, la perra cazadora, era la mejor, decían en el pueblo. Pero Paca no podía distraerse amamantando cachorros enfermizos, había dicho su dueño, Maximiliano, de manos grandes y callosas, de uñas amoratadas por la sangre envenenada, y vecino de sus padres, y muerto y pisoteado por un carro en la plaza mayor; y esperaba Rafael, ahora que sabía lo que era odiar, que el alma de Maximiliano se la hubiera tragado el demonio. Le chirriaban los dientes, tenía frío, tenía arena. Recuerda la sangre de la oreja en su boca y gruñe como un perro acorralado.

La perra Paca había mordido a Maximiliano en la pantorrilla cuando este había aplastado el cráneo de sus cachorros con las botas de domingo (porque Paca había parido en domingo, porque Paca se había escondido en el granero de casa de Rafael y había parido en domingo), pero ese Dios al que Rafael ya no sabía rezar se había quedado en la iglesia, de donde había regresado Maximiliano —misa interminable, siempre en latín— y la había buscado porque Paca era suya, y la había encontrado allí, con sus siete cachorros mestizos agarrados a sus mamas, y Maximiliano, enrojecido de ira, y antes de que Rafael o su madre (que habían estado junto a la perra mientras daba a luz, que la habían visto parir, sangrar, lamer, limpiar y volver a parir seis veces más sin un solo gemido) pudieran darse cuenta, los cachorros ya tenían las cabezas trituradas. Furioso Maximiliano con aquella perra a la que había querido como a una hija («Porque te he querido como a una hija», gritaba el muy hijo de puta) cogió la escopeta de caza y le disparó en el vientre. La sangre de la perra iba cubriendo la carne de sus cachorros, mezclándose de nuevo, como lo había estado horas antes. Y había tardado en morir la perra Paca. Sus ojos aún vivos en un cuerpo ya muerto buscaban a Maximiliano, que se había tumbado junto a ella y lloraba, y aullaba de dolor preguntándole por qué se iba, y Rafael, que entonces era un niño, quería decirle que si la perra Paca se iba era porque él la acababa de destripar, pero la perra, pobre bestia compasiva, había gastado sus últimas fuerzas en lamerle las lágrimas a Maximiliano. Y así se había ido, lamiéndole las lágrimas al hijo de puta que reventó los cráneos de sus cachorros con las mismas botas con las que minutos antes había recorrido el pasillo de la iglesia para comulgar. Rafael había llorado mucho. Rafael no quiso jamás que en su casa entrara un perro; porque su padre era bueno, no iba a misa y era bueno, pero tenía unas botas y, a veces, la ira le tensaba la mandíbula.

Así que Rafael, ahora que le chirriaban los dientes, no podía dejar de pensar en la sangre, y en la perra Paca y en sus cachorros, y en las botas de su padre, que seguro que las llevaba puestas el día en que los de la camisa azul entraron en su casa y le reventaron el pecho. Pero Rafael no iba a lamerle las lágrimas a nadie. Ya no. Porque estaba vivo. Porque no se cagaba encima. Él no le lamería las lágrimas a ningún verdugo porque tenía dientes para arrancarle el lagrimal de cuajo. Quería sangre; quería a su hijo de nuevo con él. Y ni haber matado durante la guerra (cerrando los ojos, desde la trinchera, solo a la orden de disparen, llorando siempre, castañeándole los dientes), y ni haber visto morir a tantos de los suyos (reventados, descosidos como sacos de trigo rotos, aporreados como despojos) le había hecho odiar con tanto afán.

La luna se alejaba, o se alejaban de la luna, porque algo en el cielo siempre daba vueltas, pero a él no le importaba si era la tierra o era la luna o era el sol que venía e iba, siempre y cuando él pudiera escapar de allí y que, cuando lo hubiera hecho,

Montpellier siguiera estando en su sitio. Y pensando en Montpellier, en sus calles que no había pisado, en sus lecherías y cementerios, y en la cuna donde debía de estar su pequeño Leo, se quedó dormido.

Soñó y despertó. Amanecía; hacía frío. Engurruñó los dedos de los pies dentro de las botas, que no se quitaba ni para dormir. Anselmo había muerto hacía unos días. Se había descalzado un momento antes de acostarse, se había calzado de nuevo y había amanecido muerto. Se le había inflado la lengua y había dejado de respirar. La cara de colores cambiantes, el cuello rígido y retorcido. Alguien le quitó las botas cuando lo llevaron a la fosa común. Porque las botas de Anselmo se podían aprovechar, no tenían agujeros en las suelas ni cortes en el empeine. Y dentro encontraron un escorpión muerto con el aguijón aún clavado en la planta del pie de Anselmo. Solo Rafael quiso aquellas botas, que ya no se quitaba para dormir.

Los judíos seguían durmiendo. Salió de la tienda; respiró. El sol era veloz en su ascenso. Hacía frío, pero el cuerpo de Rafael, que ya presentía el calor que estaba por llegar, sudaba. Su cuerpo ya se protegía de los cincuenta grados que se alcanzaban en ese desierto. Pero, de nuevo, se le antojaba un número demasiado hermoso para aquel infierno.

Algunos hombres, como él, tampoco debían de poder dormir porque salían de sus tiendas o de sus barracones y vagaban como pollos sin cabeza. Se alejaban, regresaban. Allí no había alambres de espino, como en Argelès-sur-Mer, que les impidieran escaparse: solo la nada infranqueable de un desierto sin límites.

Rafael se acercó al pabellón de los guardas. Se habían marchado los soldados franceses y ahora eran los italianos los que mangoneaban sus vidas. Sus voces eran más suaves, cantaban y reían, y no cubrían sus labios con bigotes embadurnados de arena. Pero sus golpes eran más certeros: sabían cómo romper un hueso de un solo porrazo. Giovanni, uno de los guardias, estaba sentado en el porche del pabellón. Fumaba un cigarro, el humo ascendía rápido, se evaporaba. Giovanni era fuerte, miraba con ojos de vaca y parecía desconcertado ante el sufrimiento que lo rodeaba. Cuando él vigilaba, los hombres podían resoplar sin que un látigo les destrozara las rodillas. Con Giovanni nunca aumentaba el cabal de la fosa común.

—*Leo, come stai? Vuoi una sigaretta?*

—Sabes que no fumo —respondió Rafael.

—*Non ti offrirei se fumassi.*

Giovanni rio. Rafael, que no entendía mucho de lo que decía, también rio. A ese hombre grande nunca le habría arrancado una oreja, Rafael nunca se habría bebido su sangre.

—*Ieri è arrivata una lettera per te. Aspetta qui, che te la do.*

—Una carta, ¿seguro que es para mí?

—*Sí, aspetta.*

Giovanni levantó su cuerpo de oso y, arrastrando los enormes pies, entró en la garita; salió con un sobre sucio entre las manos.

—*Tieni, non so di chi è, però sembra che qualcuno ti pensa da Montpellier*.

14

Montpellier, octubre de 1940

Apreciado compañero,

En otra situación empezaría esta carta preguntándote cómo estás y cómo te ha ido la vida desde la última vez que nos vimos, hace más de un año y medio ya. Pero ayer supe de ti por boca de Pablo, el padre Pablo, vaya, ¿lo recuerdas?, aquel cura calvo y con chepa al que los nacionales quisieron matar por decir que Jesús fue el primer socialista, y me he quedado angustiado. Y eso que después de luchar en aquella guerra nuestra, de perder a mi familia y de este exilio tan vejatorio, pensé que ya nada podría inquietarme, que, si había en mí algo parecido a eso a lo que los meapilas llaman alma, debía estar entumecida, incapaz ya de sentir. Pero al saber de ti, dónde te han trasladado esos malnacidos, bien puedes creer que me he estremecido. Me ha dicho Pablo que te han llevado a Argelia, a las mismísimas calderas del infierno, porque le arrancaste de cuajo la oreja a un gendarme, y que lo hiciste porque el gendarme te robó a tu hijo y se lo vendió a unos franceses. Y yo me pregunto, compañero, ¿de dónde ha salido ese hijo? Hay muchas cosas que no me explico, y espero que algún día, más pronto que tarde, podamos vernos las caras y que me las cuentes. Resiste, compañero, resiste ahí donde te tienen esclavo. Que mis palabras, al menos, te sirvan de compañía en la dureza del desierto.

Yo estoy en Montpellier. Sí, sigo en la misma Francia cobarde y traicionera que nos hizo cautivos. Al final, no hubo sitio para mí en ninguno de los barcos que zarparon para América. De nada sirvió mi salvoconducto porque siempre me pasaba por delante algún comunista al que su partido le debía un favor. A los que fuimos de las milicias anarquistas ya sabes que, de haber podido, los acólitos de Negrín nos habrían despeñado gustosamente Pirineos abajo antes de llegar a la frontera. Decían que América quería artistas e intelectuales, pero se acabaron llevando a los chupatintas y lameculos que se pasaron la guerra poniendo sellos en informes. ¿Recuerdas a aquel idiota al que llamabas cara de morsa por su bigote, con el que cruzamos la frontera? Pues él consiguió un pasaje y ahora está en Nueva York paseando su bigote de morsa, que ya le debe de llegar a las rodillas, entre los rascacielos.

Antes de instalarme en Montpellier estuve un año en Sète, no lejos de aquí, trabajando como ayudante del sepulturero en un bello cementerio desde el que se veía el mar y la pequeña ciudad rayada por canales de agua sucia. El sepulturero me dejaba dormir en un panteón abandonado que acondicioné como vivienda. Pero allí tenía poco trabajo porque la gente se moría muy de vez en cuando gracias a los peces, que por esos lares son unos incautos y se dejan pescar con las manos en la misma orilla del mar. Así que para entretenerme me dedicaba a restaurar las esculturas de los panteones. El obispo vio mi trabajo y me trajo aquí, a Montpellier, porque las esculturas de la catedral se estaban descomponiendo de tanta mugre que tenían encima. Allí estuve tres meses, hasta que ya no pude resistir más la visión del buche del obispo. Ahora estoy en otra iglesia de la ciudad, donde Pierre, un cura que, a pesar de serlo, es buena persona, me acoge. Pero sigo en lo mismo, en devolver el rostro a los ángeles de piedra. Ojalá estuvieras conmigo, compañero, tus manos de artista darían vida a estas Vírgenes de los altares, porque tú, a tu manera, eres un hombre de fe, mientras que yo no soy más que un descreído. Pierre, el cura, me deja dormir en un cuartucho que hay junto a la sacristía, y me trae comida, y algunos francos de vez en cuando. Si hace unos años alguien me hubiera dicho que iba a acabar viviendo a la sombra de una iglesia, le habría escupido en la cara.

En cuanto a Montpellier, no se está ni mal ni bien. Cuando tengo un rato libre salgo a pasear y me voy a un gran parque que hay cerca de la catedral. Sus árboles secos, sin hojas, apenas le dan sombra a las ratas que transitan por su avenida, que es de tierra y, cuando llueve, el agua dibuja una pendiente hasta la calle principal formando un río rojo que desemboca en los zapatos de las señoritas finas. Son gordas y grandes (las ratas, compa-

ñero, no las señoritas, cuyas pantorrillas van menguando conforme avanza la guerra), más incluso que las palomas, que ya empiezan a escasear. A estas, a las palomas parduzcas, algunas gentes las cazan y se las comen. Su carne es dura y de su plumaje saltan piojos de color granate. Aún me rasco al recordar los piojos de Argelès. Eran grandes, más gordos que los de las palomas de Montpellier, aunque no eran peores que los que sufrí los meses que pasé en el frente de Aragón. Lo que ya no se ve por las calles son perros y gatos. Si alguno queda, su dueño se debe ocupar de no sacarlo a pasear, pues su carne se convertiría en un preciado tesoro en estos días de escasez. Aunque, a pesar de las restricciones, los escaparates de las pastelerías del centro, allí donde viven esos ricos que ni las guerras consiguen que se igualen con el resto de los hombres, siguen exhibiendo dulces blancos que me recuerdan a las nubes del cielo de Argelès. Ya casi no quedan coches por las avenidas porque cada vez es más difícil conseguir combustible, y los caballos comen tan poco que apenas pueden arrastrar sus propios huesos, así que la gente va siempre a pie. Caminan deprisa, y cuando me cruzo con ellos me miran escamados. Cochon, deben pensar, lo mismo que nos decían los gendarmes en Argelès, ¿te acuerdas de cómo nos llamaban cochon espagnol y de cómo callábamos porque no teníamos resuello ni para responder? Cochon espagnol… Aunque ahora, los que me miran por la calle no deben saber en qué categoría de cochon colocarme: quizás mi nariz les haga pensar que soy un cochon judío, o mi tez *oscura que soy un* cochon *gitano, y duden de si deben o no denunciarme. Y es que ahora ya no somos solo nosotros los malditos. Los polichinelas del Gobierno de esta farsa a la que llaman Estado Francés (ya no se hacen llamar República francesa: debe de ser que a Hitler, su señor, no le parece bien) se están llevando a los judíos y a los gitanos a campos de concentración como el de Argelès, paso previo para enviarlos a otros que tienen los nazis en Alemania. De hecho, como no hay sitio para tanto indeseable, porque así nos definen, compañero, judíos, gitanos y españoles republicanos somos todos unos indeseables, a los republicanos españoles que no quieren formar parte de los batallones de trabajadores los meten en un tren y los devuelven a España.*

Aunque a muchos de los nuestros, aun sin querer, también los han sacado a la fuerza de los campos y los han llevado a las compañías de trabajo. A la mayoría los han trasladado a la zona ocupada por los alemanes, a trabajar para los nazis. Y si los franceses han perdido la chaveta, a los alemanes ya no les queda nada en las entrañas. El mismo Pablo, el padre Pablo, que me contó de ti, me habló de una fábrica cerca de Burdeos donde los alemanes producen munición. Solo trabajan españoles republicanos. Los alemanes los quieren a ellos porque son más enérgicos y disciplinados, dicen. Fíjate, compañero, al final va a resultar que los anarquistas y los socialistas llevamos la disciplina en la sangre. Los tienen allí a la fuerza, fabricando las mismas balas que después dispararán sobre los inocentes de toda Europa. A la semana de estar allí, cinco hombres que se habían llevado del campo de La Vernet se escaparon y se refugiaron en el bosque. Un granjero de la zona, al que habían pedido algo de comer, los delató, así que los apresaron y los llevaron de regreso. Era de madrugada cuando llegaron al patio de aquella fábrica. Sacaron a culetazos de fusil a todos los hombres, que aún dormían, a formar desnudos en el patio. A los cinco huidos los colocaron frente al resto, y los obligaron a escoger a uno de entre sus compañeros no fugados, que estaban en pelotas y muertos de frío, y no alcanzaban a entender qué estaba sucediendo. Entonces, los ataron en grupos de dos, espalda contra espalda, a cada uno de los huidos lo emparejaron con el compañero que había escogido de entre los inocentes. A uno de los escogidos, de los inocentes, aún en pelotas y sin entender nada, un soldado nazi lo obligó a abrir la boca, le metió el fusil hasta la campanilla, y disparó. La potencia de la bala fue tal que atravesó la nuca del hombre para acabar incrustada en el cráneo del otro. Y así, con una sola bala, mataron a dos hombres. Repitieron el procedimiento con los otros: cinco balas, diez hombres. Desde aquel día, si a la hora de formar en el patio de madrugada, se retrasa algún español, los alemanes le revientan la rodilla a otro que escogen al azar. Ya nadie ha vuelto a escapar de esa fábrica. Los nazis dejan las puertas siempre abiertas, señalan con la cabeza y ríen porque saben que a esos hombres les da menos miedo la muerte que su propia conciencia.

Y a ti, querido Rafael, o querido Leo, o queridos los dos (nunca entendí por qué a los dos días de conocerte cambiaste de nombre), espero que algún día tengas tiempo de explicarme tus desventuras. Solo deseo que tu fortaleza y tu juventud te ayuden a resistir, y que logres salir de ese infierno más fuerte de lo que eras cuando llegaste. Resistencia y fortaleza son ya las únicas cosas que le pido a esta vida. Te mando unos sellos para que me devuelvas unas palabras, si es que te quedan fuerzas para escribir. Verás en el sobre que la carta va dirigida a un tal Giovanni y no a ti. Me dijo Pablo (que no sé cómo, pero conoce a gente en todas partes) que es un guardia de fiar y que te la entregará sin hacer preguntas.

Tu compañero,

Francisco

15

Portbou, febrero de 2019

Mathieu piensa en la tontería que le ha dicho a la sintecho —eso de que siente la cámara como una parte de su cuerpo y que le duele cuando no la tiene entre las manos, de la misma forma que le seguía doliendo a su abuelo el dedo amputado—, y nota cómo la vergüenza le abrasa la piel desde el nacimiento del pelo hasta la planta de los pies. La misma vergüenza que lo quemaba cada vez que aquel abuelo moreno y poco hecho iba a buscarlo a la puerta del colegio; y lo miraban los niños, y lo miraban las madres, y lo miraban con resquemor las profesoras de ojos saltones y perfecta manicura. «Mathieu, te ha venido a recoger el jardinero», le dijo una tarde la tutora de cuarto, con una sonrisa enquistada en aquella boca que tan gustosamente él habría reventado a patadas con sus botas de fútbol. Las palabras de aquella mujer fueron como la cuña que se introduce en la grieta de una roca para que, a fuerza de martillazos, acabe partiéndose en dos. Porque

Mathieu era un niño bicéfalo que hablaba en francés y jugaba con Playmobils de plástico; y que también hablaba en español y jugaba con figuritas de madera. Un niño bicéfalo que tenía que aprender a arrinconar a ese abuelo al que tanto quería para dejar de ser el monstruo de dos cabezas que pensaba en un idioma, pero amaba en dos.

El primer golpe en la grieta lo dio el abuelo: «No hace falta que vaya a recogerlo al colegio, este niño ya va teniendo edad de volver solo a casa», dijo, y el alivio de Mathieu fue tan grande que, sintiéndose también culpable, se echó a llorar. Y siguió el abuelo golpeando aquella roca: sentándose en la grada más alejada del campo cuando iba a verlo jugar al futbol, dejando de celebrar sus goles en español al grito de «ese es mi nieto, mi campeón», y regalándole por su cumpleaños otro Playmobil de plástico en vez de una nueva figura de madera, «que ya estás grande para estas polladas». Y cuando el abuelo dejó de ir a verlo jugar, el alivio y la pena y la rabia se mezclaron de tal manera que Mathieu arrojó todas las figuras que el abuelo le había tallado en la hoguera de San Juan; todas menos la de la perra Paca, que siempre llevaba, escondida, en el bolsillo del pantalón. Y Mathieu siguió creciendo, ahora sí, sin duplicidades, sin un lenguaje contaminado por un idioma de pobretones e inmigrantes, sin que el abuelo volviera a mencionar a los Reyes Magos el 6 de enero, ni el día de la República el 12 de abril. Porque la suya, su República, se celebraba el 14 de julio. Y cada vez más alto, más rubio, era más como Leo, ese padre suyo que nadie se explicaba cómo, siendo hijo de un español, podían quedarle tan bien los anillos en las manos, las corbatas oscuras y los trajes de vestir.

16

Argelès-sur-Mer, octubre de 1940

Un año y medio ya en Argelès-sur-Mer (un año, ocho meses y siete días en realidad), dos cumpleaños sin besos, cuatro pantalones (el que llevaba cuando llegó al campo, reventado ya por las costuras; el que le dieron uno de esos domingos en que se escapaba del campo para sentarse frente a la iglesia; otro que le obligó a coger una señora de la Cruz Roja que visitó el campo; el último, que robó del jardín de una casa, donde una mujer de brazos pecosos lo había tendido al sol), una Navidad sin Nochebuena, dos veranos, mil ratas (siete mil, quizás muchas más). Y su madre, su hermana, convertidas en polvo.

Acabado el segundo verano, en octubre de 1940, en el campo ya no quedaban españoles. Los más frágiles, todos muertos. Los más pobres de espíritu, devueltos en trenes a la frontera con la promesa del perdón, de la amnistía, les decían los representantes del nuevo Gobierno —brazo en alto, un viva España y un viva Franco en los intersticios de cada frase— cada vez que iban al campo para convencerlos de que lo mejor era regresar a una patria en la que, por lo que contaban aquellos hombres de boina ladeada y bigotillo hirsuto, se estaban pavimentando las calles con oro.

—Y eso de la amnistía, ¿qué significa? —le había preguntado Antonio a uno de los hombres que se negaban a volver a España.

—Es hacer la vista gorda ante unos crímenes que, en realidad, no hemos cometido —le había respondido.

Las familias más tercas habían sido absorbidas por aquella Francia, primero en guerra, y después vencida y ocupada, un país insomne y dividido que los mandaba a granjas donde eran tratados peor que los cerdos a los que tenían que alimentar a cambio ¿de qué?: «A cambio de dejarnos dar las gracias por ser esclavos», le había dicho el mismo hombre. Los que se habían negado a volver a España, ceñudos y de brazos fuertes, habían sido arrojados por los gendarmes a la parte de atrás de unos camiones que iban a Toulouse, París, Dijon o Burdeos, y una vez allí, según aquel hombre, eran obligados a trabajar para los enemigos, que eran muchos y, en aquellos tiempos, parecían haberse concentrado todos en aquella Francia medio hundida.

Pero el campo, aunque ya casi sin españoles, seguía atestado de desdichados. Cada día llegaban hombres con la cabeza gacha, con maletas raídas y cabezas despeinadas que los franceses se apresuraban a rasurar. Y ya no había mujeres. Solo sombras de hombres que deambulaban entre los barracones secándose el sudor que les escurría por la punta de la nariz. Judíos, gitanos, polacos, húngaros, comunistas, todos desubicados. Figuras de paso que acababan a los pocos días formando de a uno, mirándole los talones al hombre que tenían delante mientras los conducían a la estación.

—¿A dónde los llevan? —le había preguntado un día Antonio a uno de los gendarmes que custodiaban aquel éxodo diario.

—Al matadero —dijo el gendarme con los ojos vacíos, como si se le hubieran dado la vuelta y aquel hombre no viera más allá de sus propios pensamientos. Antonio lo miró. Donde debería haber estado la oreja izquierda, había un muñón sin forma, enrojecido y despuntado como una amapola.

Antonio seguía solo Argelès-sur-Mer, sin que los franceses hubieran reparado todavía en él, el niño invisible que seguía entrando y saliendo del campo a su antojo, que seguía escapándose para ir al pueblo a robar comida, a sentarse en la calle delante de la escuela y ver, a través de las ventanas sin cortinas, cómo las madres daban bofetadas a sus hijos, cómo los padres se quitaban el cinturón.

Pero lo que más le gustaba era ir a visitar a Lucía y a Damián, los niños sin pierna que hacía casi un año habían salido del campo porque su padre («¡qué guapo es el condenado!», decían las mujeres al verlo, entornando los ojos y ladeando las caderas) se había casado con la viuda de un granjero, así que ahora vivían en el pueblo, y llevaban zapatos relucientes (uno por pie, uno por niño) y habían aprendido a decir «mamá» en francés.

Una señora grande, con salientes de carne gelatinosa entre las axilas y el sujetador (la misma a la que los niños llamaban *maman* sin mirarla a los ojos), les preparaba la merienda cuando volvían del colegio en un lento regresar: sus muletas acompasadas bajo una lluvia de piedras que lanzaban, sin aparente malicia, quizás solo por jugar, sus compañeros de clase. Antonio, que cada tarde estaba allí, en la puerta de la escuela esperando a que salieran, devolvía las pedradas con furia y los niños acababan diluyéndose en las calles del pueblo, confundiéndose en su huida con los adoquines.

Antonio acompañaba a los niños cojos hasta la puerta de su nueva casa y se escondía porque a la nueva *maman* de los niños no le gustaba que aquel holgazán o criminal o *cochon espagnol*, según le amaneciera el día, merodeara por su hermoso jardín. Lucía, que comía poco, escondía su merienda bajo un saliente del muro y Antonio, al anochecer, la iba a buscar.

En esa casa de piedra, que era de la mujer, su nueva y gorda *maman*, tenían una bañera de hierro esmaltado que la mujer llenaba de agua caliente cada domingo por la mañana, para que cuando fueran juntos a misa no tuviera que avergonzarse de ese olor a *espagnol* que desprendían. Eso les dijo la *maman*: eso le explicó Lucía a Antonio que les había dicho la *maman*. Y también le explicó que, mientras los bañaba, la mujer restregaba con una esponja de esparto los muñones de sus piernas amputadas, y los niños lloraban y suplicaban que no siguiera porque les dolía, pero la mujer restregaba «porque es la única forma de que la pierna no se pudra más, de que no salga peste de estas piernecitas».

Una tarde lluviosa, principios de noviembre. Antonio tenía hambre, no había podido salir del campo para ir a recoger su merienda. Para olvidar que su estómago estaba vacío, Antonio miraba el techo calculando cuánto tiempo tardaría el agua en filtrarse a través de los tablones, en inundar sus camastros, en hacer que aquellos hombres acabaran llorando con la cabeza entre las rodillas. Entró un gendarme, su gorra chorreante, salpicando agua sucia sobre el suelo de madera.

—Levántate y acompáñame —le dijo—. Y coge tu documentación.

Al salir del barracón, el viento, que venía del mar, le llenó la cara de una espuma marrón que sabía a arenques en salmuera. Como siempre que llovía, la arena de la playa se apelmazaba bajo sus pies, y Antonio tuvo que flexionar las rodillas para no quedarse clavado entre los barracones.

Llegaron a la garita del comandante, un cubículo húmedo que olía a pelo de perro mojado, aunque en el campo nunca había entrado uno. Antonio, de pie frente a la mesa del hombre, del comandante, del gordo al que le habían reventado ya las costuras de su uniforme. El hombre —el comandante, el gordo, el sin costuras apestoso— alzó la cabeza y señaló las manos de Antonio donde llevaba, protegida por una piel de vaca, su documentación y la de sus muertos: la de su madre, la de su hermana y la de su padre, el primero de aquella ristra de ausencias. Antonio le enseñó su documentación a aquel hombre, que cada vez le parecía más abultado, como la fotografía del zepelín que había visto en un libro de la biblioteca de su última escuela.

—Catorce años —dijo aquel hombre, sin mirarlo a la cara—. Suficientes.

—¿Suficientes para qué? —preguntó Antonio.

El comandante lo miró. Ojos de color incierto, embutidos en unos párpados inflados.

—Para lo que me salga a mí de las pelotas. De estas, ¿las ves? —dijo el hombre levantándose de la silla y agarrándose los testículos con fuerza, como si fuera a tirar de ellos para arrancárselos y arrojárselos a la cara a un Antonio que, con un gesto instintivo, se la tapó con las manos—. Mañana, a las siete en punto, te quiero aquí. Y trae tus cosas, si es que tienes algo, que no creo que vuelvas.

Madrugada. La lluvia había arreciado. Los hombres, acurrucados en sus camastros. Antonio, con su hatillo debajo de la camisa, cerró la puerta del barracón tras de sí. Antes de salir, le robó la gorra a un gitano que no hacía más que rezarle a la Virgen en un catalán muy raro que poco tenía que ver con el que él había aprendido en los meses que pasó en Barcelona.

El campo, la playa, aquel residuo de mundo que había sido su hogar estaba a oscuras, pero él no necesitaba luz para recorrerlo de arriba abajo con los ojos cerrados. Un año, nueve meses y siete días ya, suficiente para que unos pies aprendieran el camino. En un minuto ya estaba empapado. La lluvia no solo venía desde el mar, sino que parecía danzar alrededor de Antonio con movimientos centrífugos. La arena tenía entonces la consistencia de las gachas que les daban para desayunar, así que no quiso arrastrarse bajo la alambrada para escapar. Se acercó a la entrada principal. En la garita, un gendarme con los hombros alzados, el cuello escondido bajo la chaqueta, como un avestruz. Antonio pegó su espalda a la garita y se agachó, quizás así el hombre no podría verlo. Cuando ya estaba fuera, el gendarme salió de su caseta y, apuntándole con su fusil, le dijo:

—Tú, ¿dónde crees que vas?

Él no respondió. La camisa empapada de lluvia; pensó en si su documentación se habría mojado, en los tres pares de pantalones, en la muñeca de trapo de su hermana que estaba envuelta en ellos, en la figurita de madera, la de la perra Paca, que el soldado joven había tallado para él, en quién se la quedaría si él moría.

El hombre alzó su fusil. Apuntó. Disparó.

—Un hombre intenta escapar, creo que le he dado —gritó el gendarme, y miró a Antonio por última vez antes de darse la vuelta. La oreja rota, enrojecida, amapola despuntada.

A Antonio le dolía todo.

A Antonio no le dolía nada.

No había sangre, no había bala. El cuerpo, intacto, asustado, temblaba igual que lo hacían las ratas que se ahogaban en la orilla de la playa de Argelès-sur-Mer. Echó a correr. La lluvia densa, la noche oscura, era como moverse envuelto en una tela negra y mojada. La cabeza entumecida. Un miedo en carne viva clavado entre sus cejas. Pero corría, volaban los pies sobre los charcos y las piedras y la tierra removida.

Siguió huyendo desconectado de sus sentidos, como si fuera un pollo al que acababan de cortar la cabeza y que sigue corriendo por pura inercia, por la pura pulsión de una vida que aún bombea remanentes de sangre. Y así, corriendo y cegado, llegó al pueblo que, a oscuras y anegado por la lluvia, se le apareció gris sobre negro, la cabeza aún envuelta en el velo oscuro y empapado. Brincó, de charco en charco, hasta la casa de la nueva madre de Lucía y Damián. Saltó el muro de piedra temblando. Frente a la entrada del establo la vieja mula, el caballo nuevo, paja seca y un tejado sin grietas. La puerta cerrada: se coló bajo los tablones, por donde solían deslizarse dos niños sin pierna y un hombre a medio hacer. Mula y caballo relincharon. La mula vieja calló enseguida, aunque siguió moviendo la mandíbula, como rumiando los vapores de su propio aliento; el caballo joven mantuvo el relinchar agudo, doloroso. El niño, por momentos envejecido, susurró una orden: «Calla», dijo, y se sobresaltó por el timbre de su voz: por tener aún voz.

Se agarró el estómago con las dos manos y sintió que acababa de partirse en dos, que por debajo de su cintura ya no quedaba nada, ya no quedaba ni hombre ni niño ni sitio donde colocar aquellos tres pares de pantalones que llevaba guardados en el hatillo, junto a su pecho. Se palpó las rodillas, los muslos, pero aquello duro que tocaban sus manos no eran sino troncos sin sangre; se buscó el pito que, de tan escondido, pensó que se le habría escurrido por la pernera durante la huida. Y lloró, tanto y tan fuerte que los pulmones, sacudidos por el llanto, dolían como si estuvieran cuajados de arena. Se dejó caer en el suelo, y se acurrucó. En aquel establo seco y con techo, sin lluvia y sin viento, cayó sobre él una pesada capa de frío y la cabeza lo llevó a los primeros días en el campo, cuando aún no había barracones y para cobijarse de la lluvia tenían que cavar agujeros en la arena de la playa, y cubrirse con unas mantas tan livianas que a los pocos días ya se habían desvanecido. Recordó a su madre, un cuerpo febril y menguante desdibujándose antes incluso de estar muerto mientras reposaba en aquel hoyo que no fue más que el preludio de su tumba. Antonio no quería morir; no lo quiso entonces, junto a su madre moribunda; ni lo quiso después, con su madre ya cadáver; ni lo había querido durante aquellos casi dos años de calvario.

Entonces, acurrucado sobre paja y excrementos de caballo y con el cuerpo agarrotado, pensó que quizás era la muerte lo único capaz de arrancarle aquel frío que le había helado hasta el cielo de la boca. Y si era así, pues entonces, quizás, bueno, quizás no le importaba morir. Y recordó al gendarme sin oreja, fusil en mano, e imaginó la munición explotando sobre su cabeza, y cerró los ojos y fantaseó, reconfortado, que la bala lo había matado y ¡pum! Adiós niño, adiós medio hombre, adiós, Antonio; adiós, frío.

—¿Quién anda ahí? —dijo la voz quebrada del padre de Lucía y Damián.

—Tengo mucho frío —murmuró Antonio, la lengua lastimada por el castañeteo de los dientes, la mandíbula incontrolable.

—¿Quién coño anda ahí? —repitió la voz del hombre—. Voy a entrar, y tengo un fusil.

Antonio intentó alzar la voz, decir que era él, repetir que tenía frío, pero su voz no era más que un hilo incierto con menos vigor que el croar de una rana.

El caballo joven seguía relinchando, alzando su quejido por encima de las amenazas del hombre y de los balbuceos de Antonio, que entonces ya temblaba tanto que notaba cómo la cabeza le golpeaba de forma rítmica contra el suelo.

Vio al hombre. Fusil en mano, la silueta apenas dibujada entre las sombras. Antonio cerró los ojos y suspiró aliviado por la imagen de aquel fusil descargando sobre su cabeza; la muerte como lumbre, la muerte como estufa: y por fin dejaría de tener frío.

El relinchar del caballo, las botas del hombre aproximándose, la mula vieja, los gases elevándose por encima del hielo, el frío afilado incrustándose bajo la piel. Solo los ojos cerrados, solo el fusil descargando en la sien, solo aquel pensamiento.

—Antonio, ¿eres tú?

Ojos aún cerrados, su nombre articulado por aquella voz rota, la cabeza golpeando cada vez con más violencia contra el suelo con un movimiento incontrolable. Frío. La imagen de un fusil acariciando su sien. Fin.

—Dios mío, Antonio, estás empapado. Y tienes mucha fiebre.

Notó que levitaba. El caballo callado, la mula quieta y, de nuevo, la lluvia deslizándosele cuello abajo. Se movía, las piernas elevadas, oscilando desde algún lugar que olía a sudor y a tierra, sin tocar el suelo. La cabeza al trote.

—Aguanta, Antonio —dijo la voz rota.

De repente, cesó la lluvia. Luz a través de los párpados. Los ojos aún cerrados.

Gritos en francés:

—¿Qué hace aquí este? ¿Cómo te atreves a traer a mi casa a un indeseable sin mi permiso?

Gritos en español:

—Cállate, esperpento.

Gritos en francés:

—Saca ahora mismo de mi casa a esta inmundicia o voy a buscar a la gendarmería y os llevarán a todos de vuelta al campo, y a ti y a los tullidos de tus hijos también.

Gritos en español:

—Cállate, asqueroso pedazo de carne.

Un golpe abrupto. Después, un llanto prolongado, como el mugido de una vaca.

Y Antonio sin saber todavía si estaba vivo, si estaba muerto, si alguien le había descargado, por fin, un fusil en la cabeza.

Le despertó la luz rayada que entraba a través de las rendijas de la persiana. Una silueta recostada junto a él, rizos con olor a jabón cosquilleándole en la nariz. Dolor en todas partes. Dolor porque estaba vivo. Se tocó el pito, seguía ahí. La boca seca.

—Agua —dijo Antonio.

La silueta, Lucía a contraluz, se irguió. Le tocó la frente con sus manos heladas.

—¿Cómo te encuentras?

—Tengo mucha sed —dijo, y se tocó la sien, buscando el orificio de una bala.

Lucía bajó de la cama. La pata de palo, la pierna estable, ambas deslizándose por el pavimento brillante. La oyó bajar las escaleras, su voz, poco más que un susurro, la voz rota del padre, la aproximación de unos pasos firmes escaleras arriba.

—¿Cómo te encuentras? —le preguntó el padre de los niños.

Antonio no respondió. Señaló el vaso de agua que llevaba el hombre en la mano.

—¿Qué pasó anoche? —le preguntó el hombre cuando Antonio acabó de beber—. ¿Por qué saliste del campo durante la tormenta?

—Me querían llevar al matadero y me escapé. Pero uno de ellos me vio y me disparó, aunque creo que no me dio —dijo, palpándose de nuevo las sienes.

—Te estarán buscando, no puedes quedarte aquí. Si no vienen ellos a por ti, será ella quien te denuncie. —Y el hombre señaló con su cabeza la puerta; más que odio, más que asco en su mirada—. Y si te denuncia tendré que matarla, y mis hijos se quedarán sin un techo donde cobijarse. Pero te llevaré con unos amigos. Ellos cuidarán de ti.

El hombre salió de la habitación. Gritos en francés detrás de la puerta. Gritos en español escaleras abajo. Gritos en ambos idiomas desde el vientre mismo de la casa. Y Lucía llorando, y Damián, imaginaba Antonio, sentado en un rincón y, como siempre, callado.

Regresó el hombre. Con un pantalón de pana marrón, unos calzoncillos blancos, una camisa, un jersey que aún olía a la oveja a la que le habían quitado la lana, una gorra de cuadros verdes y marrones. Lo dejó todo a sus pies, sobre la cama.

—Tu ropa aún está mojada. Esta es mía, así que igual te va grande, pero ya crecerás. Venga, vístete, que nos vamos.

Antes de salir de la habitación el hombre abrió las persianas. Una rebanada de azul se coló a través de los cristales.

Se incorporó de la cama, su silueta impresa en el colchón de lana. Miró el hueco, su propia ausencia, y se echó a llorar. Llorando se vistió, sin saber si lloraba por la pena que le apretaba el pescuezo o porque estaba tan enfermo que hasta le dolía vestirse. Se le caían los calzones porque aún no tenía caderas, se arremangó los pantalones en los bajos porque aún no había suficiente longitud de pierna, dobló las mangas de la camisa porque sus brazos no alcanzaban la envergadura de lo que tenía que acabar siendo un hombre. El reflejo en la ventana le devolvió a un hombre achicado, a un pobre hombre a medio hacer, a un pobre niño que había muerto la víspera de un balazo en la sien.

Salió de la habitación. Bajó con dificultad las escaleras. Lucía y Damián, en el último escalón. La gorda iracunda moviendo las carnes, ademanes exagerados, redundantes movimientos de las más que redundantes carnes. El hombre en silencio.

—Despedíos de Antonio, que estaremos una temporada larga sin verlo.

—¿Dónde lo llevas? —preguntó Lucía.

—No preguntes, Lucía, tú nunca preguntes —le respondió su padre—. Y tú —escupió en francés a la cara de la mujer—, que sepas que volveré mañana; como me entere cuando vuelva de que has tocado un pelo de mis hijos, un solo pelo, juro que te abriré en canal y le daré tus tripas y todo ese tocino que te rebosa por todas partes a los cerdos.

La mujer palideció. Damián se meó encima. La mujer miró los orines caer escalera abajo y arrugó la nariz; tan ridícula, tan minúscula la nariz en aquella cara de hogaza de pan.

—Ni un pelo —repitió el hombre en francés, alzando el dedo índice y señalando algún punto entre la nariz de la mujer y sus ojos hundidos.

Lucía se levantó, un salto sobre la pierna, una pirueta sobre la pata de palo.

—Toma —le dijo a Antonio—. Es mi merienda de ayer.

De la mano de la niña le vino a Antonio un olor a pan y a canela y a membrillo. La merienda, envuelta en un pañuelo blanco: una L bordada en azul, una A bordada en verde. Y un sol tan amarillo como el pelo de la niña cuyo rostro, ahora que Antonio la miraba, se había vuelto bermellón.

—En este zurrón está tu ropa, que aún está mojada. Te he puesto jabón para que la laves porque apesta. También he puesto dentro un hatillo que llevabas atado al pecho. No tengas pena, que he mirado y lo que había dentro está seco —le dijo el hombre.

—¿A dónde vamos? —preguntó Antonio.

—Ya lo verás.

Un silencio por despedida. Los niños y la mujer, el olor a dulces, y a jabón, y a los orines de Damián; el sol colándose por las ventanas: todo quedó tras la puerta de aquella casa de piedra.

Llegaron a la camioneta. El hombre alzó la lona que cubría la parte trasera.

—Súbete ahí detrás, venga. Túmbate. No te muevas hasta que yo te lo diga.

Antonio se estiró sobre el suelo frío de la camioneta. El hombre lo tapó con una manta que luego cubrió con cosas redondeadas que golpeaban como las pedradas lanzadas sin fuerza. Cosas que Antonio no podía ver, pero que olían a tierra, a zanahorias y a tierra, a patatas y a tierra, a boniatos y a tierra. A tierra fría, a tierra removida tras la tormenta, a la tierra que se nutre de los niños muertos. El brusco traqueteo de la camioneta no impidió que se quedara dormido cabeceando sobre el metal helado y que soñara que tenía hambre, que tenía frío, que flotaba en el aire entre nubes de canela.

Lo despertaron unas voces. Palabras inconexas y de difícil enhebrar. Chaval, enfermo, peligro, nadie, todos. Antonio intentó construir una historia con ellas, como le había enseñado una de sus profesoras, que les escribía palabras sueltas en la pizarra y luego les pedía que inventaran un cuento. Lo intentó, pero su frente dolorida, su cuerpo desbordado por el frío y el temblor gritaban por encima de las palabras, de las historias inventadas que a Antonio le parecía que nunca más podrían tener un final feliz.

Alguien quitó la lona y alzó la manta. Una luz sin tapujos, la que se alzaba por encima de las copas de los árboles, lo cegó. Antonio se incorporó con los ojos entornados.

—Baja —le dijo el padre de Lucía y Damián—, que ya hemos llegado.

Estaban en el claro de un bosque rodeado por un compacto grupo de árboles heterogéneos, de diferentes especies, de diferentes alturas, algunos con las hojas perennes verdeando en sus copas, otros ya ralos, las hojas caídas en la tierra húmeda. Una cabaña de madera en el centro del claro. Hombres alrededor. Cuatro, cinco, seis, que se movían lentos. Antonio, confuso, no distinguía los rasgos bajo aquellas gorras, todos con la misma nariz colorada, la misma piel tiznada por el sol. Hombres mirándolo y esperando, quizás, una prueba de que estaba vivo.

—Te vas a quedar con ellos hasta que encontremos un sitio más adecuado para ti —dijo el padre de Lucía y Damián—. Son compatriotas, buena gente. Los mejores, en realidad. A partir de ahora tu vida depende de ellos y la suya de ti, de tu silencio. ¿Lo entiendes?

Antonio asintió. Antonio, el niño, no quería entender. Antonio, el medio hombre, entendía.

El padre de Lucía subió a la camioneta y arrancó. Los neumáticos se alejaron escupiendo barro. Y la camioneta desapareció entre los árboles.

—Bueno, chaval —dijo uno de los hombres—, nos ha dicho Agustín que te has escapado de Argelès porque querían trasladarte, ¿sabes adónde querían llevarte?

—¿Quién es Agustín? —preguntó Antonio.

—El que acaba de traerte —respondió el hombre señalando los surcos que había dejado la furgoneta en el barro. Y entonces Antonio recordó que así era cómo se llamaba el padre de Lucía y Damián: su cerebro hervía tanto que se le habían evaporado los nombres.

—Tengo frío —dijo Antonio, dejándose caer de rodillas en el barro.

—Ay, la Virgen, que se nos muere aquí mismo —dijo otro de los hombres.

Entre varios brazos lo agarraron y lo llevaron al interior de la cabaña. Apenas había luz allí dentro. Solo en una de las esquinas un fuego a ras de suelo iluminaba un par de camastros desechos, una mesa de madera, dos o tres sillas, unos troncos apilados y la olla de barro que brillaba, incandescente, sobre la lumbre. Olía a sudor y a pies y a puchero de patatas.

Uno de los hombres lo dejó en un camastro, otro le quitó las botas y otro (o quizás fue el mismo hombre todo el rato) lo tapó con una manta. Los hombres salieron. Antonio cerró los ojos. Los párpados, que cada vez se le antojaban más finos, temblaban con el reverberar del fuego. Los ojos ardientes como ascuas eran lo único caliente en aquel cuerpo suyo, que volvía a tiritar como la noche anterior.

Voces en el exterior de la cabaña, donde Antonio imaginaba la luz del sol rebotando sobre todas las superficies, de un sol cegador; lejano y frío.

—Y ahora ¿qué hacemos con el chaval? Para mí que se está muriendo.

—¡Qué se va a estar muriendo, hombre! Por lo que ha contado Agustín, lo que tiene es una pulmonía.

—Pues eso, aquí, en medio del monte, sin medicinas ni médicos, es muerte segura.

—El chaval lleva casi dos años en Argelès y seguro que ha vivido cosas peores. Por cojones que tiene que ser fuerte.

—¿Y la semana que viene?, ¿qué hacemos con él si sigue aquí? ,¿lo dejamos aquí solo? No vamos a retrasar lo del puente otra vez, no podemos arriesgarnos.

Antonio se llevó las manos a la cara, entre los dedos de la derecha, estrujada, aún tenía la merienda de Lucía.

17

Portbou, febrero de 2019

—Montpellier —repite Esther en voz baja, dejando la boca abierta, los labios ligeramente separados, la lengua suspendida entre los dientes y el paladar; los ojos entornados para fijar mejor la luz del amanecer.

El hombre le ha dicho que, antes de que la tormenta lo dejara bloqueado en aquella estación, iba en un tren con destino a Montpellier. Y ella repite la palabra, el topónimo mágico, sin atreverse a mirar de frente a ese hombre guapo de dedos largos. Ella, que lleva allí varada seis meses, como una ballena en una playa poco profunda, repite de nuevo y para sí la palabra, Montpellier, pero ahora sin abrir la boca, apretando los dientes para que no se le escape.

—¿Estás bien? —le pregunta el hombre, cuyos dedos largos golpean de forma rítmica los muslos al hablar, como si quisiera transmitirle a su cuerpo un mensaje en morse.

—Yo también quería ir a Montpellier —dice Esther.

El hombre no le pregunta por qué no fue. La mira y esconde los dedos entre las nalgas y el pavimento.

Isabel que, atraída también por aquella palabra mientras caminaba por el andén, se ha sentado en el suelo a pocos metros del hombre de la cámara y de la chica del carrito, cada vez que uno de ellos repite Montpellier siente como si miles de hormigas le pasearan por la nuca. Porque los dos la pronuncian bien, como su padre, apuntando apenas el sonido de la *t* casi escondida, prescindiendo de la *r* final, y dejando acabar la palabra en una bella y prominente *e*. Igual que la había pronunciado su padre aquella noche de finales del verano de 1983.

Un verano que se volvió apacible.

Sin su madre. Que se marchó, apresurada, el día de San Juan, tras una llamada de su prima en la que le comunicaba que la terrible Antonia —la madre de su madre, la implacable matriarca; para Isabel, solo una desconocida— se estaba muriendo. Isabel y su padre acompañaron a su madre a la estación de Sants, un lugar que, para alguien con tan poco mundo a cuestas como ella, se presentó como un escaparate de seres estrambóticos: sintechos a ras de suelo; mujeres con faldas cortas apoyadas en las columnas, fumando; mochileros rubios, altos y colorados, con la arena de la Barceloneta aún en sus pies. Su madre, en la mano, una maleta verde tan rígida como su espalda, medias tupidas cubriendo sus enclenques pantorrillas, vestida ya de negro, anticipándose al luto. «Por fin se muere —oyó que le dijo a su padre después de haber colgado el teléfono—, aunque no me fío, es como la mala hierba, tengo que ir a ver cómo la meten bajo tierra». Y mientras Isabel se despedía de su madre diciendo adiós con la mano desde el andén, se preguntó si ella también se apresuraría a cavarle un hoyo a aquella mujer mientras aún le bombeara el corazón, si ella también cubriría de negro su júbilo.

Un verano que se prolongó, bochornoso.

En los sesenta metros cuadrados del entresuelo de L'Hospitalet la humedad se condensaba sobre todas las superficies: a Isabel le sudaba la nuca; a la cocina le sudaban las paredes; al baño, las baldosas. Por las noches, el sudor que empapaba sus sábanas se convertía en una sustancia viscosa que le hacía soñar con pantanos de agua verde en los que se hundía sin poder ver, convertida en un pez ciego.

Un verano suspendido.

La vida quieta. Julio agarrotado por el calor. Y agosto convertido en una lánguida sucesión de días interminables a la espera del primero de septiembre. El taller de sus padres, como todos los negocios del barrio, cerrado, porque no se concebía seguir trabajando si nadie más lo hacía, porque hubiera sido de arrogantes (desconsiderados, avariciosos, insolidarios: gente de mierda) ganarse la vida cuando la mayoría había decidido dejar aquella vida en suspenso. Así que a primeros de aquel mes, casi todas las familias que Isabel conocía habían cargado unos trastos que refrendaban su estatus de inmigrantes venidos a más en las bacas de unos coches sin aire acondicionado; habían cerrado sus pisos de extrarradio (las plantas en la bañera, la bombona de butano cerrada, el agua cortada, una copia de las llaves en casa de la única vecina que no se iba de vacaciones, y el gato, pues ya se buscará la vida que tiene siete vidas) y habían partido a aquel lugar caprichoso que Isabel imaginaba como un universo híbrido entre las imágenes de su libro de Ciencias Sociales y las de *La casa de la pradera,* y al que sus compañeras de clase llamaban «el pueblo». Y ella, anclada en L'Hospitalet. Porque su padre, cuya infancia era un relato hilvanado solo por anécdotas desperdigadas, y su madre, que huyó de un lugar al que ella llamaba infierno, no querían hablar de pueblos. Desarraigados como estaban, sus vidas pivotaban solo en su suelo presente. Así que Isabel, sin pueblo al que escapar, pasaba los veranos en el mismo entresuelo que los inviernos, y que los otoños, y que las primaveras; y despedía a sus vecinos y a sus amigas, y veía bajar persianas, cerrar ventanas, y amontonarse a su alrededor los espacios vacíos.

Un verano en libertad.

Con la bolsa del pan en la mano, Isabel recorría cada mañana los tres kilómetros que había entre su casa y la única panadería de L'Hospitalet que no cerraba en agosto. Veinticinco pesetas a cambio de aquel pan caliente que, a Isabel, a pesar del calor, le olía a invierno. Con el recado cumplido, alargaba el regreso sin remordimientos, sin tener que rendir cuentas ante su madre que, de haber estado en casa esperándola, con su delantal impoluto y sus ojillos de sardina, le habría arrojado cada minuto de retraso como si fuera un dardo. Así que Isabel podía demorarse en regresar de la panadería, desviarse del camino y descubrir que L'Hospitalet estaba atestado de callejones estrechos como pasillos por donde no cabía el camión de la basura; callejones donde las bolsas de los desperdicios permanecían rotas en las esquinas durante días, convirtiendo el asfalto en un mosaico de cristales desmenuzados, huesos de pollo, y pieles de melocotón; y el aire en una mezcla de olores dulzones y putrefactos. Había también otras calles, algo más anchas, que zigzagueaban sin criterio urbanístico, entrelazándose las unas con las otras y provocando abruptos choques cromáticos en sus intersecciones: los toldos verdes de una calle se topaban contra los naranjas de la otra; el asfalto en unas calles desaparecía convirtiéndose en tierra antigua y socavones nuevos; en algunas esquinas, unas líneas de árboles verdes de hoja perenne se tornaban arbustos deshidratados. Cada calle tenía sus códigos, aunque en todas los vecinos parecían esforzarse en esconder la fealdad: balcones repletos de geranios, cortinas blancas asomándose a la calle desde ventanas abiertas, cristales impolutos contrastando con la vulgaridad del ladrillo visto, del remozado que se caía a pedazos formando siluetas angulosas que a Isabel le parecían el contorno de algún país inventado. Y figuras que se repetían cada mañana: niños sin pueblo al que ir en agosto, aburridos como ella, jugando a lanzar la pelota contra las ruedas de alguno de los pocos coches que aquel mes seguían aparcados; algún bar abierto, un olor a sardinas fritas de buena mañana que a Isabel le ponía el estómago del revés; y en las puertas de esos bares, hombres tristes, hombres también sin pueblo que a las diez de la mañana entornaban los ojos como si ya fuera a anochecer; mujeres que hablaban a gritos de un balcón a otro, escupiéndose recetas, contándose chistes: estrépito de risas desdentadas.

Y ella, fascinada, paseándose por el mundo al que su madre no quería asomarse, acababa desembocando cada día en un enorme descampado en el que nunca tuvo el coraje de adentrarse. Montañas de escombros entre los que habían crecido pequeñas margaritas amarillas, surcos de tierra seca y agrietada, lagartijas al sol, plásticos rotos, azulejos mutilados, jeringuillas y cucharillas, siempre el mismo tándem, las piernas de una muñeca y la cabeza a cuatro metros, y un ojo extraviado. Cada día rodeaba aquel descampado. Recorría el perímetro con pasos cortos, se paraba y, usando las manos como visera, se cubría los ojos y los entornaba para no ver los límites reales de aquel lugar e imaginar así que era infinito y que el mundo no era más que un enorme descampado: un inabarcable estropicio.

Uno de los extremos de aquel terreno limitaba con la Diagonal, donde empezaba otro mundo, uno donde la gente era más rubia y más alta y más firme, donde a los hombres de cierta edad la nariz no se les convertía en una masa bulbosa y rojiza, y a las mujeres no se les descolgaban los pechos bajo las blusas baratas; y donde había más árboles que casas y las niñas de trece años no tenían que recorrer kilómetros para ir a comprar el pan porque ya tenían mujeres con cofia que lo compraban por ellas. Y al otro extremo del descampado, la carretera de Sants, la vía que vertebraba el mundo que Isabel estaba apenas descubriendo.

Un verano extraordinario.

Durante una tormenta, una de esas que podían quebrar una tarde y convertirla en anochecer, el televisor explotó dejando el papel de la pared chamuscado y a la bailarina que su madre había colocado sobre el aparato con las piernas deformadas. Tras la explosión, un apagón. El barrio, la ciudad, todo aquello que cobijaba el cielo, a oscuras. Desde su ventana, la penumbra rota por los rayos que aparecían entre las nubes. El aire trajo olor a tierra quemada e Isabel imaginó el descampado en llamas.

Sin tele, sin vecinos, con su madre a ochocientos kilómetros, la lluvia repiqueteaba sobre los cristales alternándose con el ritmo del segundero del reloj de cocina. Su padre, tranquilo, con movimientos lentos, desenchufó uno a uno los electrodomésticos. Las piernas de la bailarina, plástico amorfo chorreando sobre la pantalla del televisor.

—Vete a dormir, Isabel, que mañana nos levantaremos al alba. Nos vamos a Montpellier.

Cuando su padre entró en su habitación para despertarla aún no había roto el amanecer. Ella apretó los ojos, fingiendo estar dormida, escondiendo bajo la sábana el tomo de la enciclopedia que se correspondía con la letra *m* y que había estado estudiando toda la noche a la luz de una linterna. Ya sabía dónde estaba Montpellier, cuántos habitantes tenía, conocía su historia, el nombre de sus iglesias y las playas más cercanas. Sabía de los flamencos que anidaban en la región, y de las ostras que se cultivaban en el mar como si fueran calabacines.

—Coge ropa para tres o cuatro días. Y date prisa, ya desayunaremos por el camino —fue lo único que le dijo su padre.

El asfalto no había podido absorber toda el agua caída durante la noche, así que los primeros rayos de luz del día brillaban sobre la Diagonal haciendo que pareciera de mármol pulido. Sin coches y a sus anchas, su padre, tan encorvado sobre el volante que parecía que quisiera enroscarse en él, conducía despacio, y transformaba el chapoteo de los neumáticos en una cadencia imperturbable. Atravesaron Barcelona dibujándola al bies, siguiendo las ristras de árboles plataneros y las fachadas de bellas líneas sinuosas y superficies ennegrecidas. Las calles anchas, perpendiculares y paralelas, que Isabel imaginaba como las piezas de una parrilla, desaparecieron cuando acabó la Diagonal. Se produjo un cambio abrupto de paisaje. Ya no había árboles, los edificios de fachadas de fantasía y decorados con flores de piedra habían desaparecido. En su lugar, edificios altos, todos iguales, réplicas los unos de los otros, se repetían a lo largo de aquella nueva avenida, más ancha, más fea que la Diagonal, que su padre le dijo que se llamaba Meridiana. Como él seguía conduciendo despacio a pesar de que el asfalto allí estaba casi seco, Isabel pudo contar ventanas, y pisos, y alturas y anchuras, y llegar a la conclusión de que allí la gente vivía amontonada, y se preguntó cómo debían de ser las tuberías de aquellos enormes edificios, subiendo el agua que se habían de beber, bajando hasta las alcantarillas la que ya se habían bebido. De repente, el mar. Y, de nuevo, cambio de paisaje urbano. Los edificios volvían a achaparrarse, las calles más estrechas, las fachadas dispares, como en su L'Hospitalet: su padre le dijo que aquello era Badalona.

El coche de su padre, un Seat 127 naranja, del mismo color que el hierro oxidado, no tenía radiocasete.

En su lugar, un espacio donde se habían ido acumulando papeles en los últimos seis años, pequeños recordatorios de las veces que Isabel había acompañado a su padre a Igualada para comprar telas para el taller. Su madre jamás subió a aquel coche, siempre aparcado delante del taller y cubierto con una lona gris: decía que le recordaba a una caja de muertos.

Conforme avanzaba la mañana, el cielo cargado de tormenta de la madrugada se había vuelto de un azul limpio y sin quiebras. Sin nubes que impidieran su paso, el sol desparramado sobre el capó del coche de su padre parecía cegarle la visión y el hombre entornaba los ojos y se agarraba al volante con fuerza. Desde que dejaron atrás Badalona, coches y más coches se habían ido incorporando a la carretera, aparecían desde cruces, rotondas, intersecciones. Iban deprisa, hubo quien increpó a su padre: «Viejo tarugo», le gritó un hombre joven que conducía un coche verde y llevaba gafas de sol. Isabel miró a Antonio que, aunque en aquel momento solo tenía cincuenta y seis años, siempre le había parecido un viejo, aunque un viejo sabio y silencioso.

Cruzaron Mataró bajo un cielo ensuciado por las chimeneas de unas fábricas que no paraban de escupir humo negro ni durante la tregua de agosto. Y siguieron por aquella carretera paralela al mar y a la línea del tren.

—Iremos por la carretera de la costa. La última vez que la recorrí lo hice a pie, con mi madre y mi hermana a cuestas. Fue al final de la guerra, y no sé cómo nos las arreglamos para llegar a Portbou —dijo su padre, la mirada fija en el asfalto que tenía delante, las manos agarradas al volante, los nudillos blancos de tanto apretar—. Los franquistas nos tiraban bombas, más por deporte que por necesidad, porque los que huíamos no éramos más que unos infelices, unos piojosos en alpargatas. A veces pienso que lo mejor habría sido morir hecho trizas en una cuneta.

Isabel no quiso abrir la boca para preguntar. Temía que la enorme bola de desconsuelo que se le había formado en la garganta saliera disparada y salpicara el interior del coche con su llanto.

Tres horas más tarde llegaron a Figueras. Ni música ni palabras, solo el trabajoso renquear de los neumáticos sobre el alquitrán, cuyo olor entraba en el coche a través de las ventanillas abiertas. Un cartel indicaba el desvío hacia la autopista, tres flechas blancas y gruesas, letras mayúsculas: La Junquera-Francia. Sin embargo, su padre siguió por aquella carretera secundaria.

—A Francia se va por la autopista, ¿dónde vamos? —preguntó Isabel, con la boca seca, los labios fatigosos.

—A Portbou, cruzaremos la frontera por allí, en la Junquera hay muchos camiones.

Tomaron una carretera interior. Del mar, ni rastro. En la distancia, las montañas peladas, verde matojo sobre roca gris, pinchando el cielo. A lo largo de la carretera pinos de aguja azul, con los troncos torcidos por los años de tramontana. Kilómetros, silencio; de nuevo, el olor a sal. El Seat renqueante, subiendo acantilados, bajando a playas de guijarros irregulares y de aguas azul oscuro, atravesando estrechos pueblos de pescadores, estirpes de tercos guerreros en lucha contra aquel mar siempre encabritado.

Llegaron a lo más alto de una montaña y, desde allí arriba, tras dejarse caer por una carretera con forma de tirabuzón, Portbou. Su enorme estación, vidrio, hierro y cemento viejo, coronaba el pueblo que se extendía a sus pies con sus edificios de una insólita vulgaridad. L'Hospitalet junto al mar, pensó Isabel, y buscó con la mirada un descampado con jeringuillas, cucharillas y muñecas desmembradas.

—Este pueblo es muy feo —dijo Isabel.

—Es feo porque es un pueblo de paso, aquí no quiere quedarse nadie.

—Ya, pero ¿dónde está la frontera?

—Allí arriba —dijo su padre, señalando con la cabeza hacia las altas montañas que enclaustraban el pueblo.

Aparcaron en un descampado cerca del puerto y subieron por una calle empinada que conducía a la estación que, de cerca, a Isabel le pareció todavía más grande, más fuera de lugar en aquel resquicio de costa. Partículas de hierro, de olor a azufre, le impregnaron el pelo. Se le erizaron las pestañas por la electricidad estática de los trenes que entraban y frenaban, y se quedaban bajo aquella enorme marquesina, que parecía engullirlos como el vientre de una ballena. Cuando llegaron a la puerta principal, su padre se quedó de pronto quieto, como si algún campo magnético que no afectaba a Isabel lo estuviera inmovilizando.

—Mejor vamos a buscar una pensión para dormir esta noche —dijo su padre dando la vuelta—. No tengo francos y las casas de cambio están ya cerradas. Mañana temprano cruzaremos la frontera y al mediodía estaremos ya en Montpellier.

—Tú ya has estado aquí —dijo Isabel, implorando, con la mirada, que su padre continuara la historia que había empezado en el coche horas antes. Pero él no dijo nada.

Recorrieron el pueblo buscando una habitación. Las tres primeras pensiones, las más cercanas a la estación, estaban llenas. Una mujer gorda y sudorosa, un viejo con un bigote que se le metía en la boca al hablar y una joven con el pelo de color rojo les dijeron que no, que en sus hostales ya no quedaban habitaciones libres. La chica del pelo rojo les dijo que probaran en el que había en el paseo, frente a la playa, que era más caro, pero que precisamente por eso solía tener habitaciones libres. Y tenía. Una. En el piso más alto y con vistas al mar.

—¿Es su hija? —preguntó alzando la barbilla la mujer rubia con collar de perlas que había en la recepción—, porque aquí no queremos cosas raras.

—Es mi hija —dijo su padre—. Vamos a visitar a unos familiares en Francia. —Y le mostró la documentación de ambos a la rubia de las perlas, que bajó la barbilla y sonrió con la mirada.

—¿Y su esposa? —preguntó, enredándose el collar de perlas en el índice de la mano derecha.

—Soy viudo —respondió su padre.

—Yo también soy viuda —dijo la mujer, sin soltar el collar—. En fin, vengan, que les enseñaré su habitación.

El hostal tenía un ascensor del que la mujer se mostró especialmente orgullosa. Lo había mandado construir su pobre marido poco antes de morir.

—Un infarto, fue terrible —dijo la mujer, que cada vez jugueteaba más con las perlas—. Y su mujer, ¿cómo falleció?

—Murió en el parto —respondió su padre.

La mujer entró con ellos en la habitación. De tanto retorcer el collar, se le habían formado unas marcas rojas en el cuello. Isabel temió que se ahogara; Isabel deseó, durante una milésima de segundo, que se ahogara.

—Si nos disculpa —dijo su padre—, vamos a descansar un poco, que el viaje ha sido muy pesado.

—Claro —respondió la mujer rubia, soltando de forma súbita el collar—. Si quieren cenar en nuestro comedor, tendrían que decírmelo para que avise a la cocinera.

—No se preocupe, creo que saldremos a pasear y picaremos algo en algún bar del paseo.

—Como quiera —dijo la mujer.

A los pocos segundos Isabel escuchó el ruido de la polea del ascensor: subiendo, bajando.

En la habitación todo era pequeño: dos camas pequeñas, dos mesillas pequeñas, un lavabo pequeño y una tele minúscula que solo sintonizaba La 1. Por la ventana se veía el mar, y el puerto de pescadores, y las montañas a ambos lados recordando que, a pesar del tren, aquel pueblo era una ratonera. Del sol ya solo sus rayos, su luz reflejada sobre la superficie del mar.

Bajaron a pasear. Isabel seguía a su padre, que callaba algo, que ella sospechaba que quizás lo callaba todo, que no miraba nada ni a nadie, que solo caminaba, dando grandes zancadas que a la niña Isabel le costaba seguir.

—¿Por qué has dicho que mamá murió en el parto?

Le disparó la pregunta por la espalda. Los hombros de su padre se contrajeron, a ella le pareció que se agitaba su pelo cano, rizado en la nuca y empapado de sudor.

—Porque así fue. Parir a tantos niños muertos la acabó matando.

—Pero si está viva…

—Bueno, respira, habla, y malmete. Pero eso no significa que esté viva.

Siguieron caminando. Dejaron atrás el paseo marítimo, a los niños comiendo helados, a los perros olisqueando los excrementos de otros perros, a los mochileros con poco presupuesto preparándose para pasar la noche en la playa. Un camino ascendente, empedrado, y a su espalda, el pueblo. Un arco blanco, CEMENTIRI, abierto, calles de guijarros flanqueadas por nichos encalados. Flores en vasos metálicos, la mayoría de plástico, polvo sobre sus pétalos sintéticos. Se pararon frente a un muro blanco. Flores de verdad sobre los guijarros, el suelo removido.

—Mi hermana está aquí, en este cementerio. Pero no sé en qué fosa —dijo su padre—. En realidad, aquella noche la enterramos bajo aquel árbol de allí —y señaló un viejo pino azul de tronco ancho—, pero años después me enteré de que los habían juntado a todos. Había demasiados muertos sin nombre y los metieron a todos en un hoyo.

Y entonces, el padre de Isabel, Antonio, le contó su historia, desde que tuvo que abandonar Madrid en 1937 hasta que se quedó solo cuando murió su madre en el campo de Argelès-sur-Mer.

—¿Y después?, ¿qué pasó contigo cuando murió tu madre?

—Eso mejor te lo cuento cuando estemos en Montpellier.

—¿Te arrepientes de haberte marchado de Francia para ir a Barcelona?

—No fue decisión mía, me obligaron a regresar.

—¿Quién te obligó?

—El más grande de los cabrones.

Su padre echó a andar. El cuerpo largo y estrecho como un junco, los hombros caídos. Las orejas a punto de echar a volar, movidas por la tramontana, y llevarse a aquel hombre, a aquel buen hombre, montaña arriba.

Volvieron al hostal. Noche cerrada.

De madrugada arreció el viento y se presentó la tormenta. Crestas de espuma se alzaron sobre las olas y se comieron la playa a bocados.

A la mañana siguiente, el coche, que habían aparcado sin saberlo sobre el lecho de una riera, apareció mar adentro. Tuvieron que tomar un tren de regreso a L'Hospitalet. Ese fue su último coche; su último viaje juntos.

Antonio no volvió a cruzar la frontera nunca más.

Isabel lo hizo en 1992; y quiere volver a hacerlo ahora, en 2019.

Esther ve cómo la mujer del pelo alborotado se acerca a ellos y se sienta a su lado. Sus pantalones son de pana gris. La pana brilla en la zona del culo, parece más fina y desgastada, como si la mujer hubiera pasado años sentada sobre ellos. «La pana oscura no es adecuada para un bebé», le dijo un día su madre. Entonces, Esther, que había tenido un día extraño, rompió a llorar.

Recuerda aquel día. Recuerda que todo empezó cuando, al levantarse de la cama, creyó que era capaz de volver a sentirse viva. El niño aún dormía, su madre y su suegra, omnipresentes desde que a los pocos días del parto ella dijera que no quería ser madre, le daban la razón a alguien que gritaba desde la pantalla del televisor y, por primera vez en semanas, no sintió el impulso de meter los dedos en la túrmix cuando le preparó la papilla de fruta al bebé. Quizás estaba ya bien y, como le decía su madre que acabaría sucediendo, se le había pasado la tontería. O quizás la tristeza se había por fin disipado porque no era un sentimiento, sino solo una nube de humo negro que había salido de su útero el día que dio a luz. Quizás, si aparcaba el pensamiento para luego, para más tarde, quizás, seguir viviendo volvería a parecerle una opción a tener en cuenta. Vivir: hacer fotos. Abrió la puerta de su estudio. No había entrado allí desde el nacimiento del niño. Las persianas bajadas, olor a papel, a disolvente, una capa uniforme de polvo unificando las superficies. Su cámara, también con polvo. Miró en la memoria de la tarjeta: la última fotografía, del 20 de abril del 2013, seis días antes del parto. Una buena madre, o una madre cualquiera, habría tomado cientos de fotografías de su hijo. Pero ya era tarde para empezar porque ahora el niño ya tenía dos dientes que clavaba en la silicona del chupete y que partían la tetina en dos; y Esther sentía que los dedos ya solo le servían para metérselos en la boca al niño y comprobar que la tetina seguía en su sitio, que el niño no se había atragantado y que aún respiraba.

—Me gano bien la vida, no hace falta que vuelvas a trabajar —le había dicho su marido cuando ella le pidió que contrataran una canguro porque pensó que, quizás, si volvía a hacer fotografías, dejaría de soñar con tetinas y dientes minúsculos y afilados.

—Pero yo ya me gano bien la vida —había repetido su marido, al que acababan de ascender a jefe de Medicina Interna y que cada vez compartía menos horas de esa vida que él se ganaba tan bien con ella y con aquel niño y con las dos mujeres, viudas y aburridas las dos, que la escrutaban durante horas desde el sofá de su salón.

Por la noche, cuando el niño por fin dormía, cuando madre y suegra se habían ido a sus casas y su marido se había acostado, Esther paseaba sus pensamientos trastornados pasillo arriba, giraba, pasillo abajo. Pensamientos que, colgados de los hombros, se le agarraban al pelo, le lastraban la cabeza, la arrastraban al váter, donde se metía los dedos hasta el fondo, rasgando su garganta, y los vomitaba.

Pero aquel día amaneció y parecía diferente. No quiso lacerarse los dedos en la túrmix porque todo parecía diferente. Cogió la cámara, metió los objetivos —sus puntos de vista, como ella los llamaba— en la mochila, y les dijo a las dos mujeres, a aquellas madres de verdad, madres militantes, combatientes incluso si hubiera habido una guerra de maternidades, que aprovechando que el niño aún estaba durmiendo, salía a pasear.

Vivía en un buen barrio. Vivían en un buen piso. Ascensor centenario, techos altos, portero de día que les sacaba la basura. En el centro *recomendable* de la ciudad que parecía, en temporada baja y sin sus turistas, penar la ausencia de euros, de dólares, de rublos, de chinos irreverentes con tarjetas Gold. Las tiendas sin puertas, chorros de aire caliente disparados sin más desde las jambas de la entrada. Tanta energía malgastada, pensó Esther, mientras iba paseo de Gràcia abajo, dejándose caer, buscando el mar.

—Viviremos en la derecha de l'Eixample —le había dicho su marido cuando todavía aún no lo era—, mi abuela me ha dicho que nos va a dar uno de sus pisos como regalo de boda.

—Derecha, ¿desde qué perspectiva? —había preguntado Esther.

—De la de siempre, de la buena —había respondido aquel chico guapo, listo y acomodado que salvaba vidas y le sonreía desde detrás de una máscara de príncipe azul—. Además, los colegios buenos están cerca.

—Yo no quiero volver al colegio —había dicho entonces Esther.

Y esa había sido la primera vez que hablaron de niños, de engendrarlos para que Esther los pariera, para que tuvieran que abrirle la matriz y volvérsela a cerrar, para que sus noches y sus días se convirtieran en el temor a una tetilla cercenada por los dientes de un pequeño demente.

Aquel día, en el cruce de paseo de Gràcia con la calle Valencia se habían parado frente al escaparate de una tienda de ropa para niños, y Esther le había dicho, con la mirada clavada en un babero bordado a mano, que ella no quería tener hijos. Él, sin decir nada, miraba el escaparate mientras le daba un beso. Habían seguido caminando por el mismo paseo de Gràcia por donde transitaba entonces Esther quien, con el pelo sucio y la mochila tintineando (no había guardado en sus fundas los objetivos), volvió a pararse frente a aquel escaparate. Como el día parecía haber amanecido distinto y, quizás, ya no tenía ganas de dejar de vivir, entró y le compró al niño un peto de pana gris con un osito beis cosido en la pechera. Lo metió en la mochila, sobre los objetivos, y bajó por las Ramblas, hasta el Cristóbal Colón desorientado que, queriendo señalar América, apuntaba con su dedo a un mar de color pardo. Esther quiso fotografiar a las gaviotas, cuyos chillidos se confundían con los berridos de un niño consentido, que le daban asco y miedo y tenían más dientes que su hijo.

Quinientas treinta y nueve fotografías. Se le había escurrido la tarde en el Moll de la Fusta.

Anocheció, las gaviotas se agruparon sobre la superficie del mar, encogieron sus cuellos y se quedaron allí flotando, inertes. Al trasluz de las farolas del muelle, parecían residuos, bolsas de plástico lanzadas al agua. Recogió los objetivos. Una luz parpadeaba en el fondo de la mochila: treinta y seis llamadas perdidas. Su madre, su suegra, su marido. ¿Y si la habían llamado tantas veces porque le había pasado algo al niño? Y deseó, cuando se dio cuenta de que aquella hipótesis le producía alivio, que aquellas gaviotas chillonas que habían vuelto a salir del mar y ahora la miraban ladeando la cabeza, le arrancaran los ojos y los trituraran con sus dientes.

De camino a casa, el peto de pana gris en la mochila, los objetivos tintineando en la mochila, guardados de cualquier manera.

Y ahora, en la estación, no es capaz de recordar cómo llegó aquel día a casa. Solo recuerda una mierda de perro en su zapato izquierdo y las palabras de su madre cuando ella le enseñó el peto que le había comprado al niño:

—La pana gris no es adecuada para un bebé: pica, les irrita la piel y es triste.

Y esta mujer, que viene y va, lleva puestos unos pantalones de la misma pana y del mismo color de los de aquel peto que compró aquel día, que creyó que podía ser distinto, pero al final no lo fue, y que acabaron en la basura.

—¿Pica? —le pregunta a la mujer del pelo alborotado.

—¿A qué te refieres? —le responde la mujer. Esther piensa que no es adecuado responder a una pregunta con otra pregunta.

—Me gustaría saber si la pana de esos pantalones pica.

—No, qué va, son muy suaves —responde la mujer, que acaba de sentarse a dos metros del hombre de la cámara.

Mathieu mira los pantalones de pana que lleva la mujer del pelo alborotado, pero no puede imaginar las piernas que hay debajo. Quizás solo haya unos alambres, como en esas Vírgenes barrocas que se sacan en las procesiones y a las que la gente les grita «¡guapa!» llorando, pero que son solo cabeza, manos y un vestido con brocados dorados bajo el que no hay más que un palo recubierto de alambres. Mathieu cree que esos pensamientos, tan sinsentido, tan fuera de contexto, son impropios de él, y que si le vienen a la cabeza es porque no ha dormido, porque no ha comido, porque no ha descansado desde hace veinticuatro horas. Mira el reloj de la estación: ya son las seis de la mañana.

—Ha dejado de llover —dice la mujer que va despeinada sin mirar a nadie, sentada sobre sus pantalones de pana, las piernas de alambre, la cabeza que le pesa, que le debería pesar porque ella también ha estado deambulando por la estación sin dormir en toda la noche.

—Ha dejado de tronar —dice la sintecho, cuyo semblante, que hace un rato parecía más alegre, se ha ensombrecido.

Igual que se ensombreció el de su hija Marina cuando, diez meses atrás, sentados en una terraza de la Place de la Comédie, en Montpellier, él le dijo:

—Me voy a la guerra.

—¿A qué guerra? —le preguntó su hija con los ojos clavados en su cuello, como si quisiera, le pareció a Mathieu, estrangularlo con la mirada.

—No sé, a alguna que haya.

—Pero ¿qué pintas tú en una guerra?

—Ahora soy fotógrafo. Mi deber es dejar constancia gráfica de lo que pasa en el mundo.

—Tú ni siquiera sabes que hay un mundo más allá de tus narices.

Mathieu alzó el mentón —señal de dignidad, o de ofensa, tal vez; en presencia de su hija, esa adulta de la que había perdido cualquier resquicio de legitimidad, se olvidaba de cuál era el gesto adecuado que debía acompañar a las palabras para darles énfasis— y desvió su mirada hasta la fuente redonda en la que una escultura de las Tres Gracias —con tan poco pecho y tanta mandíbula que se le antojaban masculinas— se erguía sobre un pedestal cubierto de verdín. Su hija se levantó sin decir nada. Entró en el bar y salió a los tres segundos con un periódico en la mano. Acabó su cerveza de un trago y dejó la jarra en la mesa de al lado.

—Bébetelo —dijo, dándole a su padre el vaso de zumo de apio y zanahoria.

Entonces, con la mesa ya libre, la chica extendió sobre la superficie metálica el diario y lo abrió por la sección de política internacional.

—Mira, tienes donde escoger. En Congo se están matando por el coltán, aunque la sangre no impresiona tanto cuando brota de la piel de un negro, es poco vistosa y no te quedarían chulas las fotos. O puedes ir a Siria, aunque no, la guerra allí está muy vista, pasada de moda. Vamos a ver... Hay que buscarte una guerra que te quede bien —continuó, girando de forma ostensible las páginas del diario, golpeándolas con fuerza para que se alisaran, aplicando sobre aquella pobre masa de celulosa una desmedida violencia—. Etiopía... no, qué va, eso a nadie le interesa. Calla, que igual no hace falta que te vayas tan lejos. En el Mediterráneo se ahogan miles de refugiados cada año, podrías enrolarte en uno de los barcos de Médicos sin Fronteras, por ejemplo. Ay, que no podrías afeitarte las patillas cada día y perderías ese aire de maduro malote. —Y al decir «malote», Marina abrió la boca de forma tan exagerada que los ojos azules de la muchacha se achicaron hasta casi desaparecer.

Mathieu fijó la mirada en la mochila de lona verde de su hija de la que, cubierta por la mugre de todos los suelos por los que aquel objeto iba arrastrándose, asomaba la bata blanca que la chica se ponía para hacer sus prácticas descuartizando los cuerpos de los idiotas que los habían donado a la ciencia.

—¿Has operado hoy a algún muerto? —le preguntó Mathieu.

—A los muertos no se los opera. A los muertos se les hacen autopsias.

Mathieu lo sabía; sabía que a los muertos no se los opera, que solo a los vivos, y no a todos, se les concede la esperanza de la curación, pero quiso subrayar con ese falso equívoco la distancia que aún le quedaba a su hija para convertirse en una adulta de verdad.

—Desde que estudias Medicina te has vuelto muy dura.

—Desde que te falla la testosterona te has vuelto muy gilipollas.

A Esther le parece que el tiempo se ha detenido en la estación, que se lo ha llevado consigo la tormenta. Una luz gris con destellos salpicados de ocre se cuela por los huecos de la marquesina. Le pesa la cabeza, atiborrada como está de recuerdos apelmazados. Le pasa siempre: cuando cualquier luz chisporrotea en su conciencia, rompe una tubería por donde chorrean a borbotones recuerdos, imágenes que le inundan la cabeza, que Esther no sabe si fueron tal cual le brotan o si, en realidad, no son más que inventos de su mente a la que tantos, y tantas veces, han definido como perturbada. Y no quiere recordar, porque si ha ido hasta allí, al lugar donde parecen no existir los calendarios, es para despojarse de todo; solo ella y su carrito. De todo, menos de los pendientes que le regaló su abuela Lucía. Aunque ya solo le queda uno que lleva guardado, para no perderlo, en la bolsita de tela naranja que le había cosido, también su abuela, y que lleva atada a la tira del sujetador. Dentro de la bolsa, junto al pendiente, las llaves del piso de Montpellier que su abuela le había legado al morir.

Esther cierra los ojos. En la estación, un silencio acartonado. Silencio que le llena las orejas de bruma, del eco de gritos y llantos, que nunca ha dejado de escuchar, que son como las tapas de los ataúdes; del murmurar del viento más allá de las olas. Esther mira la luz cada vez más clara y vuelve a cerrar los ojos porque sabe que si el tiempo no regresa es porque nunca se ha ido.

—¡Ha vuelto la señal del móvil!

Ha sido un grito de júbilo. Una voz joven, de hombre, de mujer, no distingue el timbre, que se alza sobre las cabezas, que provoca un clamor que se convierte en ovación.

A su lado, el hombre de la cámara se saca el teléfono de un bolsillo de la chaqueta.

—Yo no tengo batería —dice.

La mujer del pelo revuelto lo mira.

—Yo no tengo móvil —dice, y mira a Esther, que se siente interpelada por aquella mirada de párpados ligeramente caídos.

—Yo tampoco —responde Esther. La mujer del pelo alborotado la mira y sonríe, y Esther siente esa sonrisa como una caricia, un cosquilleo en la base del cráneo.

—¿Cómo te llamas? —le pregunta la mujer.

—Esther —responde, y se habría mordido la lengua con ganas porque allí ella no es Esther, es Jessica, una mujer ficticia a la que la asistenta social considera una prostituta fugada de su chulo.

—¿Y tú? —pregunta.

—Isabel.

El hombre de la cámara las mira.

—Yo soy Mathieu.

—Hablas muy bien español —dice la mujer del pelo alborotado, Isabel, mirando al hombre de la cámara, Mathieu.

—Soy francés, aunque me mudé a Barcelona con quince años. Y mi abuelo era español.

—Mi padre también era francés de padres españoles, exiliados de la guerra —dice Esther, olvidándose de Jessica.

—Como mi abuelo, ¡qué casualidad! —dice Mathieu.

—Las casualidades no existen —le responde Isabel.

—Esto lo es —responde él.

—No —dice Isabel—. Vamos y volvemos siempre al mismo sitio—. Mi padre también tuvo que atravesar a Francia cuando acabó la guerra. Su última noche la pasó en esta estación. Pero tuvo que volver a España años después, no pudo quedarse en Francia.

—¿Ves? Es una casualidad —dice Mathieu, que parece muy seguro, una de esas personas que siempre tienen la razón.

—Las casualidades solo existen en la ficción —dice Isabel—. Sería una casualidad si estuviéramos en una estación de tren en Irlanda y los tres fuésemos hijos o nietos de exiliados de la guerra, pero en Portbou eso no es una casualidad. Estamos en la frontera porque no tenemos claro en qué lado quedarnos.

La conversación entre Isabel, la mujer del pelo alborotado, y Mathieu, el hombre de la cámara, se impone sobre el cada vez más estruendoso rumor de los pasajeros, que hasta apenas unos minutos antes se ovillaban en el suelo, pero ahora se yerguen, estiran los cuellos, alzan las voces por encima del amanecer. Esther se da cuenta de que la luz del sol ya atraviesa todas las superficies acristaladas.

18

Desierto de Argelia, otoño de 1940

Rafael había perdido la cuenta de las veces que le habría gustado morirse, pero la muerte era algo que no podía permitirse porque tenía un hijo, y lo quería más de lo que odiaba seguir viviendo, aunque a ese niño, poco a poco, se le fuera difuminando la cara y, en su recuerdo, los contornos más precisos se hubieran ya desvanecido, y por mucho que apretara los ojos solo fuera capaz de ver un rostro emborronado. ¿Cuántos dientes tendría ya?

Habían transcurrido más de tres meses desde su llegada a Djelfa. «Noviembre de 1940, ya mismo Navidad, ¿nos darán capón para Nochebuena?», había dicho con ironía uno de los presos veteranos. Rafael sentía que esos tres meses habían sido como años; los días se le amontonaban en los huesos, que le pesaban como el hierro de aquel maldito ferrocarril, aunque las carnes se le fueran licuando sobre la arena, cada día más livianas, y se le cayeran las uñas, y el pelo le hubiera dejado de crecer.

Cuando estaba en Francia contaba los días de la semana según repicaran, a lo lejos, las campanas de la iglesia de Argelès-sur-Mer (llamada del ángelus, a las doce de lunes a viernes; misa vespertina, los sábados a las seis; misa de diez, los domingos), pero en ese desierto, donde no había ni sábados ni domingos ni Dios al que guardar, las semanas y los meses habían sido embebidos por la arena, y solo había jornadas idénticas, parejas las unas a las otras, durante las cuales a Rafael se le antojaba estar viviendo entre dos placas de metal incandescente que le iban cociendo las entrañas a fuego lento durante el día para congelárselas por la noche, cuando se convertían en hielo. Y era de noche cuando pensaba en el niño al que estaba olvidando y al que temía no poder reconocer, porque la sangre llama a la sangre, decía su madre, pero la sangre de aquel niño era de otro, por mucho que él hubiera sentido cuando se lo robaron que se lo habían arrancado de las tripas.

Lo único que rompía aquella diabólica rutina eran las visitas ocasionales de un hombre al que los capataces llamaban «señor ingeniero». Era enclenque, tan raquítico como su bigote, y nunca miraba a nadie a la cara. Tenía los brazos muy largos y caminaba despacio, con las manos cruzadas a la espalda y la cabeza gacha; y cuando hablaba parecía que, en vez de dar órdenes, estuviera susurrando a alguien que le escuchara bajo la arena, agazapado en el infierno. Los capataces, que no eran ni soldados ni gendarmes, pero despachaban tanta crueldad sobre los prisioneros como si llevaran ellos también un uniforme de los que legitimaban la violencia, se reían de él a su espalda, le miraban los dedos enroscados y las piernas finas y arqueadas, y se reían sin ni siquiera taparse las bocas con las manos sucias. Hasta que un día el ingeniero vino acompañado por una mujer, y dejaron de reír. Era ancha, rubia, de caminar decidido, llevaba pantalones de tela de lona y una pistola en el cinto. La mujer sí que miraba a los ojos y daba órdenes con firmeza a los capataces que, aunque se cuadraban ante ella con el pecho hinchado como palomos en celo, le respondían siempre con bocas temblonas. Un día la mujer llegó sola y les dijo, con una voz tan áspera que parecía que tuviera en la garganta una bola de arena, que el ingeniero había muerto y que, a partir de entonces, ella se encargaría de la supervisión de las obras. Los prisioneros supieron por el obtuso murmurar de los soldados que la mujer era también ingeniero, como el muerto que, a la sazón, había sido su marido. Cuando se fue, Rafael escuchó maldecir a aquellos hombres. «La gorda», la llamaron los soldados; «la gorda asquerosa», la llamaron los capataces.

A diferencia de su marido, que visitaba el campo muy de vez en cuando, la mujer se pasaba por allí cada tres días, y parecía no importarle que el sol le quemara la piel de las manos y del escote, cubierto de manchas marrones y arrugas prematuras.

—¿Qué hacen estos hombres trabajando a esta hora? —preguntó un día que se presentó cuando el sol estaba en su zénit, mirando uno por uno a los tres capataces de la obra que, durante las horas de más calor, se refugiaban siempre bajo la lona de una tienda para beber vino y jugar a derribar a pedradas a los prisioneros judíos.

Respondió uno de ellos levantándose, hinchando el pecho, cuadrando la espalda:

—Si no aprovechamos todas las horas de luz la obra no avanzará al ritmo que nos marcó su difunto marido.

—Ahora el ritmo lo decido yo. Y no quiero a nadie trabajando entre las once del mediodía y las cinco de la tarde.

Al día siguiente la camioneta de la mujer volvió a presentarse a la hora de más calor. Los capataces, que quizás confiaron en que la ingeniera no les iba a visitar hasta pasados tres días y no debían de esperarla, se cuadraron al verla llegar, los tres con los brazos cruzados sobre los pechos hinchados, las miradas soberbias cargadas de vino. La mujer bajó del vehículo acompañada por un hombre con la cabeza cubierta por un turbante y con la piel del mismo color rojizo que la tierra que los prisioneros horadaban día tras día. Ella ni se acercó a los capataces. Los soldados de la Legión, que azuzaban a los prisioneros a trabajar clavándoles en el culo la punta de sus bayonetas, permanecieron tiesos como cuchillos.

Los capataces descruzaron los brazos, cerraron los puños, los pechos se deshincharon, los hombros se fueron enroscando sobre sí mismos conforme la ingeniera, que los ignoraba dándoles la espalda, se acercaba al grueso de los prisioneros. Rafael, fascinado por el miedo y el desconcierto que intuyó en sus torturadores, clavó su pala con fuerza en la arena. La pala chocó contra una roca. El golpe se perdió en el vacío del desierto, pero llamó la atención de la mujer, que se acercó a él. Le miró las manos, los pies, los pantalones rotos por donde asomaban dos rodillas descarnadas. Los ojos grises de la mujer le recordaron el mar de Argelès-sur-Mer. Rafael pensó que se ahogaría si aquella mujer seguía mirándolo.

—¿Sabes conducir? —le preguntó.

Él, que solo había conducido una vez y durante la guerra, cuando estrelló la camioneta de su batallón contra el pilar de un puente del río Ebro, respondió bajando la mirada y asintiendo con la cabeza.

—Pues te vienes conmigo. Necesito un chofer.

—Escuchadme todos —gritó—, esos tres de ahí —y señaló con la cabeza el lugar donde estaban, cada vez más encogidos, los tres capataces— ya no trabajan aquí. Durante un tiempo Ahmed será vuestro capataz hasta que encuentre hombres que sepan hacer lo que se les ordena. Ahora id a descansar. Os quiero aquí de vuelta a las cinco de la tarde. Y que beban agua —dijo, mirando a los soldados cuyas bayonetas le parecieron entonces a Rafael flores mustias.

—Espérame dentro de media hora junto a la camioneta —le dijo a Rafael.

La mujer y Ahmed, el hombre del turbante que acababa de convertirse en el nuevo capataz, se alejaron hacia el puesto de mando del campo mientras los capataces, tan menguados que parecían niños en su primer día de escuela, permanecían bajo la lona. A lo lejos vio Rafael al teniente Santucci cuadrarse ante la mujer y acompañarla a su barracón.

Los prisioneros, dejando junto al talud sus picos y sus palas, se alejaron hacia el abrevadero. Rafael fue primero a su tienda, a recoger sus cosas. El sol estaba tan arriba que ni sombra proyectaba, solo las huellas de sus botas, de las botas robadas al muerto Anselmo, que se arrastraban por la tierra rojiza del desierto y daban cuenta de que estaba vivo, de que aún seguía allí. Llegó, recogió su zurrón y rompió a llorar. El zurrón del muerto Leo, que le había acompañado durante aquellos casi dos años, desde que se acabó para él aquella guerra con sus amigos tiesos en una cuneta helada, colgaba de nuevo a su espalda. Y él volvía a marcharse.

Cuando salió de su tienda, también él fue hacia el abrevadero, donde los hombres esperaban su turno para beber agua.

—Qué suerte la tuya —le dijo un compañero que todavía vestía lo que le quedaba de la camisa de miliciano—, te largas y nos dejas aquí. No sé qué va a ser peor, trabajar al mando de una mujer o de un moro.

—No va a ser peor que los hijos de puta de estos franceses que nos estaban matando de sol a sol —dijo el más viejo de los prisioneros, un antifascista italiano que nunca se quitaba su gorro de lana, dándole una palmada en la espalda a Rafael—. Me alegro por ti, hijo, al menos uno se libra de este infierno.

—Cuando vengas con la señora de visita, tráenos noticias de la guerra en Europa —dijo otro exmiliciano que, en cuanto tenía ocasión, mostraba con orgullo un pedazo de una bandera de la CNT que llevaba en el bolsillo—. La única esperanza que nos queda es que los ingleses les arranquen la cabeza a estos hijos de puta y nos saquen de aquí.

—Lo que tienes que hacer es escaparte —dijo otro, un judío al que Rafael escuchaba la voz por primera vez—. Escápate. Sobrevive.

Los hombres dejaron de hablar cuando se aproximó su turno en el abrevadero. Todos los prisioneros, cuando se acercaban al agua, fijaban sus miradas, los ojos desbordándose más allá de sus órbitas, concentrados en el chorro de agua marrón que los soldados dejaban caer en sus cuencos. Cuando estaban llenos, bajaban las cabezas, metían en ellos las lenguas, como perros, como lobos desconfiados miraban a su alrededor para que nadie les arrebatara aquel trago. Y bebían manteniéndose al acecho de las moscas, de un golpe repentino del siroco que les podría arrebatar el cuenco de las manos, de los puñados de sal que los soldados, animados por Santucci, les echaban en los cuencos por mera diversión y para que no se pudieran beber el agua, pero que los hombres aun así engullían, y se atragantaban, y vomitaban luego, enfermos de disentería. Pero cuando el cuenco estaba ya vacío, si ni el viento ni las moscas ni la sal les habían impedido regar el estómago, entonces cerraban los ojos y daban las gracias; o quizás maldecían por tener que seguir vivos un día más.

Dos de los soldados italianos que habían sido destinados al campo, y que a Rafael siempre le parecieron tan fuera de lugar como perros falderos en una manada de lobos, habían sido encargados ese día de darles el agua, así que los dejaron beber, y repetir hasta tres veces mientras ellos miraban hacia el barracón del teniente fumando un cigarro.

—¡Qué buena está la ingeniera! —dijo uno de ellos, rascándose la entrepierna, al ver que la mujer se encaminaba hacia su camioneta.

—¡Qué va a estar buena! Parece un tanque de combate —le respondió el otro.

—Me gustaría ver a tu novia.

—Tú a mi novia ni la menciones con esa boca sucia.

—Pues mira, mira, pensando en tu novia. —Y volvió a tocarse la entrepierna, pero esta vez de forma exagerada, con una teatralidad pueril.

Entonces, el soldado, quizás sintiendo el honor de su novia mancillado por la imaginación de su compañero, se lanzó sobre él. Sus cascos rodaron por la arena. Uno de los prisioneros los recogió del suelo y los lanzó hasta la duna tras la que iban a cagar y de donde ascendía una columna de cientos de miles de moscas saciadas.

Y mientras que el resto de los prisioneros aprovechaba para beber toda el agua que les cabía en los estómagos, Rafael se alejó sin tener que decir adiós.

19

En algún lugar del Rosellón, octubre de 1940

Tuvieron que pasar tres días y tres noches para que Antonio dejara de tiritar. El frío ya no le irradiaba desde los tuétanos hasta la piel, sino que ahora llegaba desde fuera: de las tablas mal ensambladas de la cabaña, de los cuatro dedos que le faltaban a la puerta para llegar al suelo, del pavimento de tierra roja y fría, siempre húmeda, de las narices goteantes de aquellos hombres que entraban y salían, dormían en el suelo, sobre mantas sucias, le daban líquidos calientes y lo llevaban a cuestas al bosque a mear en cuclillas, pues no tenía fuerzas ni para sacársela del pantalón. Los párpados obedientes, leves. Pudo abrir los ojos, ver más allá de la ensoñación, y levantarse del camastro que, sin la manta, sin su cuerpo encima, olía a orines y a sal. Sus piernas temblorosas e inseguras. Abrió la puerta. En el claro del bosque una luz sin filtro, un cosquilleo en la nariz.

—¿Dónde vas, zagal? —preguntó uno de los hombres que, sentado sobre un tronco, afilaba un cuchillo contra una piedra.

—Tengo que ir a mear.

—Con la fiebre que has tenido, seguro que has dado un buen estirón —dijo otro hombre sin mirarlo siquiera, su atención centrada en sus uñas, que limpiaba con una navaja—. ¿Te las apañarás solo? Para hacer ahora tus cosas, quiero decir.

—Sí —respondió Antonio—, ya estoy bien.

Caminó sin brío y con los ojos entornados, casi a tientas, hasta el margen del bosque. Los pies descalzos. Un guijarro afilado, un débil ¡ay! y una herida. Sus huellas, entonces, gotitas de sangre mezclándose con la tierra húmeda a lo largo de una vereda que desaparecía entre la maleza. Por fin pudo mear erguido, dirigir el chorro de orines al pie herido porque recordó algo que alguien le había dicho en Argelès-sur-Mer: «A falta de alcohol, buenos son los orines para desinfectar las heridas». Envalentonado por su osadía, en vez de volver a la cabaña siguió caminando bosque adentro. Un conejo en medio del camino: hocico alzado, orejas tiesas. Desapareció. En Argelès-sur-Mer no había conejos ni bosques ni lumbre en las cabañas. Ratas, viento y arena, y a esperar la siguiente desgracia, eso era todo. Como el conejo, él también alzó el hocico. Olía verde. Olía marrón. Olía a cosas que solo pasaban antes de la guerra: a las sopas de tomillo de su abuela, a las patas embarradas de su perro, a las canicas escondidas entre la tierra de uno de los geranios de su madre. Olía a tener abuela y perro. Olía a tener una madre que le desinfectaba las heridas. Olía a no tener que mearse en los pies.

Regresó al claro del bosque. Los hombres ahora eran cinco, pero él seguía sin distinguir en sus caras rasgos precisos que le indicaran que quizás con otra gorra, quizás con un pañuelo en el cuello o con una corbata, podían ser distinguibles. La camioneta del padre de Lucía y Damián estaba parada delante de la cabaña.

Los hombres de pie. El viento empezó a silbar en las copas de los árboles, a enredarse entre las ramas, a circular entre sus piernas y arremolinar las hojas en torno a las piedras. No había palabras, las caras rígidas, como si se hubieran atragantado con ellas.

—¿Y el chaval? —preguntó uno de los hombres señalando con la cabeza a Antonio.

—Yo me ocupo —respondió Agustín, que era más alto que los demás y la piel le lucía sin mugre, sin pelo la barba, sin manchas la ropa—. Recoged cualquier cosa que pueda indicar quiénes sois, rápido. Y tú, Antonio, aligera: vístete y recoge también lo tuyo, que nos vamos.

Acelerados, los hombres apagaron la lumbre, recogieron papeles y armas, cacerolas y patatas por pelar, y la manta bajo la que había sudado la fiebre Antonio. Él se vistió, el pie ya no le sangraba. Se escupió en la manga y, con ella, se limpió la herida antes de ponerse las botas. Recogió su fardo. Los hombres subieron a la parte trasera de la camioneta y Agustín los cubrió con una lona.

—Tú ponte delante, que aún estás débil —le dijo a Antonio—. Vas cojeando, ¿qué te pasa?

—Se me ha clavado algo en la planta del pie.

—Pues cuida bien tus pies, que en la guerra es lo único que tienes para poder echar a correr cuando quieren apresarte.

Y entonces Antonio recordó que el anarquista que había enterrado a su hermana en Portbou, Francisco se llamaba, le había dicho algo parecido.

Abandonaron el claro del bosque. La chimenea de la cabaña todavía desprendía un humo blanco que a Antonio le supo a rendición.

La camioneta atravesó el bosque por pistas forestales estrechas. Las ramas de los arbustos chocaban contra la carrocería, Antonio se agachaba en su asiento, se cubría la cara con el brazo; de vez en cuando y, sin poderlo evitar, se le escapaba una risa nerviosa. Antes de llegar a un pueblo sin nombre, a uno cualquiera, con un campanario que parecía entumecido por el frío del otoño, Agustín paró la camioneta. Los hombres se apearon. Con sus zurrones livianos y sus botas sucias, a Antonio se le antojaron pastores buscando a quién adorar.

—Tened cuidado —les dijo Agustín, y arrancó.

Los hombres desaparecieron entre los matojos y Antonio pensó que le habría gustado saber sus nombres, preguntarles si se meaban en las heridas, si rezaban por la noche, si aún tenían a alguien en el mundo que les cocinara sopas de tomillo.

—¿Tienes hambre? —le preguntó Agustín cuando hacía ya mucho rato que el pueblo había desaparecido a sus espaldas.

—Creo que sí.

—¿Y eso? O tienes hambre o no tienes.

—No sé, tengo hambre desde que empezó la guerra, pero igual no es hambre y tengo la solitaria.

—Toma.

Agustín le dio un bocadillo de membrillo con canela. Antonio pensó en las manos de Lucía abriendo aquel pan, colocando con cuidado el membrillo dulce, espolvoreando la canela.

—¿Cómo está Lucía? —preguntó con la boca llena, abierta, el olor a canela impregnando sus palabras.

—Bien. Mira, Antonio, si algún día alguien te pregunta, tú a mí y a mis hijos no nos has visto desde que abandonamos el campo de Argelès, ¿de acuerdo?

Antonio asintió. Con una mano se atusó el flequillo, camuflando con la canela de las manos el olor de la fiebre.

—¿Adónde vamos?

—A Montpellier. Allí hay alguien que se encargará de ti. Es un buen hombre.

—También ellos los son —dijo Antonio señalando con la cabeza el bosque que ya habían dejado atrás.

—Sí, supongo. Yo solo te puedo decir que lo son en estas circunstancias, aquí y ahora. No sé cómo serán después ni cómo han sido antes.

—¿La guerra hace buenos a los hombres?

—No lo sé, y no me importa. De guerra para afuera, cada uno se sabe lo suyo.

A Antonio los buenos hombres, los hombres buenos, le daban coraje, miedo y pena, todo eso junto, porque se enamoraban de su buena acción y se dejaban devorar por ella. Como su padre, muerto al mes de empezar la guerra, a la que se fue voluntario con la mejor de las intenciones y el peor de los augurios. Como su tío después, misma bondad, misma guerra, misma muerte inútil que se lo llevó por delante. Así que los buenos hombres le enfurecían porque su bondad acababa resultando torpe y vacía.

Transitaron por carreteras secundarias durante horas, dándole tiempo al sol para que se agachara tras las copas de los árboles y dejara el cielo terroso y sin rastro de azul, para que el oeste se fuera cargando de noche. Pasaron junto a pueblos, casas de piedra, ventanas cerradas, perros de orejas caídas que los acompañaban algunos metros a lo largo de aquellas carreteras ruinosas.

—¿Falta mucho? —preguntó Antonio, que volvía a tener frío, las uñas azules y calambres en las piernas.

—¿Tienes que mear?

Sin esperar respuesta, Agustín paró la camioneta en el arcén.

—Venga, sal y mea.

Antonio obedeció. Agustín también bajó de la camioneta, se abrió la bragueta y meó contra la rueda trasera.

—Eso lo hacen los perros —dijo Antonio.

—¿Y qué te crees? ¿Que tú y yo somos mejores que los perros? Anda, sube.

No tardó mucho aquella noche sin luna en dejarlos a oscuras. El hombre que se llamaba Agustín, que era el padre de Lucía y Damián, que meaba en las ruedas de las camionetas y dudaba de la bondad innata de sus compañeros (compañeros de algo, de lo que fuera que Antonio aún no había entendido), le dijo que tenían que parar hasta que amaneciera, o acabarían estrellándose contra un árbol, cayendo por un barranco o chocando contra un jabalí. El hombre sacó dos mantas de debajo de su asiento y, de una bolsa, un trozo de tocino con pan y una cantimplora con agua. El tocino salado, el pan duro, el agua fría. Después de comer Antonio se enrolló la manta al cuerpo y se quedó dormido.

Cuando despertó, la camioneta ya rodaba por la carretera. Despuntaba el amanecer, la luz, aún tenue y dispersa como motas de harina, hacía visibles los surcos que, en la tierra, habían hecho los jabalíes; los pájaros preparaban sus cantos. Ni rastro de las gaviotas y sus chillidos agonizantes, ni rastro del mar. Bajó la ventanilla: olía a tierra y a excrementos frescos de animales libres, a agua suspendida sobre las hojas mojadas, y a pelo de depredador al acecho, pero no olía a cuerpos siempre salados, ni a sardinas vivas, ni a ratas muertas.

—¿Por dónde cae el mar? —preguntó Antonio.

—Por allí, de donde viene la luz.

—¿Estamos muy lejos?

—No.

Cuando alcanzaron la carretera principal, una luz homogénea iluminaba ya todas las superficies, aunque del sol solo era visible su resplandor, su forma aún escondida.

—¿De dónde eres, Antonio? Creo que nunca me lo has dicho.

Nunca me lo has preguntado, pensó Antonio.

—Nací en Madrid —respondió—. Vivía allí con mi familia hasta que empezó la guerra.

—Entonces, eres de Madrid.

—Ya no. No creo que se pueda ser de un sitio al que ya no puedes volver.

—Franco no va a durar mucho, hombre, todos podremos volver pronto.

—Yo no. Toda mi familia está muerta y mi casa la requisaron.

La carretera se había ensanchado. A lo lejos, la ciudad, una presencia turbia sobre una colina chata, picudos campanarios de iglesias emergiendo entre los colores del amanecer. El sol ya sobresalía por encima de la neblina matinal y la bruma del mar regaba los cristales del coche de azul.

—Eso es Montpellier —dijo Agustín.

Se cruzaron con varios vehículos militares. Hombres de verde y marrón, con cascos redondos como orinales, armas atravesadas en diagonal sobre su torso, como si ambos, arma y hombre, formaran la cruz de un mártir, y con los ojos cerrados, cegados por la luz del amanecer. Iban, volvían de la guerra, se preparaban para ella o, quizás, resignados, solo querían atravesarla rápidamente para volver luego a sentarse en sus vidas de antes.

Antonio no había vuelto a pensar en la guerra desde que había cruzado la frontera. Para él la guerra eran bombas, esqueletos de edificios destripados, humo sucio (a veces negro, a veces gris) y cabezas reventadas asomando entre los escombros. Todo aquello se había quedado al otro lado de los Pirineos, y la guerra, tal y como él la recordaba, muerta y enterrada junto al cuerpo de su hermana. Durante aquellos largos meses había pensado en muchas cosas, ideas dispersas de su muerte, de su soledad, de su frío y de su hambre, pero no de la guerra porque, aunque esta continuaba, ya no le incumbía: ya no era la suya. Y aunque sabía que si ahora no caían bombas sobre sus cabezas era porque Francia se había doblegado ante los alemanes, poniéndoles el culo, como decían algunos de los hombres del campo de Argelès-sur-Mer, a él le parecía que aquella nueva guerra era un engaño, una impostura para poder mover soldados de aquí para allá como él movía de chico sobre la mesa de la cocina unos soldaditos de plomo que su padre le había regalado.

—¿Y si nos paran? —preguntó Antonio.

—No te preocupes, tengo a quien encomendarme en Montpellier si pasara algo.

Se adentraron en la ciudad después de dejar atrás fábricas, arrabales malolientes de casas bajas, viejas que, ya al amanecer, se sentaban con actitud de espera en las esquinas, gatos sarnosos sin pelo en el lomo, niños con zapatos rotos. Y, de repente, un gran parque verde a ambos lados de la carretera y aquella miseria dejó de existir. Todo era entonces grande, antiguo y soberbio, como las ilustraciones de los buenos libros que podían mirar, pero no sacar, de la biblioteca del último colegio en el que estuvo, en Barcelona, de aquel colegio que acabó desmoronándose por una bomba y sus libros ardiendo bajo los escombros. Mármol, piedra blanca, un arco del triunfo. A la ciudad, entumecida, parecía que le costaba despertar. Las persianas bajadas, el pavimento húmedo, luces en las ventanas, edificios coronados por hermosas figuras femeninas. Aparcaron en una calle ancha, apenas unos coches delante, unos coches detrás.

—Coge tus cosas, tenemos que seguir a pie, que las calles aquí son muy estrechas y no cabe la camioneta.

Las calles adoquinadas. Antonio quiso llorar. Carreteras, calles de tierra, arena en el campo de Argelès-sur-Mer, tierra removida, todo eso bajo sus pies durante casi dos años. Pero no adoquines, no como los que se movían ahora bajo sus pies, no como los que arrancaba en las calles de Barcelona, en su último año de guerra, bajo los que había arena, arena que entonces lo conmovía, pero que ahora le atascaba el alma. Tuvo ganas de llorar porque los hombres lloraban, lo había visto; porque los niños lloraban y las mujeres también lloraban y, después de llorar, vivían, o después de llorar morían, pero lloraban y parecían descansar su pena.

Se paró. Metió un dedo entre dos adoquines. La uña se le llenó de arena.

—No te entretengas, hombre.

Ciudad de calles estrechas y plazas vencidas, comercios cerrados, verdín en las paredes. Llegaron a una iglesia. Dos torres, dos campanas. Ding, dong, y así hasta siete veces. Piedras grandes, sucias; estatuas feas, algunas decapitadas. La puerta principal (madera oscura, vieja, desconchada, digna) cerrada. En un lateral, la sacristía: una puerta, una aldaba, una cerradura por donde habría cabido un ratón.

Agustín llamó tres veces, Antonio lo vio: piel seca en los nudillos, la piel achicharrada del antebrazo. Su brazo quemado, las piernas de sus hijos cercenadas, su esposa muerta, una sola bomba, le había contado Lucía. Agustín pareció concentrarse en la cerradura en aquellos segundos de espera. Pareció contar en voz baja. Y volvió a llamar cuatro veces. Esperó.

Cinco veces. La cerradura, un quejido interno, la llave torpe. La puerta se abrió, un hombre con medio cuerpo aún en penumbra. Antonio miró su rostro y le pareció prematuramente envejecido. Escrutó con avidez, con sorpresa, la chaqueta negra, los pantalones de lana, las botas marrones, lustrosas, la cabeza desnuda: ni rastro de su antigua gorra de anarquista. El hombre emergió de la penumbra y lo agarró por los hombros: un abrazo corto bajo el dintel de la puerta. Antonio, con los brazos caídos junto a las caderas, a esas alturas ya no sabía si le era lícito el contacto humano.

—¡No sabes cómo me alegro de que estés a salvo! —dijo el hombre—. Cuando me dijeron que me traían a un chaval para que me ocupara de él, ni se me pasó por la cabeza que fueras tú.

—¿De qué os conocéis? —preguntó Agustín.

Ninguno de los dos respondió. Entraron en la iglesia. Las paredes de piedra escupían frío. En las capillas laterales, Vírgenes bien vestidas, santos acongojados. Llegaron hasta un habitación junto a la sacristía, ventanas altas y estrechas, una pequeña chimenea, alfombras de lana roída en el suelo. Una cama, una silla, una mesa, una carta a medio escribir encima. Y una bacinilla vacía asomando bajo la colcha.

—Sentaos —dijo el hombre.

Antonio se dejó caer sobre la silla. Las patas crujieron bajo su peso. La silla era tan baja que las rodillas le quedaban a la altura del pecho. El hombre le miró las piernas, esbozó una sonrisa, y entonces a Antonio se le escurrió un poco la soledad. Aliviado, quiso llorar. Apretó los labios; escondió la mirada.

Cuando el chico se sentó, Francisco se dio cuenta de que los pantalones se le arremangaban hasta la pantorrilla. Se sorprendió de cuánto había crecido a pesar de lo poco y de lo mal que debía de haber comido en el último año y medio. La última vez que lo había visto, a través de la alambrada, sus piernas eran ya muy largas y sus orejas ligeramente puntiagudas, pero aún no tenía esas mejillas hundidas, ni esos hombros anchos y cargados de huesos afilados.

—¿Sabe algo de Leo? —preguntó el chico sin apartar la mirada de la alfombra—. Estuvimos juntos más de un año, en el mismo barracón. Yo le ayudaba a veces con su hijo. Luego le robaron al niño y él le arrancó una oreja a un gendarme y se lo llevaron de Argelès-sur-Mer. El padre Pablo vino de visita al campo y me dijo que se lo habían llevado al desierto de África, pero no he sabido nada más, porque el padre Pablo se fue a Toulouse y no ha vuelto, y no creo que lo haga, y en el campo ya no quedan casi españoles que me puedan dar razón de nada.

—Lo mandaron a un campo de castigo a Argelia. Allí estará, si es que no ha muerto ya. Está construyendo un ferrocarril en el desierto, una de esas ideas idiotas de los franceses.

—Ojalá siga vivo —dijo el chico, sin levantar la mirada del suelo.

—Ojalá —respondió Francisco.

—Bueno, pues como veo que ya os conocéis, yo me voy. Quiero volver a Argelès antes de que anochezca para ver cómo están mis hijos —dijo Agustín.

—Te acompaño fuera —dijo Francisco—. Y tú, espera aquí, ya mismo vuelvo.

Los santos los miraron pasar con sus ojos oblicuos. Sus globos oculares de resina reflejaban la luz de colores que se filtraba a través de las vidrieras. Recorrieron el pasillo central de la nave dejando el altar a sus espaldas, con los cirios apagados, derramada la cera en el metal de los candelabros. La puerta principal cerrada. Francisco llevaba colgado del cinto un gran manojo de llaves oxidadas. Abrió la puerta, Agustín lo ayudó a anclar las hojas en el suelo. Beatas viejas y vestidas de gris esperaban ya en la plaza. Los ojos, también oblicuos y extraviados, como los de los santos, parecían acusar a Francisco y a Agustín, y a su gorra, que el hombre se quitó en su presencia, bajando los párpados. Salieron fuera. Una rata gris, del mismo color que los abrigos de las beatas, atravesó las escalinatas del templo.

—Gracias por darle cobijo. Es un buen chico, cuidó de mis hijos en el campo de Argelès todo el tiempo que tuve que estar separado de ellos. Le debo mucho. ¿De qué lo conoces?

—De Portbou, y después de Argelès. Su hermana murió antes de cruzar la frontera y el tal Leo, ese soldado por el que el chico me ha preguntado, y yo pudimos enterrarla antes de cruzar la frontera.

Francisco miró hacia el interior de la iglesia, donde las beatas encendían sus cirios, se arrodillaban para rezar a sus santos, a sus santas, a sus Vírgenes opacas al trasluz. Los hombres bajaron las escalinatas de la iglesia. La humedad se mantenía agarrada a las piedras como una garrapata. Agustín se sacó un paquete de cigarrillos del bolsillo y le ofreció uno a Francisco. Fumaron en silencio, devorando el humo a bocanadas. Las campanas volvieron a repicar. Más beatas grises acudieron a la llamada.

—¿Dónde están ahora tus hombres? —preguntó Francisco.

—No son mis hombres, son solo camaradas. En el bosque, escondidos, esperando órdenes. Han tenido que marcharse del lugar donde estaban, y volar el puente ya es imposible, lo tienen vigilado. Alguien debió de dar un chivatazo.

—Pues yo me he enterado de que vendrá a Montpellier uno de los mandamases franquistas, aún no sé su nombre, ni tampoco cuándo será la reunión. Solo sé que lo manda Franco para que se reúna con Pétain en las próximas semanas para agilizar las deportaciones de los nuestros. Hay que matarlo.

—Los cinco hombres que me esperan escondidos en el bosque son artificieros, no se manejan bien con las pistolas.

—Yo sí me manejo bien con la pistola —dijo Francisco—, pero necesitaré que los tuyos me cubran hasta que lo mate. Una vez haya acabado con él, ya cuento que no habrá quien me salve. Pero necesito vuestra ayuda.

Agustín, tras un asentimiento apenas perceptible, tiró al suelo el cigarrillo a medio fumar, que seguía encendido y se quedó atrapado entre dos adoquines con su lumbre aún visible, como si fuera una luciérnaga. La humedad de las piedras se reflejaba en el rostro del hombre, que tenía el color de las flores del magnolio marchitándose en el árbol.

—Un mandamás franquista nos queda grande, vendrá con los de la Gestapo colgados de los cojones; es un suicidio —dijo Agustín, poniéndose la gorra.

—Esta guerra nos queda a todos grande desde el principio, pero ese tipo es lo más cercano a Franco que vamos a tener a tiro —dijo Francisco levantando la voz por encima del silencio de la plaza.

—No he dicho que no vayamos a hacerlo, solo que esta guerra ya no es la nuestra y todo lo que estamos haciendo en Francia nos queda grande. Y cuando lo matemos, ¿cuánto tardará Franco en enviar a otro cabrón para llevarse a todos los republicanos de vuelta al cadalso? Sea quien sea, es solo un matarile con uniforme, como hay tantos.

—Entonces, ¿qué hacemos? ¿Seguimos salvando judíos y a los nuestros que les den por culo?

—Te he dicho que lo vamos a hacer.

Agustín se fue sin despedirse. Francisco vio su espalda desaparecer por uno de los callejones que desembocaban en la plaza.

Entró de nuevo en la iglesia. El muchacho lo esperaba en el mismo lugar donde lo había dejado, los brazos caídos a ambos lados de la silla, las rodillas puntiagudas, las piernas largas; Francisco creyó poder oír el crepitar de sus miembros en crecimiento. Se fijó en sus botas, reventadas por las costuras. Recordó a la hermana muerta, a la madre silenciosa.

—Necesitas lavarte, y ropa de tu talla —le dijo Francisco—. Voy a calentar agua, y a ver si consigo por ahí algo que te pueda ir bien. Y unas botas de tu número. Estírate en la cama y duerme. Tardaré un rato.

El chico se tumbó en la cama con las botas puestas y cerró los ojos. Francisco salió de la habitación. La sacristía vacía, el cura aún no había llegado, las beatas acompasaban sus rezos con el temblor de las rodillas clavadas en el suelo, sobre los sepulcros de piedra que custodiaban el polvo de huesos de nobles.

Salió a la calle. Un sol ya desbocado iluminaba las dos torres de la iglesia. Matar a un delegado de

Franco, que tan bien se llevaba con los nazis y con aquellos franceses renegados. «Liquidar al matarile franquista», palabras que abarrotaban los intersticios de su cerebro, las fibras de su hígado, los huecos en sus tripas. Su vida (su reino, de haberlo tenido) por un pum de pistola, por un clac de gatillo, por un chorreo de muerte, por un espurreo de sangre en los cristales de las gafas de los estúpidos acólitos del gran asesino.

20

Portbou, febrero de 2019

Mathieu y Esther callan y se miran las manos, un gesto idéntico, sincrónico, que a Isabel le provoca una sensación de exclusión, de soledad. Gritan las gaviotas, ya no las acalla la tormenta. Son gritos histéricos: «Me ponen los pelos de punta», habría dicho su madre, aunque, recuerda ahora Isabel, nunca tuvo en su cabeza demasiados pelos que levantar. A su padre también le repelían las gaviotas. Triste, piensa Isabel, que esa repulsión fuera lo único que tuvieron en común. Fue su padre quien le dijo una vez que las gaviotas tienen dientes, que a él le mordió una cuando era niño, en la playa de Argelès-sur-Mer.

Isabel mira su reloj: las siete de la mañana. Se levanta del suelo. Las articulaciones de la cadera izquierda avisan, crujen; crujen y después duelen, un proceso que en los últimos meses se repite cada vez con más frecuencia. El pelo sucio, los pantalones llenos de polvo. Camina a lo largo del andén. Se aleja de sus extraños compañeros de tormenta sin decirles nada; ellos siguen mirándose las manos. Ya nadie duerme en el suelo: los más jóvenes dan vueltas sobre sí mismos como hámsteres en una rueda, atentos solo a las pantallas de sus resucitados móviles; los más viejos concentran sus ojos pálidos, faltos de sueño, en la larga cola para entrar al baño. A su paso se abre la persiana del bar. El mismo camarero de anoche, la misma camisa, la misma mancha de aceite a la altura del corazón. Isabel sigue, llega hasta el final del andén, allí donde la marquesina de la estación se abre al cielo.

Amanecer tras la tormenta. El cielo es gris y brilla como una inmensa masa de mercurio que, sin nubes, pende sobre su cabeza. Se acerca a la escalera metálica que conduce al aparcamiento al aire libre, cerrada por una cinta de plástico de la policía que ella intenta romper, pero el plástico es duro y sus manos, hinchadas por la mala noche, torpes. Se decide: la rompe con los dientes, que aún son fuertes, sanos y dignos, como los de un caballo pura raza. Al morder se siente rebelde y joven, sonríe: le sonríe a una Isabel disimulada bajo esa piel que empieza a escamarse como el cuero de unas botas usadas. Se agarra a la barandilla para no resbalar, arrastra su mano por el tubo metálico; de la barra se desprende un invasivo olor a óxido, las palmas de las manos se han teñido de color mandarina. El suelo del aparcamiento está encharcado y cubierto de rastros de porquería. Hasta llegar a su autocaravana, tiene que sortear tres latas de Coca-Cola, dos tetrabrik, cinco bolsas de plástico de un *supermarché* francés, una compresa usada, los restos de un intermitente roto, un zapato rojo, una lata de sardinas —abierta, amenazante—, dos preservativos, un lápiz partido por la mitad. Hojas verdes, grandes como las de las moreras que daba de comer a sus gusanos de seda (únicas mascotas que recuerda en su infancia melancólica), cubren el cristal del parabrisas de su autocaravana. Añicos de una botella de vino junto a uno de los neumáticos. Abre la puerta. Dentro, frío y humedad; el olor a pino químico del ambientador que le regalaron en la gasolinera le inunda el estómago; lo arranca del salpicadero, lo mete en el cubo de la basura. Va al baño: orina, se lava las manos, los dientes, se moja la cara, se recoge el pelo con una pinza. Sale del baño y mira a su alrededor: su mundo está limpio, ordenado. Cuatro pantalones en el armario, seis camisetas de algodón, tres jerséis. Tres vestidos de verano: uno de cuando tenía veinte años cuelga de una percha, hace siglos que no le vale, pero no quiso darlo a la parroquia con el resto de su ropa cuando la desahuciaron. Un abrigo de invierno, un chubasquero. Unas botas, unas zapatillas de deporte, unos zapatos. Siete bragas, cuatro sujetadores, cinco pares de calcetines. En la única balda, doce libros, solo pudo llevarse los más queridos; el último, el ejemplar de *Madame Bovary* que su padre le dejó bajo la almohada cuando cumplió los trece años; y junto a la pila de libros, la talla de madera oscura que su padre le había regalado cuando regresaron a casa tras su viaje a Portbou: «Toma —le dijo—, la perra Paca es lo más parecido a un familiar que tuve hasta que tú naciste». Su viejo portátil en un rincón de la mesa. Encima, una copia de la tesis doctoral que tendría que haber presentado el día que murió su padre, que jamás defendió ante un tribunal, y que ayer estuvo releyendo. Las fotos familiares en una caja de galletas. El reloj de su padre que lleva siempre puesto. Nunca vio en sus dedos anillos de boda. Seis platos, cinco vasos (uno en el lavabo, sosteniendo el cepillo de dientes), seis juegos de cubiertos. Una vieja cafetera. Una olla pequeña. No hay tostadora: el pan lo tuesta en la sartén. Un geranio que, cuando la autocaravana está en marcha, mete en el fregadero para que no se vuelque con el movimiento. El resto de las plantas se las dio a la vecina. La mujer prometió cuidárselas hasta que pudiera volver. «Ya no volveré —le dijo Isabel—, ahora esta casa es del banco».

Su mundo, en dieciséis metros cuadrados; sus cuarenta y nueve años los sacó de casa en dos maletas, dos horas después, y cuando el piso aún olía a su último desayuno (café con leche y tostadas con aceite), los del juzgado procedieron al desahucio. Ella ya estaba en el portal sentada sobre una de sus maletas, esperando a que llegaran, con las llaves en una mano y el geranio en la otra.

Su padre la acompaña. En el arcón, bajo el asiento. La urna con sus cenizas salió de casa envuelta en sus jerséis de invierno. Veintitrés años esperando; Isabel ha tenido que perderlo todo para poder cumplir con su padre. «Cuando me muera, lleva mis cenizas a Montpellier, ojalá no hubiera vuelto de allí nunca», le había dicho un día. Y a ella le extrañó que su padre, que nunca hablaba de la muerte (que casi nunca hablaba de nada), le dijera aquello. Porque entonces estaba sano, y trabajaba, dormía, comía, e ignoraba a su mujer igual que lo había hecho siempre, pero seis meses después aquel médico le dijo que ya no había remedio. «Ya es demasiado tarde», había dicho; en realidad, y con aquella frase, le pareció a Isabel que el hombre de bata blanca y voz pastosa clavaba el primer clavo del ataúd de su padre.

—Ya nos vamos, papá —dice. Su voz rebota entre las cuatro paredes de fibra de vidrio.

Pone el motor en marcha. Mira el indicador de la gasolina: medio depósito. Se toca la cara. Falta algo: las gafas. ¿Dónde están mis gafas? En la mochila. ¿Y la mochila? La mochila está en el suelo, se responde, sobre el cartón, junto a la chica del carrito.

Sale a toda prisa de su autocaravana, regresa al andén. Su mochila, en el mismo cartón en el que ella ha pasado gran parte de la noche, junto a un vaso de papel del que emana un humo blanquecino.

—Te he traído a ti también un café con leche —dice el hombre (Mathieu, se llama Mathieu: a Isabel no le gusta nada ese nombre), señalándole el vaso con la cabeza—, anoche me pareció que bebías uno.

Él sostiene otro con sus dos manos, se lo acerca a la boca, sopla, lo vuelve a alejar. También la chica del carrito (Esther, se llama Esther) tiene un café, ella se lo acerca a la nariz y lo huele, entorna los ojos como si buscara algo a través del humo.

—Gracias —dice Isabel, y se tapa la cara con las manos porque nota que se sonroja al recordar que ha estado a punto de marcharse sin despedirse.

En catalán, en español, en francés, en inglés. Una voz nasal repite desde la megafonía de la estación: «El tráfico ferroviario permanecerá cerrado a causa de los desperfectos que la tormenta ha causado en las vías. La compañía pone a disposición de los señores viajeros sendos autobuses con destino a Barcelona y Perpiñán. En unos minutos abriremos las taquillas para que puedan solicitar su plaza en uno de nuestros autobuses».

—*Merde!* —dice Mathieu.

Esther sonríe tras su café. El hombre ha apretado demasiado el vaso de papel: hay café con leche en sus botas.

—Oh, *merde!* —repite.

—Me recuerdas a mi padre —dice Esther—; cuando se enfadaba, él también blasfemaba en francés.

—Tengo que estar esta tarde en Montpellier, o mi hija me matará —dice.

—Yo te llevo —dice Isabel. Y apenas las palabras saltan de su boca se pregunta por qué las ha dicho, desde qué rincón de su cabeza ha brotado ese ofrecimiento disparatado.

—¿Tienes coche? —pregunta el hombre.

—No, una autocaravana.

—¿Y tienes que ir a Montpellier?

—Sí, tengo que ir a Montpellier —dice, asombrándose de nuevo de su respuesta.

—Está bien, gracias —dice él—, pero tienes que dejarme que te pague la gasolina.

Isabel asiente.

—¿Puedes llevarme a mí también? —pregunta Esther con una voz nerviosa, como de contralto exaltada.

Isabel mira el carrito, nota que vuelve a sonrojarse. No dice nada.

—Es igual, perdona —dice Esther, y vuelve a mirar a través del humo de su café.

—Sí que puedes venir, claro, también hay sitio para ti. Pero es que tu carrito no va a caber —dice Isabel sin saber hacia dónde mirar porque la desconcierta esa chica, esa sintecho que lleva la ropa limpia y huele bien, que tiene sus pertenencias ordenadas en un carrito de supermercado cuyos barrotes brillan como si los hubieran limpiado con Netol.

—En realidad, mis cosas caben en dos bolsas de plástico. Y en Montpellier ya no necesitaré el carrito.

—Está bien, pues nos vamos cuando queráis —dice Isabel.

Ahora Mathieu no puede decir que no va porque sonaría a estar cargado de prejuicios, y él no los tiene, claro que no: claro que ya no los tiene. Porque igual antes era un poco suspicaz, pero ahora es un fotógrafo concienciado que hace yoga, fotografía edificios abandonados y, hace unos meses, incluso estuvo a punto de irse a una guerra; y que si no lo hizo fue para evitarle preocupaciones a su hija, que estaba en época de exámenes. A una guerra, sí, a la que fuera, porque ni siquiera discrimina entre contiendas; porque más bien ni siquiera las distingue, le dice en su imaginación la voz de su hija. Y los tuvo, los prejuicios: hasta hace no mucho fue un ingeniero cargado de ellos. «Se te salen los prejuicios por las orejas», le decía su exmujer; «la gente cambia», respondía él; «y una mierda cambia», solía ser la respuesta de ella. Ahora le gustaría que ella estuviera allí para ver cómo ha cambiado, cómo es capaz de subir en una autocaravana con una mujer rara y una sintecho. Y son peculiares esas mujeres, peculiares y, ojalá no se equivoque, inofensivas. Así que cruza el aparcamiento de la estación siguiendo a la mujer del pelo alborotado y a la sintecho, que caminan, que solo caminan: ni hablan ni se miran. Las gaviotas chillan. Algo viscoso bajo la suela de su pie: los restos de un bocadillo. Isabel camina escorada hacia la izquierda. Esther camina erguida, aunque dando pasos cortos, quizás porque es menuda y tiene piernas de niña. Mathieu intuye un cuerpo estrecho bajo esa ropa grande. Con esos pantalones con el dobladillo arremangado le recuerda a cuando su hija era pequeña y se disfrazaba con su ropa por Carnaval. «¿Parezco un hombre, papi?, ¿a que parezco un hombre?», le preguntaba su hija, y él respondía que sí, que parecía un hombre, aunque solo era capaz de ver a su niña estropeando sus mejores pantalones.

Llegan a la autocaravana. Entran. Mathieu se sorprende de lo impoluto de las superficies, del orden que allí parece haber sido llevado a un extremo enfermizo, y piensa que a aquel espacio le falta vida.

La mujer le pide a la sintecho que se siente delante, con ella. A él le dice con brusquedad, le parece percibir a Mathieu, que se coloque en un asiento que hay detrás, tras una mesa que le separa de la parte del conductor. «Y ponte el cinturón», dice sin mirarlo siquiera.

Arranca el motor. La autocaravana tiembla, parece que esté tiritando.

—¿Es normal este movimiento? —pregunta Mathieu.

—Supongo que sí. Siempre tarda unos minutos en estabilizarse —responde Isabel.

Y ahí muere la conversación. Mathieu no pregunta nada más, solo mira. Las cabezas de las mujeres sobresalen del respaldo de sus asientos. A Esther apenas se le ve la coronilla. A Isabel, sin embargo, le queda al descubierto la parte trasera del cráneo, una pinza marrón, pelos tiesos como alambres que se escapan disparados en todas direcciones.

A través de la ventana lateral, Mathieu ve el avance de la autocaravana. Le parece estar ante una gran pantalla donde se reproducen los gráficos de un videojuego de conducción. Las calles se ensanchan y desaparecen las aceras; dejan el pueblo. Rocas y piedras, ramas rotas sobre el asfalto. Isabel las esquiva con destreza, es una buena jugadora. La autocaravana ha dejado de temblar. Tampoco las manos de la mujer tiemblan, agarran con fuerza el cambio de marchas; si fueran más grandes, si tuviera las uñas sucias, podrían ser las manos de un camionero, piensa Mathieu.

Las gaviotas vuelan bajo. La carretera cada vez más empinada. Montaña arriba. A su derecha, pequeñas crestas de espuma ensucian el mar. Se aproximan al cielo, que es como una losa de mármol gris. La carretera es estrecha; serpentea. La conoce. Antes de recorrerla por primera vez, de niño, ya la conocía; su abuelo Rafael, chocho y repetitivo, pensaba entonces, le explicaba cómo había atravesado la frontera al final de la guerra, apretándose el muñón sangrante, pisando nieve y, a veces, pisando también a los muertos. A Mathieu aquello le parecía exagerado, tan fantasioso como el cuento donde un lobo era capaz de arrasar casas con sus soplidos, o como el vuelo de Superman. Le parecía que su abuelo exageraba para entretenerlos a él y a su hermana pequeña que, como apenas hablaba español, lo miraba siempre con los ojos muy abiertos, como si al agrandarlos se le fuera a ensanchar también el discernimiento. En una comida de Navidad, en casa del abuelo, en el campo, a pocos kilómetros de Nimes, su infancia se quebró. Mathieu, quince años; la abuela (a la que él quería pero que, en realidad, no era su abuela porque la madre de su padre había muerto al dar a luz), muerta apenas unos meses atrás, los árboles del jardín cargados de lluvia, el suelo del camino encharcado, la casa del abuelo pura desolación. La familia reunida, la mesa larga, los platos desparejados: la abuela nunca lo habría permitido. El abuelo contaba, de nuevo, cómo había sobrevivido en un campo de prisioneros en el desierto de Argelia, cómo escapó de allí, cómo llegó a Montpellier. Y, entonces, Mathieu, aburrido, incómodo, triste sin su abuela, con frío, con restos de carne dura entre el metal de los aparatos de los dientes, dijo:

—Eso es mentira. Todo lo que cuentas es mentira. Nadie puede sobrevivir a tantas calamidades. Te lo has inventado todo siempre para hacernos creer que eres un héroe y no un simple inmigrante español muerto de hambre como los que vienen a la vendimia. Tú no hiciste todas esas cosas y después no ayudaste a liberar Francia de los nazis, tú no eras más que un español desarrapado y muerto de hambre cuando llegaste aquí, un cerdo español.

Mathieu acababa de repetir lo que sus compañeros de clase del nuevo instituto le escupieron cuando lo rodearon en un corrillo en el pasillo, al final de aquella clase de historia de la Segunda Guerra Mundial. Maldito día en que se le ocurrió alzar el brazo para explicar cómo su abuelo había sido de los buenos, cómo su abuelo había participado, desde la Resistencia, en la liberación de Nimes, su ciudad.

Silencio. El abuelo lo miró a los ojos y entrelazó los dedos de las manos sobre la mesa. Nueve dedos. Su padre se levantó de su silla. Le dio la vuelta a la mesa. Se plantó frente a él.

—Levántate —le dijo su padre, que era rubio y alto como él, y que le sacaba dos cabezas a aquel abuelo al que no se parecía en nada.

Mathieu no podía moverse de la silla, era como si una mano lo tuviera agarrado por el culo.

—Que te levantes te he dicho —repitió su padre.

La cara de su padre estaba desordenada, no tenía armonía. Mathieu creyó estar alucinando. Aquel hombre descompuesto no era su padre. Aquel hombre incandescente no podía ser su padre.

—Que te levantes —repitió.

Mathieu apretó el culo y obedeció. Las piernas temblando.

Vio cómo su padre alzaba el brazo derecho, lo abría, lo dejaba allí, suspendido apenas un momento, y lo lanzaba contra su cara. Su padre sí que tenía todos los dedos. Cinco que quedaron clavados en su rostro.

—Déjalo, Leo. Déjalo —dijo el abuelo.

El salón en silencio, cargado de algo que a Mathieu le pareció una mezcla de rabia y desconsuelo, todos callados. Demasiada pesadumbre: su hermana rompió a llorar. Su abuelo, que se levantó de la mesa sin decir nada, que se encerró en su habitación sin decir nada, que no volvió a hablar de sus guerras delante de Mathieu; que, por lo que recuerda, casi no volvió a hablar con él. Ni siquiera cuando, meses después, él fue a despedirse: se mudaba a vivir con su madre a Barcelona.

Sin decir nada, sin avisar, Isabel detiene la autocaravana en un terraplén.

—Quiero ver una cosa —dice. Y baja de la caravana. Esther la sigue. Mathieu, que tiene frío y está cansado, querría quedarse allí dentro, que aquel armatoste pudiera volar hasta Montpellier, pero también baja de la autocaravana porque supone que eso es lo que marcan las normas de cortesía.

Esther sabe que desde ese punto de la carretera no se ve el mar. Aunque está ahí, detrás: lo huele, lo oye, siente su humedad en la nuca. Pero desde donde se encuentran ahora solo se ven montañas azotadas por el viento, sin más vegetación que la que ha sido capaz de adaptarse al castigo de la tramontana.

Isabel ha parado la autocaravana junto a uno de los paneles de metro cuadrado y sostenidos por postes de madera que jalonan esa carretera. Esther recuerda el día que colocaron ese ahí. Ella estuvo, con los del Memorial y algunos supervivientes; con su padre y con la cámara réflex del padrino Francisco que, setenta años después, aún hacía fotos extraordinarias. Recuerda el breve discurso de una mujer, la oración de otra, la lectura de un texto de Walter Benjamin que escribió el nieto de un hombre judío que salvó la vida cruzando por ahí la frontera. Aunque conoce tan bien las fotos que podría dibujarlas con un dedo y con los ojos cerrados, se acerca al panel, las mira, lee un texto que se sabe de memoria y que explica que por allí discurría el sendero que atravesaron cientos de miles de personas al final de la guerra, durante la Retirada.

—Mirad esta fotografía —dice Mathieu, que con tanta amabilidad esa mañana le compró un café—, para mí es la que mejor describe qué fue la Retirada. Quise utilizarla para la exposición que inauguré ayer en Portbou, pero no localicé a la fotógrafa que es la albacea y no pude usarla.

—¿No son de dominio público? —pregunta Isabel.

—Estas no. Los derechos los tiene una fotógrafa. Es muy buena. O era muy buena, no lo sé, ha desaparecido y nadie sabe qué ha sido de ella, dicen que se volvió loca. Para mí que está en el fondo del mar —dice Mathieu casi gritando, esforzándose, parece, para que sus palabras no se las lleve un viento que le alborota los rizos de la coronilla y deja ver lo que en pocos años será una calva.

Esther se estremece. Se imagina en el fondo del mar. Y se imagina hinchada, descompuesta, ya cadáver, emergiendo de nuevo a la superficie. Vuelve a sentir frío entre las piernas. La medicación de la cistitis ya está dejando de hacer su efecto.

Mira la foto que señala el hombre, de la que su padre compró los derechos y que ella heredó a su muerte. En ella aparecen su abuela Lucía y su hermano Damián subiendo esos caminos, ambos con muletas, ambos sin una pierna y colocados en una extraña simetría. Su abuela le contó que, en realidad, solo estaban descansando cuando tomaron aquella fotografía. Que ni ella ni su hermano habrían podido subir aquella montaña caminando solos, que su padre y otros hombres que encontraban por el camino, hombres a los que no conocían y a los que nunca volvieron a ver, se turnaban para llevarlos a cuestas, y que así recorrieron cientos de kilómetros hasta que llegaron a Argelès-sur-Mer. Aquella foto la hizo un fotógrafo inglés y dio la vuelta al mundo; y el mundo, por lo que ella sabe, le dio la espalda a la foto y a los niños allí retratados.

—Mi padre atravesó la frontera por este camino. Iba con su madre, que estaba muy enferma. La noche anterior tuvieron que enterrar a su hermana pequeña en el cementerio de Portbou —dice Isabel—, y cuando llegaron a Francia los llevaron a un campo de internamiento.

Esther se aleja del panel, del hombre y de la mujer a los que ya no escucha, porque la tramontana le inunda los oídos.

La chica del carrito se acerca al precipicio y les da la espalda. Su silueta recortada contra el horizonte provoca en Isabel una enorme zozobra.

—Ten cuidado —dice Isabel—, la tierra está mojada, puedes resbalar.

—Creo que no te oye —le dice Mathieu—; de todos modos, si resbala, abajo hay una malla protectora.

Isabel vuelve a fijar la vista en las fotografías descoloridas.

—Mi padre me habló de dos niños sin pierna a los que cuidaba en Argelès, igual eran estos dos niños de la fotografía; de hecho, se parecen a unos que aparecen con él en una fotografía que él guardaba en un libro.

—Sería mucha casualidad —dice Mathieu—. Las bombas dejaron a muchos niños tullidos.

De la tierra rebosa la lluvia que ha sido incapaz de absorber. Isabel alza la vista: una gaviota se caga sobre el panel, su mierda chorrea por la foto de los refugiados.

21

Desierto de Argelia, otoño-invierno de 1940

En medio del desierto de Argelia, un pueblo: apenas una calle larga y flaca como una tenia cegada en ambos extremos por dos cuarteles infestados de militares que, en cuanto se apaciguaba el sol, salían a esperar la guerra en uno de los dos bares. También una tienda, y un burdel, y barro viejo en las fachadas de las casas, como una capa de estuco sucio; y algunas calles secundarias que acababan languideciendo sin la esperanza de verse prolongadas. En una de ellas, la casa de la ingeniera: de una planta, paredes encaladas, las persianas echadas, las superficies siempre cubiertas de polvo a pesar de que la mujer ordenaba a la criada que las limpiara dos veces al día, a veces tres. Moscas gordas como uvas, muertas, vivas, había que tener la boca cerrada para no encontrarse con una en la garganta. En el jardín, piedras en vez de flores, dos palmeras altas y estrechas, aspecto quebradizo cuando soplaba el siroco. Gatos comían ratones. Un perro muerto a pleno sol.

Gatos comían perro. Un porche en voladizo, una mesa de piedra pulida (encima, una botella vacía al amanecer, cada día una nueva), sillas de madera, cojines cubiertos de arena roja. En el garaje, herramientas que Rafael no sabía utilizar; a la vista y sobre una repisa, al alcance de sus nueve dedos, una pistola que sí hubiera sabido, y las balas en un cajón abierto. La ingeniera le dio un cuarto en la casa, tan dentro que la oía roncar de madrugada, la puerta de su habitación siempre abierta; y oía rezar a la criada, la puerta de su habitación siempre cerrada; los pasos de ambas resonando en su almohada, que olía al mismo jabón con el que su madre lavaba la ropa.

Aquel primer día, antes de entrar en la casa, la mujer le hizo caminar hasta el garaje.

—Quítate la ropa —le dijo—, toda. Los calzoncillos también.

Rafael, inmóvil, recordó las humillaciones a las que lo sometieron los gendarmes y los soldados en Argelès-sur-Mer, en Djelfa. Recordó en sus miradas el brillo de júbilo, la excitación que escupían sus ojos, algo que antes solo había visto en los hombres de su pueblo cuando ganaban a las cartas. Aquel éxtasis de crueldad que hacía que sus carceleros siempre fueran a por más dolor ajeno, a por más humillación, era algo que entonces no veía en los ojos de la ingeniera, que lo miraba con el mismo desinterés que él miraba, antes de la guerra, a los ratones de campo pasar por encima de los fardos de heno.

—Señora, dese la vuelta, por favor —se atrevió a decir Rafael.

—Tienes que ser muy idiota si piensas que la vista de algo de lo que tú tengas ahí —y la mujer señaló con su cabeza la entrepierna de Rafael— me interesa. Cuando te hayas desvestido deja toda tu ropa y esas botas viejas dentro del bidón que hay ahí fuera, le diré a la criada que lo queme todo. Te espero dentro de la casa. Tápate el culo con ese trapo.

La mujer se fue. Rafael, obediente, y también desconcertado ante aquella brusca amabilidad, se deshizo de los harapos venidos de Francia y de las botas de Anselmo. Recordó que, desde que había acabado la guerra, sus pies siempre se habían calzado con botas de muertos. Primero las del teniente, a quien se las quitó cuando sus pies aún estaban calientes; luego, las de Anselmo, devorado por los alacranes en aquella fosa común del desierto. Y se preguntó, con más curiosidad que pena, de cuántos muertos más iba a aprovechar las botas antes de que alguien se las robara a él de sus pies sin vida.

Entró en la casa. Una mujer vieja, una criada sin nombre, con arrugas tan profundas como los surcos del huerto de su padre, con la cabeza cubierta por un pañuelo y el cuerpo escondido tras una túnica morada (Rafael pensó en aquel momento en el Cristo de la iglesia de su pueblo en Semana Santa), se encerró tras una puerta en cuanto lo vio entrar. La ingeniera lo estaba esperando. Su mirada llana, sin odio, sin amor, la misma mirada de una talla de madera antes de que le pinten los ojos.

—Lávate y ponte esta ropa de mi marido —le dijo, y Rafael recordó al ingeniero de extremidades enclenques y escasa envergadura en la espalda, y pensó que esa ropa no le cabría, pero se dio un baño (piel y piojos, años de mugre escurriéndose por el desagüe) y le cupo, la ropa de hombre muerto y flaco le cupo, y aunque los pantalones le quedaban cortos y las mangas de las camisas no le alcanzaban las muñecas, abrochó botones: pantalones, cuello cerrado, imposible en los puños de las camisas.

La casa tenía un pasillo largo y oscuro. En una de sus paredes, un espejo de cuerpo entero. Rafael vio su reflejo por primera vez en meses, en años quizás, y alzó el mentón para saludar a aquel hombre delgado y desabrido que parecía estar a punto de escurrirse espejo abajo. Ni los ojos se reconocía, más oscuros y opacos que los del chaval que se había apuntado a la guerra voluntario para ser el orgullo de su padre. Las orejas y la nariz más grandes, crecidas por su cuenta, como si se hubieran alimentado de la carne de las mejillas, el hombre que veía allí reflejado se le antojaba un enano renegado; un enclenque amortajado en vida con la ropa de otro difunto. Las botas del ingeniero le apretaban, los dedos de los pies engurruñidos, tenía que arquear las piernas para sostenerse en pie.

—Te van cortos —dijo la ingeniera mirándolo desde el marco de una puerta que se acababa de abrir.

Bajó la cabeza. Aunque le venían palabras a la boca, se avergonzaba de su francés deforme y malsonante aprendido a palos, igual que los perros aprenden a palos a recuperar perdices. Así que no dijo nada; no había dicho casi nada desde que abandonaron el campo de Djelfa por la mañana. La mujer tampoco había hablado más que para darle instrucciones durante un camino de vuelta a casa que Rafael condujo sin saber conducir. Y la mujer debió de darse cuenta porque estuvieron a punto de estrellarse tres veces, de caer por un terraplén cuatro, y de volcar dos.

—¿Por qué has dicho antes que sabías conducir si en realidad no sabes? —le había preguntado la ingeniera con indolencia, como si estar al borde del desastre con aquel hombre al volante le fuera indiferente.

—Es que hace años que no conducía, me falta práctica —había respondido Rafael.

—Ya.

Y esa fue la única conversación que habían mantenido en las tres horas que duró el viaje desde el campo hasta la casa.

Pasó otra Navidad, y cuando amaneció enero de 1941 echó cuentas de que ya llevaba dos meses en casa de la mujer. Había aprendido a conducir. Y a esquivar a las alimañas que se le atravesaban en la carretera, a los niños que se lanzaban a su paso por pura diversión, a las rocas que aparecían dispuestas en medio de los caminos. Comía tres veces al día: siempre solo, en la cocina; su plato aparecía cubierto por un trapo blanco de algodón, moscas revoloteando desesperadas a su alrededor; la criada escondida tras la puerta, observándolo, sus túnicas siempre asomando, olor a vieja que no suda, pero que cubre las manos de grasa de oveja: «Esta gente no come tocino —le había dicho un compañero en el campo Djelfa—, y los judíos tampoco». Rafael se guardaba dátiles en los bolsillos, una cantimplora con agua siempre colgada del hombro, en la boca una humedad perenne, bebía aun sin tener sed, un baño cada tres días, las sábanas limpias todos los sábados, y rasposas, con restos de arena de haberse secado al sol.

Dos meses ya. El hombre del espejo iba engordando. Las orejas, la nariz, ya no tan sobresalientes, retrocedían ante el avance de la carne. El pelo más espeso. Volvía a tener pestañas. A la piel se le habían caído las escamas. La mujer le había dado un ungüento y ya no picaba, ya no pasaba las noches rascándose los brazos. Tres botones habían saltado de los pantalones del ingeniero muerto. Buscó en la casa: ni un solo objeto que indicara que aquel hombre había vivido allí.

Dos meses ya. No habían vuelto a Djelfa. Un día, Rafael le había preguntado si no iban a volver a visitar el campo y la mujer dijo que confiaba en Ahmed, su ayudante, que era un buen capataz, que trataría bien a los prisioneros porque era un hombre que no disfrutaba viendo sufrir a los demás.

Dos meses ya, y cada mañana, poco después del amanecer, salían de aquella casa y se alejaban del pueblo cuando los militares, siempre ociosos y siempre borrachos, abandonaban el prostíbulo con la bragueta abierta y vomitaban sobre el polvo de sus botas; y entonces ellos dos recorrían carreteras, lugares por donde nunca pasaría la vía del tren, a los que llegaban después de transitar caminos de tierra compacta, y cuando él le preguntaba a la mujer que adónde iban, ella, sin mirarlo siquiera, decía: «Tú sigue conduciendo». Ella, a su lado, fijos los ojos al frente hasta que se quedaba dormida con la boca abierta y de su respiración emanaba un tufo a alcohol que a Rafael a veces le resultaba insoportable. El paisaje que dejaban atrás, el que les quedaba por delante, un todo homogéneo de anchuras infinitas hasta que llegaban a un lugar donde el horizonte se rompía y se convertía en montañas; entonces la mujer, que ya se había despertado, le hacía parar el coche. Bajaba, se sentaba en una piedra y volvía a fijar la mirada en las cumbres nevadas.

—¿Te gustaría volver a España? —le preguntó un día, sin dejar de mirar hacia los picos del Atlas.

—No —dijo Rafael—, quiero ir a Montpellier.

Aquel día ella no le preguntó nada más. Solo siguió mirando hacia las montañas.

Al día siguiente, por primera vez en aquellos dos meses, la mujer se mantuvo despierta durante todo el camino y le indicó la carretera que debía seguir. Ya no iba vestida con ropa de hombre, sino que se había puesto un vestido blanco y llevaba el pelo recogido en la nuca. Los ojos pintados, el aliento fresco, el único alcohol que flotaba ese día en la cabina de la camioneta era el de un perfume de jazmín. Tras tres horas en silencio, con el polvo rojo rascándole en los lagrimales, llegaron al final de la carretera, un precipicio donde la tierra se hundía en una nada que parecía infinita; al fondo, oscuridad. Al otro lado de aquella inmensa zanja, que a Rafael le pareció la más extensa de las trincheras, estaban las montañas.

Salieron del coche. La mujer se colocó muy cerca del precipicio. El viento agitaba el vestido blanco. Entonces, le preguntó:

—¿Por qué a Montpellier? Si quieres una ciudad sin gracia, vete a Toulouse. Yo soy de Toulouse.

—En Montpellier está mi hijo.

—¿Y tu mujer?

—Murió.

—¿Y quién se ocupa de tu hijo?

—No lo sé, me lo robaron.

—Si alguien me hubiera robado un hijo le habría arrancado la cabeza.

—Yo le arranqué una oreja.

La mujer le dio la espalda. Los bajos de su vestido blanco manchados de tierra roja, como la sangre de la oreja del gendarme que le había robado a su hijo. El metal de la sangre le volvió al paladar y la boca se le llenó de saliva sucia de recuerdos.

—Ve a buscarlo —dijo la mujer, aún de espaldas.

—No puedo ir a ningún sitio, soy un prisionero.

—Tonterías. Hace dos meses que no eres el prisionero de nadie, si no te has marchado ya es porque no has querido.

El cielo se había ido inundando de nubes. A las primeras en llegar, deshilachadas e inofensivas, se les fueron solapando otras cada vez más cargadas, más oscuras. Antes de que Rafael pudiera siquiera alcanzar a entender lo que le acababa de decir aquella mujer de la que aún no sabía el nombre, no se había atrevido a preguntárselo, empezó a llover.

—Me has decepcionado —dijo la mujer dándose la vuelta. La lluvia mojaba su vestido blanco; su pelo amarillo suelto, el viento lo había despeinado—. Tu mirada me pareció desesperada. Creí que serías capaz de matarme para conseguir tu libertad. Pero te has dejado cautivar por una cama limpia y por comida caliente. ¿Estás seguro de que quieres a tu hijo más que a ti mismo? Todos los hombres que he conocido se han querido a ellos mismos por encima de todo. Por eso no quise tener hijos.

Rafael metió la mano en el bolsillo donde guardaba los dátiles, los apretó, se reblandecieron entre sus dedos y sintió una sensación de asco subiéndole por la garganta. Pensó en su hijo, en su padre, en sus rostros ya sin forma en el recuerdo, en su barriga ahora llena.

—¿Cómo se llama usted? —preguntó Rafael, la lluvia chorreándole a él también por la espalda—. Aún no sé su nombre.

—Madeleine —dijo la mujer—. Fíjate cómo me quisieron mis padres que me pusieron nombre de puta.

—También es nombre de santa. En la iglesia de mi pueblo había una imagen de santa Magdalena, la talló mi padre antes de hacerse anarquista.

—No, mis padres no pensaban en esa Madeleine. Mi nombre es el de una puta. Mi padre debía de tener ya un plan porque me usó como a una puta desde que cumplí once años. Y mi madre lo ignoró, como se ignoran las cosas de las putas.

A Rafael le vinieron imágenes burdas, indecentes, que no le cabían en la cabeza. A la mujer rubia, a la ingeniera gruesa, la lluvia le había descompuesto el rostro, el vestido mojado cubría las carnes redondas, la pintura de los ojos se le escurría cuello abajo.

—Arranca la camioneta y vete de aquí —le dijo la mujer—. Si esperas mucho rato la tierra estará tan embarrada que se hundirán los neumáticos. Vete ya.

Las botas del ingeniero muerto, que hacía dos meses calzaban los pies de Rafael, se habían cubierto de barro. La lluvia era espesa como la niebla y emborronaba la visión de las montañas. La mujer, apenas a dos metros de distancia, no era más que una masa de colores muy pálidos con los contornos desvaneciéndose por la lluvia. Rafael la vio moverse, colocarse al borde de aquel precipicio cuyo fondo debía de situarse en el centro de la tierra.

—Venga usted conmigo, vámonos los dos —dijo Rafael, y tendió su mano hacia la mujer. Aunque él ya sabía que esas palabras eran inútiles. Y la vio saltar antes siquiera de que lo hubiera hecho, la vio ya muerta antes de que se la hubiera tragado el vacío, de espaldas, mirando hacia donde estaba Rafael, que siguió con las botas clavadas en el barro.

Las nubes se descompusieron y dejó de llover. La última luz del día llegaba desde detrás de las montañas, por donde se había escurrido el sol. Rafael tiritaba de frío. Estaba calado hasta las orejas. Se quitó las botas para poder caminar y, con los pies descalzos y sucios de barro, se acercó al borde del precipicio. Al fondo, una mancha blanca sobre la tierra roja, como una paloma que se hubiera desplomado, extenuada, con las alas abiertas.

Condujo hasta que se hizo de noche. Cuando ya no hubo luz paró la camioneta al borde del camino y se acurrucó en el asiento. Pensó que debía llorar, que alguien debía llorar por la mujer, pero él no pudo. Se había acostumbrado a mirar tan de frente a la muerte, que sus ojos, su mirada, estaba seca, deteriorada.

Con la oscuridad llegó el frío de la noche, su ropa aún mojada le aguijoneaba la piel. Encendió una linterna y buscó algo con lo que taparse. Debajo del asiento del acompañante encontró un petate. Dentro, ropa limpia, nueva y de su talla, dinero, comida y los documentos de un hombre italiano que se llamaba Fabio Ferrari y que se parecía extraordinariamente a él.

22

Montpellier, invierno de 1940

La puerta de la sacristía, al abrirse de madrugada, emitía un quejido prolongado, como los que salían de las gargantas de los casi muertos en el campo de Argelès-sur-Mer. El chirrido despertaba a Antonio, que se incorporaba de la cama con la sensación de estar atragantándose con el corazón porque se le antojaba estar de nuevo en el campo de la playa, rodeado de todos aquellos retumbos de dolor. Con la puerta de la sacristía ya muda, y escondido en la habitación de Francisco, Antonio oía entonces voces que susurraban, que pedían silencio, como si a los santos de yeso se les pudiera importunar el sueño.

A veces, entre aquellos grupos que Antonio imaginaba con piernas y brazos, pero sin rostros, lloraban niños y lloraban madres que él suponía derrotadas por todo, un todo repleto a reventar de muchas cosas que Antonio también sentía y no era capaz de nombrar. Un todo de imágenes que le espoleaban el cráneo desde dentro, y que existían —él sabía que existían—, aunque no fuera capaz de ponerles nombre porque en su cabeza faltaban palabras. Las madres, llorando, decían: «No llores más, mi niño; no llores más, mi pequeño; no llores más, mi cielo». Pero los niños seguían llorando, y Antonio entonces sí que imaginaba las caras de aquellos niños desfiguradas por la llantera: las bocas grandes y los ojos saltones de tanta angustia. «Son judíos —le explicó Francisco la primera noche que los oyó tras la puerta—, tenemos que ayudarlos a salir de Francia». Y Francisco le explicó las cosas que estaban pasando y para las que él, que era un hombre sabio, sí tenía palabras, nombres y adjetivos, hasta «perífrasis» y, al acordarse de aquella palabra tan extraordinaria, a Antonio se le acumularon en un solo rostro los rasgos de todos los profesores que había tenido durante la guerra. Entonces, le preguntó a Francisco si todas esas cosas que les pasaban a los judíos de Montpellier implicaban que los parias ya no eran ellos, los españoles refugiados: «Sí, seguimos siéndolo —le dijo—, solo que ahora, en este camino de la ignominia, nos acompaña esta pobre gente». Y Antonio no sabía qué significaba ignominia, pero debía de ser algo malo, algo tan malo como las cosas sin nombre que se le habían ido acumulando dentro de la cabeza en los últimos años.

Las primeras semanas Antonio no salió de la habitación. Oía los pasos contra el suelo de piedra del deambulatorio, los susurros, los llantos; pero Francisco le había dicho que no se moviera, así que Antonio, con el sueño ya roto, abría el libro que había cogido del pupitre de la profesora bonita en la escuela de Argelès-sur-Mer. Quería llenarse la cabeza de palabras en francés porque Rafael —que, aunque decía que se llamaba Leo, para él siempre sería Rafael— un día le dijo que para entender el mundo había que llamar a las cosas por su nombre. Así que leía el libro, entendía una de cada tres palabras de aquella historia de madame Bovary, la segunda la imaginaba y la tercera la apuntaba en un papel para preguntársela a Francisco cuando ya no le diera tanta vergüenza que el hombre supiera que él era un ignorante. Cuando cesaban los llantos y los susurros, y salían a la calle aquellos pobres desgraciados acompañados por Francisco, Antonio entonces imaginaba sus pasos abatidos en los adoquines de la calle, su punto final en Francia, y se quedaba dormido. Despertaba con el sol entrando por el ventanuco alto y estrecho de esa habitación, que Francisco le había contado que era una de las del párroco, y siempre encontraba algo que comer sobre la mesa. «No salgas de aquí hasta que yo vuelva —le había dicho el primer día Francisco—. Pierre, el cura, ya está al tanto de tu presencia, pero a esta iglesia vienen muchas beatas fascistas que creen que denunciar a niños judíos y españoles les abrirá las puertas del cielo».

Aguantó tres semanas encerrado. A la cuarta, y cuando en el almanaque que tenía Francisco sobre la mesa decía que ya estaban en diciembre, y que a aquel año de 1940 solo le quedaba un mes para llegar a su fin, Antonio notó que le faltaba tanto el aire que no pensó ni en Francisco ni en el cielo de las beatas. Salió de la habitación. Caminó por el deambulatorio sintiéndose ignorado por santos y vírgenes que, en sus capillas, mostraban el cuello erguido y los ojos clavados en la bóveda del techo. Asomó la cabeza a la nave principal de la iglesia, rayos de luz de diferentes colores, tamizados por altos y enormes ventanales de vidrios tintados, chocaban entre sí, y a Antonio se le antojó que aquello era como un jardín de flores descompuestas flotando sobre los bancos. Dos beatas delante de una capilla, arrodilladas. La puerta principal de la iglesia de par en par. Recorrió el pasillo de la nave central con la luz de colores bailando sobre su cabeza. Ya en la calle, la luz era blanca y fría; la impostora luz de invierno.

Bajó la escalinata de la iglesia. El mundo a su alrededor parecía ignorarlo. Volvía a ser invisible, como cuando se escapaba del campo de Argelès-sur-Mer, recorría el pueblo, robaba manzanas de los árboles y tiraba piedras a los gatos. Los adoquines de las calles más estrechas de Montpellier, por donde no cabían los carros, estaban aún mojados. Algunas ventanas abiertas con mantas aireándose al sol. No vio palomas, no vio gaviotas, no vio perros ni gatos, solo ratas flacas cruzando las calles más sucias. Rostros cetrinos, todos indistintos, hombres, mujeres, niños, rostros sin sustancia que parecían esperar a que alguien dibujara en ellos una mueca de dolor o de tristeza, de asombro o de alegría.

Se detuvo frente a un edificio grande y viejo, con torres redondas y picudas como las de los castillos de los cuentos de hadas, y rodeado por un foso sin agua donde crecían las malas hierbas. UNIVERSITÉ escrito sobre el arco de la entrada. Allí era donde la gente iba a acumular palabras para luego saber qué nombre poner a las cosas que tenían en la cabeza. Había un parque sin bancos, la hierba rala, y allí se sentó Antonio a mirar a la gente que entraba y salía de aquel lugar. Escrutaba sus rostros para intentar descubrir si la sabiduría se reflejaba en algún rasgo, si las personas instruidas tenían la nariz más grande, o las orejas más despegadas, o los ojos más oblicuos que el resto de la gente que, como él, vivía sin saber qué nombre poner a las imágenes que bailaban en su mente. Cuando se dio cuenta de que con solo mirar hacia aquel lugar las palabras no se metían solas en su cabeza, se levantó y siguió paseando. El sol, tieso, lejano y frío como una luna. Muy cerca de la universidad, un enorme jardín atestado de parterres sin flores y árboles resecos. Y un olivo como el que había en aquella escuela de Alicante donde él y su hermana, a pesar de las bombas, fueron tan niños. El tronco del árbol retorcido sobre sí mismo, como la piel de los brazos flácidos de su abuela. Se sentó bajo el olivo, apoyó su espalda en el tronco y, sintiéndose protegido bajo el cielo de Montpellier, se quedó dormido.

Le despertó algo duro y frío golpeándole los riñones. Dos soldados alemanes lo miraban desde arriba con unos ojos claros que brillaban como la hoja de un cuchillo recién afilado. Antonio intentó incorporarse, pero las piernas fangosas y frágiles no le respondían. Uno de los soldados chillaba, le gritaba algo que él no entendía, le escupía palabras en alemán; la cara de Antonio llena de babas, de probables insultos y amenazas. Había oído hablar de los nazis, pero era la primera vez que los veía de cerca, y parecían normales, y pudo discernir entre el caos de sus pensamientos, entre las palabras que le habrían inundado el cerebro de haberlas sabido, que aquellos dos hombres habrían sido normales si alguien les hubiera quitado las botas con las que lo estaban pateando, si no hubieran tenido los ojos recubiertos por esa capa de vidrio; uno lo cogió por la solapa, tenía las manos grandes y burdas, como las del resto de los hombres, como las de algunas mujeres, como las de la gente que no podía ir a la *Université* a asimilar palabras; eran normales, nazis normales; y su miedo era también normal porque ya lo había sentido bajo las bombas en Barcelona, y junto al cadáver de su hermana en Portbou, y luego junto al de su madre en Argelès-sur-Mer, y frente a la bayoneta del gendarme francés, y tras aquel disparo que pensó que lo había atravesado. Los nazis chillando en alemán, palabras borrachas que olían a aguardiente y a muelas podridas; entonces sintió más asco que miedo porque uno de los hombres lo había agarrado por la solapa y lo había levantado del suelo; cada vez gritaba más, cada vez llenaba más su nariz con aquel olor fétido que era el mismo que salía de los muertos en Argelès-sur-Mer en verano; y Antonio pensó que a aquel nazi la muerte se le había metido ya en la boca y le dio asco (la muerte, el nazi, su olor, y otras cosas para las que aún no tenía palabras), y también le dio pena porque aquel nazi ya estaba muerto, y pudo desasirse de aquellas manos de campesino medio muerto y borracho, y salió corriendo sin mirar atrás, y mientras escapaba pudo escuchar las risas de muerto, de borracho, de nazi, de campesino reclutado para que la muerte se le metiera por la boca.

Le quemaban tanto los pulmones que se preguntó si por la boca y a través de aquel aire tan frío, que igual era aire, que igual era miedo, podría estar colándosele la muerte en el cuerpo. Se preguntó entonces por dónde entraba la muerte. Si por la boca, si por una muela podrida como la del soldado alemán; si por la pierna, por una herida de bala; si por un oído infectado de pus; si por el culo, trepando mientras se escurría la diarrea patas abajo, como decía su abuela. «Si Dios nos ha dado tantos agujeros es porque nuestro cuerpo necesita meter y sacar cosas», decía la mujer, y entonces su madre la mandaba callar, y ambas reían, y los niños, Antonio y su hermana, se tapaban la boca porque también reían, aún sin acabar de entender.

Por fin llegó a la iglesia. La puerta seguía abierta. El sol tieso y lejano, perpendicular sobre su cogote, no proyectaba sombra alguna en la plaza, que aparecía ocre como un campo en barbecho. Entró. Nuevas beatas ocupaban los primeros bancos de la iglesia y le rezaban a algo o a alguien que hacía que sus cabezas se movieran como si hubieran perdido la fuerza del cuello y no fueran más que muñecas de trapo agitadas con violencia. Caminó a lo largo de una de las naves laterales tan despacio como le dejó el miedo que le tenía al cielo de las beatas. La puerta de la habitación donde él debería haber estado escondido estaba cerrada. Voces graves, de hombres que no sabían susurrar, atravesaban la madera. Reconoció la de Francisco y sintió cómo le llegaba la sangre hasta el nacimiento del pelo, la vergüenza del desobediente; todo el calor del cuerpo concentrado por encima de su pescuezo. Palabras esparcidas, viudas de contexto, le llegaban a Antonio a través de la madera. Solo una frase completa, «esta vez sí que hay que matarlo», le entró en la crisma y, allí dentro empezó a dar vueltas para intentar salir, a chocar contra la cáscara dura de su cabeza, como una mosca atrapada en un vaso boca abajo. Levantó el vaso y la mosca, y la frase, y las palabras desparramadas salieron de su cabeza y revolotearon hasta la cerradura de la puerta, y Antonio creyó ver cómo se colaban por el agujero palabras blancas y punzantes que él sí conocía. Esta vez hay que matarlo. Que hay vez matarlo esta. Vez esta matarlo que hay. Matarlo esta que hay vez. Las palabras, como mariposas de diferentes tamaños, desaparecieron al otro lado de la puerta.

—Esta vez hay que matarlo —dijo Francisco—, no podemos fallar porque no sabemos cuándo volveremos a tener otra oportunidad.

Agustín no dijo nada, ni asintió con la cabeza. Ni siquiera un parpadeo, solo las pupilas dilatadas como las de aquellos generales que, hartos de tanta guerra, hundían su nariz en cocaína: eso fue todo.

—Temo por mis hijos —fue lo que respondió Agustín pasados unos segundos y entonces sí, entonces asintió con la cabeza, una sacudida imperceptible para alguien que no la hubiera estado esperando, un leve vaivén que Agustín hizo con el rostro nublado, como si en vez de comprometerse con un acto heroico estuviera confirmando su sentencia de muerte. Francisco le tendió su mano manchada de pintura y de barnices, una mano que ya no era firme (adiós al artista), de dedos largos, de uñas sucias. Agustín escondió la suya, negó con la cabeza. Francisco vio que su compañero tenía la mirada fija en un pequeño charco de orines que habían rebosado de la bacinilla donde meaba el chaval, entonces se dio cuenta de que el olor que se le había enredado entre los pelos de la nariz no era el del amoníaco de sus pinturas, sino el de aquellos meados, y reparó en que llevaba demasiado tiempo con la mano tendida, con su mano en el aire mientras que Agustín mantenía los brazos caídos a ambos lados del cuerpo, como ramas partidas por el peso de la nieve. Francisco bajó la mano; Agustín volvió a negar con la cabeza.

—Te ayudaré a matar a ese hijo de puta —dijo—, pero no esperes que celebre con un apretón de manos que voy a dejar a mis hijos huérfanos y a merced de una gorda desquiciada. Encuéntrales una buena familia antes para que los cuide cuando me hayan matado. Entonces te daré la mano.

—Tráelos aquí esta noche mismo —dijo Francisco. Y se preguntó quién iba a querer hacerse cargo de dos niños lisiados y tristes.

Agustín apretó tanto la boca que sus labios desaparecieron convertidos en una línea blanca sobre el mentón. Se dio la vuelta, sus brazos seguían caídos, y Francisco pensó que una parte de aquel hombre ya se estaba muriendo, que su boca, sus brazos, sus ojos exaltados no eran más que rehenes de una muerte al acecho. Y sintió un chasquido por dentro, algo roto bailando entre sus vísceras, algo que le saltaba entre el estómago, el hígado, el corazón; que le haría mear sangre si se le colaba en los riñones; que él sabía que si llegaba a su cabeza acabaría llenándole los sesos de remordimientos. Porque con su plan estaba enviando a aquel hombre y a sus compañeros a la muerte, porque se estaba también enviando a él mismo y a sus vísceras dislocadas a la muerte, aunque a quién le importaba la muerte de un hombre sin familia ni perro, con unas manos antes prodigiosas y ahora convertidas en apéndices temblones.

Agustín abrió la puerta. Acurrucado en el suelo y abrazándose las piernas largas, Antonio. Francisco reparó en la pelusa a contraluz sobre el labio superior, y en una pena para la que ya no había cura dibujada en los párpados caídos del muchacho.

—¿A quién vais a matar? —preguntó Antonio sin levantarse del suelo, agarrándose aún con más fuerza las piernas delgadas.

—De momento, a nadie —respondió Agustín—. Levántate, que vas a coger reuma en los huesos.

Agustín se fue. Sus pasos resonaron por el deambulatorio, alejándose por la nave central. Francisco imaginó a las beatas rezando a sus santos y, de soslayo, el perfil, después el culo y la espalda, y la cabeza bien formada de aquel hombre apuesto que no había dudado en usar su estampa para meterse en la cama de una granjera fea y gorda a cambio de que sacara a sus hijos del campo de concentración.

Antonio seguía en el suelo, ahora temblaba y sus orejas estaban rojas como las hojas de un castaño antes de caer del árbol en otoño.

—Haz el favor de levantarte del suelo y entrar aquí dentro. ¿Dónde te habías metido? Te dije que no salieras de la habitación, que es peligroso, ¿te ha visto alguien?, ¿alguien te ha preguntado algo?

—Unos soldados alemanes, pero estaban borrachos y solo querían asustarme. Me fui corriendo. No me han seguido.

—Alemanes hay muy pocos, y solo están aquí de paseo, seguramente han venido acompañando a algún mandamás de la Gestapo que estará de visita en la ciudad. Aunque no tardarán en llegar a todas partes para sustituir a estos peleles. De momento, es a los franceses chivatos a quienes has de temer.

El zagal inclinó la cabeza al modo de los monaguillos obedientes. Sus orejas despuntaban a ambos lados de la cabeza. El pelo rapado, una infinidad de cicatrices dibujando diminutas calvas en su cráneo. Piojos, sarna, heridas ignoradas.

—¿Cuántos años tienes?

—Quince. Bueno, aún los tengo que cumplir.

Francisco se preguntó si aquel chaval tendría la oportunidad de llegar a ser un hombre. Si algún día le crecería la barba, si se le ensancharía la espalda. Si tendría tiempo, antes de morir, de tocarle la entrepierna a una muchacha.

—Esta noche Agustín va a traer aquí a sus hijos, sé que los cuidaste cuando se quedaron solos en Argelès. Necesitaré que vuelvas a ocuparte de ellos durante un tiempo.

—¿A quién vais a matar?

—Eso no es asunto tuyo.

—No soy un chivato. Sé guardar secretos.

—Ya te enterarás. Ahora vete a tirar esos orines y lava la bacinilla sin que te vean las beatas.

—Las beatas no me ven, ni siquiera miran.

—Las beatas son capaces de ver hasta con el ojo del culo.

Y, por primera vez, Francisco vio reír al chaval. Una risa que sonaba como los cascabeles de los caballos engalanados, aguda e infantil, una risa que a Francisco se le agarró a la boca del estómago y lo llenó de ganas de seguir viviendo. Y, por primera vez en años, Francisco tuvo miedo de dejar este mundo, por muy cabrón que estuviera siendo.

Los pómulos de Marguerite se elevaban tanto cuando sonreía que la montura de sus gafas quedaba suspendida en el aire por encima de su diminuta nariz. Marguerite, vieja, menuda y ágil, tenía arrugas en el cuello y en las manos, pero no en la cara, donde la piel estaba lisa como una sábana recién lavada secándose al sol. La casa de la mujer, apenas cuarenta metros cuadrados encima de una librería que había cerrado poco después de que estallara la guerra, era pequeña, así que Antonio y los hermanos dormían juntos en una habitación. Lucía y Damián compartían un colchón de lana que durante la noche engullía sus cuerpos incompletos. Antonio, que dormía en el suelo junto a ellos en un montículo de mantas que Marguerite ahuecaba cada noche, no se dormía hasta que la respiración de los niños se acompasaba y se alargaba, convirtiéndose en silbidos gemelos.

Apenas el sol entraba por la ventana, Antonio se despertaba e iba a la minúscula cocina donde las manos arrugadas de Marguerite amasaban las gachas que, espolvoreadas con un poco de azúcar moreno, comerían por la mañana; comerían al mediodía mezcladas con alubias; bañadas en caldo de alcachofas, comerían por la noche. Las gachas, a las que Marguerite intentaba en vano dar formas de animales, acababan desmenuzadas entre sus dedos, y entonces les decía a los niños que eran estrellas de mar; y los niños, cuya única referencia era las que había en el cielo, le preguntaban si esas estrellas también brillaban bajo el mar; y la mujer les hablaba entonces de cosas tan improbables como los planetas de mar, los ríos de mar, las ciudades de mar; como si bajo el mar existiera un mundo paralelo y pasado por agua. Así habían sido sus noches y sus días en las últimas semanas, desde que Agustín trajo a sus hijos de Argelès-sur-Mer y Francisco los llevó a los tres a casa de la viuda Marguerite.

—Digo que soy viuda, aunque nunca he tenido marido —les había dicho un día—, porque a las solteronas siempre las acaban quemando en alguna hoguera, y a mí no me gusta el fuego.

—Cásate con mi padre si no quieres ser soltera —le respondió Damián—. Mi padre se casó con aquella *maman* de Argelès antes, y ella era muy mala, así que seguro que querrá casarse contigo, que eres buena.

—Deja a tu padre tranquilo y no quieras emparejarlo con una vieja —dijo Marguerite.

—Yo me casaré con Antonio. Mi padre me ha dicho que cuando sea mayor tendré una pierna de color carne que parecerá de verdad, y podré ponerme vestidos y medias con una raya dibujada en la pantorrilla. Entonces podré casarme —dijo Lucía sin levantar la vista del bordado en el que llevaba días trabajando.

Antonio clavó la vista en sus pies; no se le ocurrió un lugar más lejano donde esconder su mirada.

Al día siguiente, Nochebuena de 1940, la primera en tres años sin arena entre los dedos de los pies ni sabañones en las manos; sin gusanos en las tripas, ni sangre en las encías, pero con los soldados buscaniños paseándose bajo las ventanas de la habitación donde se dormía cada noche con la incertidumbre del amanecer.

Agustín había ido solo tres veces a visitarlos. Se había presentado sin avisar, de madrugada, y siempre con comida escondida bajo la camisa. Cada vez que Agustín llegaba, Antonio le miraba las manos buscando rastros de sangre entre las uñas y se preguntaba si ya habrían matado a quien iban a matar.

«La próxima vez os traeré chocolate», les había dicho, y los niños que, a pesar de la guerra (y de su madre muerta, y de sus piernas cercenadas, y de los meses pasados en Argelès-sur-Mer: los abusos, la soledad, el desprecio), aún creían que un niño nacía y renacía cada 25 de diciembre para salvarles el pellejo, estaban convencidos de que su padre vendría al día siguiente, con chocolate, con pan, con leche, con naranjas gordas como balones. Francisco tampoco iba a verlos. La madrugada que los dejó en casa de Marguerite les dijo tres cosas: «Ni salgáis de casa, ni os acerquéis a las ventanas, ni hagáis más ruido que el que os es menester para respirar». Pero los niños reían y, a veces, lloraban; entonces Antonio les tapaba la boca y su mano se llenaba de babas, de llanto, de vida desperdiciada entre cuatro paredes.

—No cantes. Nada de villancicos —le dijo Antonio a Lucía cuando empezó a tararear una canción triste dedicada al Niño Jesús.

—Es mejor que vayáis a dormir ya —dijo Marguerite con los pómulos desinflados.

—Madame Marguerite, el Niño Jesús sí que nacerá mañana, ¿verdad? Dígaselo a Antonio, que antes me ha dicho que Jesús no existe. —Los ojos de Damián, redondos y brillantes como canicas, parecían suplicar una mentira.

—He dicho que a la cama —dijo Marguerite.

Los niños cogieron sus muletas y desaparecieron en la habitación.

Agustín no fue a visitarlos por Navidad. No hubo chocolate. Las campanas de la iglesia repicaron por el Niño Jesús y Damián, sin decirles nada, sonrió, satisfecho. Antonio pensó en que todas aquellas Navidades de mierda bien podrían equivaler al infierno de las beatas. Y llegó el 26 de diciembre sin que ninguno de ellos hubiera vuelto a pronunciar la palabra Navidad.

23

Mediterráneo, febrero de 1941

«Herida de bala en el cuello, no puedo hablar». Escrito en francés, tinta negra, papel manchado con tizones de sangre. Ese fue su salvoconducto. Gracias a él, y a su cuello envuelto con un trapo manchado con la sangre de una herida, que él mismo se había hecho por encima de la nuez, Rafael consiguió que nadie le preguntara nada, ni en la calamitosa pensión de Argel donde se escondió hasta que, a finales de enero, zarpó su barco, ni en el control del puerto. Era un civil italiano (que ni era civil ni italiano, con cada nueva identidad Rafael sentía que se le desdibujaba el rostro) viajando de vuelta a Europa, de vuelta a la boca del lobo, aunque aquella boca era tan grande que abarcaba ya todo el mundo que él era capaz de señalar en un mapa. En el mismo puerto de Argel, un barco partía a Lisboa, y de Lisboa a Inglaterra, de Inglaterra a América, la tierra donde decían que nunca llovían bombas. Tenía el dinero que le había dejado la ingeniera, la cara limpia y las uñas cortadas como los oficinistas. Podría pagar el pasaje, enseñar el pasaporte del italiano (el de Leo seguía guardado en el petate) y que la guerra la acabaran otros, si es que aún alguien podía ponerle fin al infierno. Hombre joven, casi entero, podría empezar de nuevo en cualquier parte. Una chica bonita y limpia, una casa con las ventanas grandes y sin cristales rotos, mantas sin piojos para criar a niños vivos. Y le dio una oportunidad a aquella idea. Pero se atragantó al pensar en su hijo, que era suyo porque al nacer se había quedado sin la posibilidad de ser de nadie más, y, sin poder respirar, le subió por la garganta un arrebato de pena por el niño Leo, y por la ristra de nombres a los que, sin merecerlo, había sobrevivido, y compró un billete a Marsella.

Durante la travesía nadie se acercó a él. A pesar de que la guerra y la muerte estaban tan presentes como el olor a salitre, la gente lo rehuía como si por cabeza tuviera un enjambre de abejas. Lo rehuían a él igual que rehuían a todos los lisiados que tenían una parte de su cuerpo pudriéndose en un infierno atestado de piernas, de brazos, de orejas, de narices y de pichas arrancadas de cuajo por balas, bombas y mordiscos. Y entonces pensaba en la oreja del gendarme que él había escupido sobre la arena; y, tocándose la falsa herida del cuello con su mano de cuatro dedos, se preguntaba si su dedo habría ido al cielo o al infierno, si se lo habría comido una alimaña para después cagarlo entre la maleza o si, descompuesto por las lombrices, estaría ahora abonando la tierra yerma que dejó la guerra. Se entretenía con esos pensamientos absurdos para olvidar ese instante de cobardía en el que a punto había estado de abandonar a su hijo.

Pasaron cuatro días. El mar y el cielo, un mismo gris oscuro que borraba el horizonte. Sentado en la cubierta, una manta tapando sus piernas. «¡Feliz Navidad de 1940!», leyó en un periódico viejo que alguien había dejado caer al pasar a su lado. Rafael lo recogió del suelo y lo tiró por la borda.

Maldita la palabra Navidad, muerta para él aquel 25 de diciembre que se había llevado por delante a su madre. No la habían matado, sino que, en un alarde de coraje («en esta vida siempre hay que ir por delante de las calamidades, hijo», solía decirle ella) se había muerto. Había caído fulminada en medio de la plaza, ante la puerta de la iglesia donde la estaban esperando, ricino en mano, a la salida de la misa del gallo. Noche negra. Noche fría. Les había escupido en los bigotes. «Hijos de la gran puta», les había dicho cayendo, satisfecha, con el rosario enredado entre los dedos. Que Dios la perdone, se arriesgó a escribirle al frente doña Rosa, que estaba junto a ella cuando sucedió, y que le relató, en la misma carta (con aquella caligrafía infantil de la que estuvo tan orgullosa cuando, ya vieja, aprendió a escribir), cómo se llevaron el cuerpo de su madre a una fosa común:

Y la tiraron encima del cuerpo de la Casilda, que estaba a punto de dar a luz cuando la hicieron beber el ricino y la raparon la cabeza, y después se la llevaron al cuartel para divertirse con ella, y tanto rato estuvieron haciéndola perrerías que a la pobre la reventaron el chiquillo que llevaba dentro y la acabaron de desbaratar las entrañas y luego la tiraron por la tapia del cementerio y allí la dejaron aún viva pero con la entrepierna en carne viva, desangrándose, hasta que se murió sola como un perro, y luego tiraron allí también a tu madre, y yo le pedí al cura que las diera cristiana sepultura a las dos, que aunque la Casilda no era mujer de iglesia y en el verano del treinta y seis iba por las calles cantando que si los curas y monjas supieran la paliza que les vamos a dar subirían al trono gritando libertad, libertad, libertad, era criatura también, igual que el chiquillo hecho trizas que no había tenido ni el atino de nacer, pero es que tu madre siempre fue una mujer muy de los santos y que por lo menos una última unción las tenía que dar, aunque estuvieran ya muertas las pobrecicas pero el cura no quiso, o el pobre no pudo querer porque en los ojillos se le veía el miedo a los del ricino. Y yo qué te voy a decir, Rafael, a mí no me hacen nada porque mi hombre nunca se señaló ni durante la guerra ni antes, que ya sabes que él era muy de respetar a los señoritos, pero las mujeres de todos aquellos a los que se les llenó la boca con palabrotas como revolución y cosas aún más estrafalarias, igual que a tu padre que en paz descanse, han pasado todas por el mismo cuartel, y verás como el pueblo se nos llena de chiquillos aborrecidos por sus madres de aquí a unos meses. No vuelvas, Rafael, que tus primos se han juntado con gente muy oscura y muy mala, y te lo tengo que decir que fueron ellos los que se presentaron en la puerta de la iglesia a buscar a tu madre, que cuando los vio, ay la Virgen, sus propios sobrinos, que la de veces que les había dado potaje cuando tu tía no podía ni levantarse de la cama cada vez que aquel demonio de marido la molía a palos y la dejaba medio muerta, pues allí estaban, en la puerta de la iglesia y con las camisas azules, que si tu tía, que Dios la tenga en la gloria, los hubiera visto allí a los dos, a sus propios hijos, con el ricino y las pistolas, a llevarse a tu madre al cuartelillo, yo no sé. Hijos de puta, dijo tu madre, y por eso digo que Dios la perdone, porque la madre de aquellos era su propia hermana, que era muy buena, sí, pero en qué mala hora se casó con aquel salvaje y por eso los niños le salieron con la sangre echada a perder. Quiera Dios que te llegue esta carta y no la pillen antes que si no me dan a mí también ricino y vete tú a saber qué más cosas, aunque yo soy una vieja a la que ya nadie echa cuentas.

El barco se deslizaba sobre las aguas del puerto de Marsella: la velocidad aminorada, los motores chirriando a contrapelo. A unos centenares de metros, la ciudad. Noche sin estrellas, luces mortecinas desde los muelles. Más arriba, a contracielo, se intuían colinas con sus pequeños focos de claridad, como luciérnagas incrustadas en las rocas; abajo, junto a los edificios que parecían circundar el puerto, con las siluetas apenas esbozadas, farolas de luz amarilla que se derramaba a su alrededor. Olor a mar, a queroseno, a piedra chamuscada.

—¿Cree que los nazis nos estarán esperando en el puerto? Me han dicho que, aunque aún no es oficial porque se supone que esta parte del país sigue siendo libre, ya están por todas partes, que ya no se molestan en disimular que esto de la Francia libre es pura comedia.

La voz: una mujer que acababa de apoyarse a un metro de distancia de Rafael, en la barandilla de la cubierta de proa, mirando hacia los muelles con la nariz en alto y el cogote tieso. Rafael no dijo nada. Le enseñó su papel, le señaló el cuello, la venda mugrienta. La mujer asintió, y dijo:

—Entonces, si no puede hablar, tampoco podrá fumar. Mejor para mí, así no tengo que compartir. Iba a ofrecerle uno, aunque solo iba a hacerlo por cortesía.

La mujer encendió un cigarrillo, la lumbre se movía entre sus dedos, como un milagro. El humo se perdió en la oscuridad que circunscribía sus cabezas y, entonces, el único rastro del cigarro fue el olor que lo llevaba de vuelta a las trincheras, de vuelta a aquellas cartas —de novias, de madres, de hermanas— con cigarrillos escondidos entre las hojas manuscritas.

—¿Español? —preguntó la mujer entre bocanadas de humo y frío.

Rafael negó con la cabeza.

—Es igual. Entiendo que tenga miedo, no es que ustedes estén muy bien vistos por nadie, ¿verdad? Yo soy de Nimes. Pero he vivido en Orán los últimos diez años, ¿la conoce? Es una ciudad preciosa. Allí malviven centenares de refugiados españoles, aunque supongo que usted ya lo sabe, quizás incluso venga de allí. —Y la mujer, interrumpiendo su charla, giró la cabeza y miró a Rafael como si quisiera llenarse los ojos con su imagen—. Aunque no lo creo, no me suena su cara, y no es que los conozca a todos, claro, aunque casi. Llegaron en barcos cuando acabó su guerra, en el treinta y nueve, ¿sabe? Los que yo conocí entonces venían de Alicante, me contaron que escaparon por los pelos de las bombas que les iban lanzando conforme huían. Debieron de sentirse como liebres en un claro del bosque asediadas por cientos de buitres, ¿puede usted imaginarse el terror que debió de sufrir aquella gente? Y cuando llegaron a Orán, estuvieron durante semanas a bordo de aquellos barcos destartalados, hacinados en cubierta sin agua ni comida, y las autoridades no les permitían desembarcar por no sé qué idiotez burocrática. Mi marido era médico, ¿sabe? Un día él y otros colegas consiguieron que los dejaran subir a asistir a los que estaban más graves. Volvió a casa llorando. Mi marido era un buen médico, pero qué quiere que le diga, era algo pobre de espíritu, curaba las heridas de los enfermos, pero acababa llevándose siempre su pena a cuestas. Cuando por fin les permitieron desembarcar, a los hombres los enviaron a los campos de concentración en el desierto, a achicharrarse entre alacranes, y a las mujeres y a los niños los metieron en la vieja cárcel de Orán, donde sobrevivían comiendo mondas de patata y arrancándose los piojos los unos a los otros. A los médicos no les dejaban entrar porque eran hombres, así que íbamos nosotras, las enfermeras, bueno, solo las voluntarias, y no éramos muchas, la verdad, le diré que a algunas enfermeras les daba asco entrar allí y temían contagiarse de enfermedades traídas de España, ¿se lo puede creer?, ¿para qué te haces enfermera si te dan asco y miedo las enfermedades? Sé que después de dos años la mayoría de aquellos hombres no han regresado de los campos y sus familias sobreviven vendiendo por las calles un jabón que fabrican como pueden. Y lo peor es que no hay esperanza para ellos porque Franco se ha agarrado al poder como una garrapata. Cuando la otra guerra, yo era una niña, ¿sabe? Recuerdo a mi madre, el día que supimos que por fin había terminado, asegurando que era imposible que fuéramos tan idiotas de volver a repetir la misma chaladura. Mi madre murió antes de que empezara esta idiotez de guerra, al menos ella murió teniendo aún algo de esperanza en los hombres. Imagínese, a aquella la llamaron la Gran Guerra, y en veinte años ya se les ha quedado pequeña.

El cigarro se había consumido entre sus dedos. Lo tiró por la borda. Aún tenía lumbre cuando topó contra la superficie del agua. La luz flotó unos instantes antes de desvanecerse.

—Quiere que le eche un vistazo a su cuello —dijo la mujer. Rafael no supo entender si aquella frase era una pregunta, una afirmación o una orden. Negó con la cabeza. Pensó que, si ella lo delataba, de ese barco solo podría escapar saltando por la borda, como un cigarro acabado, para desvanecerse en la negritud del mar.

—Vaya, no debe de estar tan mal cuando lo mueve usted con tanta energía. No se preocupe. Me he ofrecido porque soy enfermera y las heridas me atraen como la miel a las moscas. Pero creo que usted está bien, al menos, su cuello parece estarlo.

La mujer lo miró a los ojos; sonrió. Rafael se agarró a la barandilla; las piernas, de repente, se le volvieron endebles, como la mantequilla que había probado en casa de la ingeniera; el pulso concentrado en las sienes, las mejillas inflamadas. Desvió la mirada y la fijó en las luces cada vez más cercanas que centelleaban en las colinas. La mujer se encendió otro cigarro. Rafael cerró los ojos. Un humo denso y áspero como la arena se le metió en la nariz y le subió hasta los lagrimales.

—¿Le pasa algo?

Rafael volvió a negar con la cabeza.

—Haga el favor de no preocuparse por mí. No tenga miedo. Soy francesa, pero no voy a denunciarlo. No sé qué habrán hecho los míos con usted, ni lo que habrá sufrido, pero yo no soy ellos. No todos somos ellos. —Y movió los brazos para dibujar dos circunferencias, y con una mano movió el humo del cigarro, y con la otra el aire frío, aire en movimiento que le entró a Rafael en la boca que se le había quedado abierta porque, desde que aquella mujer le sonriera, le costaba respirar—. Mi marido tampoco era así, aunque ahora está muerto. —Dejó de mover los brazos, se agarró de nuevo a la barandilla—. Era francés, y también era judío. Hay muchos franceses judíos, ¿sabe? Aunque ahora los quieran esconder a todos debajo del felpudo. Pero no lo mataron por eso. Bueno, es que no lo mataron, simplemente, un día murió, aunque creo que ser judío lo ayudó a morir porque le hicieron sentir que era una aberración, que no tenía derecho a ocupar un sitio en este mundo. No sé si lo mató la pena, ya sabe, la suya y las que iba acumulando conforme visitaba a los heridos, o la vergüenza. Mi marido siempre fue un hombre débil, ¿sabe?, buen hombre, pero muy pusilánime. En fin, ya estamos en paz. Yo sospecho, bueno, en realidad lo sé, que usted es un español republicano fugado de no se sabe dónde, y tiene la certeza de que mi marido era judío y, aunque yo no lo sea, a estas cucarachas que se pasean por el puerto les daría igual. Si usted les dijera algo me llevarían en unos de sus trenes a Alemania.

A Rafael se le escapó un hilo de risa flojo y extraño, de risa oxidada sin sentido.

—Mi nombre es Cécile —dijo la mujer y, colocándose el cigarrillo entre los labios, le tendió la mano.

—Rafael —dijo él, dándose cuenta de que, por primera vez desde hacía casi dos años, le decía su verdadero nombre a alguien.

—La próxima vez que quiera fingir una herida en el cuello, avíseme, que lo ayudaré. Ha tenido usted suerte de que en el barco sean todos unos zoquetes, porque lo que lleva en el cuello es una chapuza.

—Pues dígame cómo hacerlo, al menos para que pueda llegar a Montpellier sin que me detengan.

—Venga conmigo.

Rafael echó a caminar detrás de la mujer, que era alta y tenía los pies grandes y los tobillos anchos, y usaba zapatos de hombre, aunque sus pantorrillas, que sobresalían bajo el vestido, eran redondas como los melocotones el quince de agosto. La siguió hasta unas escaleras metálicas muy estrechas que conducían a una cubierta superior. El olor a óxido le hizo salivar, notar en su boca el sabor de la sangre. Cécile sacó de su bolso una navaja y, con su zippo, quemó la hoja y después la limpió con el dobladillo del vestido.

—Siéntese y cierre los ojos —le dijo—. Voy a hacerle una herida de verdad, y le va a doler. Saldrá suficiente sangre para que esas cucarachas no crean que es de mentira, y espero que por lo menos no le hagan hablar, porque como escuchen ese terrible acento español que usted tiene, le aseguro que lo detendrán. Y haga el favor de no hacer ruido. Ni grite ni llore.

Rafael cerró los ojos. Entre el cuerpo de la mujer y el suyo el aire frío se había convertido en vapor dulce. Los dedos de ella en su cuello, la venda desprendida. El pelo de Cécile, que olía como la última prensada del aceite de oliva, le rozó la frente. Un hormigueo en la base del cráneo; vértigo; un placer efervescente le recorrió la espina dorsal. Cécile olía a sudor salado, a mar, a buscar a tientas y a oscuras sensaciones que vacíen la cabeza por un instante. Entonces, la hoja de la navaja, fría como las noches pasadas en el desierto, se le clavó en la garganta. Le entró en la carne, salió; Cécile presionó la herida con las manos. Rafael abrió los ojos. Su mirada a la altura de la boca abierta de la mujer. Su respiración era blanda, húmeda, caliente como una lumbre; la boca de Cécile se le antojó un hogar, un lugar en el que entrar y morirse si hacía falta.

—Ahora ni hable ni mueva el cuello. Le he hecho una herida muy fea, pero no es grave. En cuanto salgamos del puerto de Marsella se la desinfectaré y en unos días estará curado. Eso sí, le quedará para siempre una cicatriz, para que no se olvide nunca de mí.

24

Argelès-sur-Mer, febrero de 2019

—Y tu abuela, ¿era también una refugiada de la guerra? —le pregunta Isabel.

—¿Es a mí? —dice Mathieu, sorprendido de que la mujer, que desde que cruzaron la frontera no ha dicho nada, quiebre el silencio para preguntarle por su abuela.

—Sí, claro que es a ti.

—No, no lo era. Bueno, en realidad sí.

Mathieu cierra la frase en falso, como hace siempre que quiere acentuar la naturaleza enigmática de sus palabras —es decir, como hace siempre que está rodeado de mujeres—, y mira por la ventanilla de su izquierda esperando a que Isabel o Esther, que desde que han vuelto a la autocaravana está quieta y pálida como una muñeca de porcelana, le pregunten qué significa esa frase tan críptica. Ninguna dice nada. Mathieu deja pasar los segundos mientras corre el paisaje reventando de colores las ventanas del vehículo. Y corren el mar metálico a su derecha, el amarillo de la genista, la tierra roja, el cielo con sus vetas de añil a su izquierda; las fachadas de las casas bonitas con plantas sin flores, las de las casas feas, las de los esqueletos de los edificios de apartamentos a medio construir. Pero las mujeres siguen sin preguntarle, porque no entienden nada, o porque lo entienden todo demasiado bien, o quizás porque aquella respuesta ambigua para ellas ha sido suficiente.

—Mi abuela biológica era de Barcelona —dice, sin poder evitarlo, creyendo que, quizás, lo que pasa es que aquellas mujeres son demasiado tímidas para hablar con él—, pero murió después de dar a luz a mi padre en el campo de concentración de Argelès. La abuela a la que yo conocí, la que crio a mi padre, era francesa. Una mujer imponente, muy alta. Mi abuelo estaba muy enamorado de ella. Aunque le pasaba un palmo de altura y era mucho mayor que él.

—Y ellos dos, ¿tuvieron más hijos? —pregunta Esther con una voz tan suave que a Mathieu le parece estar escuchando un instrumento musical de cuerda.

—No, solo a mi padre.

—Mi abuela se casó también con un refugiado español —dice entonces la sintecho, sin molestarse en preguntarle antes a Mathieu por qué no tuvieron más hijos sus abuelos, sin dejar que él continúe seduciéndolas con su voz—. Tuvieron solo un hijo, mi padre. Mi abuela no quiso tener más porque casi se muere al dar a luz. Pero quería mucho a mi padre, a pesar de lo del parto.

—Todas las madres quieren a sus hijos. Es algo consustancial a su naturaleza —dice Mathieu, convencido como está de saber mucho de mujeres.

Esther gira la cabeza hacia la ventanilla de su derecha. Desde detrás, donde está sentado, Mathieu le puede ver el cuello, la cabeza redonda, el pelo liso y brillante como el de una muñeca, y vuelve a preguntarse qué ha llevado a una chica tan aparentemente anodina y con esos modales de niña de colegio de monjas a vivir en una estación.

—Estamos muy cerca de Argelès —dice Isabel—, ¿queréis que nos acerquemos a la playa?

—Por mí no hace falta —dice Mathieu—. Estuve hace poco.

—¿Y a ti?, ¿te apetecería que fuéramos? —le pregunta a Esther. Pero la chica no dice nada, su cabeza sigue vuelta hacia la ventanilla por donde entra el primer el sol de la mañana.

—Eso parece un sí —dice Isabel, y toma un desvío de la carretera.

A Isabel le molesta el aire de condescendencia de Mathieu. Ese hilo invisible con el que algunos hombres parecen querer manejar siempre las situaciones. No es que se arrepienta de haberse ofrecido a llevarlo a Montpellier, porque a estas alturas de su vida tiene cosas más importantes de las que arrepentirse, pero ahora le pesa su presencia, siente que tener a ese hombre respirando detrás, y notar cómo su aliento acuoso le calienta la oreja derecha, le trastabilla la lengua y las rodillas, le obliga a meter la barriga y a atusarse el pelo, cuando hacía años que no se preocupaba ni por la barriga ni por el puñetero pelo ni por las uñas sin pintar.

—Yo no creo que todas las mujeres quieran a sus hijos —dice Isabel, continuando una conversación que languideció minutos antes, pero que a ella se le había quedado, como el polen, atrapada entre la nariz y el cerebro—. Mi madre no me quería.

—¿No te quería o no te sabía querer? —le pregunta Esther con la cabeza escorada hacia la ventanilla, el perfil oculto.

—Me ha costado la vida aceptarlo, pero mi madre me odiaba, me quería ver desgraciada y dedicó toda su vida a conseguirlo. —Al decirlo, Isabel se da cuenta de que es la primera vez en su vida que su boca escupe en palabras esa verdad que lleva clavada entre las costillas.

—Quizás estaba enferma —dice Mathieu, que se ha inclinado hacia adelante, y ahora Isabel nota su aliento en todo el cuello—. Es la única explicación de que una madre odie a sus hijos.

—No. No estaba enferma. Mi madre era mala. No solo mala madre, era mala persona. Mi madre era el demonio.

—Dicen que yo estoy enferma y que por eso no quiero a mis hijos como las otras madres —dice Esther, y sus palabras átonas, de sonoridad enclenque, se quedan bailando de forma obscena en la cabina de la autocaravana.

Silencio. Isabel abre la boca, pero se da cuenta de que está seca y vacía, sin palabras. Ve a través del retrovisor cómo Mathieu se reclina hacia atrás, cómo apoya la espalda contra el asiento, la mirada clavada en el paisaje, en el asfalto, en algún lugar fuera de aquel espacio que se ha llenado de pena.

Llegan a Argelès-sur-Mer. Tan mundano, tan vulgar. Apartamentos de vacaciones, persianas bajadas, hoteles de letras horteras y barandillas doradas, heladerías cerradas, olor a mar fuera de temporada. Ni rastro del pasado, completamente descompuesto. Isabel aparca la autocaravana en el paseo del puerto. Bajan del vehículo sin mirarse, sin abrir la boca. Caminan en la misma dirección sin que ninguno de los tres haya propuesto hacia dónde ir. Se cruzan con un hombre corriendo, volando casi con las zapatillas de color fucsia; dos perros con correas, la resignación en sus hocicos por la falta de libertad; un bebé durmiendo en un carrito, una madre con ojeras. Eso es todo. Una parte de la ciudad aún duerme, la otra estará ausente hasta que vuelvan a abrirse las tiendas de *souvenirs* y los niños no tengan que ir al colegio. Continúan caminando. Aún silencio. El puerto a sus espaldas, la playa extensa, a Isabel se le antoja infinita. La arena está oscura y grumosa, como la harina de un pastel a medio batir. Una línea de algas azul oscuro y conchas desmenuzadas señala hasta dónde ha subido la marea. Isabel entorna los ojos y sigue la orilla del mar con la mirada.

—No estaba aquí —dice Mathieu—. El campo de refugiados estaba en la playa norte, hay que seguir caminando un buen rato.

—Era un campo de concentración, no de refugiados —dice Isabel, sin querer reconocer ante aquel hombre que es la primera vez en su vida que pisa Argelès-sur-Mer.

—Pero ya no queda nada de aquel campo —dice Esther, que camina dando pequeños saltitos con sus botas como si fueran zapatillas de bailarina.

—¿Has estado aquí antes? —le pregunta Isabel, aunque lo que le gustaría preguntarle es que dónde están sus hijos, por qué vive en una estación, por qué nadie la busca si ella parece querer dejarse encontrar.

—Sí, muchas veces —responde Esther—. A mi padre y a mí nos gustaba venir. Pero mi abuela nunca quiso volver.

—Mi padre tampoco regresó —dice Isabel.

—Mi abuelo sí que regresó. Una vez al menos, conmigo. Lo que nunca quiso fue regresar a España —dice Mathieu, a quien nadie le ha preguntado.

Siguen caminando, saltando de calle en calle. Todas mueren en la arena, la playa siempre a lo largo, la arena colándose en sus zapatos. Apartamentos, toldos durmientes. Pinos recios de copas extendidas como abrazos maternales. De nuevo calles, pinaza en el asfalto. La luz de invierno rebasando el horizonte. Esther entrelaza las manos para no sentir que están vacías sin su cámara, sin las cabezas de sus niños, en las que solía enredar los dedos en sus rizos alborotados cuando estaban durmiendo, cuando se sentaba en el suelo entre sus camitas paralelas, parejas y acogedoras como las orejas de un conejo de trapo, y, con los ojos cerrados, acariciaba sus cabezas mientras escuchaba sus respiraciones imaginándose entre las olas, pensando que sus niños respiraban como si estuvieran durmiendo dentro de una caracola de mar. A veces ella se dormía con las manos sobre sus cabezas, y entonces su marido venía y se la llevaba, «les puedes hacer daño sin querer, cariño», le decía, porque una madre que enferma solo por ser madre puede hacer daño sin querer, y también queriendo, aunque ella nunca había querido, aunque todos la vigilaban, porque sin querer o queriendo podía hacer cosas; cosas que a ella jamás se le pasaron por la cabeza hasta que el psiquiatra le preguntó si alguna vez había fantaseado con ahogar a sus hijos en la bañera; si alguna vez había fantaseado con clavarles un cuchillo en sus barrigas; si alguna vez había fantaseado con tirarlos por el balcón;

y entonces ella lloró y gritó y se tiró de los pelos porque nunca había fantaseado con nada de eso, pero como el psiquiatra le había preguntado, ella ahora sabía que una madre que está enferma por ser madre puede tener esos pensamientos dentro de su cabeza. Y fue entonces cuando decidió salvar a su hijo, y lo llevó a aquel parque, y lo dejó en aquel círculo de arena rodeado de madres simplonas, pero que no estaban enfermas por ser madres, tan simplonas que nunca fantasearían (la palabra centrifugando en su estómago: fantasear, fantasear, fantasear) con matar a sus hijos. Y lo dejó en el parque. Y se cortó las venas. Y, cuando la obligaron a seguir viviendo y a mirarse en el espejo, se escapó. Porque no quería fantasear como fantaseaban las madres que estaban enfermas solo por ser madres.

—Es aquí —dice Mathieu—. Este monolito es lo único que indica que aquí estuvo el campo.

Un ramo de flores a los pies del monolito: tallos de plástico, pétalos de tela descolorida; Isabel, a dos metros con los puños clavados en las caderas, las piernas separadas, la boca apretada, solo atina a leer: *A la memoire des 100 000 republicains espagnols*: su atención se pierde, piensa en lo insignificante de ese monolito, justo al borde del asfalto; un irrisorio recuerdo para la irrisoria memoria de los *republicains espagnols*. Un perro pequeño, chucho de orejas puntiagudas y patas cortas y finas como las ancas de un conejo deshuesado, aparece de entre los pinos y, de un salto, las patas traseras parecen muelles, sube a la base del monolito, arquea la espalda y deja caer sobre las flores de trapo tres mierdecillas del color y la textura de los bombones de praliné. Un silbido a su espalda, *Viens ici!*, el perro salta de nuevo al suelo y a Isabel le parece que casi vuela, tan ligero con el intestino liberado, con las patuchas extrañas. Mathieu abre entonces la mochila que lleva colgando sobre el estómago, como si fuera un portabebés, saca su cámara (vista a la luz del día, a Isabel le parece pretenciosa, excesiva como un telescopio, como si Mathieu, en vez de fotos, quisiera dejar constancia de su declaración de bienes), cambia de objetivo tres veces y, cuando parece haber encontrado el que necesita, apunta hacia las tres mierdecillas que, entre tanta vacilación, se han solidificado sobre los pétalos de tela.

—¿Por qué haces fotos a las mierdas del perro? —le pregunta Isabel, resentida, con el perro y con sus mierdas; con el lamentable monolito; con los turistas que, quizás en verano y no ahora que hace frío y todo está cubierto por una capa gris que no invita más que a taparse los riñones con una manta de cuadros, se bañarán en la misma orilla donde su padre tuvo que beber, mear y limpiarse el culo; con aquel cincuentón soberbio que hace fotografías a las mierdas de los perros como si estas fueran crisálidas a punto de reventar.

—La fotografía es una extensión de la mirada, y la mirada no ve solo lo hermoso —le responde Mathieu.

—Chorradas —dice Isabel. Pero ya se ha alejado; camina hacia el mar dando zancadas en la arena.

Llega a la orilla. Huele a algas descompuestas, a peces vivos y a pescados muertos. Se descalza. Sin botas, sin calcetines, sumerge los pies en transición hacia una edad desconocida —juanetes, callos, dedos torcidos— en el agua que está fría y la nota entre sus dedos con la textura de un gazpacho gelatinoso. Cuando acabó la carrera y empezó los cursos de doctorado, se pintaba cada día de rojo las uñas de los pies de veintitrés años para que reposaran, primorosos y descalzos, sobre el césped del campus. Los pies, los tobillos frágiles de la bailarina que nunca fue, «porque bailar es cosa de putas»: su madre, siempre la voz podrida de su madre asomando hasta en sus recuerdos más gratos. Este hombre, Mathieu, ha revivido con su extraña ingenuidad a la Isabel que llevaba veinticinco años sepultada bajo los escombros de la vida que su madre le había desbaratado. Y recuerda entonces a su primer, su último, su gran amor: aquel chico con el que viajó por Europa, con el que cruzó por primera vez la frontera. Antes de él solo hubo deseo mal resuelto, sin gracia, en coches de segunda mano, donde los radiocasetes siempre estaban averiados; después de él, solo decepciones e indolencia, amantes torpes cada vez con menos pelo, con más barriga. Vuelve a mirar a Mathieu: ni recuerda ya cuántos años hace que no se pinta las uñas de los pies.

El mar raso; ribeteado, tres colores hasta llegar al horizonte: marrón desde la orilla hasta donde los pies, uñas pintadas o no, imagina Isabel que dejan de tocar la arena; azul oscuro hasta el límite donde flotan boyas de un rojo desvaído; y después, hasta el choque con el horizonte, el mar tiene el color del membrillo que tanto le gustaba a su padre.

Isabel sale del agua. Una presencia en la orilla. Es Esther que, a pocos metros, la mira; el sol se refleja en sus ojos, que brillan como miel líquida.

—¿Está fría? —le pregunta Esther mirando ahora los pies desnudos de Isabel.

—Helada.

Esther se deja caer en la arena. Sentada, abrazada a sus rodillas, sus ojos chorreando miel fijos ahora en el mar. Isabel intenta seguir su mirada, se pregunta en cuál de los tres colores se ha perdido esa chica triste.

—Vas a coger frío, la arena está aún mojada, supongo que aquí también llovió. Anoche, en la estación, te quejaste de la cistitis. La humedad no ayuda —dice Isabel, despachando de su cabeza sus recuerdos de juventud, y a Mathieu, y a su madre, y a sus pies de vieja; y mirando a aquella chica, su piel pálida, el desconsuelo en el temblor de su barbilla.

—Hacía tiempo que no venía a Argelès —dice Esther—. Me hace pensar en mi abuela.

—Yo no había venido nunca, pero no se lo digas al fotógrafo. —Y, con un movimiento de cabeza, señala a Mathieu que, por su postura, Isabel diría que sigue fotografiando las cacas del perro—. Y eso que mi tesis doctoral trataba sobre los refugiados republicanos en Francia.

Cualquiera le habría preguntado por qué no había visitado Argelès-sur-Mer hasta entonces si estaba investigando el exilio republicano. Pero aquella chica no era cualquiera. Mejor así; Isabel no habría sabido qué responder.

—Mi abuela me contó que, cuando estaba en esta playa, vio cómo una mujer se metía en el agua. Hacía frío, me dijo mi abuela, aunque eso no quiere decir que fuera invierno porque ella siempre estaba helada. La mujer empezó a caminar, su cuerpo se iba sumergiendo y mi abuela, que era aún muy pequeña, se quedó fascinada al ver cómo la falda de la mujer iba subiendo, quedándose siempre a ras de agua. En aquel momento, mi abuela me dijo que había sentido vergüenza por aquella mujer, vergüenza de que alguien le viera las bragas. El agua se la tragó. Se ahogó.

—Y tu abuela, ¿no avisó a nadie?

—No —dice Esther.

Y la historia sigue, pero Esther cierra la boca, se traga las palabras, igual que se las había tragado su abuela hasta que, siendo ya vieja, las palabras calladas se hicieron tan grandes que reventaron en su abdomen y la devoraron desde dentro. Entonces Lucía, su abuela, quiso que Esther, solo Esther, las escuchara; y le pidió a Esther, y solo a Esther, que nunca se las contara a nadie. Y por eso no le dice a Isabel que su abuela no fue a avisar a nadie porque creyó que aquella mujer se metía en el mar para aliviarse sus partes; porque pensó que igual algún hombre le había metido el pito, y luego todo allí abajo se le había quedado dolorido y pegajoso; y las piernas se le habían llenado de aquella cosa caliente y viscosa, y también de la sangre, y a lo mejor el vestido se había manchado también con su vómito, igual que le había pasado a ella todas las veces que aquel soldado grande y negro como la noche y que llevaba un fusil se la llevaba detrás de un barracón. Por eso su abuela no había dicho nada, porque ella también se acercaba a la orilla a limpiarse sus partes y la pierna buena, y la de madera también la limpiaba, aunque el agua del mar le escociera tanto que lloraba todas las lágrimas que, por miedo, no se atrevía a llorar cuando el soldado le hacía aquellas cosas. Pero se produjo un milagro. Un niño mayor, «que se llamaba Antonio, que fue mi gran amor y al que estuve años esperando —le dijo su abuela—, se hizo cargo de mí, y el soldado no volvió a llevarme detrás de un barracón». Semanas después ella salió del campo, y olvidó el dolor y a la mujer que se ahogó con las enaguas flotando. Pero el día en que dio a luz a su hijo lo recordó todo. Y las palabras se le quedaron atragantadas.

Esther, que sigue sentada y abrazada a las rodillas, balanceándose de un lado a otro como un tentetieso, se pregunta si quizás ella heredó la pena de su abuela, igual que heredó sus pendientes, su piso de Montpellier y la cámara vieja del padrino Francisco.

—Creo que nadie sabe cuánta gente murió aquí —dice Isabel—. Hace veintitrés años intenté conseguir autorización para estudiar los archivos del campo y no me lo permitieron. Estaba escribiendo mi tesis doctoral sobre la Retirada. Mi padre también estuvo en este campo varios años, hasta que pudo escapar. Y también era un niño, como tu abuela. Su madre murió en Argelès-sur-Mer al poco de llegar y está enterrada en el cementerio. Me gustaría ir, a ver si encuentro su tumba.

—Puedes ir, si quieres, pero no hay tumbas con nombre. Después de la Segunda Guerra Mundial, juntaron los restos de todos los españoles que murieron en el campo en una fosa común. Mezclaron sus huesos como se mezclan los desperdicios en la basura.

La brisa del mar da un respingo y esparce olor a moluscos, riza la superficie del agua y levanta unos centímetros la arena, que forma diversos círculos concéntricos, como tornados en miniatura, y Esther ve cómo le cubre los tobillos mojados a Isabel.

—¿Tú crees que sigue haciendo fotos a las cacas? —pregunta Isabel mirando hacia el monolito.

—No debería usar ese objetivo para fotografiar objetos cercanos, no facilita el contraste. Creo que no hace mucho que se dedica a la fotografía, pero no parece que quiera dejarse aconsejar —dice Esther.

—¿Se lo has dicho?

—Sí, pero creo que no me toma en serio. Yo tampoco habría escuchado los consejos de alguien que vive en una estación.

—¿Eres fotógrafa? —pregunta Isabel, aunque Esther intuye que lo que en realidad le gustaría preguntarle es por qué vive en una estación.

—Lo era.

—¿Profesional?

—Bueno, vivía de eso —dice Esther, escondiendo aún más el cuello entre los hombros.

—Cuando cumplí catorce años, mi padre fue a El Corte Inglés y me compró una cámara, pero mi madre dijo que era un regalo demasiado caro y ella misma fue a devolverla. La cambió por una olla exprés. Cuando mi madre murió, vacié su habitación y encontré la olla escondida en su armario, ni siquiera la había sacado de la caja, estaba por estrenar.

—Tu madre era mala… lo dijiste antes, en la autocaravana.

—Era el demonio.

—¿Y cómo es una madre demonio?

—Te enseñaría una imagen suya para que vieras cómo es una madre demonio, pero la recorté de todas las fotografías cuando murió. Ya solo aparecemos mi padre y yo, como debería haber sido siempre.

Esther no dice nada. Se agarra con fuerza las rodillas, mira hacia el mar y se pregunta si su marido habrá recortado también su imagen de las fotos familiares.

—Fíjate, en un momento el mar se ha descolorido —dice Isabel—. Me recuerda a los labios de mi madre en la cama del hospital, poco antes de morir. Vámonos, o se te congelará el trasero. —Y le tiende una mano a Esther.

Hace meses que Esther no toca a otro ser humano. Los dedos de Isabel están fríos, sin embargo, tiene la palma de la mano caliente, y se pregunta cómo, con tan poca distancia, puede haber tanta desproporción en la temperatura de las partes de un solo miembro.

Se levanta. Suelta la mano de Isabel. Se quiere ir de allí. Tiene frío, siempre; como su abuela. Ahora solo quiere llegar a Montpellier y encerrarse en el piso heredado, del que guarda las llaves en la bolsita de tela naranja que lleva atada a un tirante del sujetador. Encerrarse y no pensar en sus hijos, y no pensar en su cámara, y no pensar en que es una madre enferma por ser madre y dormir y ducharse, y ducharse y dormir, y si se tiene que morir, morir limpia, morir descansada.

Mathieu sigue junto al monolito haciendo fotos. Esther piensa que es una pena malgastar la mirada en cosas tan vanas cuando se tiene un mar de colores mutantes, una arena compacta como la arcilla húmeda y un cielo rayado y frío. Reconoció en Mathieu, nada más verlo la noche anterior, la impostura de la mirada de los que falsean, de los que no retratan lo que ven, sino que disfrazan las imágenes en sus fotografías hasta que aparece lo que creen que quieren ver los demás. A tantos había conocido así a lo largo de su carrera. Tantos que criticaban su falta de técnica, que arrugaban la nariz y se daban la vuelta cuando ganaba un premio o su fotografía aparecía en la portada de algún diario; los mismos que sonrieron, con los dientes afilados, después de su caída; que con los dedos torpes le enviaron mensajes de wasap diciendo cosas como «espero que te mejores pronto, te echamos de menos» cuando la ingresaron en el psiquiátrico. Tantos; tantos que, un buen día, haciendo recuento, se dio cuenta de que habían sido todos. Y, después, su marido le rompió la cámara, y su suegra, y su madre, siempre como una extensión silenciosa, asintieron con la cabeza. Su padre, de haber estado allí, de haber seguido vivo, no lo habría permitido. «Mi niña tiene un gran talento —decía siempre—, mi niña es una artista». Esther lo echa de menos. Y habría querido que su hijo se llamara Francisco, como su padre, muerto pocas semanas antes de que ella diera a luz; y como el padrino de su padre, el hombre que había protegido a la abuela Lucía mejor de lo que lo hubiera hecho un regimiento de madres. «Pero es un nombre anticuado, Esther, no podemos ponerle al niño Francisco, los niños se reirán de él en el colegio». Entonces su marido decidió con qué nombre tenía que enfrentarse a sus compañeros de clase su hijo; pero cuando nació la niña, redonda y rosada como un cerdito de plástico, ella ya no se atrevió a proponer que la niña se llamara Lucía, y su marido volvió a decidir la etiqueta que iba a colgar de la bata de su hija, de los documentos oficiales, de su carnet de conducir. Su marido era un buen padre, decían todos. Ella era una madre que había enfermado por ser madre, y que corría el riesgo de fantasear con hacer cosas tan horribles como la que hizo aquel día al abandonar a su hijo de nombre absurdo en un parque, y ahora se pregunta si eso la convierte en una madre demonio, como la madre de Isabel; si había hecho bien alejándose de ellos para evitar ir a El Corte Inglés a cambiar sus juguetes por ollas exprés que nunca utilizaría.

—Os invito a desayunar —dice Mathieu, que se ha acercado a la orilla dando unos pasos exagerados, tan teatrales que a Esther le parece estar viendo las imágenes del primer astronauta que pisó la luna.

—¿Qué hora es? —pregunta Esther, por preguntar algo, por no parecer más idiota, más extraña de lo que ya se sabe.

—Son las nueve de la mañana —dice Isabel, levantándose la manga y mirando el reloj de hombre que lleva en la muñeca—, aunque parece que sea más temprano.

—Es por la luz, está desganada —dice Esther.

—Nunca había escuchado a nadie utilizar ese adjetivo para definir la luz —dice Mathieu—. ¿Acaso crees que la luz tiene voluntad?

Esther no responde. Caminan playa a través hasta llegar a un bloque de apartamentos en cuyos bajos hay una cafetería: cerrada.

—Imagino que en esta zona solo abren en temporada alta. Volvamos al puerto, allí debe de haber algo abierto —dice Mathieu.

—Si caminamos por la playa llegaremos antes —dice Isabel.

—Pero nos llenaremos los calcetines de arena —responde Mathieu.

—Pues quítatelos —le dice Isabel, con una bota en cada mano, los pies descalzos.

Y Esther la ve echar a andar.

Mathieu obedece a Isabel. Se descalza y camina por la arena, que le humedece los dedos y se le mete entre las uñas. Isabel es desabrida y hostil, como las dependientas cincuentonas y revenidas de El Corte Inglés. Quizás lo mejor sea despedirse ahí mismo, en Argelès-sur-Mer. Pero entonces parecerá que quiere ahorrarse la gasolina que prometió pagarle, y no le apetece quedar como un tacaño, no ante aquellas dos mujeres tan estrafalarias.

La playa es ancha y larga; infinita en apariencia. Las mujeres, que caminan diez metros por delante de él, ignoran a Mathieu; y también se ignoran entre ellas, aunque su paso sea parejo, idéntico, como si ambas fueran muñecas de un mismo fabricante: dos modelos diferentes, pero que comparten mecanismo interior. Como Nancy y Leslie, aquellas muñecas que tuvo su hermana de pequeña y que se suponía que eran hermanas: las dos cabezonas, las dos chatas y con el pelo tieso. A Mathieu nunca le pareció que pudieran representar nada vivo porque eran asexuadas, como estas dos mujeres que caminan por la arena, que también lo parecen, ajenas a cualquier estímulo que les llegue desde más allá del perímetro de sus orejas.

Fue la abuela Cécile quien le regaló a su hermana la muñeca Barbie, algo que a Rafael le había parecido un rito de paso hacia la pubertad de la niña. A partir de entonces, todo en su familia se precipitó cuesta abajo: el cáncer de la abuela y la separación de sus padres; la marcha de su madre a Barcelona con su nuevo y engominado amor; el dilema: quedarse en Nimes con su padre o marcharse a vivir a Barcelona con su madre, con el engominado, con su hermana y con sus muñecas; la abuela tan consumida que hasta la dentadura postiza se le escurría de la boca, y el piso semivacío de Nimes (él, su padre y el gato sin oreja que su madre no quiso llevarse). Y la muerte de la abuela poniéndole punto final a su infancia.

—Mi padre nació en esta playa —grita.

Las mujeres se detienen; se dan la vuelta. Isabel lo mira a los ojos. La sintecho menuda ladea la cabeza barriendo con su mirada el mar, el horizonte, las nubes; deteniéndose, finalmente, como ha hecho Isabel, en los ojos de Mathieu.

—Mi padre nació en esta playa —repite Mathieu sin dejar de caminar, colocándose a muy poca distancia de las mujeres—. Y a mí me daba vergüenza que mis orígenes estuvieran en este sitio, en la miseria.

Mathieu busca el reproche de las mujeres, escruta sus párpados, las aletas de sus narices, las comisuras de sus labios. Pero ambas lo miran serenas, parece que casi sonrían, sus miradas son inesperadas, insólitas: no lo juzgan.

Mathieu mira al mar, respira y, aliviado, siente como si se hubiera desprendido de la tonelada de hierro que aplastaba su cabeza.

25

Montpellier-Marsella, febrero de 1941

Febrero. Antonio, cada atardecer, y sin que Marguerite lo viera, descorría unos centímetros las cortinas para mirar el cielo laminado de añil y fucsia de Montpellier: un cielo que se le antojaba un techo bajo el que vivir. Después se acurrucaba en la cama donde cada noche miles de hormigas invisibles, que él imaginaba rojas, brillantes y muertas de hambre, le recorrían las piernas; los pies tan entumecidos que se le antojaba que aún tenía los calcetines llenos de arena de la playa de Argelès-sur-Mer. Era como si la piel, inflamada de rabia, necesitara expulsar dos años de irritación, de sarna, de frío y de capas de salitre. Lo primero que invadían aquellas hormigas invisibles era la cabeza, donde ya no había piojos porque Marguerite se había entretenido, durante los dos meses que llevaban en aquel piso con ella, en matarlos uno a uno; después el cuello, el pecho; la espalda también, que se refregaba contra el suelo buscando consuelo; las piernas, el culo, las partes nobles —indignas, hubiera dicho su abuela entre risas—, que ya estaban cubiertas por unos pelos tiesos como alambres.

A su lado, Lucía y Damián dormían; al otro lado de la pared, Marguerite roncaba; fuera, la lluvia que había roto la madrugada se desmenuzaba al chocar contra el cristal. Oyó un golpe: imaginó una gota de agua grande, gorda, aporreando la ventana. Otro golpe contra la madera, ahora sin el tintineo del vidrio. El tercer golpe, ya sí, contra la puerta: alguien estaba llamando. Se levantó y fue a despertar a Marguerite, que dormía tan acurrucada en el sofá de la sala que parecía un fardo de ropa.

—Marguerite, despierte —dijo sin atreverse a tocar a la mujer.

—¿Qué pasa? —dijo ella, la pastosidad de la boca alargando las sílabas.

—Creo que llaman a la puerta.

Marguerite trató de incorporarse. Un equilibrio inseguro mantuvo el tronco de la mujer erguido unos instantes y, finalmente, pudo ponerse de pie; se acercó a la puerta.

—¿Quién hay? —susurró.

—Soy Francisco, abra.

Marguerite abrió la puerta. Entró Francisco. El agua chorreándole por las orejas, por las mangas, por la pernera.

—Vengo a llevarme a los niños. Y usted también se viene conmigo. Un vecino suyo la va a denunciar, si es que no lo ha hecho ya.

—¿Cómo lo sabes?

—Me lo ha dicho Pierre.

—No está bien que lo llame por su nombre de pila, no muestra usted el respeto que su posición se merece —dijo Marguerite, recuperando el brío habitual de sus palabras.

—Está bien. Me lo ha dicho don Pierre, el párroco, ¿le parece mejor así? —La mujer asintió con la cabeza—. El vecino se lo contó esta tarde en confesión. No quería mancharse las manos y pretendía que fuera el cura quien la denunciara a usted por cobijar a niños republicanos.

—¿Y don Pierre ha roto el secreto de confesión? Vaya…

El pelo cano de Marguerite, que Antonio veía suelto por primera vez, amarilleaba como el serrín. La nariz parecía más grande, pero los ojos, aún encogidos de sueño, chispeaban como la lumbre mientras la mujer estrujaba la boca en un amago inútil de sonrisa.

—Madame Marguerite, si yo creyera en Dios, me gustaría creer en uno que pone por delante la vida de unos niños y de una anciana ante las necedades de un rito que solo pretende…

Marguerite alzó la mano hasta su pecho y le mostró la palma a Francisco. A Antonio le pareció que la mujer había encogido durante la noche: las piernas y los pies se perdían bajo el largo camisón de franela; los dedos de las manos, que ahora reclamaban silencio, o quizás clemencia, le parecieron más cortos que cuando preparaban las gachas que les daba de comer cada día. Francisco asintió con la cabeza. A Antonio se le figuró ver una sombra de vergüenza en el gesto del hombre, en la cabeza ladeada.

—¿Y no es mejor que se lleve usted a los niños y que yo me quede aquí? —dijo Marguerite tras aquel breve silencio—. Si ese vecino, que debe ser el chafardero que vive en el número siete, ve que me he marchado, entonces delatará a don Pierre e irán a por él. Y sin él, por mucho que usted piense que... —la mujer retuvo sus palabras, cerró la boca, miró a Francisco a los ojos, la cabeza del hombre aún chorreaba lluvia— toda esa gente a la que ayudan a cruzar la frontera estaría perdida sin don Pierre.

—Lleva usted razón, pero si se queda aquí la encerrarán en algún campo y usted ya está mayor, se morirá en cuatro días. Ha sido el mismo Pierre... don Pierre, quien me ha implorado que me la lleve lejos.

—Bah, ¿qué van a hacer conmigo?, ¿matarme? Pues que me maten, soy tan vieja que ya no les sirvo ni para caldo.

La lluvia seguía golpeando los cristales, las paredes, el tejado. El viento se colaba por las rendijas de las ventanas, por las grietas de la pared, por los bajos de la puerta, por la cerradura.

—Antonio, ve a despertar a los niños y meted en un hatillo todas vuestras cosas, que no quede ni rastro de que habéis estado aquí. Ni un pelo, Antonio, que no quede ni un pelo vuestro —le dijo Francisco en susurros quebrados.

Antonio fue a la habitación. Los niños ya no dormían, dos pares de ojos abiertos y brillantes como los de los gatos devolvían la luz que entraba a través de la puerta abierta.

—¿Van a matar a Marguerite? —preguntó Damián.

—¿Van a matarnos a nosotros? —preguntó Lucía.

Antonio, en silencio, se encogió de hombros, curvó la boca hacia la barbilla y se puso a recoger las cosas de los niños y las suyas: sus documentos y los de sus muertos, su poca ropa, su *Madame Bovary,* la figura de madera de la perra Paca que Rafael le había tallado, la fotografía que aquel inglés les hizo en el campo; todo, dentro del petate. No sabía si matarían a Marguerite; no sabía si los matarían a ellos. Solo sabía que, cuando llegara esa muerte que llevaba tanto tiempo atosigándolo, pues a lo mejor no le iba a importar demasiado que se lo llevara por delante porque estaba ya harto de huir de ella. A esas alturas, ya solo sabía que a la vida no había que echarle muchas cuentas.

«Qué pena, Marguerite, que usted esté ya muerta», pensó Francisco.

—Marguerite, nos vemos pronto, tenga cuidado —dijo Francisco al despedirse de la mujer que acababa de dar a los niños un beso en la frente y un currusco de pan.

—¿Me invitarás a tu boda con Antonio? —le preguntó Marguerite a Lucía.

—No podrá ira a su boda porque usted ya estará muerta —dijo Damián.

—Bueno, pues que tu hermana deje su ramo de novia en mi tumba, como regalo.

—Entonces espero que cuando la maten no la lleven a una fosa común —respondió Damián—, o si no Lucía no sabrá dónde dejarle el ramo.

—A Marguerite no la van a matar ni la van a llevar a una fosa común, ¿te enteras? Pareces idiota, Damián, eres un niño idiota que no sabe chapar la boca —dijo Antonio, en un susurro que habría querido ser grito. Y le dio un bofetón a Damián.

El niño bajó la cabeza y clavó la mirada en el único pie que le quedaba. A Lucía le temblaba el labio inferior, le temblaba la muleta, a duras penas se sostenía sobre el pie.

—Vámonos ya —dijo Antonio. Abrió la puerta y Francisco oyó cómo iba escaleras abajo.

Llovía con más rabia que cuando llegaron a casa de Marguerite. Francisco se echó a los niños a los hombros. Primero Lucía, después Damián. Imaginaba sus cabezas colgando a su espalda, rebotando, mojadas, como si fueran dos piezas de caza. Los imaginaba con los ojos abiertos, contemplándolo todo con su mirada tiznada de guerra.

—Deme a Damián, yo lo llevaré —dijo Antonio.

Francisco bajó a Damián al suelo y Antonio se lo cargó a la espalda. Francisco se fijó en que el chaval había crecido. Ya no tenía que doblar los bajos de los pantalones de hombre que le dio cuando llegó a Montpellier. Quizás ya estaba listo también para aquello a lo que tenían que enfrentarse.

—Agustín nos está esperando a tres calles de aquí con la camioneta. No te separes de la pared, no nos tiene que ver nadie.

El amanecer emborronaba los contornos de la ciudad de Marsella. El barco atracado. El cielo amoratado, el muelle gris; al fondo, las colinas quemadas por el frío de febrero. De las casas llegaban vapores cargados de olor a leña húmeda, a brasas mojadas, a orines. Rafael pensó que, desde que salió de su casa para luchar en aquella otra guerra ya caducada, todo despedía ese olor amoniacado, hasta le parecía que las nubes llegaban cargadas de una lluvia ácida y amarilla.

—¿Y cómo piensa llegar a Montpellier? —le preguntó Cécile.

Rafael se tocó el cuello y escondió la mirada con un guiño de dolor fingido. No se quería reconocer ante aquella mujer como el guiñapo sin rumbo trajinado por las desgracias que había sido en los últimos cinco años.

Tras colocar las escaleras para desembarcar, uno de los marineros advirtió a los pasajeros de que, aunque no deberían estar allí, pues Marsella no se encontraba en la zona ocupada, aquellos días eran los alemanes los que estaban controlando la llegada de extranjeros al puerto. Así que «bajad de forma disciplinada y sin llamar demasiado la atención», les dijo el hombre. «La disciplina de siempre, la del miedo», pensó Rafael. Todos los pasajeros en fila, la maleta en una mano, el pasaporte en la otra. Una escalera metálica, estrecha y empinada, para el desembarco, dos soldados alemanes tiesos, afilados; brillantes como bayonetas preparadas para destripar corderos, a los pies de la escalera. «Pasaporte», decían en alemán, las voces tan ásperas que a Rafael le parecía como si le estuvieran lijando los sesos con esparto. Todos bajaban despacio. Cécile delante, él detrás. El pasaporte del italiano que le había procurado la ingeniera y cuya foto se parecía tanto a él y que no era él: igual que no era Leo, igual que, en realidad, no era ni soldado ni padre; solo un hombre a medio tallar, abierto en una mano. A la luz del amanecer, Cécile le pareció una mujer de anchuras hombrunas, su pelo ahora recogido en un moño bajo que le partía la nuca en dos, hermosa a la manera de las estatuas antiguas que había visto en los libros.

Delante de Cécile ya solo quedaba un hombre en la fila, uno pequeño, insignificante y tembloroso. Estaba tan delgado que a Rafael le pareció que se habría podido escuchar el tintineo de sus huesos si alguien lo hubiera zarandeado por los hombros. «Pasaporte», le dijo al hombre uno de los soldados alemanes. El pobre trató de alzar el brazo, la mano trémula, Rafael solo le veía el cogote, aquella cabeza que parecía un higo al revés. El soldado alemán le arrancó el pasaporte de la mano. «Judío», dijo en alemán. Su rostro inalterado. Alzó su brazo y apareció, dando saltos como un perro faldero, un gendarme francés de bigote francés, de barriga de pan francés y, cogiendo al hombre por el sobaco, se lo llevó a rastras hasta la parte trasera de un camión y lo arrojó allí dentro sin mediar esfuerzo, con la facilidad con que se arroja un saco de plumas.

—Pobre hombre —susurró una voz de mujer detrás de Rafael.

—De todos modos, ya estaba medio muerto —susurró una voz de hombre.

Los alemanes miraron el pasaporte de Cécile; Rafael pensó que él le habría mirado las piernas, el escote, el culo alejándose cuando por fin la dejaron pasar. Ella caminó despacio, sin girar la cabeza, como si no quedara nada importante tras de sí. Rafael la vio desaparecer por detrás de uno de los almacenes del muelle. Sintió un desconsuelo raro, «melancolía —le había dicho que se llamaba aquello que él sentía un profesor que estuvo preso en Argelès-sur-Mer con él—, a eso que uno siente cuando alguien se le va sin haberse muerto se le llama melancolía».

—Pasaporte —le dijo uno de los nazis a Rafael. Y le hizo una pregunta en alemán que no entendió, a lo que Rafael señaló su cuello, la herida aún abierta, la camisa manchada de sangre.

A tres metros de allí, en el suelo, una paloma gris escarbaba en el cemento cuando una gaviota que bajaba con las patas por delante, como una flecha invertida, la aplastó con sus garras, le estrujó el cuello con su hermoso pico anaranjado. Los alemanes, impasibles; Rafael temblando, igual que la paloma gris que aún se movía cuando la gaviota la destripó a la luz del amanecer. Uno de los alemanes hizo un gesto con la cabeza. Rafael clavado en el suelo, con las piernas convertidas en piedra. El otro alemán le gritó. La gaviota alzó el vuelo, el pico ensangrentado, los ojos impávidos: ni rastro de remordimiento, ni rastro de satisfacción. «Que le dice que camine, que se puede ir», le susurró el hombre que tenía detrás. Atravesó el muelle despacio, siguiendo el camino imaginario que había dejado Cécile al marcharse. Al pasar junto al camión, donde habían arrojado al hombre tembloroso, no pudo evitar mirar hacia el interior. Seguía en el suelo: aún temblaba, aún vivía. Rafael se acordó de la paloma, de los ojillos impávidos de la gaviota.

—Ya pensaba que no quería volver a verme.

Cécile, rodeada por los ladrillos de un edificio derrumbado, con el pelo ahora suelto y el abrigo azul desabrochado, parecía una imagen de la Ascensión coronando los escombros de una iglesia devastada. Se disipó la melancolía y entonces recordó de nuevo a aquel profesor de Argelès-sur-Mer cuando le dijo que, a veces, la melancolía es síntoma de un inevitable enamoramiento.

«¿Quiere usted casarse conmigo?», pensó Rafael.

—¿Quiere usted casarse conmigo? —dijo Rafael, dándose cuenta, al decirlo, de lo poco que tenía que ofrecerle a aquella mujer tan extraordinaria.

—Pues no le digo que no —contestó Cécile, caminando despacio entre los cascotes—, pero antes tengo que acostarme con usted, no voy a volver a casarme con un hombre que no sepa darme gusto en la cama, por honrado y buena persona que sea. Así que cuando se le haya curado la herida del cuello, si quiere, hacemos la prueba y después lo hablamos de nuevo.

—Tengo un hijo —dijo Rafael, mirando los tobillos de Cécile.

—Saber hacer hijos no es garantía de saber hacerlos bien.

—No, si yo no hice a ese niño.

Cécile se sentó en el único pedazo de muro que se mantenía en pie. Una rata flaca que se paseaba entre las ruinas del edificio se irguió sobre sus patas traseras y alzó el hocico. La mujer y la rata se miraron como dos viejas conocidas que, aun compartiendo secretos, son incapaces de recordar sus respectivos nombres.

—Si se las mira bien no son tan feas —dijo Cécile—. En realidad, pocas cosas son feas si se las mira bien. ¿Cuántos años tiene usted, Rafael?

—Veintitrés.

—Yo tengo treinta y seis. ¿No cree que trece son muchos años de ventaja?

—La guerra me ha hecho correr, igual soy yo el que le lleva ventaja a usted.

Rafael la miró, el rostro seguro, manchado por el sol del desierto, las orejas sin aretes, las cejas negras y elevadas, como constantes signos de interrogación.

—¿Recuerda usted la primera vez que mató a un hombre? —le preguntó ella.

A Rafael le palpitó el cuello, sintió que se le iba a escapar el corazón por la herida.

—Sí —respondió—, ya le he dicho que la guerra me ha hecho correr.

—No hace falta que me cuente cómo fue, solo quería saber si era capaz de recordar al primer hombre que mató. Con un sí me basta.

La rata había desaparecido. La luz era ahora más refinada, se había disipado la bruma del amanecer. Cécile se encendió un cigarrillo. Espirales de humo desaparecían a pocos centímetros de su cabeza. Rafael habría saltado para comerse esas bocanadas que salían de entre sus dientes. Ella miraba hacia los escombros, como si estuviera buscando a la rata. Él sintió los primeros rayos de sol sobre los párpados, entornó los ojos.

—¿Y dónde está ahora ese niño? —preguntó Cécile, y a él le pareció que había dibujado un signo de interrogación (otro, con las cejas ya eran tres) con el humo de su cigarro.

—En Montpellier.

—¿Está con su madre?

—No, la madre murió al poco de dar a luz.

—¿Y el hombre que lo hizo?

—Murió en la guerra de España. Era mi amigo.

—¿Y con quién está esa criatura ahora?

—No lo sé, me lo robaron del campo de Argelès y no sé quién lo tiene. Pero en Montpellier hay un hombre que conocí también en el campo. Es muy listo, y conoce a gente, estoy seguro de que me ayudará a buscarlo.

—Yo también lo ayudaré a buscar a ese niño y cuando lo encontremos, si todo va bien, me casaré con usted.

Francisco se despidió de los niños. Lucía y Damián se quedaron tiritando en el asiento de atrás de la camioneta de Agustín. Antonio delante, mirando al frente, balbuceó un débil adiós sin ni siquiera mirarlo a la cara. Apenas la camioneta se puso en camino, dejó de llover. Del cielo, ahora abierto como una inmensa losa de mármol azul partida por la mitad, cayó a plomo un frío denso formado por diminutas astillas de hielo. Francisco caminó hasta la iglesia, veloz, inquieto; por momentos enfurecido. Agustín no le había querido decir dónde llevaba a los niños, «toda precaución es poca», le había dicho. Si no hubiera necesitado su ayuda y la de los hombres que él escondía en los bosques, Francisco lo habría mandado a tomar por culo, a la mierda, no te necesito, le habría dicho, métete a tus maquis socialistas por donde te quepan. Pero sin Agustín, sin sus hombres desesperanzados y aquellas armas que les lanzaban del cielo en paracaídas los ingleses, Francisco sabía que no podrían hacer nada. Y ya solo faltaba un día. «Han adelantado la reunión», le dijo Pierre —«don Pierre», pensó, recordando a la pobre Marguerite, tan vieja, tan buena, tan condenada a muerte—, que conocía al obispo, que conocía al prefecto, que conocía a Pétain. Y Francisco se lo había dicho a Agustín; y a Agustín le había parecido que había que indagar más «porque ahora los que mandan aquí, aunque sea en la sombra, son los alemanes —le había dicho—, Pétain no pinta nada, y a los alemanes Franco les importa una mierda». «Pues yo de Pierre me fío», le había respondido Francisco. «Y el obispo, ¿se fía de verdad de tu cura?, ¿o le está tendiendo una trampa?», le había preguntado Agustín con aquella cara de socialista escamado. Pero Pierre se lo había dicho, y él se fiaba de Pierre (del cura, del hombre, de la buena persona); y si Pierre o el obispo o el precepto o quien fuera les estaban tendiendo una trampa, no les quedaría más remedio que morir entre las redes, como peces que nadan a contracorriente.

Entró en la iglesia por la puerta de la sacristía; llegó a su habitación, se quitó la ropa mojada. En pelotas no era más que un despojo. Un despojo que llevaba años figurando ser un hombre, que se escondía tras arrugas prematuras y cicatrices, tras el rostro de un héroe que ayudaba a judíos, a gitanos, a polacos, a comunistas y a maricones a escapar de los nazis. Un despojo que solo quería una cosa: venganza. Y soñaba con comerse las entrañas del responsable (del responsable de todos los responsables) de quien había lanzado aquella bomba. Marzo. Día 17. 11.27 de la mañana. 1938. Gran Vía, esquina paseo de Gràcia, frente al teatro, junto a los árboles que empezaban a florecer y la vieja que aún vendía sus castañas asadas. Estruendo. Cascotes. Adoquines incandescentes. Su mujer. Su mujer con su hijo en brazos. Su mujer con su hijo en brazos y ambos muertos. Vengarse. Morir: sabía que la paz ya solo podía encontrarla en el infierno. Así que, si Agustín no lo ayudaba, si tenía que ir solo, que matar solo, que arrancarle a uno de esos cabrones el corazón con los dientes, que seguían siendo fuertes y blancos, como si no hubieran pasado guerra y media ya, lo haría. Se metió en la cama y se obligó a quedarse dormido.

Al borde del camino, una casa blanca, rodeada por campos sin cultivar: surcos marrones sin vida. Junto a ella, un granero roto, despedazado como el cadáver de una vaca enferma tras un festín de las carroñeras. Aunque el trayecto desde Montpellier había sido breve (siete giros, dos carreteras) allí el aire olía a tierra, a ratones correteando entre la hierba, y no a las ratas que infestaban las alcantarillas de la ciudad.

Agustín detuvo la camioneta frente al camino de tierra que daba acceso a la casa. El hombre torció el cuello: nada por delante, nada por detrás; aun así, la boca apretada, el motor apagado. Silencio. Había dejado de llover.

—Antonio, ayuda a los niños a bajar del coche —le dijo Agustín—. En esa casa os está esperando Eusebio, él os llevará a otro sitio.

—¿Y tú?, ¿adónde vas? —preguntó Lucía, que aún seguía tiritando a pesar de que su padre la había cambiado de ropa.

—Tengo cosas que hacer.

El camino hasta la casa estaba encharcado. Los niños se hundían en el fango; atrapadas las patas de palo, Lucía y Damián apretaban los dientes y cerraban los ojos; Antonio sabía que se esforzaban en parecer mayores y no llorar. La camioneta de Agustín quieta, con el motor aún apagado. Antonio maldecía a aquel padre por no bajar a ayudar a sus hijos, por no ayudarlo a él que, aunque tenía dos piernas enteras, también se sentía incompleto.

—Espera aquí —le dijo a Lucía, y se echó a la espalda a Damián.

Dejó al niño ante la puerta de la casa y regresó a buscar a Lucía. La cogió en brazos. La niña lo miraba con sus ojos redondos y amarillos, casi transparentes. La dejó junto a Damián y golpeó la puerta con la piel de los nudillos seca y escamada, como la de las patas de las gallinas. La casa crujió. Un pájaro cantaba: parecía la llamada de un demente, de un desquiciado. Volvió a golpear la puerta. A Antonio se le antojó entonces que la casa se estremecía. Aporreó la puerta, impaciente. Los niños temblaban. Un hondo quejido se elevó por encima del canto del pájaro. De repente (aquella guerra, aquellos años, aquella vida tan llena de «de repentes»), Agustín saltó de la camioneta, corrió, en dos segundos estaba junto a ellos, se echó a Lucía a los hombros, «coge tú a Damián», le dijo y, sin que Antonio supiera aún por qué, salieron corriendo hacia la camioneta. El pájaro desquiciado, y demente, y también idiota, se había callado. Aquel silencio le recordó a Antonio el que había precedido a las bombas que cayeron cuando vivía en Barcelona. El silencio de antes y el de después, un mismo silencio que envolvía a la muerte, que la presentaba pura, como si fuera un regalo.

—Agachaos —atinó a decir Agustín antes de que empezaran los tiros; antes de que lograra arrojar a Lucía a la parte trasera de la camioneta; antes de que Antonio hubiera también arrojado a Damián, de que el mismo Antonio se hubiera lanzado dentro de la caja metálica; antes de sentarse al volante y poner en marcha el vehículo, antes de que este empezara a rodar camino abajo y de que a Agustín empezara a sangrarle el cuello; de que su camisa verde, conforme brotaba la sangre, se fuera tiñendo de rojo.

26

Montpellier, 12 de febrero de 1941

El tren, su cadencia monótona: Montpellier cada vez más cerca. Rafael vio los campanarios intactos de las iglesias de la ciudad y se preguntó cuánto tardarían las bombas en llover allí también, en fundir el plomo de aquellas campanas. Cécile dormía a su lado con el cuello inclinado y la cabeza apoyada en el cristal de la ventanilla. Desde Marsella, el compartimiento solo para ellos dos, hasta que entró aquel hombrecillo de gafas redondas, pelo ralo, traje azul, del mismo color que el tapizado de los asientos, y se sentó frente a ellos. Cécile, aún dormida, emitió un quejido quedo, como el llanto de otra mujer, de una que tuviera escondida dentro. El hombre miró a Rafael: el hombre miró el cuello de Rafael.

—¿Cómo se lo ha hecho? —le preguntó.

Rafael vio que le asomaban por la boca abierta unos dientes afilados, iguales a los de un extraño pescado que había visto en la lonja de Argel pocos días antes de zarpar. Le hizo señas, intentando dar a entender a aquel hombre que la herida del cuello no lo dejaba hablar.

—¿De dónde es usted? No parece francés —le dijo el hombre dejando aflorar de nuevo los dientes, que a Rafael entonces se le antojaron minúsculas pirámides invertidas.

Apartó los ojos de aquellos dientes, lo miró a los ojos y se estremeció: los ojos tras las gafas también eran como los de un pescado muerto.

—Mi marido es italiano —dijo Cécile, enderezando el cuello y con la voz pastosa, como si tuviera la lengua sumergida en miel y le costara despegarla del paladar—. Lo envió a Argelia Mussolini, y ahora que los ingleses parece que se interesan por África, pues ya ve, hemos preferido venir a Francia.

—Y su marido, ¿no puede hablar? —dijo el hombre señalando a Rafael como si este fuera una silla mal colocada.

—No, no puede. Lo hirieron.

El hombre no dijo nada. Se recostó en el asiento y cruzó las piernas como Rafael solo había visto hacer a las mujeres. El paisaje parecía dar saltos a través de la ventanilla. Montpellier cada vez más cerca. El cielo achaparrado.

—¿Adónde se dirigen?

—Pararemos en Montpellier para saludar a un tío al que hace años que no veo. Pero nuestro destino es Toulouse. Y usted, ¿dónde va?

—¿Yo? A ninguna parte. Transito por los trenes para comprobar que todo esté como tiene que estar.

—Pues ya ve, aquí todo es correcto.

—¿Podría ver su documentación?

—¿Podría ver yo la suya antes? —dijo Cécile—. No quisiera equivocarme y enseñarle mi pasaporte a quien no debo.

El hombrecillo, con la boca cerrada —los dientes escondidos—, desabotonó su chaqueta azul y enseñó una acreditación de la policía francesa. Al hacerlo, apretó tanto los labios que Rafael pensó que los dientes inferiores se le estarían clavando en el cielo de la boca.

—Gracias —dijo Cécile—. Entiéndame, hay que saber a quién le enseña una sus cosas. Aquí lo tiene. —Y le mostró su pasaporte.

Rafael, con la mano de cuatro dedos, sacó de su petate el pasaporte del italiano y también se lo mostró.

—¿Y su certificado de matrimonio? Porque usted en su documentación tiene otro apellido —dijo el hombre dirigiéndose a Cécile, que mantenía el cuello erguido y la cabeza tiesa.

—Hace poco que nos casamos y allí, en el registro, ya sabe cómo son en África, todo va más lento. El calor, quizás.

—Está bien —dijo el hombre con la boca demasiado cerrada para que Rafael pudiera ver de nuevo aquellos dientecillos que lo fascinaban y estremecían a un tiempo.

Y, sin despedirse, salió del compartimento.

—No diga nada, no abra la boca hasta que hayamos bajado del tren —le susurró Cécile al oído. Rafael, primero aturdido y después excitado al notar el vapor del aliento de la mujer en la cavidad de su oreja, cruzó las piernas como lo había hecho el policía minutos antes.

—Relájese —dijo Cécile, mirándole la entrepierna.

Llegaron a Montpellier. La marquesina de la estación era grande y translúcida, como la de la estación de Portbou. Se acordó del anarquista Francisco: llevaba su carta en el petate, las señas de la iglesia donde le había escrito que se cobijaba. Y se acordó del niño Antonio, y de su madre, y de la hermana muerta. Se preguntó si toda la miseria que había mediado entre aquella estación de Portbou, dos años atrás, y esta de Montpellier le serviría para expiar en el purgatorio la muerte de todos los que habían caído a su alrededor durante la guerra.

—Cójame de la mano —le dijo Cécile—, que el tipo igual nos está observando, así que compórtese como si estuviéramos recién casados. Y no hable hasta que yo le diga.

Obedeció a Cécile y reparó en que, por primera vez desde que había empezado la guerra, obedecer a alguien no hacía que se sintiera como un perro humillado.

Salieron de la estación. El cielo se le antojó cubierto por una enorme tela de araña. Le tembló el estómago al pensar en lo cerca que estaba de su hijo. Un año y ocho meses tenía el niño. Siete meses desde que se lo robaran en el mes de julio. Recordó sus manos, diez dedos como ramas de limonero tiernas; y sus rizos en el cogote, los mismos que a Leo le asomaban bajo el casco en las trincheras; y sus ojos del color de las hojas de las encinas. Rafael se preguntó si aún olería a leche fermentada detrás de las orejas, si aún estaría tan débil que se quedaría sin resuello y dormido cada vez que algo le hiciera reír. E intentó recomponer la cara del niño, pero no pudo, el rostro de su hijo se le había desdibujado en la memoria, barrido por la arena del desierto, por tanto dolor, por tanta maldad, por tanta ausencia. ¿Y si no lo reconocía?, ¿y si el niño no se acordaba de él y lloraba al verlo y se agarraba al cuello de la mujer que lo había comprado igual que se agarraba a su cuello cuando estaban en Argelès-sur-Mer?

—¿Dónde está ese amigo que dice que lo ayudará a encontrar a su niño? —preguntó Cécile cuando la estación estaba ya demasiado lejos para que nadie pudiera oír sus palabras.

Rafael, que no quería hablar porque sabía que tenía la voz rota, descompuesta por las dudas y el miedo, le dio a Cécile la carta de Francisco.

—¿Está usted loco?, ¿cómo lleva esta carta encima? Gracias a Dios que no lo han registrado. Vamos, la iglesia de su amigo está muy cerca —dijo, y rompió en cien pedazos la carta, que arrojó en una alcantarilla.

—¿Sabe usted el camino?

—Claro, mi tío vive aquí, conozco bien la ciudad.

—Pensaba que lo del tío lo había dicho para despistar al policía.

—La mejor forma de esconder una mentira es ocultarla detrás de una verdad. En esta vida, las mentiras hay que decirlas solo si son imprescindibles.

Desde que empezara su guerra, las calles estrechas de las ciudades antiguas se le antojaban a Rafael trincheras profundas. Aunque en Montpellier los edificios parecían intactos, la guerra estaba presente en los rostros pardos de la gente flaca con la que se iban cruzando, en sus manos deformadas por los sabañones, en las cucarachas descoloridas que se escondían en los intersticios de los adoquines. Llegaron a la iglesia. Piedra, campanas; viejas vestidas de gris en la puerta que Rafael no supo si tenían la intención de entrar o de salir, de morirse o de pasarlo mal, como hubiera dicho su madre.

—Usted espere allí enfrente, bajo aquel árbol. Yo entraré. Una mujer siempre llama menos la atención en una iglesia. Preguntaré por su amigo, a ver si sigue aquí. Me ha dicho que se llama Francisco, ¿verdad?

Cécile no esperó respuesta. Rafael la vio entrar en la iglesia, y no pudo evitar imaginársela en verano, vestida de añil, con flores en el pelo.

La mujer que se le acercaba era grande y rubia, y llevaba un abrigo de un azul amoratado. Aquella combinación cromática le recordó a Francisco una enorme y andante bandera republicana. Había pasado toda la mañana recorriendo el deambulatorio de la iglesia (impaciente, inquieto, preocupado, sin noticias de Agustín ni de los suyos, que igual se habían arrepentido, que igual tenían razón y lo del pez gordo franquista con el que se iba a entrevistar Pétain no era más que una emboscada) cuando la mujer tan fuera de lugar se acercó a él.

—Estoy buscando a Francisco —le dijo.

—¿Quién lo busca? —preguntó Francisco—, ¿la manda Agustín?

—No —dijo la mujer—. Me manda Rafael, que está ahí fuera esperando.

—¿Quién es Rafael?

—Me ha dicho que igual Francisco se acuerda más de Leo, el que tallaba figuras de madera en Argelès.

—Leo está preso en el desierto, o muerto; no puede estar aquí.

—Pues está ahí fuera.

Un murmullo de viejas chismosas en la puerta de la iglesia. La primera luz de la tarde deslizándose a través de las vidrieras. Colores danzando sobre los bancos, sobre las aureolas metálicas de los santos de yeso.

—Dígale que entre por la puerta de la sacristía, que está detrás. Hay que darle la vuelta a la iglesia.

La mujer se fue sin decir nada. Pasó entre las viejas, que la miraron con el gesto torcido.

Francisco fue a la puerta de la sacristía y esperó. Sonó la aldaba; Francisco abrió la puerta. Lo vio más alto, más ancho, negruzco por el sol, delgado pero fuerte, como un Aquiles que hubiera logrado sobrevivir a su propio talón. Lo quiso abrazar, pero Francisco se preguntó si se podía abrazar a un muerto, porque hasta hacía tres minutos él pensaba que Leo (que Rafael, que como quisiera el demonio que se llamara aquel chico) había muerto en el infierno de Argelia. Pero fue el chico el que se lanzó sobre él y lo abrazó, arropándolo con su olor a sudor añejo.

—Con lo lánguido que parecías cuando te conocí, al final has resultado ser el más fuerte de todos nosotros —dijo Francisco en español—. ¿Quién es ella? —Y Francisco señaló con la cabeza a aquella mujer tan alta que los miraba casi un palmo por encima de sus cabezas.

—La mujer con la que me voy a casar —respondió Rafael.

La camioneta en marcha y a la deriva. Un muerto al volante: Agustín, a quien Antonio imaginó oscilando en el asiento del conductor como un muñeco de trapo. Los niños chillando. Una curva en el camino. Un árbol. Un golpe. La camioneta, entonces, quieta.

Antonio, aturdido, saltó del vehículo. Humo, olor a gasolina, el morro incrustado en aquel árbol, como si le hubiera crecido una rama más. Se acercó a la parte delantera: Agustín muerto otra vez, dos veces en pocos minutos, la cabeza asomando a través del cristal roto del parabrisas, el cuello abierto en canal, la nariz aplastada, un ojo abierto, el otro reventado.

Abrió el portón trasero y arrojó a los niños al suelo. Chillaban, lloraban, golpeaban el suelo con una sola pierna. Querían a su padre, lo querían vivo, aunque Agustín estaba muerto, y lo estaría por siempre jamás, igual que las cosas buenas que pasaban al final en los cuentos que le contaba su madre, cosas buenas que duraban para siempre jamás, aunque ahora era al revés y lo que duraba para siempre, para siempre jamás, era la muerte que traía aquella maldita sucesión de guerras encadenadas. Intentó cargarse a los dos niños a la espalda y huir, pero le pesaban, y él estaba flojo; se le doblaron las piernas; acabó de rodillas en la tierra con los niños a cuestas, que seguían llorando y chillando como cerdos de camino al matadero. Se levantó, los agarró por las piernas, a cada uno por la suya, y los arrastró bosque adentro. Piedras, ramas rotas, raíces golpeaban sus cabezas. El pelo largo y rubio de Lucía barriendo hojas y barro. En aquel momento Antonio no podía más que odiarlos, detestar a aquellos niños flacos, cojos, inocentes, huérfanos, que ahora dependían de él para sobrevivir.

—Quedaos aquí, ahora vuelvo. Y dejad de llorar de una puta vez —les gritó.

Volvió a la camioneta. Escupió a la cabeza de Agustín. Lo maldijo por haberse muerto dejándole a sus hijos vivos para que él, que aún tenía dos piernas, no pudiera correr y escapar y cobijarse en un granero y quedarse dormido hasta que acabara la guerra. Levantó la lona que cubría la parte trasera de la camioneta buscando algo donde poder meter a aquellos malditos niños cojos, algo que él pudiera arrastrar hasta dejarlos a salvo en casa de alguien. Pero allí no había más que mantas y herramientas. Entonces recordó que junto a la casa desde donde les habían disparado había visto una carretilla, y sabía que no era buena idea, que si les habían disparado desde allí volver no era una buena idea porque en aquella casa estaban los malos con pistola; pero es que todo en los últimos años había sido una ristra de malas ideas: la guerra, la huida, la muerte. Ideas malas de personas malas, de un Dios malo, o de un demonio atinado. Hasta sobrevivir a todos, hasta no morirse, cuando igual tendría que haberlo hecho el día que enterró a su madre, hasta eso no fue una buena idea. Y ahora, de repente, la vida de dos niños cojos dependía de sus malas ideas; porque la única buena idea que se le ocurría era salir corriendo y dejarlos abandonados en el bosque para que se los comieran los lobos o las ardillas, o las hormigas gigantes que un día vio en la ilustración de un libro.

Así que echó a correr y llegó a la casa, que seguía en silencio como si la vida fuera plácida, como si la guerra no hubiera hecho que todo se descompusiera y nadie hubiera muerto todavía. Ya no cantaba el pájaro. La puerta estaba abierta y la idea de entrar no fue ni buena ni mala, no fue más que un impulso por el que se dejó arrastrar hasta el interior. Las ventanas sin cortinas, la luz moldeando las figuras muertas, cada una reposando en un charco de sangre y de orines. Olía a sangre y a mierda; y a lo que fuera que huelen los cadáveres cuando los han destripado y les han reventado la cabeza con una escopeta. La imagen de los cuerpos lo llevó a recordar la primera vez que vio un cadáver del revés: con los órganos, las tripas, la carne para afuera. Fue en Barcelona, tras un bombardeo. Recuerda que vomitó y lloró, y una mujer, a la que no conocía de antes y a la que no volvió a ver después, le limpió la cara con un pañuelo que olía a limón. Pero ahora ya ni lloraba ni vomitaba, ni siquiera sabía si sentía pena, a pesar de que reconoció a aquellos cinco hombres allí tendidos; no por sus caras destrozadas, sino por sus alpargatas. Eran los hombres de Agustín, los que habían cuidado de él en aquella cabaña del claro del bosque unos meses antes. Había una mesa y, encima, un puchero y cinco platos. Pensó que era una lástima desperdiciar esa comida. Pensó que pensar en comida en aquel momento lo convertía a él en poco más que una rata. Se santiguó, y cerró la puerta tras de sí.

Apoyada en una de las paredes de la casa estaba la carretilla: la madera parecía podrida y el ensamblaje metálico estaba oxidado. La cogió: aún rodaba, así que salió corriendo, empujando aquel artefacto y pensando que todavía podía haber por allí alguien escondido esperando para matarlo a él también, así que aún era pronto para decir si la idea de ir hasta allí había sido de las buenas o de las malas.

—He venido a Montpellier a recuperar a mi hijo.

—¿Cómo sabes que está aquí?

—Antonio vio cómo aquel gendarme hijo de puta se lo vendía a una pareja, y escuchó que dijeron que se lo llevaban a Montpellier. Seguro que tu cura tiene forma de saber qué parejas se llevaron un chiquillo español del campo de Argelès en julio.

—Esto es muy grande, hombre, aquí hay muchas iglesias. Además, no es como en España, aquí los curas no se interesan mucho por la vida de la gente.

—Hazme ese favor.

—Está bien, lo haré, pero no te hagas muchas ilusiones. ¿Dónde vais a dormir?

—Resulta que Cécile tiene un tío en la ciudad, y se ha ido a su casa. Pero me ha dicho que mejor que no sepa de mí, se conoce que no es muy amigo de los españoles. He quedado con ella en la estación, mañana, a las diez de la mañana.

—Puedes quedarte aquí, en mi cuarto. No será peor que la primera noche que pasamos juntos en aquel hoyo de la playa de Argelès.

—Después de tantas fatigas, este sitio es gloria bendita.

—Pues acomódate y descansa. Yo necesito que me dé el aire, voy a dar un paseo.

Francisco salió por la puerta de la sacristía y echó a andar. La iglesia a su espalda, siete campanadas rebotándole en el pescuezo. El cielo oscuro. Miseria de queroseno en las farolas, que no alcanzaban ni a darse sombra a sí mismas. Francisco encendió el cigarrillo que le quedaba a medio fumar, apenas la cabeza, una colilla húmeda que le duraría menos que un reproche. «¿Dónde cojones se han metido Agustín y sus hombres? —pensó— igual se han echado atrás como unos cobardes y prefieren seguir volando puentes en vez de volarle la cabeza a un franquista hijo de puta». Se dio cuenta de que aquellos pensamientos le acumulaban la sangre en las sienes. Siguió caminando. Los adoquines estaban todavía húmedos por la lluvia de la madrugada anterior. Nadie resbalaría en aquellas calles desamparadas. «El mundo en guerra, y Francia callada: la paz de los cobardes», pensó. La tarde estaba a oscuras, solo la lumbre de su colilla y los ojos de un gato que cruzó por delante de él con la parsimonia de quien va al cadalso. Sin ruidos tampoco. Un silencio sin costuras, como una enorme sábana mortuoria, lo cubría todo. Se dio la vuelta: mejor regresar a la iglesia, a esperar, quizás Agustín y sus hombres habían decidido venir de noche. A su espalda, un repiqueteo metálico contra los adoquines, como si fueran los tacones de un gigante cojo. Se dio la vuelta. Al principio no atinó a descomponer en figuras la masa que tenía delante: un algo oscuro y jadeante del que salían brazos y piernas como si fuera un cangrejo negro. Se acercó un poco más y vio que era Antonio, que eran Damián y Lucía sobre una carretilla destartalada: caras como máscaras ennegrecidas por el terror.

27

Montpellier, 12 de febrero de 1941

Antonio había perdido la cuenta de las horas que llevaba empujando la carretilla con los brazos tiesos; de las veces que había parado por el agarrotamiento de los dedos de los pies; de todos los coches de los que se había escondido a lo largo de aquella carretera; de los charcos en los que había bebido agua de rodillas, amorrándose a la tierra como un perro; de los bofetones que había tenido que dar a Lucía y a Damián para que dejaran de berrear por su padre muerto y reventado, hasta que los dos, mezclados sus cuerpos sobre la carretilla, como hortalizas mustias, habían perdido la consciencia.

Al llegar a Montpellier, había evitado las avenidas principales y buscó las callejuelas estrechas, sin iluminación, por donde no hubiera nadie capaz de preguntarse qué hacía a esas horas un chaval empujando una carretilla con otros dos niños lisiados y medio muertos.

A punto de alcanzar la iglesia vio un hombre de espaldas. Reconoció las hechuras: era Francisco; se echó a llorar. Francisco corrió hacia él y, en voz baja y mirando a su alrededor, dijo:

—¡Antonio!, ¿qué coño hacéis aquí?, ¿qué ha pasado?

Él no atinó a componer palabra alguna. De su boca abierta no salían más que gemidos secos y abruptos.

—Vamos —dijo Francisco, y agarró él la carretilla. El chico cayó al suelo de rodillas. Las piernas se habían rendido, no podía caminar.

—Me cago en la puta, Antonio, levántate, que vamos a la iglesia.

Pero no podía moverse. Se tumbó en el suelo, engurruñéndose como los gusanos que, de chico, echaba a la lumbre por diversión. Oyó el traqueteo de las ruedas de la carretilla alejándose sobre los adoquines.

Apenas Francisco salió de la habitación, Rafael se tumbó en la cama y, cerrando los ojos, pensó en Cécile: en sus zapatones, en aquel abrigo de color chillón. Más bien fea, habría dicho su madre; caballuna, habría dicho su padre. Pero, a esas alturas, qué poco le importaba ya la opinión de los muertos. Oyó golpes en las paredes, un retumbar metálico en el suelo que le recordó a la fragua del ferrocarril del infierno, en Djelfa. Se incorporó y salió de la habitación. Vio a Francisco acercándose por el deambulatorio empujando un carro con dos chiquillos encima.

—Mételos ahí dentro y a ver si encuentras el modo de revivirlos. Ahora vuelvo —dijo Francisco al vuelo mientras desaparecía en la oscuridad de la iglesia.

Rafael los reconoció: eran los niños cojos del campo, a los que Antonio había estado cuidando durante unos meses como si fueran dos cachorros enfermos. Metió el carrito en la habitación, que quedó anegada por un fuerte olor a estiércol. Alguno de los niños, quizás los dos, se había cagado encima. Los sacó del carro, los colocó sobre la cama, les tomó el pulso. El niño estaba ya muerto, los dedos de las manos tiesos y azules; un ojo abierto mirando del revés, «igual está mirando ya el otro mundo», pensó Rafael, que se lo cerró con la mano de cuatro dedos. La niña aún respiraba, pero estaba tan fría como las manos de su madre cuando volvía a casa de lavar la ropa en el río de su pueblo. Cécile, antes de marcharse a casa de su tío, le había dejado su bolsa, con medicinas y ungüentos dentro. Rafael sacó un paquete con un polvo blanco y se lo puso bajo la nariz a la niña, que despertó de golpe, como si la hubieran arrastrado desde el infierno hasta aquella habitación agarrándola de su mata de pelo.

Francisco regresó corriendo hasta el lugar donde se había quedado Antonio. El zagal seguía en el suelo, enroscado sobre sí mismo como un ratón. Lo cogió y se lo echó a las espaldas. Pesaba como un hombre;

olía como un muerto. Entró en la iglesia, fue a su habitación. En la cama, sentada como una muñeca desbaratada, la niña, con los ojos abiertos, redondos como dos perras gordas; el otro niño a su lado, la cabeza y el cuerpo cubiertos por una manta, el pie y la pata de palo asomando por debajo. Dejó a Antonio sobre la alfombra. Rafael apartó a Francisco de un manotazo y se inclinó sobre el chico.

—Tiene pulso —dijo—, aunque muy acelerado. Dame agua con azúcar.

—No hay azúcar —dijo Francisco.

—Pues lo que sea que haya en esta iglesia que le temple los nervios. Madre mía, Antonio, ¿qué te ha pasado?

Francisco salió de la habitación y, con las llaves que siempre llevaba colgadas del cinto, abrió la sacristía. El armario estaba abierto. Cogió el vino de misa y se lo llevó a Rafael, quien incorporó a Antonio, le abrió la boca y se lo dio a beber como lo habría hecho la madre pájaro con su polluelo. La niña seguía sobre la cama, con los ojos abiertos, despatarrada, la pierna de palo sobre el cuerpo de su hermano muerto, en el que aún no había reparado.

—Llévate al niño a otro sitio —dijo Rafael, señalando con la cabeza el cuerpo escondido bajo la manta.

Francisco, a quien, por primera vez, Rafael veía encogido y arrugado, cogió el cuerpo del niño en brazos y lo sacó de la habitación. Antonio, entonces, rompió a llorar. Pero de forma queda, sin sonidos, como si la rabia del llanto se le hubiera metido para adentro. Rafael siguió abrazándolo, acariciándole la cabeza, mientras le susurraba que no se preocupara, que todo estaba bien.

«Pero nada está bien —pensó Antonio mientras el soldado joven (que a saber de dónde había salido, pues hacía tiempo que lo había dado por muerto) le acariciaba la cabeza—, todos están muertos, nada puede estar bien cuando todos están muertos». Se dio cuenta de cómo le dolían los codos, los hombros, las uñas de los pies.

—Los pies —atinó a decir.

El soldado joven le quitó las botas, Antonio recordó cómo su madre, antes de la guerra, siempre antes de aquella maldita guerra, le masajeaba los pies en invierno antes de irse a dormir «para que estén calentitos», le decía.

—Santo Dios —dijo al quitarle las botas—. Se te han caído las uñas de los dedos gordos y tienes los pies en carne viva. Voy a buscar algo para desinfectarlos.

Antonio alzó la vista y, por primera vez desde que Francisco lo dejara allí, reparó que estaba en la habitación de la iglesia, y que sobre la cama estaba Lucía con los ojos abiertos y la mirada descalabrada.

—¿Dónde está Damián? —preguntó el chico sin esperar que nadie le diera una respuesta.

La niña estaba tiesa y fría como una estatua de yeso. Rafael le puso el dedo bajo la nariz para ver si aún respiraba, y un vaho húmedo le cosquilleó la falange. Se acordó entonces de la primera vez que la vio, Antonio la llevaba en brazos: «Se le hunde la pata de palo en la arena», le había dicho. Solo había coincidido con la niña y con su hermano dos meses en el campo. Antonio cuidaba de ellos con la misma devoción con la que su madre había cuidado de un cordero prematuro. Y recordó el espanto en los ojos de la niña, el temblor de su barbilla, los orines chorreando por su pata de palo cuando uno de los guardias senegaleses le arrancó una muñeca de las manos, diciéndole: «Ya no eres una buena chica». La chiquilla no alcanzó a llorar, pero Rafael vio cómo su cuerpo se había quedado flojo, como si se le hubieran descompuesto todos los huesos y ya nada pudiera sostenerlo. Los tres días siguientes, cada vez que el pequeño Leo se quedaba dormido, Rafael tallaba a escondidas unas figuritas para aquellos dos niños cojos y para Antonio que, por más que ya tuviera pelos en las piernas, a Rafael le seguía pareciendo un chiquillo. Y recuerda la alegría indisimulada de los niños cuando les regaló, el día que las tuvo por fin terminadas, a cada uno su figurita. «Es la perra Paca —les dijo—. Murió porque no supo odiar». Al mes de aquello, y con sus figuritas en las manos, los niños salieron del campo, «el padre se ha camelado a una granjera gorda y rica —decían—, a ese ya no le va a faltar tocino».

Francisco fue hasta la nave principal de la iglesia con el cuerpo de Damián en brazos. Sobre el altar, flores mustias y el tapete blanco y con encajes que había tejido una de las beatas. Se echó el niño al hombro y, con la mano que le quedó libre, tiró al suelo todo lo que cubría el altar y depositó allí el cuerpo del pequeño.

—Todo tuyo —dijo con un tono de voz alto, irreverente, mirando la cruz que coronaba el presbiterio. Y escupió sobre las flores caídas en el suelo.

Rafael, que había sacado de un bolso de tela un frasco que contenía un líquido marrón, le estaba desinfectando las heridas de los pies. Cada vez que le rozaba con aquel líquido el lugar donde antes habían estado las uñas de sus dedos gordos, a Antonio, un dolor agudo le subía por las piernas, se le metía por el culo, volvía a subir por la columna y le salía por la boca en forma de aullidos. Entre aullido y aullido, silencio. Francisco había vuelto a entrar. Lucía, sola sobre la cama, parecía sumida en el estado del que ni siente ni padece; Rafael, ahora, le envolvía los pies con unas gasas blancas.

—Antonio, tienes que decirnos qué ha pasado —le dijo Francisco agachándose junto a él.

—Los han matado a todos.

Antonio les contó cómo habían matado a Agustín, que los otros hombres también estaban muertos en la casa donde tendrían que haberse cobijado, que él había metido a los niños en una carretilla y había regresado a Montpellier porque no se le ocurría otro sitio al que regresar. Y se quedó dormido. Francisco lo colocó sobre la cama, junto a Lucía que, al arrullo de Francisco, también se durmió.

—Y ahora, ¿qué hacemos con ellos? ¿Y qué hacemos con el otro niño muerto? —preguntó Rafael.

—¿Y qué hacemos con el pez gordo franquista? —dijo Francisco, apretándose la cabeza entre las manos, como si quisiera reventarse el cráneo.

—¿Quién es ese pez gordo?

—No sé su nombre, pero viene un franquista de los gordos, de los que tienen mano para decidir y gestionar las deportaciones de los nuestros. Pétain está en Montpellier y recibí el chivatazo, parece que ese tipo, que aún no sé quién es, mañana se reunirá con él para gestionar las deportaciones. Lo íbamos a matar. Agustín y los suyos iban a traer las armas, y entre todos lo íbamos a matar. Pero lo haré yo solo, tengo una pistola guardada bajo el colchón —dijo Francisco con un temblor en la mandíbula.

—Eso es un suicidio. Matar a ese tipo no salvará ya a nadie. A los nuestros los deportarán igual, pondrán a otro en su sitio, que de hijos de puta tiene Franco donde echar mano.

—Ayúdame tú.

—No. No he dado tantos tumbos de guerra en guerra para que me maten ahora. He venido a buscar a mi hijo.

—Pues lo haré yo solo.

—Eso es de locos. Esos chiquillos dependen ahora de ti —dijo Rafael, mirando hacia la cama donde dormían Antonio y Lucía.

—Tú te quieres casar con esa francesa, ¿no?, pues llévatelos y así ya tenéis media familia hecha.

Rafael, mirando la pierna de Lucía, pensó que lo que acababa de decir Francisco era tan literal que dolía.

Poco le faltaba ya al amanecer cuando Francisco salió de la iglesia para ir a la casa de Pierre, el cura de apariencia apática que le dejaba vivir en su templo y esconder allí, durante unas horas, a los indeseables perseguidos por la policía. Pero Pierre no lo ayudaba. Solo le daba —de vez en cuando y de soslayo— alguna información. El resto del tiempo Francisco lo veía rezar con los ojos apretados, como si se esforzara por encontrar a Dios entre las palabras. Esa noche, sin embargo, Francisco necesitaba que el hombre se dejara de remilgos y se pringara las manos y los pies en la misma mierda con la que llevaban ensuciándose los de la resistencia desde que se había decretado el armisticio.

Al llegar a casa del cura, que vivía a solo dos calles de la iglesia, Francisco golpeó con cautela el cristal de la ventana de la planta baja. Pierre (don Pierre, Francisco se preguntó dónde se habría escondido la pobre Marguerite) abrió la puerta ya vestido, como si lo estuviera esperando.

—Sabes que no puedes venir a mi casa —le dijo a Francisco, haciéndose a un lado para dejarlo pasar a un salón húmedo que olía a dejadez, a pan duro y a leche cuajada, donde apenas había muebles, ni restos de leña en la lumbre apagada; solo cortinas en las ventanas.

—Han matado a Agustín y a sus hombres.

El cura asintió con la cabeza y la agachó. Tanto tardó en levantarla de nuevo que Francisco temió que al hombre se le hubiera quedado la mirada enredada en los cordones de sus zapatos.

—Antonio y los niños estaban con él —continuó Francisco sin saber si el cura lo escuchaba—. Pudo escapar y ha traído a los chiquillos hasta aquí. Pero Damián ha llegado muerto y habrá que enterrarlo. Y de Antonio y de la niña no me puedo hacer cargo, necesito que me ayude y les busque cobijo.

—Se me acabó el crédito —dijo el cura, deteniendo su mirada en Francisco por primera vez—. Estaba a punto de salir de casa para ir a advertirte. Ayer por la noche el obispo me hizo una visita. Me trasladan a París hoy mismo.

—¿Por qué a París? Eso está en la zona alemana.

—Me temo que no es a una parroquia donde me llevan. Tienes que dejar la iglesia cuanto antes.

—¿Qué van a hacer con usted?

—Harán lo que les dé la gana —respondió el cura sin reticencia alguna.

—Lo siento mucho, es culpa mía. Yo lo impliqué en mi lucha sin preguntarle si era también la suya.

—¿Y cómo no iba a serlo? —dijo el cura mirándose, de nuevo, los zapatos.

Un ratón tan pequeño como una cáscara de nuez atravesó el salón. El cura desvió la mirada de sus zapatos y siguió la estela imaginaria que el animal había dejado a su paso antes de colarse por la rendija de una puerta cerrada.

—Ya no quedan gatos en el barrio —dijo el cura—. En cuanto me vaya, los ratones ocuparán la casa.

Francisco emitió un sonido vacío, se le habían atragantado las palabras.

—Bien, Francisco —dijo Pierre—, es mejor que te vayas ya.

—¿Y qué hago con el niño muerto?

—Enterrarlo.

Francisco y Rafael cargaron en la carretilla el cuerpo de Damián y lo taparon con el cobertor de la cama.

Francisco tomó la manta y envolvió con ella a Lucía de tal manera que la chiquilla le pareció a Rafael un gusano de seda. Después, Francisco cogió la bolsa que Rafael había traído desde Argelia, también su propio petate, unos troncos de madera y dos candelabros oxidados, y colocó todo sobre el cuerpo del niño.

—Es para disimular. Los que nos vean tienen que pensar que ahí solo llevamos trastos —dijo y, empujando la carretilla, salió de la iglesia sin mirar atrás.

Rafael, que había cogido a Lucía en brazos, miró la cara tiznada de mugre de la niña y se preguntó si estaría ya condenada a quedarse perdida dentro de su cabeza para siempre. Antonio, que a duras penas podía caminar, iba entre ellos dos con el paso de un penitente en Semana Santa.

Fuera ya despuntaba el día, gelatinoso y frío. El vaho de sus bocas disipándose a contraluz. Las calles vacías. Tras un fatigoso transitar, llegaron a la plaza de una iglesia que parecía un castillo apedazado.

—Llamamos demasiado la atención —dijo Francisco—. Que Antonio nos espere aquí. No puede caminar.

—¿Y la niña? Mejor nos la llevamos, no vaya a despabilarse y se líe a chillar.

—No —dijo Francisco—. Se quedará más tranquila con Antonio que con nosotros, él tiene buena mano con los chiquillos.

Buscaron un lugar resguardado del frío frente a la iglesia.

—Sí que es grande esta iglesia —dijo Rafael, preguntándose a cuántos muertos habrían tocado ya las campanas de aquellas torres.

—Es la catedral —dijo Francisco—. Aquí estuve tres meses restaurando santos para el obispo. No querrá su dios que uno de esos santos le caiga encima y le reviente el buche gordo al muy hijo de puta.

Antonio se sentó en el suelo. Rafael puso sobre su regazo a Lucía que, en aquel momento, no era más que una maraña de rizos rubios asomando por encima de la manta. Y, a pesar de que el frío le encabritaba la piel, se quitó la chaqueta y se la puso al zagal sobre los hombros. Francisco se quitó la gorra y la colocó delante de Antonio, en el suelo.

—Si piensan que estáis pidiendo limosna la gente mirará para otro lado, nadie os echará cuentas —dijo—. En cuanto enterremos a Damián volveremos a buscaros. Ni se te ocurra moverte de aquí, Antonio, o no os podremos encontrar.

Llegaron al cementerio. Escarcha sobre las lápidas. Cipreses como dagas alineaban los caminos. Las destartaladas ruedas del carrito soliviantando a los muertos. El cuerpo de Damián, sin tumba todavía, sepultado entre cachivaches; escondido, porque ni siquiera muerto tenía aquel chiquillo derecho a pudrirse en paz. Pasaron frente a panteones desatendidos, sin muertos recientes, donde la piedra de las esculturas (ángeles lánguidos, Vírgenes desganadas, querubines de rostros rotundos) verdeaba cubierta por el musgo. Francisco se fijó en una de aquellas esculturas, que no representaba ni a un ángel, ni a una Virgen, ni a un rubicundo querubín de los que arrastraban almas al más allá. Aquella escultura, de apariencia incierta, tenía la capa exterior de la piedra erosionada, desintegrada como la piel de aquellos soldados que Francisco había visto abrasados por las bombas en el frente; y los rizos desconchados, como si su cabeza hubiera sido esculpida por las manos de un mal barbero. Pero lo que más le llamó la atención de aquella escultura indefinida y asexuada fue la tela de araña que le cubría el rostro, como si el insecto se hubiera propuesto resistir al invierno para protegerla de más calamidades. Y se acordó del cuento de la golondrina y el príncipe, que le leía a su hijo cuando pensaba que su hijo lo iba a ser para siempre.

—Este será el segundo niño que enterremos juntos —le dijo Rafael—. Hace ahora dos años, también al amanecer, enterrábamos a la hermana de Antonio en Portbou. Siento que estos dos años me pesan en los huesos como si los hubiera vivido siete veces.

Francisco se detuvo un momento y se miró la mugre bajo las uñas. A veces, se consolaba pensando que la tierra de la tumba de su hijo seguía incrustada bajo su piel como un tatuaje. Ya mismo haría cuatro años que lo enterró en el mismo ataúd que a su mujer, en Montjuïc. Ya mismo haría cuatro años que vivir se le antojaba la más inmoral de las obligaciones.

Dejaron los panteones atrás y siguieron recorriendo las calles sin nombre del cementerio. Las lápidas antiguas distribuidas con esmero sobre la hierba, como si aquel campo fuera un remanso de muerte natural donde no cupieran ni enfermedades ni violencias; donde la guerra no fuera más que una palabra escrita en los libros de escuela.

—Aquí —dijo Francisco señalando una lápida limpia sobre la que reposaba un jarrón azul con flores nuevas y que rezaba: «Jean Rolland (1868-1941)»—. A este de aquí lo acaban de enterrar, el cemento está aún fresco, será fácil quitar la lápida.

Pero no fue fácil. Tras reventar la puerta de la caseta del enterrador y coger dos palas, necesitaron casi una hora para despegar la lápida. Cuando por fin abrieron la tumba, el tufo les hizo recular hasta el camino de grava y abrir la boca para escupir aquella avanzadilla de la muerte antes de que se les agarrara a las entrañas como una solitaria.

—La peste que seremos, compañero —le dijo Francisco a Rafael.

—Este era viejo.

—No es la vejez lo que hiede, es la muerte. Y no hay flores que lo disimulen.

Quitaron los trastos que cubrían el cuerpo de Damián y lo colocaron, aún envuelto en la colcha, sobre la hierba. Rafael se arrodilló junto a él y lo descubrió. A Francisco se le prendió un desconsuelo en la garganta, y no sabía si era por el niño muerto o por el joven vivo que le estaba atusando el pelo a esa criatura con los cuatro dedos que le quedaban en su mano izquierda.

—Quien diga que estar muerto es como estar dormido es que no ha visto un muerto en su vida —dijo Rafael, abrochándole el último botón de la camisa a Damián.

Y Francisco, mirando la boca torcida del niño, el ojo izquierdo tercamente abierto, los párpados hinchados, las uñas azules y los dedos agarrotados, pensó que no podía estar más de acuerdo.

—¿Qué hacemos con su pata de palo? —preguntó Rafael, incorporándose.

—Dejársela, que es suya.

Entonces Francisco vio que un pedazo de madera asomaba del bolsillo del pantalón del niño. Lo cogió: era la talla de madera de un perrito de lanas.

—Déjaselo donde lo tenía, que eso se lo tallé yo y también es suyo —dijo Rafael.

Envolvieron de nuevo el cuerpo del chiquillo y lo metieron en la tumba abierta, sobre el féretro de pino en el que yacía un desconocido y, sin darle lance a la tristeza, volvieron a colocar la lápida de mármol para sellar el sepulcro.

—¿Ha sido eso una oración? —le preguntó Francisco a Rafael cuando este se persignó después de haber murmurado con la cabeza gacha durante un minuto.

—Daño no le va a hacer —dijo Rafael, echando a andar.

—No. El daño ya estaba hecho —dijo Francisco en voz baja.

Al dejar el cementerio atrás, Rafael se dio cuenta de que había salido el sol porque las orejas ya no le dolían como si se le fueran a desprender de la cabeza.

—Tengo que ir a la estación —dijo—. Cécile estará allí esperándome.

—Ten cuidado. Y vete después a la catedral a recoger a los niños, yo ya no puedo ocuparme más de ellos.

—¿Sigues con la idea de matar a ese franquista? Es un disparate. Siempre serás de más ayuda si estás vivo. Muerto solo a los gusanos harás menester.

—Pues que disfruten los gusanos si es que consigo llevarme a un hijo de puta por delante.

—Ese tío no es nadie. No vale ni el resquemor que te dejará en la conciencia si lo matas.

—Yo ya no tengo conciencia, compañero —dijo Francisco, tendiéndole una mano temblona cubierta de tierra que Rafael estrechó con la suya de cuatro dedos—. Llévate lejos de aquí a los niños. Y que tengas mucha suerte —dijo sin darle más tiempo a la despedida.

Rafael vio cómo Francisco echaba a andar sin mirar atrás.

Se separaron. Y esta vez Francisco tenía la certeza de que era para siempre. Porque sentía, aliviado, que esa iba a ser su última mañana entre los vivos; y que esos que ahora intentaba atrapar a su paso, los últimos colores que cazarían sus ojos. Y disfrutó, con el convencimiento de la finitud, de los verdes y de los azules, y de los marrones que ya no volvería a pintar porque sus manos, a las que les había llegado su punto y final, ya solo tenían un cometido: espurrear el rojo de la sangre de un mandamás franquista hijo de la gran puta.

Ya en el centro de la ciudad, ruido en las calles: carretas, tacones gastados, botas decididas. Traspuesto el amanecer, el sol despuntaba por encima de los tejados. Sin rastro de blanco en el cielo, solo ese azul uniforme que presagiaba, para Francisco y para sus manos, un día glorioso. Llegó al Jardín Botánico, frente a la Facultad de Medicina, se escondió tras un seto que olía al mismo tomillo con el que su madre lo remediaba todo, y sacó de su petate una camisa limpia y una chaqueta sin remiendos. Cogió también una pistola, se la colocó por dentro del pantalón, y dejó el petate escondido bajo el seto.

Se encaminó hacia la plaza de la Prefectura donde, según le había dicho Pierre, se iban a reunir Pétain y el matarile franquista para escenificar ante el amo alemán una buena entente entre esbirros. Y a tal efecto, según ese contacto de Pierre del que ahora Francisco recelaba, saldría Pétain con el ramplón español a la balconada de la Prefectura a saludar a sus acólitos de buches llenos y conciencias vacías.

En la plaza, lustrosa como las botas de los generales, aún no había nadie apostado a la puerta del edificio esperando al líder, solo el ir y venir habitual de mujeres que se acercaban al mercado contiguo. Diez campanadas desde la iglesia de Saint-Roch. El tiempo iba cayendo despacio; media campanada más. La plaza vacía, solo atravesada por las mujeres que regresaban del mercado: las cestas raquíticas, las carnes magras deslizándose sobre el pavimento.

Se detuvo en medio de la plaza un vendedor ambulante con un carrito que arrastraba quizás por la inercia de la costumbre, pues en él no había nada que ofrecer. Francisco se le acercó.

—Me han dicho que hoy Pétain viene a la ciudad, ¿sabe usted algo?—le preguntó al hombre.

—¿Y a ti qué te interesa de Pétain? —preguntó el vendedor ambulante mirándole las botas rotas. Francisco se dio cuenta de que, a pesar de la camisa y la chaqueta limpias, la verdad siempre acababa asomando por los pies.

—No mucho. Es por distraerme en algo, poco hay que hacer en esta ciudad.

—Pues vete al campo a recoger patatas, o vuélvete a tu España, a ver si allí encuentras en qué entretenerte.

Francisco pensó en cómo a la miseria le corría siempre parejo el desprecio. Dos años antes le habría partido la boca a aquel desgraciado; ahora, ni para escupirle le quedaba resuello. El hombre se quedó mirando las manos de Francisco: tierra, sabañones, la sangre cuajada de tantas heridas acumuladas.

—Supongo que es por Pétain—dijo, con una voz distinta, como si un hombre más gentil hubiera sustituido al primero— por lo que medio Ejército está en la plaza de la Comedia.

Francisco echó a correr con sus botas destrozadas.

Cuando llegó, la plaza de la Comedia era un trajín de lacayos estúpidos que alzaban los brazos y ponían tiesas las cabezas clamando el nombre del viejo criminal. «Viva Pétain», gritaban, y «Viva el Estado francés», como si al vociferarlas, las estupideces quedaran legitimadas a fuego. La plaza estaba seccionada en dos por soldados a caballo que, alineados como plátanos de troncos anchos a lo largo de una carretera, delimitaban un falso camino. Dos coches negros: uno con la bandera francesa, el otro con la bandera española —el águila arrogante se había comido los colores de la República— avanzaban entre unos caballos tan tiesos que parecían de mármol. Aquel falso camino de gloria militar desembocaba frente al edificio del teatro. Francisco tenía que llegar lo más cerca posible de la puerta si quería disponer de un buen tiro. La gente estúpida gritaba a pulmones llenos, quizás para no tener que escuchar el rumor de sus tripas ahora que se acercaba la hora del almuerzo. Se abrió paso a través de niños desdentados que blandían banderitas con los dedos cubiertos de sabañones; de mujeres con la raya del nailon dibujada con lápiz en sus pantorrillas; de hombres con los codos de las chaquetas remendados, los cuellos de las camisas vueltos y la piel de la cara desgarrada.

Estúpidos consentidos; jauría de miserables, pensaba Francisco conforme avanzaba entre ellos, el cañón de la pistola clavándosele en la ingle. Solo esperaba que no se le disparara antes de llegar ante el esbirro de Franco: antes de tener la oportunidad de vaciarle el cargador entre los ojos a aquel hijoputa.

Se quedó atascado a veinte metros de la puerta del teatro, frente al que acababan de pararse los dos coches negros. Tres docenas de soldados controlaban el perímetro para que nadie pudiera acercarse a los coches, que a Francisco se le antojaron como cucarachas de otro mundo. Desde aquella distancia, no podría acertar el tiro. Sintió que la certeza le hundía los pies en el suelo, que lo convertía en un monigote sin sentido al que, despojado de la posibilidad de la venganza, ya no le quedaba más dignidad que la de volarse los sesos.

Del primer coche negro salió Pétain. Viejo, pelo espeso, bigote gris. Se dirigió a la escalinata del teatro y allí, mientras los estúpidos lo aclamaban como si fuera un profeta, se dio la vuelta y esperó, con el mentón alzado y mirando hacia el horizonte. Un soldado francés se acercó al otro coche y abrió la puerta con tanta solemnidad que a Francisco le pareció que, del coche, en vez de un funcionario español, se iba a apear Dios nuestro señor. Pero no fue un dios quien salió, sino un demonio achaparrado y de hechuras tocinescas. Gordo y calvo, y también —como el viejo Pétain— respirando sobre un bigote engominado. Paca la culona, recordó entonces Francisco que llamaban a aquel demonio entre los suyos. Paca la culona, la que con su enorme trasero se había cagado encima de media España. Y no supo Francisco por qué, de entre todos los pensamientos que le podrían haber asaltado al verlo justo allí, y bajando de ese coche, fue ese chascarrillo burlón —Paca la culona, el mote que le habían puesto en el ejército a Franco antes de convertirse en el todopoderoso Franco nuestro señor— el que le sobrevino. Francisco agarró la pistola. Ni siquiera un gesto suicida habría acabado con Franco en aquel momento, protegido como estaba por cincuenta soldados bien alimentados del Ejército francés. Franco, empellido por sus piernas cortas, llegó a la escalinata y saludó al viejo Pétain. Sus manos unidas, sus miradas condescendientes repasando a los imbéciles que aullaban sus nombres. Los soldados quietos y los caballos callando sus relinchos a golpe de espuela. Se dieron la vuelta, subieron la escalinata y, como si la puerta fuera de humo, desaparecieron dentro del edificio.

Cesaron los gritos; se dispersó el gentío. Los caballos rompieron la formación y en la plaza solo quedaron los militares apostados alrededor del teatro. Francisco se quedó amarrado al suelo, las suelas de las botas convertidas en cemento, la mano apretando la pistola, los ojos perdidos en el quicio de aquella puerta, ya cerrada.

—Largo de aquí —le dijo un soldado, dándole un golpe con la culata en los riñones.

Y yo que tendría que estar ya muerto, ahora mearé sangre, fue lo que le vino a la cabeza a Francisco cuando cayó de rodillas al suelo. El soldado alzó la bota izquierda y la detuvo en el aire, a pocos centímetros de su boca, conteniendo la patada que estaba a punto de darle, quizás porque hasta a él mismo aquello le pareció una crueldad desmedida.

—Vete —dijo. Y, dándose media vuelta, regresó a la formación que protegía el edificio.

Francisco se enderezó como pudo y echó a andar. Seguía vivo, y eso no estaba en sus planes. Y se habría matado allí mismo, pero qué poca utilidad le veía a ese gesto, más propio de un cobarde que del hombre que, frente ante la tumba de su mujer y de su hijo, se prometió que sería. Con la imagen del gordo genocida aún en su cabeza, pensó en los niños, en Antonio y en Lucía. Se preguntó si Rafael ya los habría ido a buscar y, sin soltar la mano de la pistola, fue a la catedral.

Y allí seguían. Antonio sentado en la escalinata y la niña dormida junto a él, tumbada en el suelo, encogida como un insecto muerto resecándose al sol.

Se sentó junto a ellos.

—Aún respira —dijo Antonio—, pero le hierve la frente. Tendría que estar en una cama. La calle no es sitio para una chiquilla. Al menos en Argelès teníamos donde caernos muertos.

—Aquello era una cárcel de arena.

—Sí, pero podíamos cavar hoyos para morirnos tranquilos.

Francisco no dijo nada. En su gorra, la que había dejado delante de Antonio antes de irse al cementerio, había dos monedas, calderilla que no habría alcanzado ni para comprar una cebolla.

—Os han echado dinero —dijo Francisco.

—Una vieja gorda con zapatos de charol que se ha tapado la nariz al acercarse a la gorra, por el culo le hubiera metido su limosna.

—¿Ha venido Rafael?

—Ese se ha olvidado de nosotros.

—No lo creo. Esperaremos aquí un rato. Habrá ido a ver si averigua algo de su hijo.

—Su hijo no está en Montpellier, aquí no lo va a encontrar —dijo Antonio, mirándose los pies.

—¿Y tú cómo lo sabes?

—Porque le eché un embuste. A su niño me lo llevé yo cuando a él lo mandaron a recoger patatas a otro pueblo. Lo envolví en un manta y lo llevé yo a la casa bonita, con la señorita Elisabeth, y le dije a la mujer que era mi hermano, que éramos huérfanos y que yo no me podía hacer cargo de él. Y la señorita Elisabeth se lo quedó sin preguntar nada más. Y le dije que el niño se llamaba Elías porque a mí siempre me ha gustado ese nombre, y que le buscara una familia buena. La señorita me dijo que me quedara yo también si quería, pero tuve que marcharme para estar cerca de Lucía y Damián. Y me fui sin despedirme porque yo a ese niño ya le había cogido cariño y no quería que por culpa del sinsentido de su padre se muriera de hambre. Si no me lo hubiera llevado, el niño estaría muerto. A ese niño le salvé yo la vida.

28

Montpellier, 13 de febrero de 1941

Hacía tiempo que se le amontonaban los adioses. Pero nunca se había despedido de alguien sabiendo que esa persona, por voluntad propia, iba a provocar que la muerte se lo llevara por delante en pocas horas. Para Rafael, perder a Francisco era como quedarse huérfano dos veces; así que, cuando salieron del cementerio, echó a andar sin mirar atrás, todo lo rápido que las botas prietas le permitían.

Atravesó un parque de árboles secos. Pájaros mortecinos parados sobre las ramas: ni cantos, ni colores en sus plumas. El día se le antojó marrón, aunque el cielo destilara luz celeste y ya empezaran a verdear los márgenes de los caminos.

Le bullían los pensamientos: Francisco con un pie fuera de este mundo; Cécile, que de las fatigas que sentía para poder respirar cuando estaba con ella, le parecía a Rafael que la mujer se bebía su aire; el pobre Damián, bajo tierra y con la figura de la perra Paca, que él le había tallado, en un bolsillo, encima del ataúd de un extraño; los niños huérfanos esperándole en la explanada de la catedral; y su pequeño Leo oculto tras alguna de aquellas puertas cerradas ante las que ahora pasaba; olor a lumbre y a café que brotaba de las rendijas hasta la calle.

Llegó a la estación. Un tren entró despacio y desapareció bajo la marquesina de hierro y cristal. Ajetreo de maletas de piel, de abrigos buenos y zapatos limpios: «Está a punto de partir el tren con destino París», escuchó decir a un ferroviario. Se fijó en un cura que, custodiado por dos gendarmes, se dirigía hacia los andenes. Dio tres, cuatro, cinco vueltas en el vestíbulo y siguió haciéndolo hasta que perdió la cuenta. Cécile no estaba: ni su abrigo azulado, ni sus zapatones, ni su pelo rubio, que habría despuntado por encima de aquellos franceses encogidos. Un ahogo se le agarró al pecho. De todos los pensamientos que le habían angustiado aquella mañana, el único por el que no había padecido fue por el de no volver a ver a Cécile. Se preguntó si le habría pasado algo, y se maldijo por no haberle pedido las señas de la casa de su tío; luego se preguntó si estaría arrepentida, si habría caído en la cuenta de que quedarse con él, un refugiado lisiado y muerto de hambre, era un disparate; se preguntó si Cécile y su olor y sus dientes —tan blancos como si los hubieran restregado con bicarbonato— habían sido solo una ensoñación.

Salió del vestíbulo y se apostó junto a la entrada de la estación. Entonces, tan en silencio que a Rafael le pareció que trotaban sobre una nube, pasaron por delante del edificio decenas de soldados a caballo enfilando una avenida que desembocaba en el centro de la ciudad. Los caballos eran blancos; eran negros y eran marrones. Su pelaje, como si estuviera tejido por hilos de metal, proyectaba el brillo de aquel sol de invierno. A su paso, iban dejando un reguero de mierda tan marrón como el día.

—Viene Pétain a Montpellier —escuchó Rafael que le dijo un ferroviario a un hombre que, con un cigarro colgando de la comisura de la boca, observaba la comitiva—. Nos ha dicho el jefe de estación que se ve que viene también un español que debe de ser importante, pues han movilizado a media gendarmería.

Y mientras el olor del humo se le metía por la nariz y le cubría el cielo de la boca, notó que alguien lo agarraba del brazo por detrás y se lo apretaba con fuerza.

—Vámonos —dijo Cécile en voz baja—. Espabila y sígueme.

Echaron a andar calle arriba hasta llegar a un callejón tan estrecho que los rayos de sol se quedaban prendidos de las cornisas sin alcanzar el pavimento.

—Mejor que no te vean por la calle. Toma. —Cécile le dio un trozo de pan con queso que Rafael engulló antes siquiera de llegar a la esquina del siguiente callejón—. Ya sé quién ha estado gestionando las adopciones del campo de Argelès-sur-Mer, han sido las monjas del convento de Sainte-Agnès, me lo ha dicho mi tío. Así que ahora vamos allí. Yo entraré a ver si averiguo algo, les diré que voy de parte de él. Mientras tanto, tú te escondes fuera. Hoy no es un buen día para que se fijen en ti.

—Por Pétain —dijo Rafael con la boca llena.

Cécile se lo quedó mirando, y a Rafael le pareció que lo hacía como una maestra de escuela cuando un alumno yerra la respuesta.

—Por Franco —dijo la mujer.

Entonces Cécile le relató lo que su tío, que era médico y estaba muy bien relacionado con las nuevas autoridades, le había contado: que, al parecer, Franco venía de Italia, de reunirse con Mussolini, y que se iba a detener en Montpellier para reunirse también con Pétain. «Los tres —había dicho su tío, ufano—, se ponen, como debe ser, al servicio de Hitler».

Y Rafael le explicó a Cécile todo lo que había pasado desde que se separaran la tarde anterior: de los niños, que aparecieron en la iglesia al poco de ella haberse marchado; del pequeño Damián, que llegó muerto; de Lucía y Antonio, que lo estaban esperando, quién sabe si también muertos a esas alturas, en la explanada de la catedral. Y de Francisco, de sabe Dios dónde estaría con una pistola en el cinto.

—Así que es mejor que te vayas con tu tío —dijo, al fin—. Si te cogen conmigo te llevarán a uno de esos campos. No quiero ponerte en peligro.

—Mis peligros los decido yo. Si tú con nueve dedos has sobrevivido al desierto, figúrate yo con estas manazas. —Lo miró, y entonces sí sintió Rafael que su mirada era la de una maestra de escuela—. Venga. Que mi tío tiene una casa en el campo donde no va nunca y allí nos esconderemos tú y yo con toda esa chiquillada. Pero antes hay que encontrar a tu hijo.

Dando un rodeo, evitando las calles más concurridas, llegaron al convento de Sainte-Agnès, un edificio medieval de piedras sucias y contrafuertes agrietados cuya entrada principal daba a una calle estrecha.

—Más arriba hay una iglesia. Ahora está abierta. Te vas y entras, y haces ver como que estás rezándole a la Virgen. Con la cabeza baja y sin abrir la boca. En cuanto sepa algo, te iré a buscar.

Y Cécile desapareció tras la puerta de madera agrietada que daba acceso al convento.

La iglesia era pequeña y oscura, sin capillas laterales. Santos y Vírgenes de madera policromada reposaban en hornacinas a lo largo de las paredes. Aquellas figuras, que bien podría haber tallado él con los nueve dedos, le parecieron a Rafael como sombras. Una Ascensión de yeso con el manto pintado de azul, como la que él había tallado en Argelès-sur-Mer, reposaba los pies sobre un ángel que tenía la cara desfigurada por la impericia del artista. Y pensó en su hijo, quien, en su memoria, también tenía la cara desfigurada por el olvido; y se preguntó si iba a ser capaz de encontrarlo; si sería hombre para mantenerlo con vida, como le recriminó —a su manera taimada de niño envejecido— Antonio cuando aún estaban juntos en Argelès-sur-Mer. Se arrodilló sobre un reclinatorio y rompió a llorar ante aquella Virgen deslucida. Lloraba tanto que ni sorber los mocos podía; y notaba cómo las lágrimas se le metían en la herida aún abierta del cuello, escociéndole como si se estuviera bañando en el aborrecible mar de Argelès-sur-Mer. Once campanadas lo sacaron del desconsuelo. Abrió los ojos y se dio cuenta de que lo rodeaba un grupo de mujeres con las cabezas gachas; que lo que hasta entonces le había parecido silencio no era sino un murmullo de rezos acompasados.

Su ropa, moteada con la tierra del cementerio, llamaba demasiado la atención entre las viejas oscuras, así que se levantó con el sigilo de un ladrón, y salió de la iglesia. El cielo seguía raso y azul. El sol blanco le quemó los ojos. Cécile —su abrigo azulado, sus zapatones aplastando los adoquines— se le acercó. Una sonrisa: Rafael se preguntó si algún día se cansaría de ver asomar aquellos dientes tan dispuestos a triturar el mundo.

—Vamos —le dijo Cécile.

Rafael la siguió sin atreverse a hacer la pregunta que le abrasaba la lengua.

—Creo que sé dónde está Leo —dijo Cécile. Y Rafael sintió cómo el corazón se le enredaba en las tripas—. En el registro del convento no había ningún niño con el nombre de tu hijo. Pero, claro, si no tenían tu permiso, no lo podían sacar del campo bajo su nombre real. Pero sí que hay un niño que fue adoptado en el mes de julio, cuando se llevaron a tu Leo, aunque en el registro pone que al niño lo dejaron en la puerta del convento, no dice nada de que lo hubieran traído desde Argelès. Llevo aquí la dirección. Vamos a ver si es él.

—¿Y si no lo reconozco?

—No digas tonterías, si ese niño es tu hijo lo sabrás nada más verlo.

Junto a una de las puertas de la muralla medieval de la ciudad, una casa de dos plantas, blanca y bonita. Un pequeño jardín descuidado: narcisos amarillos descomponiéndose sobre sus tallos, margaritas por florecer, un limonero: los limones verdes, pequeños, algunas flores despuntando en las ramas nuevas. Contraventanas de madera verde protegiendo los vidrios y una tira de lana azul prendida en la aldaba de la puerta.

—Igual es mejor dejarlo con esta familia, yo no tengo dónde caerme muerto —dijo Rafael.

—Pero es tu hijo.

—Porque me lo encomendó su madre, y más por rabia que por querencia.

—Pero tú lo has criado.

—Poco importa ya eso a estas alturas.

Una nube blanca oscureció el jardín. Los limones se volvieron grises y la tierra del color de la ceniza. La nube pasó y, de detrás de la casa y corriendo con las piernas torcidas de un potrillo recién nacido, apareció un niño. Rubio, con una zanahoria en una mano y una chaqueta de lana azul.

—Paul, *vien ici!* —gritó una voz de mujer que parecía emerger de las raíces del limonero.

—Le han cambiado el nombre —dijo Cécile.

Pero Rafael, que miraba al niño con el regomeyo de las preguntas que se amontonan en la conciencia, no dijo nada. Su Leo no era rubio, aunque la última vez que lo vio casi no tenía pelo. El niño le pareció feliz, y la voz de la mujer que lo llamaba por encima de los limones verdes se le antojó la de una madre de las que se quitan el pan de la boca para llenar las de sus hijos.

—Si te lo vas a llevar, tiene que ser ahora —le dijo Cécile agarrándole el antebrazo—. Tú decides.

Rafael, entonces, solapando el recuerdo con el desasosiego, pensó en las noches en Djelfa, en la vida que no tuvo reaños de dejar entre las dunas porque tenía que sobrevivir para ir a Montpellier y recuperar a su Leo pequeño y feo y debilucho; y miró a ese niño robusto que, allí plantado y con una zanahoria en la mano, no se parecía a su hijo; recordó también cómo el odio le mantuvo las piernas firmes: el odio por aquella mujer que se había llevado a su Leo en brazos y que, según le relató Antonio, era bonita; y el odio por aquel hombre de zapatos limpios que, también según Antonio, le había dado un fajo de billetes al gendarme maloliente por llevarse a su Leo; y el odio supremo que ni en tres años de guerra había sido capaz de sentir, un odio insuflado por el mismo demonio, que se mantenía vivo en sus entrañas a fuerza de recordar, una y otra vez, cómo le había arrancado la oreja al hijo de puta del gendarme que vendió a su hijo. Y volvió a recordar el olor, y el gusto que le dio aquella sangre conforme iba garganta abajo. Y, empujado por el sabor metálico que el recuerdo le trajo de nuevo a la boca, abrió la verja del jardín y agarró al niño rubio que podría ser Leo o que podría no serlo, porque él, en las entrañas, no estaba sintiendo más que regomeyo y odio; y más odio, y un desconsuelo amargo como los limones que dejaba atrás; y seguido por Cécile, por su abrigo chillón y sus zapatones de enfermera dominante, echó a correr. El niño, con el vaivén de la carrera, rompió a reír. Y entonces Rafael quiso creer que sí, que era su Leo, porque su risa era la misma, el mismo tintineo, igual que el de los cascabeles de los caballos que los mozos engalanaban durante las fiestas de su pueblo.

Cogió en brazos a Lucía. La chiquilla tiritaba, Francisco sentía cómo los latidos del corazón trastornado de la niña atravesaban la manta.

—Antonio, no sé si hiciste mal o hiciste bien dejando al hijo de Rafael en aquella casa. Si creyera en Dios, te diría que él lo sabe. Pero lo que tienes que hacer es decírselo a su padre para que deje de buscar aquí, en Montpellier, y vaya a buscarlo allí donde lo dejaste.

—Dios nos abandonó en Portbou —dijo Antonio, mirándose los pies.

—Igual ya lo había hecho antes.

Una nube se coló entre las torres de la catedral enturbiando el aire. Pasó enseguida. De nuevo, el sol sobre sus cabezas.

—Pues voy a ver si alguien ahí dentro tiene a bien salvarle la vida a esta criatura. Ven conmigo, Antonio, vamos a ver si el obispo ayuda a Lucía.

—Yo espero aquí —dijo Antonio—. Dentro hace más frío, y me duelen mucho los pies, no puedo andar.

Antonio solo quería dejar de tener frío. Hasta ese dolor tan insoportable en los dedos de los pies —en el lugar donde deberían haber estado las uñas— se le antojaba más llevadero que el frío que el demonio le había metido en los tuétanos. Abrió su zurrón y sacó la figurita que la perra Paca, que le gustaba acariciar como si fuera un perro de verdad. También sacó el libro que se había llevado del colegio de Argelès-sur-Mer. Lo abrió: dentro, la fotografía que había hecho aquel fotógrafo inglés que había ido de visita al campo con los bolsillos llenos de galletas. Aparecían los cinco: él, Lucía, Damián, Rafael y Leo, las alambradas coronando sus cabezas. A los dos meses de aquello, cuando ya solo quedaba él en el campo, llegó un sobre a su nombre con dos copias de aquella imagen. Una se la quedó él; la otra se la dio a Lucía.

Cerró los ojos y alzó la cabeza hacia el cielo de Montpellier. La piel de los párpados no era suficiente para tapar la luz del sol, y un cálido anaranjado le llenó la cuenca de los ojos y lo dejó traspuesto, figurándose otra vida.

Ruidos de motores, olor a caucho. Puertas que se abren, que se cierran, murmullos, palabras, gritos en francés y alguien sacándolo de su ensimismamiento con una patada en los muslos.

—Chaval, largo de aquí.

Antonio abrió los ojos. Un soldado francés, como un gigante a contraluz, seguía dándole puntapiés en las pantorrillas.

—Que te largues te he dicho.

—Está bien, me voy —dijo Antonio a voz en grito. Y en español. Y no supo por qué lo había dicho en español y no en francés, lengua en la que llevaba dos años respondiendo como un perro sumiso que ya solo ladraba al gusto de su amo. Y esa pregunta,

«¿por qué grité en español y no en francés?», le retumbaría en el pecho durante el resto de su vida.

—¿Es español? —escuchó que preguntaba una voz tan aguda que sonaba como un tranvía pasando sobre rieles oxidados.

Nadie dijo nada. Ninguno de aquellos soldados que habían ocupado la explanada de la catedral y en los que Antonio, con los estúpidos párpados cerrados, no había reparado hasta ese momento, respondió. Dos coches negros, brillantes, parados delante de él. Silencio, y solo las gaviotas impertinentes chillando sobre sus cabezas.

—¿Eres español? —le preguntó la voz, que ahora oía de frente, emergiendo de una boca pequeña, desde una cabeza de muñeco fofo sin cuello con la barriga gorda y apretada por un fajín; tantas medallas en su abultado pecho como muertos llevaba ya Antonio a sus espaldas. Antonio no respondió.

—¿Se te ha comido la lengua el gato? —preguntó otro hombre, también en español, cuyos ojillos de rata lo escrutaban a través de unas gafas redondas—. Y cuando el generalísimo te dirija la palabra tú te levantas y te inclinas. ¿Eres español?

—Sí —dijo Antonio, que bien se hubiera tragado la lengua en ese momento.

—¿Y con quién estás? —preguntó el hombrecillo de la voz de pito, Franco generalísimo, al que Antonio reconoció y de buena gana habría llenado la boca con los orines que ahora le bajaban por la pernera.

—Solo —respondió—. Soy huérfano.

—Llevároslo. Este se va a España de vuelta —dijo Franco. Y Antonio vio cómo la espalda abultada del generalísimo, custodiado por una docena de soldados, atravesaba la puerta de la catedral.

—Me cago en la puta —dijo Rafael—. ¿Qué coño hace Franco ahí abajo?

Desde aquella plaza, cuyas vistas se elevaban sobre la explanada de la catedral, Rafael pudo ver cómo Franco se acercaba a un chaval que parecía pedir limosna, y se dio cuenta de que el chaval no era otro sino Antonio. Y vio cómo lo subían a un coche, y cómo el coche se achicaba entre los contrafuertes del edificio hasta desaparecer.

—Se han llevado a Antonio —dijo—. Pero a la niña no la veo.

—Pues ahora no puedes bajar a buscarla.

—No.

—Vámonos. El coche de mi tío está aparcado cerca de aquí. Tengo las llaves. No puedes hacer nada más por ellos. Ahora piensa en tu hijo.

El niño ya no reía como antes. El niño berreaba, *maman*, gritaba, y a Rafael cada grito le retumbaba en la conciencia. Cécile lo tenía agarrado con sus grandes manos, que apretaban, pero no parecían dar consuelo.

—¿Y si este niño no es mi Leo? —le dijo a Cécile.

Ella lo miró. El niño cejó en su griterío para sorberse los mocos.

—La policía ya lo debe de estar buscando —dijo Cécile, abrazando al niño.

Y echaron a correr.

29

Montpellier, 13 de febrero de 1941

«Necesito un cura», recordó Francisco que Rafael le había dicho aquella noche, dos años atrás, en la estación de Portbou.

—Necesito un cura —dijo para sí al entrar en la catedral.

El silencio cuarteado por el ruido de los zapatos de un grupo de mujeres azuzadas a salir del templo por un diácono que golpeaba al aire, como si aquellas mujeres renqueantes fueran gallinas desobedientes. Otro diácono prendía velas a los pies de los santos y las Vírgenes que Francisco había restaurado durante sus primeros meses en Montpellier. Otro diácono aventaba incienso alrededor del altar frente al que se encontraba, vestido de púrpura, la mitra sobre su cabeza, el obispo.

Francisco recorrió el pasillo central con Lucía en brazos. Los diáconos, tan concentrados en sus quehaceres, no repararon en él. La respiración dificultosa de la niña parecía querer subir hasta los arcos apuntados del techo. Se preguntó en cuál de aquellos suspiros se le escaparía a la niña por la boca lo que le quedaba de vida. Se plantó ante el obispo, que lo miró como si allí delante tuviera al mismísimo demonio.

—Si vienes a pedirme por el padre Pierre, nada podemos hacer ya, va camino de París —dijo el obispo con la voz espesa.

—Es por esta niña por quien vengo a pedir. Se está muriendo.

El obispo fijó la vista en el bulto que era Lucía, en la pata de palo tiesa que asomaba entre los faldones de la manta; se alisó la casulla y cruzó las manos sobre el regazo: el anillo episcopal, oro y piedras preciosas, apuntando hacia el lugar donde estaba oculta la cabeza de la niña.

—Vete, Francisco. Fue un gran trabajo el que hiciste por nuestra catedral, y el señor te recompensará por ello, pero será mejor que te vayas ahora mismo.

Golpes en el suelo, ruido de botas nuevas redoblándole en las sienes. Francisco se dio la vuelta.

Franco venía el primero, con las manos en la espalda y dando pasos tan largos como sus piernuchas le permitían. Detrás de él, reconoció a Serrano Suñer y, apostados junto la puerta y tras las pilas del agua bendita, una decena de soldados armados.

—Le hicimos avisar precisamente para que no hubiera nadie en la catedral, el caudillo quiere una misa privada —dijo Serrano Suñer, que se había adelantado y miraba hacia Francisco arrugando la nariz.

—Ya se van —se disculpó el obispo, su cara tan violeta como su vestimenta; su voz limpia—. Es solo un padre que ha venido a pedir por su hija moribunda.

Lucía en sus brazos. La pistola en su cintura; y Franco, que ya había llegado ante el altar, a tres metros; a solo tres metros de que su gorda cara de asesino reventara delante de ese Dios que había permitido que murieran tantos niños para que él ganara la guerra. La niña emitió un quejido. «Qué más da, si ya está medio muerta», pensó Francisco; y a punto estuvo de dejarla caer al suelo para poder echar mano a su cintura, para sacar la pistola y reventarle, si no la cara, pues el buche, o el culo, o el pito flojo a aquel malnacido. Pero no lo hizo porque la niña igual estaba medio muerta, pero no estaba muerta del todo, y Francisco ya no quería llevarse al infierno con él la carga de más chiquillos muertos. Así que sostuvo a Lucía con las dos manos, la apretó contra su pecho y, mientras el mamarracho cabrón besaba el anillo del obispo, se arrodillaba frente al altar, cerraba los ojos y juntaba las manos en señal de penitencia, Francisco salía de la catedral con Lucía en brazos.

30

Montpellier, febrero de 2019

A Isabel le gustan las ciudades de suburbios verdes donde los bloques de pisos, blancos y de apariencia aseada, se alzan contra el cielo como polígonos rectangulares de merengue. Cree que, si no hay mugre en las fachadas, ni ropa secándose bajo las ventanas, ni bombonas de butano amontonadas en los balcones, las madres podrán querer sin reparos a sus hijos, sin que, al mirarlos, sientan que esos niños las anclan a sus desgracias.

MONTPELLIER CENTRE reza una señal de tráfico que se encuentra sobre el semáforo que ahora está en rojo. Una mujer con chador empuja un carrito vacío, el niño camina a su lado agarrado a su falda azul; un hombre y un labrador blanco se pasean el uno al otro, sus pasos al compás; un joven —una capucha naranja, un patinete— a punto de resbalar. El semáforo verde: Isabel arranca de nuevo. Mathieu y Esther se quedaron dormidos al poco rato de salir de Argelès-sur-Mer, así que ha conducido durante más de tres horas acompañada por los ronquidos del hombre y los suspiros de la mujer quien, de vez en cuando, parecía gemir en sueños como un cachorro desnortado. Baja la ventanilla: un frío azul reemplaza el olor punzante del ambientador con forma de abeto, el de gente que duerme con la boca abierta.

—Ya hemos llegado a Montpellier —dice Isabel—. Ya hemos llegado a Montpellier —repite, alzando la voz; los sonidos de las ruedas contra el asfalto se cuelan por la ventanilla abierta.

Por el retrovisor ve cómo Mathieu abre los ojos; Esther endereza la cabeza, los suyos aún cerrados.

—Tenéis que ayudarme, no sé dónde vais.

—Yo voy al centro —dice Mathieu.

—Yo también —dice Esther.

—Vale, ¿y podré aparcar allí con este trasto tan grande?

—Hay un aparcamiento para autocaravanas detrás del Jardín Botánico. Gira ahora a la izquierda, que te iré guiando.

La autocaravana circula paralela a un tranvía cuyo destino, como puede leer Mathieu en un lateral, es la avenida Federico García Lorca.

—Sigue a Lorca —dice, y sonríe.

Isabel lo mira a través del retrovisor. A Mathieu le parece que están a punto de derrumbársele los párpados por el cansancio, por el peso de lo visto, quizás;

y se pregunta, con curiosidad genuina, quién es esa mujer a la que ya no tiene ganas de fotografiar.

—Era una broma, quería decir que siguieras al tranvía.

Se da cuenta de que no ha tenido gracia. Sin embargo, Esther se gira, lo mira, sonríe y dice:

—También podría haber seguido a Neruda, aunque habríamos acabado en la otra punta de la ciudad.

Y Mathieu ve cómo la chica señala con la cabeza otro tranvía con el que se cruzan, y cuyo destino es la avenida Pablo Neruda.

—¿A qué lugar del centro vas? —le pregunta Mathieu.

—Al barrio de Saint-Roch.

—Es buena zona: mi favorita de la ciudad.

—¿Por qué has querido venir a Montpellier? —pregunta Isabel mirando a Esther de reojo—, ¿conoces aquí a alguien?

—Tengo un apartamento. Lo heredé de mi abuela cuando murió.

—¿Y por qué no viniste aquí en vez de quedarte en Portbou? —sigue Isabel. Y Mathieu se da cuenta de que no es tan difícil hacer preguntas cuando la curiosidad está limpia de malicia.

—Porque aún no estaba lista para que me encontraran.

El tranvía los adelanta; el sonido de la fricción de los raíles a su paso sustituye a las palabras.

—¿Y tú? —le pregunta la chica a Isabel pasados unos segundos; Esther, piensa Mathieu, ya no tiene carrito, tiene un techo, y se llama Esther.

—Me quedaré en mi autocaravana.

—En el apartamento hay sitio, si quieres.

—Gracias, pero ahora soy como un caracol, y me gusta.

—¿Y tú? —le pregunta Esther a Mathieu.

—Me alojaré en un hotel, cerca de la residencia de estudiantes donde vive mi hija.

Han llegado al aparcamiento. Árboles y parterres sin flores rodean las islas de cemento donde descansan las autocaravanas. No hay vigilantes, tampoco barreras en la entrada. Tres autocaravanas aparcadas en los tres extremos del lugar, como si estuvieran esperando a la de Isabel para completar los cuatro puntos cardinales. Aparca, las ramas de un árbol rozan el techo de fibra de vidrio.

—¿Sabes cuánto me costará estar aquí? —pregunta mirando a Mathieu a través del retrovisor.

—Creo que nada, estos espacios son gratuitos.

Lentos, como si les pesaran los huesos al moverse, Mathieu y Esther cogen sus cosas y salen de la autocaravana. Isabel echa un vistazo al interior antes de cerrar con llave: su padre en el arcón.

—Estamos muy cerca, podemos ir caminando —dice Mathieu.

Y señala con la mano libre hacia un lugar donde sobresalen, por encima de las copas ovaladas de los árboles, dos torres de aspecto medieval. Echan a andar. A Isabel le parece que Esther renquea, pero que Mathieu va más ligero, como si hubiera ido liberando lastre desde que salieron de Argelès-sur-Mer. El sol de invierno, incapaz de calentar las superficies, lo reviste todo de una pátina metálica. Conforme ascienden por la avenida, que es ancha, empinada y está pavimentada por adoquines deslucidos, Mathieu le señala a Isabel los lugares por donde van pasando:

—Aquellas torres que se ven a la izquierda son las de la catedral —dice—; ese otro edificio que despunta a su lado, y que parece un castillo de cuento de hadas, es la Facultad de Medicina, ahí estudia mi hija —continúa.

Y entonces a Isabel le parece percibir en las palabras del hombre un tono puro, sin elaboración previa.

—Y a la derecha —sigue Mathieu—, el Jardín des Plantes, que le llaman así pero es el Jardín Botánico; y eso que ves allí, al fondo, es el arco de triunfo».

—¿Hay vigilantes en el Botánico? —le pregunta Isabel, a quien ese enorme parque se le acaba de antojar el lugar ideal para que descanse su padre.

—Pues no lo sé —le responde Mathieu—, ¿por qué quieres saberlo?

—Llevo las cenizas de mi padre en la autocaravana. Antes de morir me pidió que las esparciera en Montpellier.

—¿Por qué en Montpellier? —pregunta Esther.

—Creo que le pesaba la idea de pasar la eternidad en L'Hospitalet, decía que allí el cielo se veía pequeño, como si lo hubieran encerrado en un patio de luces; y siempre hablaba de lo inconmensurable que se veía el cielo en Montpellier.

Su abuela decía lo mismo, que le gustaba el cielo de Montpellier. Esther escucha a Mathieu, a Isabel y, por graves que sean sus voces, las oye entrecortadas, sofocadas por los porrazos de su sangre contra los oídos, la garganta, los pulmones agitados y en ebullición. Ahora que está tan cerca de la casa de su abuela se pregunta si ha sido una buena idea ir hasta allí, si su marido habrá cambiado la cerradura para que no pueda entrar. Llegan a la explanada de Le Peyrou. Bajo los plataneros de troncos gigantes («ya estaban aquí cuando yo era pequeña», le decía su abuela), decenas de mesas de madera cubiertas de bagatelas de segunda mano. Las mesas, alineadas, recorren el perímetro de la enorme explanada; furgonetas blancas, verdes, azules y abolladas, dispuestas detrás de cada mesa. En el primer puesto brilla el casco de un soldado de la Segunda Guerra Mundial; brillan las medallas que algún muerto no se quiso llevar a la tumba para que sus nietos, al verlas, lloraran de orgullo; para que, olvidada la causa y enterrado también el orgullo, las vendieran sus bisnietos en un mercadillo; brilla el bigote de De Gaulle en la portada de un libro. Debe de ser domingo, piensa Esther.

—¿Es domingo? —pregunta.

—Sí —responde Mathieu.

—¿Cada domingo hacen este mercado de antigüedades? —pregunta Isabel.

—Sí, a los franceses nos gusta sacar el pasado a que le dé el aire los domingos por la mañana.

—El pasado bonito, supongo.

—Creo que ya todo nos parece bonito —dice Mathieu, y señala con la cabeza una mesa en la que hay expuestos, alrededor de una fotografía enmarcada de Pétain, muchos libros de segunda mano, todos con el mariscal en la portada.

Isabel se acerca a la mesa que ha señalado Mathieu. Coge uno de los libros y abre una página al azar. Una fotografía de Pétain y Franco juntos ocupa la página de la derecha. A pesar de los tonos en sepia de la imagen, Isabel adivina el brillo de los botones del abrigo de Franco, del uniforme de Pétain, al que le acompañan hombres de negro, mientras que el generalísimo está rodeado por gordos embotonados como él: *Francisco Franco et le maréchal à Montpellier le 13 février 1941.*

—Mi padre me habló de esta visita de Franco a Montpellier —dice Isabel en voz alta y con el libro todavía entre las manos—. Franco y Pétain, la misma mierda.

—*Madame* —dice el vendedor, y le arrebata el libro de las manos.

Fue antes de que su padre muriera, en el hospital. Tenía la piel tan verde que a Isabel le pareció que, en vez de morir, se iba a transformar en un vegetal. «Yo me habría quedado en Montpellier», le dijo su padre después de un parloteo que a Isabel le pareció un delirio sin sentido, durante el que le habló de niños cojos, de maquis con la cabeza reventada, de un bebé robado, y del hambre y del frío y del culo siempre en carne viva por culpa de las diarreas: «Allí había un hombre bueno que se llamaba Francisco y al que empecé a ver como a un padre, y que se preocupaba por mí, y creo que me quería, y una niña chica a la que yo también quería; y me habría quedado con ellos, pero Franco apareció y me vio, y entonces me trajeron a Barcelona en un tren que olía a estiércol, y nunca más me ha vuelto a querer nadie». Yo sí te quiero, le habría dicho Isabel a su padre en aquel momento, pero le daba miedo que al abrir la boca se desparramase el grito negro y denso que le atenazaba la garganta. Isabel nunca creyó que a su padre lo hubiera deportado Franco en persona hasta que un día, investigando para su tesis —su padre ya muerto e incinerado—, leyó sobre la visita que Franco hizo a Pétain.

Su abuela también le había hablado de esa visita. «El padrino Francisco estuvo a esto de pegarle un tiro a Franco —dijo un día la mujer extendiendo la palma de la mano para dar a entender que si Franco no había muerto había sido por la escasa envergadura de su palma—, pero tuvo que escoger entre matarlo a él o salvarme a mí la vida. Y se equivocó, tendría que haberse llevado a ese cabrón por delante». Esther recuerda entonces a su padre poniéndole una mano en el hombro a la abuela, y diciéndole: «El padrino Francisco era un buen hombre, pero le gustaba magnificar todo lo de la guerra; era un poco fantasioso». «No era un buen hombre —dijo entonces la abuela mirando a su hijo con los ojos escamados—, era el mejor». Fue la primera, la única vez, que Esther odió a su padre, que también era un buen hombre, aunque tratara con condescendencia a la abuela y se negara a hablar en español con ella cuando paseaban por Montpellier. Y Esther recuerda cómo su padre exageraba algunos sonidos, impostaba el más francés de los acentos para que nadie pudiera pensar que perduraba en él algún resto del exilio. Ve, expuesta sobre un tapete de terciopelo granate, una cámara antigua, igual que la del padrino Francisco. Se acerca, sus acompañantes, a los que no ha dicho nada, la siguen: nota sus sombras en el pescuezo. Agarra la cámara con cuidado. El vendedor, un hombre viejo que lleva un gorro de piel con orejeras, la mira de frente: sin pudor, Esther diría que con miedo a que se le resbale la cámara de entre los dedos.

—Es fotógrafa —oye que Isabel le dice a Mathieu.

Le tiemblan las manos; devuelve la cámara, la deja de nuevo sobre el tapete; al vendedor se le relajan los músculos que rodean la boca, el alivio le ha distendido las arrugas.

Siguen a Esther a lo largo de la ristra de mesas del mercadillo; y aunque Mathieu no sabe por qué lo hacen, tampoco le importa. La cadencia de las botas de Esther arrastrándose en la tierra del parque; las manos de Isabel, que tienen la piel cuarteada como las patas de las gallinas; el pelo de Esther, que brilla y huele a champú barato; las orejas de Isabel rojas, sin aretes, tres agujeros huérfanos en cada lóbulo, como si alguna vez hubiera habido una mujer coqueta con aquella misma voz. Le reconforta la presencia de esas dos mujeres con él en Montpellier, la ciudad que sus abuelos nunca quisieron visitar, a pesar de vivir en Nimes, a solo cuarenta kilómetros; la ciudad a la que, decía siempre su padre, nunca quisieron llevarlo cuando era niño para ver los mercados de Navidad. «Está llena de fantasmas», mascullaba el abuelo cuando le preguntaban.

—Nos podríamos intercambiar los emails, o los números de teléfono, antes de despedirnos —dice sintiendo una repentina desazón al pensar que tiene que separarse de las mujeres.

—Yo no tengo móvil, lo perdí cuando tuve que dejar mi piso —dice Isabel—, pero tengo email.

—Yo tampoco tengo móvil, pero abriré una cuenta de correo nueva.

Llegan a uno de los extremos de la explanada. Una torre neoclásica, pura coquetería urbana, erguida tras un estanque de agua verde. Mathieu dice: «Un momento», y desaparece. Isabel se sienta en un banco. El sol en la cara, los párpados cerrados: recuerda que su padre murió sin pestañas; recuerda que ella nunca le dijo que lo quería. Esther se sienta a su lado. Piensa que la respiración de la chica es tan precisa que se podría medir el paso del tiempo con ella.

—Es hora de comer —dice Mathieu.

Isabel abre los ojos. El hombre sostiene en las manos una bolsa de papel. La apoya en el banco, junto a Isabel, y de allí saca bocadillos y latas de bebida. Mathieu se sienta en el suelo, frente a ellas. Comen en silencio, mientras los vendedores recogen las mercancías que no han vendido y las colocan dentro de sus furgonetas.

—Toma, quiero que te la quedes —dice Mathieu, y alarga el brazo para ofrecerle a Esther la mochila donde lleva su cámara. Tal y como está, sentado en el suelo, con el torso encorvado, los brazos estirados hacia arriba y la mochila en el regazo, a Esther Mathieu le parece la imagen de un penitente en un cuadro de Caravaggio.

—No puedo aceptar tu cámara.

—Cógela, por favor. Lleva dos años desequilibrándome. Es tuya.

Esther agarra la mochila; abre la cremallera: le vuelven a temblar las manos.

El hombre la mira, y a Esther le parece que su rostro se ha serenado de repente; que, aunque más arrugado, luce más real. Saca los objetivos uno a uno, los observa, los vuelve a meter en la mochila: no quiere que se rayen con el polvo. Coge la cámara, la sostiene con las dos manos: es grande y pesa poco. Mira a través del objetivo: apunta a Mathieu, dispara. La imagen se queda congelada en la pantalla de la cámara. Esther se levanta y se acerca al estanque. El agua está lisa, como un enorme azulejo, sin estrías ni protuberancias. Recuerda a su marido y a sus hijos en el parque de la Ciutadella: ruidosos, revolcándose, ensuciando sus chaquetas con la tierra húmeda en invierno, caminando con los pies descalzos sobre la hierba, los dedos encogidos por el frío. Y ella les limpiaba los pies, les quitaba las briznas que se habían quedado entre los dedos, se los secaba con su bufanda, y los niños no lloraban, pero ella sí, porque una buena madre habría llevado una toalla y calcetines de repuesto. Hace una foto al agua. Piensa en su abuela sin pierna limpiándose en la playa. Piensa en sus hijos: los pies, las manos, las orejas enrojecidas por el frío. Piensa en la de fotos que les haría si vinieran a verla a Montpellier. Piensa que ojalá vengan a verla a Montpellier.

Mira a Isabel, a quien una nube rota le oscurece la piel.

—En Montpellier fue donde aprendí a hacer fotos —dice Esther, esta vez alzando la voz.

Isabel se acerca al borde del estanque. Un ramalazo de viento levanta la tierra del parque, que le llega a las orejas, al pelo, se le mete entre los dientes. Escupe. Mete las manos en los bolsillos buscando un pañuelo. En el fondo del bolsillo izquierdo hay algo metálico, puntiagudo y frío: es la llave de la puerta de su piso embargado. La saca y la lanza al estanque. Una cresta de espuma verde, como si el viento hubiera transformado aquel lago en un mar, la engulle. Piensa en las cenizas de su padre descansando, como él siempre quiso, bajo el cielo de Montpellier.

—¿Me acompañáis al piso de mi abuela? —pregunta Esther.

Asienten; echan a andar en silencio.

El sol empieza a flojear por el oeste. A Isabel ya no le pesan los bolsillos. De repente, pasado el arco de triunfo y abandonada una ancha avenida, las calles son tan estrechas que se oscurece la tarde. «La iglesia de Saint-Roch», dice Mathieu cuando llegan a una plaza tan inclinada que a Isabel le parece que la iglesia se tenga que deslizar ciudad abajo. Una bocacalle estrecha, plantas poco exigentes en los balcones.

—Es aquí —dice Esther, y se abre el abrigo, mete una mano bajo el jersey y saca una bolsita de tela de color naranja. Dentro, unas llaves. Abre el portal. La escalera es estrecha, olor a pastel de manzana. Suben al tercer piso.

A Esther le sorprende que sus manos hayan atinado a meter la llave en la cerradura, y que hayan podido girar esa misma llave tres veces a la izquierda; que la puerta se abra porque nadie la ha cambiado. La recibe una bocanada fría de humedad condensada. Huele a cortinas sin lavar, a desagües en desuso; todavía huele, después de tantos años, a la canela de los dulces de la abuela. Entra; Mathieu e Isabel la siguen, la acompañan hasta el salón; ella descorre las cortinas, abre las ventanas, despliega las venecianas. Mathieu toca un interruptor y se enciende la lámpara *art decó* que cuelga del techo. En la cómoda, una fotografía: en la playa de Argelès-sur-Mer, la abuela Lucía y su hermano Damián, apoyados sobre sus patas de palo; alambradas alrededor. A la derecha, un niño mayor que ellos, alto, flaco y con las orejas tan de punta que a Esther, siempre que miraba aquella fotografía, se le antojaba el trasunto de un duende; y a la izquierda, un hombre joven con un bebé en brazos. Esther coge la fotografía: pasa un dedo por el perfil metálico del marco, limpia el polvo que cubre el cristal con la manga de su chaqueta, le da la vuelta, y la muestra a sus invitados.

—Esta era mi abuela Lucía, y el niño pequeño al que le falta también una pierna era su hermano Damián. El niño de la izquierda se llamaba Antonio; un día desapareció y el padrino de mi madre, Francisco, removió cielo y tierra buscándolo, pero no lo encontraron; después se enteraron de que lo habían deportado a España. Y el hombre de la derecha se llamaba Rafael, y ese bebé era Leo, su hijo. El hombre, que tallaba figuritas de madera, también desapareció.

Mathieu, que parece haberse quedado sin resuello, señala la figurita de madera de una perra en la que se apoya la fotografía.

—Esta figura la talló mi abuelo —dice Mathieu—, es la perra Paca.

La foto. Aquella foto. Los tres buscan asiento. Son demasiadas las palabras calladas, demasiadas las preguntas que no hicieron, pero ahora ya saben que la historia de su historia acaba de empezar.

Agradecimientos

A los muertos que me han acompañado durante la escritura de esta novela: a mi abuela, suyo es el idiolecto de algunos de los personajes; y suyas son muchas más cosas. Y a todos aquellos que dejaron su testimonio en libros, documentales, revistas, ensayos; algunos de ellos ilustres, como Max Aub; pero la mayoría anónimos a los que les robaron, entre otras muchas cosas, las palabras. Esta novela está escrita para ellos, y también gracias a todos ellos.

A los vivos que me han acompañado en el proceso de escritura. Por supuesto, a mis chicos, Nikita y Ricard. Y también a mis hermanos, Manolo y Carmen, y al resto de mi familia, ese fuerte andamio que me tiene bien sujeta.

Y quiero también dar las gracias a Juana Márquez; a mis primeras lectoras: Esther, Ana y Susana; Pablo Hernán de Viv y a Lucas Villavecchia; a María Borri; a Justyna Rzewuska, mi agente, por creer en esta historia, por creer en mí, y a Rosa Pérez Alcalde, mi editora, por sus consejos, por su confianza.